LA BAIE DES PERLES NOIRES

HEINZ G. KONSALIK

LA BAIE DES PERLES NOIRES

ROMAN

traduit de l'allemand par
Rosemarie Lipka

Albin Michel

Édition originale allemande :
DIE BUCHT DER SCHWARZEN PERLEN

Traduction française :

ISBN 2-226-05387-5

1

Ainsi donc, voilà comment tu conçois le bonheur, pensa-t-il en croisant les bras derrière la tête. Tu es étendu à bord d'un canot à moteur, à même le pont dont les planches sont décolorées par le soleil ; autour de toi, l'océan Pacifique et tu savoures ce que l'on appelle la liberté. Et au fond, tu l'as toujours voulu, n'est-ce pas ? Toi, cet insensé de Ron Edwards, jadis Rudolf Eduard Hamacher, né à Cologne, directeur commercial au sein d'une grande banque.

Responsable du département Prêts et Crédits, il avait contrôlé des justificatifs de ressources, rassemblé des garanties, négocié des conditions et fixé des taux d'intérêt, jusqu'à ce qu'un jour il ait eu assez de tout cela et ait envoyé sa démission.

Le directeur de la banque, Johannes Vielig, le fit venir au siège social, lui proposa café et cigarette, et lui demanda sans détour :

« Monsieur Hamacher, êtes-vous devenu fou ?

— Peut-être. » Alors il avait souri, aussi sûr de lui que le gagnant au Loto, rassuré sur ses moyens d'existence. « Mais après cette lettre de démission, je me sens très bien...

— Je n'ai pas encore dit oui ! » dit Vielig d'un ton ferme.

« Pure question de forme, ce me semble. » Hamacher

but un peu de café. « Admettons que vous refusiez ma démission ; que se passera-t-il alors ? Je serai simplement absent en permanence, c'est tout. Vous ne m'enlèverez pas cette idée de la tête. Le résultat final, en tout cas, sera le même : ma démission. Simplement avec perte et fracas, alors qu'on pourrait régler tout cela dans le calme.

— Pourquoi vouloir nous quitter, Hamacher ? »

Le directeur Vielig alluma nerveusement un cigare. Fumer était pour lui un besoin impérieux et apaisant, particulièrement quand il était énervé. Ses collaborateurs disaient : le chef s'agrippe à son cigare. Et, à cet instant précis, Vielig était très énervé, même s'il faisait tout son possible pour garder une certaine contenance. Après une longue réflexion, il n'avait pas vu le moindre motif qui eût pu justifier la mise à pied d'Hamacher. Celui-ci avait alors trente-deux ans et sa carrière à la banque avait été rapide. A cet âge-là, être déjà directeur commercial annonçait une compétence et des talents hors du commun.

« Vous a-t-on proposé une offre plus alléchante ? » demanda Vielig avec impatience.

« Qui donc ?

— C'est justement ce que je voudrais savoir de vous. Ne me dites aucun nom, ce serait un abus de confiance, et je ne vous en crois pas capable. Dites-moi seulement la somme qu'on vous a proposée. Cela me suffira.

— Je n'ai reçu aucune offre, Monsieur le Directeur.

— Qu'est-ce qui, sinon, aurait motivé de votre part une démission si surprenante ?

— C'est simplement que je veux partir. Partir ! De la banque, de cette ville, de ma vie telle qu'elle est actuellement...

— Ah ! Un marginal ! »

Vielig se racla la gorge, tira sur son cigare et envoya au plafond une énorme volute de fumée.

— Ce virus idiot vous a donc saisi, vous aussi ? Tout

envoyer promener, et éventuellement travailler au Honduras comme cueilleur de bananes... Mais c'est une stupidité !

— Peut-être. » Hamacher regarda son directeur en souriant. « Mais des cueilleurs de bananes, il en faut... il serait vraiment dommage que la banane manque dans une salade de fruits !

— Bon, Hamacher, parlons sérieusement. » A nouveau, Vielig disparut derrière un épais nuage de fumée. « Je ne voulais pas que vous le sachiez maintenant. Je voulais vous le dire seulement à la fin de l'année, mais vu les circonstances, je vous l'annonce quand même : en mai prochain, le poste de directeur de notre succursale d'Euskirchen sera vacant ; je vous avais pressenti pour cette mission, et voilà que vous vous mettez en travers de mes projets !... Enfin quoi ! Hamacher, devenir marginal... c'est de la folie ! Ici, vous êtes quelqu'un, vous occupez une position solide, on vous respecte. Que voulez-vous de plus ?

— La liberté ! L'indépendance absolue !

— Mais, bon Dieu ! qu'entendez-vous par là ? Vous êtes dans un monde libre, vous vivez librement dans une démocratie modèle...

— ... mais je vous ai au-dessus de moi, puis, plus haut le P-DG, puis, plus haut encore, les autorités de tutelle ; je dois toujours faire des courbettes !

— Jamais je n'ai exigé de vous quelque chose de semblable », rétorqua Vielig, très offusqué. « Hamacher, j'en viens à croire que vous êtes malade !

— Oui, malade à force de désirer la liberté totale. Je voudrais être demain à Shanghai, puis dans trois jours à Manille, et dans une semaine, étendu sur une plage à Waikiki... et est-ce que je peux le faire ?

— Mais la vie réelle, ce n'est pas cela ! Ce n'est qu'une illusion !

— Pour des millions de gens, sans doute, mais pas

pour moi. Peut-être suis-je fou, mais je me sens bien ainsi.

— Et votre fiancée, que dit-elle de tout ça ?

— Je me suis séparé de Barbara. Voilà déjà deux semaines. J'ai aussi donné congé à mon propriétaire, et mes meubles seront vendus lundi. Monsieur Vielig, durant toutes ces années j'ai gagné beaucoup d'argent. En outre, j'ai profité de l'excellente conjoncture boursière. J'ai acheté à bas prix et revendu fort cher. J'ai amassé un capital suffisant pour revenir dans ce monde étriqué si, d'aventure, la liberté absolue se révélait n'être qu'un leurre, et si je me rends compte que le rêve et la réalité sont inconciliables. Mais, avant tout, il me faut partir loin de cette vie où l'on respire un air vicié. Chaque homme est différent, Dieu merci, et pour ma part, je suis un amoureux fou de la liberté. De surcroît, à trente-deux ans, je ne suis plus apte à être rééduqué, mais je suis encore assez jeune pour tenter autre chose.

— Vous êtes un aventurier qui ne se l'avoue pas, hein ? Et à présent c'est l'inconnu, l'étranger qui vous attire. »

Le directeur Vielig tira deux fois de suite sur son cigare et souffla énergiquement la fumée.

— Peut-être..., convint Hamacher.

— Je m'en rends bien compte, cela n'a aucun sens de discuter raisonnablement avec vous. Un voyageur, on ne peut l'entraver. Mais, bon sang ! j'ai devant moi un homme promis à un brillant avenir ! Et que fait-il ? Il part dans le désert ! » Vielig regarda Rudolf Hamacher, comme pour le jauger. « Et vous vous estimez en assez bonne condition pour vous lancer dans cette aventure ?

— Oui. Pendant mes dernières vacances j'ai passé un test d'entraînement à la survie. J'ai un permis bateau à moteur ainsi qu'un permis de conduire toutes catégories. Je me suis fait faire un check-up médical complet : tomographie, Doppler et ultrasons. Résultat : ma santé est insolemment bonne. De plus j'ai appris le kung-fu, je sais tirer et me débrouiller avec un arc et des flèches. Je sais nager, plonger, sauter en parachute, utiliser toutes sortes d'armes et lancer le poignard.

— C'est fou ce qu'un directeur commercial a de temps libre à sa disposition ! » observa Vielig avec sarcasme. Il se leva et tendit la main au jeune homme : « N'attendez pas de moi que je vous souhaite bonne chance pour cette folie. Néanmoins, j'aimerais que nous nous revoyions lorsque vous en aurez soupé, de votre liberté absolue ! »

Voilà, tout avait commencé ainsi. Puis ce fut la première étape : les États-Unis, le Texas. Dans un ranch. Un travail harassant. Et il dut réapprendre à monter à cheval, bien qu'il eût suivi des cours d'équitation à Cologne. Mais c'est une chose de se produire élégamment à cheval, au trot ou au galop, dans le Bois municipal de Cologne ou sur l'esplanade Jahn, et une autre de devoir capturer un taurillon au beau milieu d'un troupeau.

Là, au Texas, dans la petite ville d'Ebony, pour sept cents dollars, il s'était procuré un passeport établi au nom de Ron Edwards ; il avait fait disparaître à jamais le nom d'Hamacher. Le directeur des Crédits était bien mort. Sa vie antérieure avait disparu.

Le Texas... puis San Francisco... puis, par-delà les mers, vers Hawaii... ensuite Samoa, Palau... la Papouasie-Nouvelle-Guinée l'avait attiré... De là, il était allé en Australie, où il était demeuré un an. Dans l'Outback, le désert Rouge, au beau milieu du continent, il chassait le kangourou et le chameau sauvage, dormait à même le sol, parmi les aborigènes, les plus anciens habitants de l'Australie, et apprit d'un guérisseur comment on fabriquait un onguent aux vertus thérapeutiques, à base de têtes de serpents bouillies.

Et maintenant, il est à Tonga, le dernier royaume des mers du Sud, avec un roi, Taufa'ahau Tupou IV, qui pèse près de deux cents kilos, ce roi à qui les larmes montent aux yeux chaque fois qu'il écoute des chansons populaires allemandes ou une symphonie de Beethoven ! Tonga, aux îles innombrables, et avec sa pimpante capitale Nukualofa, où il n'y a pas de gratte-ciel, et où les constructions n'excèdent pas deux étages, y compris le palais royal, avec son toit d'un rouge éclatant et ses tourelles.

Seules deux bâtisses se distinguent avec leurs trois étages, constituant une exception à Nukualofa : l'hôpital, récemment édifié, long bâtiment moderne, de conception surtout allemande, et l'hôtel Data-Line, le meilleur de Tonga, où on vit baigné dans une atmosphère internationale.

Ron Edwards débarqua à Nukualofa au petit matin, après que le cargo *Debby Burger* eut accosté le long du Yellow Pier ; il venait de Nouvelle-Zélande et, à l'en croire, il allait bigrement mal. Pour la première fois depuis trois ans, il avait eu la tentation de télégraphier depuis Auckland à sa banque, à Cologne, pour qu'on lui envoie le plus d'argent possible afin qu'il rentre. Première classe, trois menus, champagne, whisky ou vodka, siège-couchette, walkman-radio avec six programmes, un film vidéo au cinéma du bord, et de merveilleuses hôtesses, toutes aux petits soins, chacune une beauté des îles.

En Nouvelle-Zélande, qu'il nommait « Pays de velours et de soie », et où il était presque décidé à rester, redevenu sédentaire, il lui était arrivé quelque chose qui l'avait pratiquement découragé.

Bien entendu, c'était une femme qui était cause de tout cela ; comment aurait-il pu en être autrement ? Elle s'appelait Eileen. Eileen Marchand, fille de l'un des plus gros éleveurs de moutons du pays. En Nouvelle-Zélande, il y a soixante-dix millions de moutons, et Ron Edwards avait trouvé du travail chez un homme qui en possédait exactement deux cent trois mille quatre cent cinq. Il apprit la technique de la tonte.

Il n'était pas très rapide, et n'aurait certes pas pu se mesurer avec le champion du monde de tonte, qui en moins d'une minute était capable de dépouiller complètement une bête à la laine épaisse. Néanmoins, il faisait correctement son travail et s'entendait bien avec les autres employés de la ferme ; le soir, il chantait des chansons s'accompagnant de sa guitare. Impression tout à fait romantique : le feu de camp dont la flamme danse, les escarbilles qui s'envolent, et tout autour le ciel de velours, la pleine lune, le paysage vaste et vallonné, ponctué çà et là de bosquets ou de buissons, et évoquant la Toscane. Ici, on pouvait vivre, loin de tous les problèmes européens ou allemands, qui de si loin paraissaient si minuscules et si dérisoires que les journaux du cru n'en parlaient qu'en passant. Qui donc, dans ce pays, s'occupait des hommes politiques qui critiquaient d'autres hommes politiques ?... en Allemagne, ç'aurait été une affaire d'État. Le monde était vaste et beau — c'était ce que Ron avait toujours cherché. Et c'est ainsi, près du feu de camp, jouant sur sa guitare et chantant d'une voix agréable, qu'Eileen le vit pour la première fois. Elle s'adossa à un arbre, attendit la fin de la chanson, puis applaudit à tout rompre.

« Bravo », cria-t-elle, encore cachée par l'ombre de l'arbre, « c'est plus beau que la télévision ou la radio ; vous devriez chanter sur Radio-Auckland.

— Cette idée me serait insupportable, rétorqua Ron.

— Pourquoi ?

— Parce que, dans ce cas, je ne pourrais pas vivre de façon aussi décontractée, vêtu d'un simple pantalon, d'une chemise et d'un foulard.

— Est-ce là tout ce qui vous plaît ?

— Pour l'instant, oui. D'autres plaisirs ne se sont pas encore offerts à moi.

— Ferme ta gueule ! » murmura le tondeur assis près de lui, « c'est la fille du patron ! Fiancée à un architecte. Ne te mets pas dans une situation difficile. »

Eileen s'avança dans la lumière du feu et elle lui sembla

un ange descendu de ce ciel de nuit. Ron joua un accord sur sa guitare, se leva d'un bond, puis s'inclina.

Bien qu'il sentît son voisin lui donner un coup dans le mollet, il dit :

« Pour vous, j'enlèverais volontiers ma chemise, mon pantalon et mon foulard. Qui aurait pu penser cela ? »

Elle riait d'une façon claire et excitante à la fois. Entouré par le halo tremblotant de la lueur du feu, son corps lui-même ressemblait à une grande flamme. Ron Edwards prit sa guitare et la regarda, soutenant son bleu regard plein d'étincelles.

« Continuez à chanter... s'il vous plaît, dit-elle.

— Une romance ?

— Ce que vous voulez. Je veux seulement entendre votre voix. »

Ainsi commença l'histoire de Ron et d'Eileen. Et, par la suite, tout se déroula dans l'ordre prévu : d'abord elle lui ôta son foulard, puis sa chemise, puis, dans un endroit secret et reculé de la villa, ses autres vêtements.

Les semaines qu'ils passèrent ensemble furent merveilleuses. Ce ne fut qu'ivresse et jouissance céleste ; une sainte fatigue, un courant chaud passant d'un corps à l'autre, puis l'irruption du sommeil, dans une étreinte passionnée.

Ron Edwards en vint même à décider de demeurer en Nouvelle-Zélande, de recommencer une nouvelle vie confortable et de planter là sa quête de liberté absolue, pour l'amour d'Eileen. Elle l'avait ensorcelé, et après l'amour, au moment où ses doigts tendres lui caressaient la peau, Ron se demandait : Mon vieux, que t'est-il arrivé ? Tu as changé... du loup que tu étais, te voici devenu un petit chien, qui met sa tête sur les genoux de sa maîtresse.

Tout cela jusqu'à l'arrivée de Stan Wilson, l'architecte de Wellington, le fiancé.

Il surgit un beau jour, sans crier gare ; il avait bien sûr

une clé de l'appartement d'Eileen ; il entra dans la chambre et les vit tous les deux nus sur le lit, fumant une cigarette pour se détendre. Sur la table de chevet d'Eileen se trouvaient deux coupes et une bouteille de champagne.

Stan Wilson était un gentleman. Il ne s'énerva pas, ne se rua pas sur les amants, mais se contenta de s'approcher du lit.

« Il t'a violée, n'est-ce pas ? » demanda-t-il en dégainant un revolver qu'il portait à sa ceinture, « et tu n'as pas pu t'y opposer, c'est ça ?

— Oui, Stan, c'est ça ! »

Eileen parlait d'une voix cassée, mais ses paroles demeuraient compréhensibles ; à ses côtés, Ron, soudain, se sentit comme cloué sur le lit.

« Je t'en prie, rengaine cette arme », demanda Eileen à son fiancé.

Stan obéit, rangea le revolver dans son étui et s'adressant à Ron :

« Allez, sortez du lit, espèce de porc ! » lui dit-il, toujours aussi calmement. « Allons au jardin, et réglons ça d'homme à homme. Non, je ne vous abattrai pas. Une balle coûte soixante cents... et vous ne valez pas tant ! J'attends dehors. » Stan Wilson sortit de l'appartement, et Ron s'habilla sans jeter un seul regard à Eileen.

Elle tenta bien de dire quelque chose, mais il se détourna, refit le nœud de son foulard et sortit, sans une parole.

Dans le jardin, Stan Wilson faisait les cent pas avec nervosité. Lorsqu'il aperçut Ron, sortant de la maison, il ôta sa veste et l'accrocha à une branche.

« Si vous n'êtes pas un lâche, on règle ça entre nous, et puis vous disparaissez à jamais. »

Ce furent les dernières paroles audibles que Stan Wilson put prononcer pendant longtemps. Quand un adversaire pratique le kung-fu et que soi-même on n'a que ses poings à lui opposer, on est perdu d'avance. Stan en fut convaincu dès le premier crochet à la poitrine qui le fit se plier comme un canif avant de tomber à terre. Un coup porté légèrement du revers des deux mains paralysa ses bras, il entendit ses os craquer, et lorsqu'il tenta une seconde fois de se relever, la pointe d'une chaussure bien ajustée l'atteignit au menton. Il perdit connaissance, en ayant l'impression que sa tête venait d'exploser.

La même nuit, Ron prit la route d'Auckland, avec la moto de Phips, le tondeur. Arrivé au port, il attacha au guidon une étiquette avec le nom de Phips et son adresse. Au dos, il écrivit : « Vas-y, gueule, mais pardonne-moi ! Je ne pouvais pas faire autrement. Adieu, Phips, nous ne nous reverrons jamais. »

Il trouva un boulot d'aide-cuistot sur le cargo *Debby Burger.* Son salaire n'était même pas d'un cent, mais il était nourri et dormait dans un hamac, au milieu des grumes.

Lorsque le cargo quitta le port d'Auckland et que son rêve néo-zélandais se fut dissous dans le brouillard du matin, Ron jura que jamais, au grand jamais, il ne sacrifierait encore sa liberté pour la poitrine d'une femme. Et il se dit que cette tentation pernicieuse de télégraphier à Cologne et de se replonger dans la mère patrie n'était qu'une folie, et qu'il ne devait pas y succomber encore une fois.

Tonga !

Oui, car maintenant, il était à Tonga ; il avait pris congé de l'équipage du cargo et flânait au hasard, par les rues de la ville. Dans le restaurant chinois de Tonga-Hua, il s'offrit une bière, incroyablement chère, et mangea du poulet aux nouilles, au riz et aux champignons noirs. Ensuite, il descendit l'artère principale, la Taufa'ahau Road, resta un moment en arrêt devant le consulat d'Allemagne fédérale et regarda la plaque ovale frappée des armoiries nationales. Enfin, parvenu dans la basilique catholique, dont le bâtiment dominait le reste de la ville, il s'assit sur un banc et se dit : Et maintenant ? Maintenant, tu te trouves dans le dernier paradis des mers du Sud, tu es un fuyard, qui a probablement transformé un mari légitime en invalide ; tu es assis dans une église, ce qui ne te serait jamais arrivé auparavant, et tu vas mal. La liberté absolue... c'est quoi ? Et où est-elle ?... Oh ! Merde ! Alors il s'agenouilla devant une statue de la Vierge portant l'enfant Jésus dans ses bras et dit — et sa voix était devenue vaguement audible : « Pardon, ma Sainte Mère, j'aurais pu attendre d'être dehors pour me défouler. »

Jusqu'au soir, il visita la ville de Nukualofa. Il assista au match de football entre deux équipes des élèves de la Tupo High School, et marcha jusqu'au cimetière où il regarda, non sans étonnement, ces tombes entourées de bouteilles enfoncées dans le sol cul en l'air, comme autant de sépultures de poivrots. Il vit aussi les mausolées pompeux bâtis par les rois dans Laifone Road. Comme le crépuscule descendait, il alla au syndicat d'initiative, sur Vuna Road, demander s'il lui serait possible de dénicher une chambre correcte et bon marché.

La jolie Tongane aux yeux noirs regardait Ron, de son guichet, l'air intéressé. Un jeune homme blond et fort est toujours agréable pour une femme polynésienne.

« Vous venez d'arriver ? » demanda-t-elle dans un anglais chantant.

On eût dit le chant d'un grand oiseau.

« Touriste ?

— Comme vous dites, beauté ! Je désire rester quelques jours à Tongatapu. Où puis-je trouver une chambre ?

— Partout. Où vous voulez, *sir.*

— Qu'est-ce que vous me conseillez ?

— Pas cher et correct ?

— Exactement, mon cœur. »

La jeune femme se redressa, ses attraits apparurent en pleine lumière et elle fit mine de réfléchir intensément.

Retiens-toi, mon gars, pensa Ron, en se donnant un conseil à lui-même. Pour toi, désormais, les femmes seront des êtres neutres. Je t'en prie, pas de nouvelle embrouille ! Ne te fatigue pas, petite, tu ne m'intéresses pas.

« Peut-être la Kimiko Guest House ? » dit-elle soudain. « Elle se trouve juste à côté de la jetée du quai James... directement dans la rue de la mer. Dois-je faire le nécessaire ? »

Par bonheur, il y avait une chambre disponible, et, de surcroît, avec vue sur la mer. C'était une pièce claire mais meublée à l'économie. Le lit pourtant était bon, et la climatisation bourdonnait sans faire trop de bruit. Cette chambre coûtait douze pa'angas la nuit, et Ron calcula qu'en argent allemand, cela faisait environ trente marks.

« OK », dit-il en faisant un signe d'acquiescement à l'hôtelier. « Et combien, le dîner ?

— *Sir*, vous pouvez dîner à partir de six pa'angas. »

Ron pensa : Bon, eh bien, pendant deux jours je mangerai des fruits. Les mers du Sud sont un bien coûteux paradis pour les Européens.

Ron passa ainsi trois jours chez Kimiko, se fit conduire dans tous les points de l'île, par ces taxis découverts, à trois roues, et que l'on appelle *ve'etolu*. Il vit les récifs coralliens, la plage d'Oholei, les tombes en gradins et l'Arbre du capitaine Cook. Il essaya, mais sans succès, de visiter le temple mormon de Liahona et regarda, au Blow Hole, la mer écumante s'engouffrer dans un trou dans les rochers, et rejaillir en fontaine. Dans la forêt des « Renards volants », près de Kolovai — c'est comme cela qu'on appelle les chauves-souris à Tonga —, il s'assit sur une souche et observa leurs hordes, qui, effrayées par le bruit des coups de feu, s'enfuyaient à travers la forêt, tel un nuage soudain déployé.

Le quatrième jour, Ron reçut une visite. Non, ce n'était pas la jeune hôtesse du syndicat d'initiative, mais un officier du bureau d'immigration. Ron était assis dans un fauteuil de rotin, au jardin, quand l'homme, sanglé dans son uniforme, vint à lui en le saluant poliment. Il se présenta, en déclinant un nom incompréhensible, et s'assit en face de Ron, dans l'autre fauteuil de rotin.

« *Sir* », dit-il, avec beaucoup de diplomatie, « il ne s'agit que d'une question purement formelle. Vous êtes arrivé avec l'équipage du *Debby Burger,* n'est-ce pas ?

— Affirmatif, *officer.*

— Or, le *Debby Burger* est reparti il y a deux jours.

— Je le sais aussi.

— Et pourtant, vous êtes encore ici, chez nous. » L'officier se racla la gorge. « D'après nos lois, chaque voyageur qui visite Tonga doit être en possession d'un billet de retour ou d'un billet circulaire. En outre, il doit prouver qu'il dispose de moyens financiers suffisants. Je suppose que votre passeport est en cours de validité.

— J'ai tout ce que vous voulez, *officer,* sauf un billet pour aller quelque part.

— Voilà qui est fâcheux, *sir,* très fâcheux. » L'officier eut l'air soucieux, mais ne se départit point de sa politesse. « Que venez-vous faire à Tongatapu ? Quatre fois par semaine, il vous est possible de rallier Auckland, depuis notre aéroport de Fua'amotu.

— *Officer,* j'en viens, d'Auckland.

— Nous avons une liaison tri-hebdomadaire pour Pago Pago, les Samoa américaines, ou pour Suva, aux îles Fidji.

— Vous tenez à tout prix à me voir partir, *officer ?*

— Je veux seulement vous épargner des désagréments, *sir,* car au strict regard de la loi, vous êtes un immigré clandestin. Nous pouvons tolérer votre séjour à Tonga pendant trente jours, si vous pouvez nous prouver que vous êtes en possession de suffisamment d'argent pour cela. Si vous voulez prolonger votre séjour, il vous faudra faire une demande. Mais ce séjour lui-même est limité dans le temps. Au maximum six mois, et en aucun cas vous ne devrez accepter un travail.

— C'est à peu près la seule chose que je puisse vous promettre, *officer.* » Ron éclata d'un rire bref. « Je ne fais que visiter la planète, c'est tout. Et je suis à la recherche de la liberté absolue. Tonga — et je vous en demande pardon — ne me semble pas être le lieu adéquat. Ici aussi, il y a des lois, et je suis allergique à toute contrainte qui muselle les hommes. Je vous promets de quitter bientôt votre pays.

— *Sir,* puis-je me permettre une observation, d'ordre personnel ? » L'officier considéra Ron avec compassion : « Une observation peu amène ?

— Faites !

— *Sir,* vous êtes fou !

— Je le sais.

— Vous cherchez l'Utopie, et ne la trouverez jamais. Il n'y a plus de paradis. » L'officier reprit sa mine administrative. « Munissez-vous d'un billet d'avion pour où vous voulez et quittez l'île dans un délai de trente jours... Si vous désirez prolonger votre séjour...

— ... je sais : formuler une demande. Prouver que je ne vis pas aux crochets de quelqu'un, que je ne désire pas travailler à Tonga, ni que j'engrosse une Tongane...

— Ceci n'est pas inscrit dans nos lois. » L'officier ricana : « Nous n'enquêtons pas si loin dans la vie privée des gens.

— Me voilà rassuré. »

Ron se leva de son fauteuil. L'officier en fit autant.

« Je vais acheter un billet pour Vava'U.

— Cet archipel fait malheureusement partie de Tonga. Je vous conseille les Fidji, *sir.*

— *Officer,* j'ai entendu dire que sur environ cent soixante-dix îles que compte Tonga, seules trente-six sont habitées. On devrait pouvoir s'installer sur l'une de celles qui sont désertes.

— Chacun est libre de choisir son suicide. Mais ce qui jusqu'ici est demeuré inhabité, jamais vous n'en ferez un paradis. *Sir*, je vous attends dans mon bureau avec votre billet d'avion. Au plaisir, *sir !...*

— Merci, *officer*, je vais réfléchir à tout cela. »

Ron suivit pensivement l'administrateur des yeux. Un peu plus tard, il entendit le bruit d'un moteur, puis d'une voiture qui s'éloignait. Il regagna sa chambre, sortit de son sac à dos une de ses chaussures de rechange et en descella le talon : celui-ci était creux, et il y avait soigneusement rangé une liasse de dollars américains. Ron appelait cet argent « mon assurance-vie ». Le dernier sursaut d'un réflexe sécuritaire. Une « réserve en cas de pépin ». Il en sortit cinq cents dollars et sortit de l'hôtel. Sur la jetée de Fama, le quai d'où partent les ferries pour Eua, l'île voisine de Tongatapu, il avait découvert, au cours de ses promenades, un vieux chantier naval délabré, où l'on rafistolait les navires et où on les repeignait à neuf.

Un dénommé Topu Ha'ateiho, un être malingre au visage tanné par les embruns, regarda avec un certain ébahissement ce Blanc qui lui demandait :

« Est-ce qu'on peut acheter un bateau ?

— Pourquoi ? questionna Topu.

— Pour le cuire et le bouffer ! Allons, à quoi peut bien servir un bateau ? Je veux aller à Vava'U.

— Seul ? demanda le vieux, perplexe.

— Et pourquoi pas ?

— Il y a de vrais bateaux, qui vont là-bas, *sir !* Et eux, au moins, ils sont sûrs d'arriver.

— C'est ça, sécurité garantie et *tutti quanti !* Je veux y aller tout seul, vous me comprenez ?

— Non.

— Ça ne fait rien. Et alors, des bateaux, vous en avez à vendre ?

— Un certain nombre. Combien voulez-vous mettre ?

— Je voudrais d'abord en voir quelques-uns, puis nous discuterons affaires. »

Le marché fut conclu au bout d'une heure. Topu, flairant la bonne affaire — les Américains sont dingues, se disait-il en lui-même —, proposa un bateau qui semblait robuste, avec une petite cabine de pilotage, un moteur diesel poussif, et une pompe de cale. Il fit même une sortie de démonstration en mer, en compagnie de Ron, et put se rendre compte que ce fou s'y connaissait rudement bien en pilotage et qu'il avait le bateau bien en main.

« Je le prends, dit Ron. Convenons du prix. »

La discussion prit alors un tour âpre, discussion ponctuée par de grands gestes de Topu, en particulier quand il entendit que le prix du bateau serait acquitté en bons dollars américains.

« Mon dernier mot », dit Ron au bout d'une heure : « Quatre barils de fuel, une carte marine, un pistolet à fusées éclairantes, outils et gilet de sauvetage en plus du bateau... cinq cents dollars ! » Il prit les billets et les mit sous le nez de Topu. « Pas un cent de plus. Pour chaque mot que tu diras, je baisserai ma proposition d'un dollar. »

Topu Ha'ateiho réfléchit intensément. On pouvait le voir à son front qui se ridait et à ses yeux qui semblaient explorer l'intérieur de son crâne. Il regarda ensuite le vieux rafiot au bois délavé, sembla ruminer de délectables pensées et dit, traînant la voix :

« C'est pas la peine de discuter plus longtemps... prenez le bateau, en l'état, *sir*. Cinq cents dollars. Quand voulez-vous appareiller ?

— Dans deux heures.

— Dans ce cas, vous n'irez pas bien loin, *sir*, la nuit va tomber.

— J'ai le temps, tout le temps qu'il faut. Et dormir en

mer est merveilleux. J'ai vécu trois semaines le long du Riff australien.

— Alors, bonne chance, *sir.* » Topu se dit que Ron était bel et bien fou. « Dans deux heures, tout ce dont vous avez besoin sera à bord », lui promit-il néanmoins.

Et voilà, pensa Ron ; il s'étira au soleil, mit un mouchoir sur sa tête et sentit le vent chaud caresser son corps. C'était il y a deux jours...

Le bateau tanguait au gré de la faible houle, et sous les planches du pont, on entendait le vieux moteur qui ahanait et tournait à un rythme irrégulier. Sans doute plein de calamine et trop d'huile... Sur Vava'U, il y a sûrement des ateliers où on pourra le réparer. Mon gars, il faut que tu tiennes jusque-là. On va y aller sans se presser, je vais économiser ton souffle, mon ami, et à Neiafu, on te changera tout ce qui ne va pas ; tu auras l'air d'un jeune homme...

Vint le moment où il s'endormit. Il se réveilla parce que le vent s'était levé et qu'il avait l'impression d'être allongé dans l'eau. Il pleuvait bel et bien, et des gouttes lourdes et grasses. Le petit bateau dansait sur les vagues.

Ron se précipita, remonta l'ancre et courut à la cabine de pilotage. Sur le tableau de bord, sommairement aménagé, une petite lampe rouge clignotait. Alarme ! La pompe de cale ne travaillait pas comme il le fallait. Lentement mais inexorablement, le bateau se remplissait d'eau. Ron ne s'en aperçut que lorsque la ligne de flottaison lui parut plus haute qu'à l'accoutumée. Les hautes vagues déferlaient désormais à même le pont. Le bateau était plus difficile à barrer.

« Topu, espèce de voleur, tu t'es foutu de moi ! » dit Ron, s'étranglant de colère ; il agrippa fermement la barre. « Ce rafiot ne vaut même pas cent dollars. Mais numérote tes abattis, si jamais tu me rencontres à nouveau ! »

Il pénétra dans la minuscule cabine, poussa la porte de

la chambre des machines et resta immobile au milieu de la boue huileuse qui lui baignait les pieds. Elle recouvrait le sol sur au moins dix centimètres, et son niveau montait très rapidement. Les deux pompes de cale ne fonctionnaient pas. La lampe, dans la cabine, vacillait, le groupe électrogène était en train de rendre l'âme.

Les jambes nues, Ron parvint en pataugeant jusqu'aux pompes ; il tenait à la main une clé à pipe, et s'en servait pour taper sur l'une des pompes. Parfois ce miracle s'accomplissait. Lui-même en avait fait l'expérience dans la Pampa argentine, dans un car de tourisme, qui s'immobilisa, refusant de repartir. Le conducteur émit quelques jurons bien sentis, alla chercher ses outils, vissa, dévissa, souffla dans les tuyaux, nettoya les bougies avec une brosse métallique... l'autocar ne voulait rien savoir.

Ayant épuisé toutes les ressources de sa science, et très découragé, le conducteur du car envoya promener ses outils, grimpa sur l'aile et cria : « Saloperie ! foutue saloperie ! » et il frappa un grand coup sur le moteur. Et, voyez-vous ça ! ce dernier s'ébroua, et ronfla bravement jusqu'à la ville comme si rien ne s'était passé.

Mais ça, c'était en Argentine ; une pompe tongane réagit autrement. Quoique Ron s'acharnât sur elle en criant, lui aussi : « Saloperie ! foutue saloperie ! » et qu'il la rouât de coups, la pompe restait sourde. Au contraire, le moteur commença à tousser pitoyablement, et sentait si fort le fer brûlé qu'on eût dit qu'il se consumait de l'intérieur.

Et l'eau montait, montait. Le ciel semblait s'être fendu et des masses d'eau chaude en croulaient.

Le Pacifique, vraiment, n'était plus pacifique du tout, mais projetait le bateau dans les airs, puis le laissait lourdement retomber dans des abîmes d'écume. A chaque déferlante, les vagues se précipitaient sur Ron et emplissaient d'eau la cabine. Ron grimpa, atteignit le poste de pilotage, trempé jusqu'aux os, et dut encore lutter avec une vague avant de parvenir à verrouiller la porte. Il se pencha sur la carte marine qu'il avait posée sur la planche à dessin, regarda fixement le compas tordu, et vit que ce dernier non plus ne fonctionnait pas.

J'avais cru tout possible, pensa-t-il, mais pas que je doive un jour couler. Or, il semble que telle soit ma fin. Se noyer au Paradis. Le destin aime l'humour noir.

Sans paniquer, il étudia une fois encore la carte marine. Admettons que je sois ici, réfléchit-il, et il posa l'index sur un point de la carte. Le vent vient du sud-ouest et me pousse. Ce foutu moteur est bien trop faible pour pouvoir maintenir un cap. Donc le vent me pousse dans cette direction. Et à une vingtaine de milles, il y a une île. Habitée ou pas, qu'importe. C'est la terre, la terre, la terre ferme...

Et mourir de faim dure plus longtemps que la noyade. Et que sont quelques milles, grands dieux ? Tu vas y arriver, sacré vieux moteur ! Tu dois y arriver.

Il détacha le gouvernail, vira de cap, et appuya sur la manette du démarreur. Plein régime... Bon Dieu, vas-y, tousse, crache et râle, moteur, mais tiens le coup !

Et la mer qui montait, inexorablement, et le bateau qui s'enfonçait lentement. La petite cabine était déjà noyée sous une vingtaine de centimètres d'eau, et il pleuvait, il pleuvait...

Non, à vrai dire, ce n'était plus de la pluie, mais une coulée descendue de nuages fendus en deux.

Soudain, le moteur émit un râle rauque, et ce son exprimé semblait un soupir de douleur, puis il se tut. L'eau qui montait l'avait atteint et noyé. « Et voilà, fini, *amen !* » dit Ron.

Il appuya son front contre la vitre de la porte de la cabine. Au-dehors il vit la mer écumante et remarqua comme sa meurtrière était belle.

2

En pareille situation il y a des gens qui, ne voyant plus d'issue, s'assoient et prient. Il y en a d'autres qui, écrasés de désespoir, crient de toute leur âme puis sombrent dans la folie. Et il y a enfin les gens qui s'assoient sans bruit dans un coin, ferment les yeux et, vaincus, attendent la fin.

Ron Edwards était d'une autre trempe : il ne se rendait pas tant qu'il pouvait encore penser et raisonner. Il se battait, même en se disant qu'au fond ce combat était vain. La mer était la plus forte, aucun doute possible, et s'il parvenait à survivre à la mer, il y aurait encore les requins. Il devait réfléchir à cette alternative : se noyer ou être dépecé puis dévoré. Battons-nous d'abord contre la mer, ensuite nous verrons.

Il prit, dans la cambuse, le gilet de sauvetage qui faisait partie de l'équipement, mit la bouée autour de sa taille, puis s'agrippant à la cabine de pilotage, atteignit la poupe du bateau où un minuscule canot pneumatique, aux couleurs passées, était amarré à des cordes usées par l'eau de mer. Il le largua, sauta à son bord et se laissa emporter par une vague déferlante. Quelques minutes plus tard, il vit son bateau s'abîmer et être englouti par une vague immense. Jamais il n'atteindra le fond, pensa-t-il. Ici, c'est l'une des fosses sous-marines les plus profondes du monde, la Fosse des Tonga. Elle a, en profondeur, trois mille mètres de plus que l'Everest en altitude. Qui pourrait imaginer cela ? La pression de l'eau va disloquer le bateau et les planches arrachées dériveront loin, portées par la houle.

Ron s'allongea dans le petit canot pneumatique, s'amarra solidement aux cordages latéraux, prévus pour le maintien, et attendit, désormais, que le caoutchouc du canot cède et qu'il ne lui reste plus rien d'autre à faire qu'à nager.

Il n'est rien de plus impertinent qu'une pluie tropicale. Elle commence soudainement et cesse aussi brutalement qu'elle avait commencé ; puis le soleil revient dans le ciel, aussi brûlant qu'auparavant, comme si rien ne s'était passé et que les cataractes qui se sont abattues sur nous n'avaient été qu'illusion. De même, le vent ne s'acharne plus sur la mer. Il est devenu un doux soupir qui vous caresse la peau.

Il y avait maintenant deux heures que Ron dérivait à bord de son vieux canot pneumatique. Quand la pluie cessa, quand le soleil se mit à le sécher et que son corps commença à se couvrir d'une mince pellicule salée et irritante, alors il eut soif. Mais il n'y avait rien à boire. La seule chose que Ron avait pu sauver du naufrage était un sac de lin vert. Il y trouva ses papiers, le pistolet de détresse, une boîte de fusées éclairantes, un couteau-scie et une paire de ciseaux. Équipement de secours pour la survie.

Ron pensa avec amertume qu'une bouteille d'eau et un paquet de biscuits auraient été mieux venus. On a en effet pensé à tout, à la survie dans la jungle ou même dans le désert. On a observé comment on pouvait obtenir du liquide en pressant la chair des serpents ou en suçant des cactus. Mais à la mer, on n'y a pas pensé ! De l'eau, partout, mais que l'on ne peut boire, car elle est salée. Survivre en mer, on ne s'y est pas entraîné et l'homme est, ici, plus faible que la nature qui ne se laisse pas dominer.

Donc, nous allons nous laisser dessécher, pensa Ron. Nous avons vaincu la mer, je suis hors d'atteinte des requins, si du moins mon canot tient le coup, mais le soleil, c'est lui qui aura ma peau. Le soleil... Comme c'est ingrat de sa part, moi qui l'ai toujours aimé, et c'est lui qui m'assassine.

Quand la mer se fut apaisée, il prit sa petite pagaie et essaya de maintenir le cap du canot. La pellicule salée lui mordait la peau, son palais lui semblait être de cuir. La mer et le soleil l'éblouissaient. Les yeux mi-clos il pagayait, et le canot avançait toujours. De temps en temps il regardait sa montre... trois heures... quatre heures... cinq heures... Le temps se dilatait, devenait interminable.

Il doit tout de même bien y avoir une île quelque part, pensa-t-il. Une terre, sur laquelle quelque chose pousse. Et là où quelque chose pousse, il y a de l'humidité. Sans eau, point de vie. Soleil, ô ingrat, offre-moi donc une île.

Six heures durant, il avança sur les flots ; les vagues devenaient de moins en moins fortes. Il pagayait, se reposait, puis pagayait à nouveau, jusqu'à ce que les muscles de ses bras s'ankylosent, et que la mer, tout autour de lui se mette à étinceler.

Épuisé, il s'allongea une nouvelle fois dans le canot pneumatique, ferma les yeux et attendit la fraîcheur de la nuit. Dans un journal, il avait lu qu'un homme avait dérivé sur la mer, dix-sept jours durant. Et il avait survécu. Il attrapait des poissons, les mangeait crus, prodiguant ainsi un peu de liquide à son corps.

Ce que cet homme a fait, je peux le faire, pensa Ron. Simplement, repose-toi, attends le soir, et tu attraperas un poisson, tu le saigneras à blanc et tu mangeras sa chair. Après environ sept heures, il lui sembla dans le lointain deviner un trait vert. Il se dressa, mit ses mains au-dessus de ses yeux, et fixa l'horizon.

Vert, vraiment vert... quelque chose comme une haute

barrière de palmiers, comme la terre... la terre... Soleil, est-ce une île ? est-ce vraiment une île ? Vais-je donc survivre ?

Ron saisit la pagaie, et, rassemblant ses dernières forces, commença à ramer. Et plus il approchait, mieux il pouvait discerner le trait vert : les palmiers caractéristiques, à la silhouette courbée par les vents, les vagues écumantes le long du récif corallien, l'éclat du sable de corail blanc... la vie, la vie, la vie !

Soudain, il se sentit parcouru par une énergie indomptable. Il pagayait régulièrement, s'approchant de l'anneau corallien, et voyait déjà les pilotis des cases polynésiennes, avec leurs hautes toitures et leurs pignons pointus, semblables à de grandes voiles. Alors, il se mit à crier et à faire des signaux, agita sa pagaie dans les airs, puis longea le récif.

De l'île, aucune réponse. Il ne voyait personne sur le sable blanc. Mais là où il y a des maisons, il doit y avoir des hommes. Il avançait le long du récif, cherchant une passe vers l'île ; il devait bien y avoir une entrée, car on voyait sur la plage des pirogues à balancier, ces embarcations avec lesquelles on peut aller pêcher dans les eaux de l'atoll formé par les bancs de corail. Il n'était pas concevable que les insulaires se contentassent de vivre dans cet espace clos, derrière le récif.

Ron reprit sa pagaie et fit des signaux. On devait le voir, comme lui voyait les cases et les embarcations. De quelque part, on devait l'observer, mais on ne l'aidait pas à trouver la passe !

« Hoé ! » cria-t-il en direction de l'île. « Hoé ! bande d'abrutis... vous ne voyez pas dans quel état je suis ? Venez donc ! A l'aide ! Hoé ! »

Il maintenait toujours le petit canot le long du récif, à bonne distance toutefois, afin de ne pas déchirer la coque sur les pointes acérées du corail. Enfin, il trouva la passe, une encoche d'à peine trois mètres de large, à travers laquelle une pirogue à balancier passait tout juste. Prudemment, Ron pagaya vers la lagune. L'eau n'y était pas bleue, mais d'un vert scintillant, avec des plaques argentées. Lentement il fit échouer le canot sur la plage blanche, non loin des pirogues qu'on avait hissées sur le sable, car, à l'endroit où elles se trouvaient, il y avait forcément une profondeur d'eau suffisante, sans pointes de corail, mais avec un estran sableux plat.

Et, tout à coup, des gens se montrèrent. Trois hommes larges et trapus, aux mollets musclés, des pêcheurs et des chasseurs, comme il en avait déjà rencontré à Tonga et surtout à Samoa. Quelques silhouettes se dissimulaient derrière les hautes toitures des cases, regardant avec curiosité, et plusieurs enfants coururent à la rencontre des trois hommes en ramassant de grosses pierres. De toute évidence, on n'aimait guère les étrangers, et on les accueillait avec défiance.

Ron échoua son canot sur le sable, en descendit et croisa ses deux bras sur sa poitrine, la paume des mains bien en évidence... tous comprenaient ce geste, même les aborigènes de Papouasie : c'est le signe que l'on ne veut pas la violence, et la preuve que l'on vient sans armes.

Un vieil indigène se détacha du groupe des trois hommes et s'approcha lentement de Ron. Il avait une lance dont la pointe de fer était dentelée. Son corps musclé était recouvert d'une tunique chamarrée, faite de palmes tressées ; autour du cou, il portait un collier de coquillages, et sur la poitrine un médaillon fait de dents de requin ; aucun doute n'était possible, il s'agissait du roi de l'île.

Ron resta sans faire un geste et jeta un regard rapide vers les enfants prêts à lancer leurs pierres. A cette occasion, il remarqua que des hommes armés de javelots, d'arcs et de flèches prenaient place derrière les palmiers. Les flèches étaient sans doute empoisonnées, mortelles à coup sûr, quand bien même ne feraient-elles qu'érafler la peau.

L'homme à la lance se tenait environ à trois mètres de Ron, il leva sa main gauche, la paume tournée vers ce dernier, et, d'une voix sourde, dit : « *Talitali fiefia, Tangata'eiki* » (bienvenue, étranger).

Ron Edwards baissa les bras. Il n'avait pas compris un traître mot mais l'attitude du vieil homme lui indiquait qu'il n'avait rien à craindre. Néanmoins, il avança lentement, monta d'abord le long de la grève doucement inclinée, puis s'arrêta sous un palmier courbé, et se retourna. Les trois hommes étaient derrière lui, silencieux, de sorte qu'il ne les avait pas entendus marcher.

« Quelqu'un d'entre vous parle-t-il anglais ? », demanda Ron.

Ce mot, « anglais », avait dû être compris : ils secouèrent la tête et l'homme à la lance dit : « *Ikai'* » (non). En même temps, il fit un geste en direction des cases. Les femmes disparurent en un instant, derrière les hauts toits aux pignons pointus, et les enfants lâchèrent les pierres qu'ils tenaient en main, et ne montrèrent plus, pour l'étranger, que de la curiosité.

« Et maintenant », se dit Ron en murmurant, « mon gaillard, regarde-moi, et tu sauras d'où je viens. Mais comment te le faire comprendre ? Essayons le mime. Ce que les Papous ont compris, tu le comprendras aussi... alors... regarde bien ! »

Ron fit un geste pour s'identifier : il se frappa la poitrine et bougea la tête.

« Mon nom est Ron Edwards. Je viens de Tongatapu. »

Tout en prononçant ces paroles, il montra la mer, et, de sa main gauche, imita les mouvements d'un bateau. Le vieil homme comprit et eut un large sourire.

« *Ko hoku hingoa ko Fatahefi Tapana* », répondit-il en

se nommant. (Mon nom est Fatahefi Tapana). Puis d'un geste qui embrassait la palmeraie : « *Tonu'Ata*...

— Bon, eh bien, tout cela fonctionne à merveille ! Tu es donc Fatahefi Tapana et l'île s'appelle Tonu'Ata. »

Ron acquiesça. Puis, de nouveau, il montra la mer, fit le geste du rameur, laissa retomber sa main, laissa dodeliner sa tête, les yeux fermés.

Tapana comprit immédiatement. Il passa devant Ron, se retourna et fit un geste, l'invitant à le suivre. « *Alu* », dit-il, ce qui voulait dire « suivez-moi ! » à ce que Ron comprit instantanément.

Il mena Ron à une case, vaste et peinte de couleurs chatoyantes, construite au centre du village, sa case, la demeure de la lignée royale — Ron le vit tout de suite — et il le fit entrer.

A l'intérieur régnait une agréable fraîcheur. Le toit de palmes élevé jouait le rôle de ventilateur empêchant l'air de stagner. Ron aperçut une natte de paille, le long du mur du fond et, d'un seul coup, se sentit libéré de la certitude qu'il mourrait de faim ou dévoré par les requins ; la fatigue qui le paralysait s'empara de lui. Il alla vers la natte en titubant, s'y laissa tomber, et de ses deux mains jointes en forme de demi-sphère, fit le geste de boire. Tapana acquiesça de nouveau, posa sa lance le long du mur, puis sortit.

Ron s'allongea sur le dos et regarda la haute toiture aux poutres artistiquement ciselées, taillées dans du bois de palmier, ainsi que le treillis du plafond. Je suis sauvé, pensa-t-il, mais je me trouve pourtant dans une fichue situation ! J'ai atterri sur une île, le long de laquelle les siècles semblent avoir glissé sans laisser de trace. Qu'une chose pareille puisse être encore possible !

Il ne vit pas que l'épuisement était en train de le vaincre, et il s'endormit. Dans la demi-conscience, il sentait sa gorge desséchée et se mit à déglutir avec peine.

La sensation de l'eau lui coulant sur le corps le réveilla.

C'était une merveilleuse impression. Il se redressa et sentit alors deux mains qui nettoyaient son torse, tout en le caressant.

Il regarda, ahuri, et vit deux yeux presque noirs, juste au-dessus des siens. Puis il vit de longs cheveux noirs, un nez fin et une bouche souriante. Il voulut s'asseoir.

« *Ikaï' ! Ikaï' !* » (Non ! non !), dit une voix claire. Deux mains fines le repoussèrent sur la natte ; de nouveau, il sentit qu'on le massait, et que le sel, sur sa peau, se dissolvait.

« *Fefe hake ?* » (Comment allez-vous ?), demanda la voix. La tête disparut de son champ de vision. Ron se souleva sur ses coudes et vit, assise près de lui, une ravissante jeune fille. Ses yeux brillaient, elle lui fit un signe de tête amical, essuya ses mains sur son paréo multicolore et lui montra l'autre coin de la pièce. Il y avait là, disposés sur des feuilles de palmier, deux noix de coco ouvertes, quelques fruits qu'il ne connaissait pas, un morceau de viande rôtie froide et trois grosses patates douces bouillies.

« Tu es un ange », dit Ron, et, se saisissant de la première noix de coco, il but le lait rafraîchissant, à grandes goulées avides. C'était comme une éponge qui se gorge d'eau. Il sentit son épuisement disparaître, sa respiration redevenir plus aisée, et sa gorge desséchée être à nouveau souple. Il mangea la viande, et l'une des patates douces, puis mordit à même un fruit, dont la saveur aigrelette rafraîchissait extraordinairement.

La jeune fille était accroupie à ses côtés, le regardait et souriait. Seuls les habitants du Paradis sont aussi beaux qu'elle, pensa Ron, et il but le lait de la seconde noix de coco.

Quelque chose de miraculeux émane de sa personne, et qu'on ne peut définir. Gauguin a essayé de rendre ce charme si particulier, mais la réalité est bien plus belle.

« Merci, dit-il. Qui es-tu ? »

Elle haussa les épaules, secoua la tête et rit. Puis elle se leva, regarda Ron encore une fois, de ses yeux perçants, et enfin s'en alla d'un pas gracieux. Elle disparut dans un tel silence qu'il dut se passer les mains sur son visage pour s'assurer qu'il ne rêvait pas.

Pendant un certain temps, on le laissa seul. Ron attendit, puis, comme rien ne venait, il se leva et sortit.

L'homme à la lance était assis près de la case ; il s'arc-bouta à son arme et fit un signe à Ron. Tous les deux, ils traversèrent le village, suivis par les regards des femmes et des enfants, brûlant de curiosité ; ils s'arrêtèrent devant une case que le vent avait déformée. Le toit tressé était percé par endroits, la porte de planches était de guingois, à l'intérieur de son chambranle de bois de palmier.

Le chef montra la case d'un geste et, désignant la porte d'un air engageant, hocha la tête en regardant Ron, puis s'en retourna au village. Mon nouveau chez-moi, pensa Ron. C'est ainsi que je dois comprendre cette invitation. Quelque amicaux que vous puissiez être, mes très chers... je ne resterai pas ici plus de temps qu'il ne faudra. Vous n'habitez pas sur une autre planète, votre île appartient aux Tonga, et le prochain bateau qui lèvera l'ancre d'ici me prendra très certainement à son bord et me reconduira dans le monde civilisé.

Il poussa la porte et pénétra dans la case : elle se composait d'une seule pièce. Il demeura immobile et admiratif : la case était meublée et on avait l'impression que son locataire venait juste de la quitter : sur une table, deux verres et de la vaisselle de terre cuite peinte. On voyait aussi un lit, deux tabourets, une armoire en bois de palmier et, sur une desserte étroite, un broc de fer-blanc, près du mur. Sur la table, des papiers ainsi qu'un livre noir épais, et relié de lin. Au-dessus, accroché au mur, pendait un petit crucifix argenté.

« Mais, c'est incroyable ! » dit Ron, rompant le silence qui régnait là, et s'effrayant ainsi de sa propre voix. Il regarda fixement la croix, prit un tabouret et s'assit devant la table étroite. Avant même d'ouvrir le livre, il sut qu'il s'agissait d'une Bible. Il l'ouvrit, lut le titre, *Les Saintes Écritures,* et laissa le livre se refermer tout seul. Devant lui, la croix d'argent scintillait dans la lumière passant par les trous de la toiture.

Ron jeta un regard sur les papiers qui couvraient la table, des feuilles écrites au crayon à papier, formant une liasse déjà défraîchie, mais dont les pages, numérotées, étaient cependant lisibles. Il classa ces feuillets, poussa la Bible dans un coin près de la croix, et se mit à lire :

« Mon nom est Emmanuel Richards » — ainsi commençait ce journal rédigé d'une main énergique et d'une écriture bien droite. « Qu'il soit béni et croie en Notre-Seigneur, celui qui trouvera ces feuilles. Je suis un missionnaire, un père de la congrégation du Christ Souffrant. J'ai cinquante-quatre ans, et Dieu a décidé de me rappeler à lui, dans son Céleste Empire. Je sais que je dois me hâter d'écrire tout ce qui va suivre... mon cœur ne tiendra plus longtemps, car déjà la poitrine me brûle et je respire avec difficulté. Mais je veux vivre encore assez longtemps pour pouvoir rendre compte de mes actions.

« Je suis arrivé sur cette île en 1951, exactement un 21 mars, peu avant Pâques — un signe du Seigneur, pour m'encourager, pensé-je. La fête de la Résurrection. L'Évangile de la Vie Éternelle. J'ai accosté dans ces parages par hasard. Mon pilote tongan avait perdu sa route en barrant mon petit bateau, que j'utilisais toujours pour ma tournée dans cette paroisse, cet archipel fait d'une poussière d'îles. Il était ivre et quand cette île apparut à l'horizon, il cria : " Je ne suis encore jamais venu ici ! Je ne connais pas cette île ! Elle doit être peuplée de païens, mon père, qui vont nous massacrer ! " Mais ils ne nous massacrèrent pas et permirent à Nukunuku, mon pilote, de repartir avec le bateau. Pour ma part, je demeurai avec eux, sur cette île perdue. Je compris leur langue et leur parlai de Dieu, de Marie et de Jésus, et ils m'écoutèrent comme on écoute un conteur. Il y a un an de cela. Une année a passé qui fut belle et fructueuse. Ils ont appris à prier et à cultiver la terre ; avec eux, j'ai sculpté le bois et tressé les palmes, j'ai baptisé les nouveau-nés et enterré les morts. J'ai vécu avec eux comme si j'avais été l'un des leurs. Mais un soir, le chef me demanda : " Qui est ton Dieu, et que veut-il de nous ? " Je compris alors que, pendant toute cette année, je m'étais trompé... bardé de cette certitude qu'il me suffisait de leur parler de Dieu. Est-ce pour cette raison que mon cœur se dérobe ? Le Seigneur me convoque-t-il au rapport ? Je ne sais. Tout ce que je sais, c'est que mes forces m'abandonnent, que mon cœur s'affaiblit de plus en plus, et que l'oppression qui envahit ma poitrine se fait toujours plus intolérable.

« Que celui qui lira ces lignes veuille bien dire une prière à mon intention. Ceci est mon vœu ardent, car je m'en vais le cœur lourd. J'ai aimé vivre parmi ces êtres, quand bien même ne suis-je pas parvenu à leur faire rencontrer Dieu. Quatre-vingt-quinze pour cent des Tongans sont chrétiens... mais les cinq pour cent qui restent sont aussi les enfants de Dieu. Toi qui liras ces lignes, dis-leur. *Amen.* »

Ron reposa les feuillets et regarda la croix, pensif. Un étrange sentiment s'empara de lui ; il n'avait pourtant qu'une piètre estime pour les gens d'Église. Mais ici un homme avait laissé son âme s'épancher avant que son cœur ne s'arrête, un homme seul qui avait failli.

Il prit la Bible, la mit sous son bras et quitta cette case que le vent avait disloquée. Au-dehors, l'obscurité s'étendait sur la mer, l'horizon s'enflammait au couchant, la lagune avait des reflets d'or vert et les palmiers semblaient d'immenses silhouettes.

La jeune fille qui l'avait lavé et lui avait apporté à

manger était assise sur une grosse pierre polie par la mer, et, de la plage, contemplait le large.

« Eh ! », cria Ron. « Même si tu ne me comprends pas, regarde-moi. »

Il alla vers elle, montra la Bible, tapota sur la couverture et fit les gestes décrivant une tombe. La jeune fille sembla le comprendre, car elle sourit ; elle se leva et le conduisit. Pas très loin de la case, elle s'arrêta et lui montra un emplacement au milieu d'un bosquet de palmiers.

« Ici ? » demanda Ron et il regarda le sol lisse.

Il pointa son doigt, et de nouveau, la jeune fille acquiesça. Évidemment, pensa-t-il, il est là depuis trente-cinq ans. Il ne doit pas en rester grand-chose. Ils l'ont enseveli ici, cet étranger blanc, lui qui racontait de si belles histoires sur ce Dieu qui aimait tous les hommes. Et un typhon était survenu, sans doute la moitié de l'île en fut-elle submergée, les palmiers craquèrent comme fétus de paille, les toits des cases s'envolèrent dans le ciel en furie, et les indigènes se réfugièrent dans la partie médiane de l'île, qui était surélevée ; là, comme toujours, ils implorèrent la clémence de leurs dieux irrités.

Un an, voilà qui est bien peu pour pouvoir invoquer un autre Dieu, miséricordieux, celui-là. Où était-il donc passé, ce Dieu, quand le typhon dévasta les palmeraies ?

« C'est ça, Emmanuel Richards ? » demanda Ron.

Il s'avança au milieu du cercle dissimulé par les arbres et regarda l'endroit où ils avaient enterré Richards.

« Tes papiers, je vais les envoyer aux membres de ta congrégation. »

Il s'inclina, posa la Bible sur le sol, puis se retourna. La jeune fille, juste derrière lui, le regardait avec de grands yeux étonnés ; elle dit quelques mots. A son intonation, Ron comprit qu'elle lui posait une question.

« Tu ne comprends pas, mon ange, dit-il, quelle force intérieure habitait Richards, et quel idéal de vie l'animait, ni même ce qui lui est arrivé. Un jour, peut-être, qui sait, m'arrivera-t-il la même chose ? Tu es trop belle ; je veux partir d'ici. A quand le prochain bateau ? Y a-t-il seulement des bateaux qui passent par ici ? Si seulement tu pouvais me répondre ! »

De la main, il caressa son épaule nue, et le contact avec sa peau chaude et lisse l'électrisa, pendant une seconde, il sentit qu'il ne respirait plus. Arrête cette idiotie, Ron, se dit-il, et il retira sa main brusquement. Tu as déjà eu assez de problèmes comme ça ; ne touche pas à cette beauté des îles.

Le dernier reflet du soleil pâlit très vite, et l'obscurité descendit sur la mer et la petite île. Çà et là, dans les palmiers, on entendait crier les oiseaux de nuit ; sur le lagon, une petite lumière floue dansait au gré des flots... un pêcheur qui rentrait au village à bord de sa pirogue à balancier. La jeune fille prit la main de Ron et le conduisit hors de la palmeraie. Ils marchaient côte à côte, silencieux et atteignirent la vieille case du père. La jeune fille joignit ses mains gracieuses et s'inclina légèrement. Ron la regarda s'éloigner vers le village, silhouette mince, belle et séduisante ; une séduction à laquelle toutefois il ne voulait pas succomber.

Il rentra dans la case du père. Elle était totalement plongée dans l'obscurité. Il resta debout dans l'embrasure de la porte, et réfléchit pour savoir avec quoi il pourrait faire de la lumière ; une bougie, une lampe à pétrole, un briquet ou une petite boîte d'allumettes. Mais non, il n'y avait rien de tout cela. Et même en admettant qu'il pût y en avoir eu un jour, ces objets auraient disparu depuis longtemps... trente-cinq ans... que c'est long ! Il venait à peine de naître. Trente-cinq ans, quel long chemin à parcourir, quand il est devant nous, et comme il nous paraît court ensuite ! Il tâtonna le long du mur, et sa main finit par rencontrer les contours d'une armoire. Maintenant, faisons le tour de l'armoire, encore un mètre... ça v est, le lit devrait se trouver là, le long du mur du fond. Il continua à avancer, les bras tendus. Ses genoux rencontrèrent le bois du lit, et il sut qu'il était arrivé.

Il s'assit prudemment sur la natte de palmes ; elle sentait le moisi, et grinça lorsqu'il s'y allongea. Progressivement ses yeux s'accoutumèrent à l'obscurité. Les villageois avaient donc tout laissé en l'état, après le décès du Père Richards, se dit-il. C'est probablement là, sur cette paillasse qu'il est mort, et c'est moi, maintenant, qui suis allongé dessus, moi que la mer a jeté sur cette île comme un morceau de bois. Et d'ailleurs, je ne suis rien d'autre... De nouveau, cet instinct qui lui commandait de repartir vers la sécurité de sa vie antérieure par le premier avion s'empara de lui.

Pourquoi suis-je donc parti de chez moi ? réfléchit-il. Parce que la routine me soulevait le cœur ? Parce que je me rendais compte que j'étais habillé d'un uniforme invisible ? Parce que ma quête de la liberté absolue m'a rendu fou ? Qu'est-elle donc, cette liberté ? Où la trouver ? Où se cache-t-elle ? Si chacun pensait et agissait comme je l'ai fait, le monde ne serait qu'un chaos.

Ça fait trois ans que tu voyages, Ron Edwards, et en es-tu plus heureux ? Sois franc : que t'ont apporté ces trois années ? Tu connais à présent pratiquement la totalité du globe... cependant, durant trois ans, tu n'as fait que te tromper toi-même, te mentir.

Longtemps, il resta éveillé et tenta de se révolter contre ces pensées déprimantes ; il pensait au matin qui viendrait et au moyen de quitter cette île du bout du monde. Il ne s'endormit qu'au petit jour.

La sensation qu'on l'observait le réveilla. Il sursauta, pendant un moment ne sut où il était, puis reconnut le toit percé, et se laissa retomber sur sa natte moisie.

Il entendit un léger froissement derrière sa tête. En un instant, il fut à bas de son lit, roula sur le côté et se retourna brusquement. Mais ce n'était ni un rat, ni un serpent. La jeune fille s'était accroupie derrière son lit, le long du mur en feuilles de palmier, et elle lui souriait. A côté d'elle il y avait encore des fruits et des galettes minces, cuites à même une pierre chaude.

« *Malo e lelei ki he pongipongi ni...* », dit-elle en lui faisant un signe.

Ron en déduisit que cela devait vouloir dire quelque chose comme : « Bonjour ! » Il remarqua qu'elle était vêtue d'un autre paréo que la veille, rouge, celui-ci, et agrémenté de raies blanches.

« Tu es bougrement belle, dit-il. Mais ne me regarde donc pas de cette façon si séduisante ! Je ne suis pas un homme pour toi. A la première occasion je m'en irai — nous n'avons donc pas assez de temps pour mieux nous connaître. De plus, je n'ai aucune envie d'être empalé par tes compatriotes et aucune femme au monde n'en vaut la peine. »

Il s'assit sur le lit, prit une galette encore chaude, la rompit et commença à manger. La fille le regardait comme un animal exotique auquel elle viendrait d'apporter sa pitance. Ron venait de manger le deuxième de ces fruits juteux et aigrelets quand Fatahefi Tapana entra dans la case, demeurant dans l'encadrement de la porte, et s'appuyant sur sa lance. Il dit quelque chose, qui, d'après l'intonation n'avait pas l'air amical. Ron leva les mains et secoua la tête.

« Elle était déjà là quand je me suis réveillé, protesta-t-il. Je ne l'ai pas attirée à moi, si c'est ça qui te chiffonne. Et si c'est ta fille, surveille-la bien ! » Il s'essuya le visage et remarqua que son front ruisselait de sueur. « Mais enfin, bon Dieu ! comment te ferai-je comprendre que je ne veux que partir d'ici et qu'un flirt ne m'intéresse pas ? Il doit bien y avoir un moyen de partir d'ici ! Vous ne vivez tout de même pas sur une autre planète ! »

Tapana montra l'extérieur de la case, fit un geste en direction de Ron l'invitant à le suivre et sortit. La fille se leva également, portant le plateau de bois avec les fruits et le gobelet. Ses longs cheveux recouvraient ses épaules nues comme un voile, et le paréo glissa un peu, permettant à Ron de voir l'ébauche de ses seins, quand elle ramena sa chevelure en arrière d'un geste nonchalant.

Il faut que tu partes d'ici, avant de devenir déraisonnable, pensa-t-il, effrayé de son désir de la prendre entre ses bras. Mais que t'arrive-t-il, bougre d'imbécile ? Le monde fourmille de jolies femmes, et c'est justement ici, sur cette île perdue, que tu perdrais la tête ? A moins que tu ne veuilles demeurer parmi ces villageois ? Veux-tu partager leur solitude ? Si c'est non, alors, au moins, reste indifférent à cet ange noir.

Il sortit, et la lumière crue le fit cligner des yeux. Il regarda le lagon aux reflets verts et aurait bien voulu y plonger et y nager. Mais Tapana l'attendait. Ce ne serait sans doute pas très malin de le mettre en colère. Pendant que Ron marchait vers le village aux côtés du chef, il regardait de tous côtés, furtivement. Il ne vit que des femmes et des enfants, mais point d'homme en armes pour l'attendre. Lorsqu'il passa à côté des pirogues multicolores qu'on avait halées sur la grève, Ron s'arrêta et montra les embarcations. « Moi », dit-il, se frappant la poitrine et montrant les pirogues, « moi, je veux un bateau. Je paie bien. » Il frotta son index contre son pouce, espérant que Tapana comprendrait. Mais quel idiot tu fais ! pensa-t-il au même instant. Que peuvent faire ces gens avec de l'argent, et connaissent-ils même son usage ? Quand y eut-il ici un homme civilisé ?... il y a trente-cinq ans ?... le père Richards ?

Tapana regarda Ron et secoua la tête. Il marcha devant Ron et, rentrant dans la case royale, il fit comprendre à celui-ci qu'il devait l'attendre ; il en ressortit peu de temps après et lui tendit un pantalon délavé, ravaudé et qui avait dû être bleu, une chemise blanche pleine de taches de moisissures, une paire de chaussures ravagées et une soutane jaunâtre, jadis blanche, probablement, et qui tombait jusqu'au sol.

Tapana tendait ces objets à Ron, et les lui montrait, comme s'ils avaient constitué le plus précieux cadeau qu'il eût pu lui faire.

Les habits du père Richards ! Ils l'ont donc enterré nu, pensa Ron en tressaillant. Ils ont conservé ses vêtements, et, de ce fait, sans le savoir, les ont changés en reliques. Et c'est moi, justement, qui devrais les passer, alors que je doute de tout ce qui sort de la bouche d'un homme d'Église ? Tapana, je ne peux pas, je ne veux pas... Si je m'habille avec ces vêtements, ma peau me brûlera comme si je marchais dans les orties !

Tapana le regardait avec insistance et lui tendait toujours les habits. Ron se mordit la lèvre inférieure, chercha un moyen d'en finir et, enfin, prit en soupirant les chaussures, le pantalon, la chemise et la soutane.

« Tu as encore autre chose ? demanda-t-il. Oui, bien sûr, tu dois encore avoir une foule d'objets lui ayant appartenu : il avait certainement une montre, pas vrai ? Et il manque tout l'attirail du culte... la boîte à hosties, le calice, la cassolette d'encens... tu vas m'apporter tout cela, Tapana, je le sais. »

Il mit les habits du Père sous son bras, retourna à sa case en ruine, enleva son jean et enfila le pantalon de Richards. Il lui allait comme un gant, comme s'il avait été taillé tout exprès pour lui, et Ron s'imagina à quoi pouvait bien ressembler le père. Même taille que lui, sans doute, peut-être un visage anguleux, surmonté de cheveux blonds. La chemise également lui allait, quoiqu'elle fût un peu large, ce qui signifiait que Richards devait être un peu plus corpulent que lui. Les chaussures, dont le cuir, au fil des années, avait fini par durcir, avaient une pointure de trop, mais elles constituaient une magnifique protection contre les pointes de corail dont le sable était parsemé.

Cependant, quand après avoir enfilé la soutane, il boutonna le bouton du haut, Ron se sentit mal à l'aise, comme s'il eût été un ecclésiastique de carnaval qu'on lorgnait d'un œil sévère.

« Je l'enlève tout de suite, Emmanuel ! » dit-il dans le silence de sa case. « Je vais seulement faire quelques pas avec, puis je l'accrocherai à côté de la croix. »

Il tourna une fois sur lui-même, regrettant, en cet instant, de ne pas avoir de miroir à sa disposition, puis il sortit. Il marcha lentement, vers le village, par la plage, blanche silhouette que le soleil illuminait. Le vent jouait avec la soutane et en gonflait l'étoffe comme une voile... et soudain, il ne fut plus seul. Trois vieillards vinrent à lui, en courant, depuis le village ; ils lui barrèrent la route en s'agenouillant et ils levèrent leurs mains ridées.

« Non ! C'est une erreur ! » cria Ron. Et il sentit son cœur battre rapidement, en même temps qu'une vaine colère montait en lui. « Ce n'est pas moi ! Nom de Dieu ! Levez-vous, espèces de vieux gâteux ! Vous avez compris : je ne suis pas le père Richards ! Je ne viens pas vous apporter de Dieu étranger, je ne veux pas prêcher le bien ou le mal. Je veux seulement foutre le camp d'ici ! Foutre le camp ! »

De ses doigts tremblants, il déboutonna la soutane, la fit rapidement passer par-dessus sa tête et la jeta sur le sable corallien.

Les trois vieux se prosternèrent, approchèrent d'eux le vêtement et le baisèrent. Puis ils se mirent à psalmodier, de leurs voix fluettes et tremblotantes, et ils regardaient Ron Edwards.

Il se retourna, ramassa la soutane et s'en alla.

3

PENDANT le reste de la journée, il resta dans sa case. Il avait roulé la soutane en boule pour s'en faire un oreiller, non seulement parce que de la sorte il se trouvait confortablement installé, mais aussi en guise de protestation silencieuse, parce qu'on le considérait désormais comme le successeur du père Richards. Personne ne lui rendit visite, ce jour-là, pas même la belle Tama'Olu. Elle ne lui apporta rien à manger, ni à boire, ni des fruits. Il ne put se délecter de la contemplation de son sourire et de son beau corps.

Bien que cela fît à peine deux jours qu'il était sur cette île où la mer l'avait jeté, il s'ennuyait déjà de la jeune fille. Pendant des heures, il attendit en vain que la porte disloquée par le vent se mette à grincer, il attendit la douce voix de Tama, les mots si beaux qu'elle disait et qu'il ne comprenait pas. Il eût tellement voulu entendre le crissement de ses pieds sur le sable de corail.

Et il se sentait énervé au-delà de toute mesure ; car, plus il tentait de ne plus songer à Tama, plus ses pensées le ramenaient à elle. En outre, les trois vieux, sans doute baptisés par le père Richards, s'étaient assis devant sa case, à l'ombre des palmiers et, chacun à leur tour, entonnaient des mélodies, de leurs voix aiguës de vieillards, des mélodies qui s'inspiraient des cantiques d'église. Dès que l'un d'eux s'arrêtait, un autre reprenait ;

cela dura des heures, sans qu'ils montrassent de fatigue, et ce chant à la fois monotone et vacillant exaspérait les nerfs de Ron.

Il roula des feuilles dans ses mains, les fit gonfler dans l'eau et s'en boucha les oreilles. En vain. Au plus profond de lui-même, il entendait résonner ces mélodies qui sonnaient faux ; il pensait à Tama'Olu, à ses yeux noirs et à son beau corps séduisant.

Ce fut seulement quand le soir tomba que les trois vieillards interrompirent leurs chants et s'en retournèrent au village. Ce fut alors Tapana qui vint, apportant un morceau de porc grillé qu'il tendit à Ron. Puis il quitta la case, et s'assit au-dehors, sur le tronc d'un palmier abattu et attendit que Ron vienne le rejoindre.

« Ça ne peut plus continuer ainsi, Tapana », dit Ron, en s'asseyant près de lui. « Ou bien je deviens fou dans ton paradis, ou bien je séduis ta fille, ce qui est aussi fou ! »

Tapana comprit seulement son nom, secoua la tête et se désigna du doigt.

« Bon, écoute ; essayons autre chose », proposa Ron.

Il s'accroupit, prit une brindille et, dans le sable blanc encore chaud, il dessina les contours d'un bateau... d'abord les cheminées, puis le mât, et enfin les voiles. Il tapota le dessin de la pointe de la brindille et montra la mer.

« Est-ce qu'un bateau vient ici ? » demanda-t-il.

Tapana regarda le dessin dans le sable et, au ton interrogateur de Ron, il comprit ce que ce dernier voulait dire. Sans un mot, il lui prit la brindille des mains et effaça le dessin.

« *Ikai'...* », dit-il en secouant la tête. (Non !)

— Tonnerre, aucun bateau ne vient ici ?

— *Ikai'...*

— Mais c'est tout bonnement impossible ! Vous ne vivez pas sur une autre planète et vous êtes sujets du roi de Tonga. De temps à autre quelqu'un doit bien venir vous voir ! D'où viennent les étoffes que vous portez ? Les outils ? Les ustensiles de cuisine ? J'ai vu ici des aiguilles, des rouleaux de fil de fer et des câbles. Ils ne poussent pas comme des champignons ! Quelqu'un doit bien vous rendre visite... un marchand qui fait du cabotage d'une île à l'autre... Mon Dieu, comment t'expliquer cela ? »

Il regardait Tapana d'un air découragé, quand quelque chose attira son attention, et il reçut comme une commotion électrique. Enfin quelque chose que Tapana allait comprendre, et qui ferait sérieusement avancer la discussion. Autour de son cou à la peau brune, le chef portait un long collier de perles en verre multicolores, ainsi qu'un autre collier, plus court, fait de perles noires, toutes de même taille, et qui avaient un éclat mat. Qui donc avait bien pu vendre à Tapana cette verroterie et ce plastique noir ?

« Tu vois ! » Ron prit le collier dans la main et l'exhiba devant les yeux de Tapana. « Qui ? D'où cela sort-il ? Qui est-ce ? »

Le vieux chef sourit et, une fois encore, secoua la tête en disant :

« Gilbert Descartes. » Il prononça ce nom français sans le moindre accent. « *Kaume'a...* » (Ami.)

« On y est ! » et Ron respira profondément.

Donc, il y avait un nommé Gilbert Descartes qui commerçait avec les îles. Il montra la mer, une fois de plus, faisant un grand geste enveloppant tout l'horizon, vers le large.

« Où ? Où est Gilbert Descartes ? »

Tapana reprit le collier et tendit le bras : « *Lifuka,* dit-il. *Pangaï...*

— Bon, ça y est, compris. Et même compris que c'est une sacrée merde ! »

Ron posa son menton dans sa main droite et regarda la

mer. Lifuka, c'est le nom de la principale île de l'archipel des Ha'apaï, et Pangaï en est le port et la capitale. C'est là qu'il avait voulu aller, lors de son périple dans les Tonga, avant que la tempête ne le fasse échouer sur cette île, lui, ce misérable bout de bois à la dérive.

Gilbert Descartes vivait donc à Pangaï, ce qui signifiait que cette petite île, ici, appartenait à l'archipel des Ha'apaï ; c'était l'une des plus petites terres, qui se trouvait à l'écart des routes maritimes, qu'aucun avion ne survolait, et que même les Tongans ne connaissaient pas. Une minuscule oasis de pierres, de sable, de corail et de palmiers au milieu de l'immensité du Pacifique.

Quand donc Descartes reviendrait-il ? Dans six mois ? Ou plus tôt ? Etait-il venu ici il y a peu de temps, ou bien reviendrait-il dès demain, jeter l'ancre près du récif ? A qui demander ? Personne ne comprend l'anglais. Une seule chose avait grossi : l'espoir de quitter cette île un jour ou l'autre : le jour où Descartes accosterait.

« Mon Dieu, je ne t'importune pas souvent, mais là, j'ai besoin de toi : fais-le venir le plus vite possible », dit Ron, sur un ton implorant.

Lorsque le soir tomba, Tama'Olu revint en apportant de la viande froide, des bananes, des avocats à l'étuvée et une jarre de lait de coco. Elle portait également, sous son bras, une espèce de pot rempli de graisse animale d'où dépassaient trois tresses en fibres de palmes, une sorte de bougie, qui éclairerait l'intérieur de la case, repoussant une obscurité que seul aurait pu vaincre un clair de lune.

Pendant que Ron mangeait, Tama commença à faire du feu. Elle prit deux morceaux de bois sec qu'elle frotta l'un contre l'autre au-dessus d'une palme sèche. Elle frotta assez longtemps, et une étincelle jaillit du bois, qui se communiqua à la palme. Elle alluma alors les trois mèches au-dessus de cette flamme naissante. La clarté fut plus vive que Ron ne l'avait imaginé. Simplement, une odeur aigre et rance monta dans la pièce, quand la graisse commença à se consumer.

Assise à terre, ses deux mains élégantes croisées sur ses cuisses, la jeune fille observait Ron. Celui-ci mangeait et buvait le lait de coco, en fixant la lueur de la bougie. Elle portait à nouveau ce paréo rouge à grands motifs floraux blancs, et Ron songea à ce que Gilbert Descartes avait bien pu obtenir en échange de cette étoffe : des bois sculptés, des carapaces de tortues, des batiks de feuilles et de fibres de palmier, de teintes assorties, toutes marchandises, en somme, que l'on pouvait vendre à bon prix sur les marchés pour touristes, sous l'appellation « art indigène ».

Donc la civilisation s'était bel et bien glissée jusqu'à cette île. Ron devait d'ailleurs découvrir un peu plus tard qu'il s'y trouvait des « entreprises familiales » qui fabriquaient des jupes et des vestes de rabane, des tapis en fibres végétales ainsi que des broderies artistiques et des tentures murales. Tout cela, M. Descartes semblait l'échanger contre la pire pacotille et il venait sur l'île environ deux fois par an. De la sorte, il était le seul lien avec un monde lointain et inconnu, habité par des hommes à peau blanche. Tama'Olu portait autour du cou une de ces horribles breloques, un collier de perles de plastique noir, qui devaient coûter seulement quelques francs au marchand.

Ron se pencha vers elle, passa deux doigts sous le collier et voulut l'ôter du cou de Tama, mais elle se dégagea, en pressant son collier de ses deux mains, contre son corps, puis elle se mit, en marchant à genoux, hors de portée de Ron.

« Oui, oui, je sais, c'est pour toi un précieux trésor », dit Ron en secouant la tête. « Mais n'aie pas peur, je ne veux pas te le prendre. Un truc comme ça, tu pourrais l'acheter en Amérique pour quelques cents. Si vous vous doutiez que ce Descartes vous a grugés !

— *Ikai'* Descartes. » Tama leva les bras au ciel, comme pour se protéger. « *Ikai'...*

— Ce n'est pas Descartes qui t'a apporté ce collier ? » Ron sentit monter une sorte d'espoir confus, mêlé de trouble. « Quelqu'un d'autre vient donc sur l'île ? Il y a donc un autre marchand ? Tama, ma chère petite Tama, si je pouvais entrer en contact avec toi, je te dirais que vous serez bientôt débarrassés de moi, que ce n'est qu'une question de temps. »

Il acheva son repas, Tama se leva, ramassa les plats vides et quitta rapidement la case.

Ron la suivit, se promena un peu le long de la grève, et s'approcha à quelques mètres seulement du village. Il y regarda les indigènes, les uns assis dans leurs cases ouvertes, les autres étendus sur d'épaisses nattes. Trois chiens au poil ras, et à la queue maigre comme la lanière d'un fouet, vinrent rôder autour de lui, l'observant, mais n'aboyant pas. On eût dit qu'ils savaient qu'il appartenait au village — toléré car, ma foi, il était là, et dépendant de la générosité de ceux qui lui avaient procuré nourriture et gîte.

Il faut que je fasse quelque chose, pensa Ron. Je ne peux tout de même pas rester des jours et des jours assis sur la plage, ou bien devant ma case à scruter la mer en attendant qu'une voile ou une cheminée pointe à l'horizon... Je dois travailler, ainsi parviendrai-je à tuer le temps, et je ne sombrerai pas dans la folie.

Il revint à sa case, et les trois chiens l'accompagnèrent, jusqu'à ce qu'il eût refermé sa porte. Quand il regarda au-dehors, par un interstice de la paroi de bois, il vit que les chiens étaient assis devant la porte. A n'en pas douter, ils avaient décidé de passer la nuit près de lui.

« Vous avez bien raison », dit Ron, en allant se coucher. « Nous, les vagabonds, nous sommes une grande famille ; nous nous tenons les coudes. Bonne nuit, bande de maraudeurs ! »

Il plaça la soutane roulée en boule sous sa nuque et, pour la première fois depuis son arrivée ici, il sentit le sommeil le gagner très vite. L'espoir qu'il partirait d'ici dans un délai raisonnable — fût-ce en compagnie de ce filou de Descartes — l'apaisait profondément.

Il avait déjà oublié le collier de perles de plastique noir que portait Tama'Olu.

La disparition de cet étrange Américain qu'était Ron Edwards suscita trouble et interrogations à Nukualofa. L'officier du bureau d'immigration, celui-là même qui avait rendu cette visite soupçonneuse à Ron, dans son hôtel de la Kimiko Guest House, appela dans la capitale de l'île de Vava'U, Neiafu, mais on n'y avait vu aucun Américain débarquer.

« Une personne comme celle que vous décrivez aurait à coup sûr retenu notre attention », dit avec fierté le chef de la police de Neiafu. « Mes hommes contrôlent tout ce qui arrive ici, marchandises et passagers.

— Cependant, Edwards m'avait fait part de son intention d'aller à Vava'U. D'abord par avion...

— Dans ce cas, on l'aurait vu. Nul ne peut quitter l'aérogare sans avoir été contrôlé.

— Mais laissez-moi donc finir ma phrase, commissaire ! Nous avons appris, entre-temps, qu'Edwards est parti en bateau à moteur ; il l'avait acheté le jour même de son départ.

— Quand était-ce ?

— Il y a une semaine. Il devrait donc être arrivé.

— Si toutefois il n'a pas accosté dans une baie déserte. Nous ne pouvons tout de même pas surveiller toute la côte. » Le chef de la police de Vava'U se racla la gorge. « Qu'est-ce que cet individu a commis comme délit, *officer* ?

— Aucun. Aucun *pour le moment.* Mais il était

incapable de dire pourquoi il avait débarqué à Tongatapu. Il m'a semblé ne pas rouler sur l'or et il lui est interdit de travailler chez nous. Que vient-il donc faire ici, sans billet de retour ?

— C'est louche, *officer*.

— Très louche, et maintenant il est parti.

— Il réapparaîtra forcément quelque part. Il est forcé de faire le plein et de se ravitailler... au minimum. Et cela va s'ébruiter rapidement.

— Nous avons cent soixante-dix îles sous notre juridiction, commissaire, dit l'officier, soucieux.

— Mais seulement quarante sont habitées, et seule une petite moitié dispose d'une station-service. Pour prendre du carburant, il doit accoster sur une île importante. Et alors, nous l'aurons. Il y a seulement deux hypothèses, mon cher : ou bien il est à court de fuel, et dérive sur l'océan, affamé et à demi mort de soif, ou bien il va accoster quelque part et, bien entendu, sera vu. Il n'y a pas de troisième solution.

— Il peut avoir été repêché par un cargo.

— Dans ce cas, nous en sommes débarrassés et c'est l'essentiel !

— D'un certain point de vue, c'est vrai, commissaire.

— Mais dites-moi, *officer*, que trouvez-vous de si intéressant chez ce type-là ?

— Comment dire ? Ce n'est pas un vagabond comme les autres, ceux qui arrivent à Tonga en jouant les aventuriers. Ce Ron Edwards a déjà parcouru la moitié du monde et rêve encore d'un idéal de liberté absolue. D'un coin de terre où les hommes seraient des hommes, sans haines, sans conflits, sans mensonges ni tromperies...

— En bref, un doux dingue, *officer*. » Le commissaire de Vava'U éclata de rire au bout du fil. « Dans ces conditions, pourquoi vouloir absolument le rechercher ? Il va se perdre tout seul.

— Néanmoins, soyez vigilant ; je ne sais pourquoi, mais j'aimerais encore le revoir. »

Il raccrocha. Il alluma une cigarette et regarda le ventilateur qui bourdonnait au plafond.

Cet Edwards, pensa-t-il, est donc parti à bord d'un rafiot croulant ; il y a quelques jours, nous avons eu une tempête, courte, mais assez violente. Edwards a dû être surpris en pleine mer. Le bateau a-t-il pu résister à cette tempête ? Est-ce qu'il a dérivé vers la côte d'une de ces petites îles, que nous-mêmes ne connaissons que vues d'avion ? Un homme qui peut se nourrir de bananes sauvages, de poisson cru, de noix de coco et de racines, qui recueille l'eau de pluie, qui s'est construit une cabane de feuillages liés avec des lianes... un homme qui ne reviendra jamais, et qui, chaque jour, chaque heure, maudit le paradis où le sort l'a jeté, est-ce cet homme-là qu'est devenu Edwards ? Car, grands dieux, je ne peux tout de même pas le faire rechercher sur les cent soixante-dix îles ! Qui financerait une opération d'une telle envergure ? Le Conseil royal des Finances me prendrait pour un dingue !

Il écrasa sa cigarette dans un cendrier peint, et décida de chasser définitivement Ron Edwards de sa mémoire.

Depuis trois jours, Ron travaillait dur à remettre la case du père Richards en état. A l'aide d'une hache — peut-être de M. Descartes ? — il abattait de petits cocotiers qu'il écorçait et assemblait avec du raphia et des clous rouillés qu'il avait trouvés, pour confectionner une porte neuve.

Les trois vieillards sans doute baptisés l'aidaient à réparer le toit de la case. A cette fin, ils utilisaient des nattes en feuilles de bananier ainsi qu'un treillage de branches et de hampes de palmes entrelacées. Les trous des murs furent colmatés grâce à une bouillie de feuilles dénervées, humectées à l'eau de mer, une bouillie qui, en séchant au soleil, devenait aussi dure que la pierre. En outre, on prévoyait de construire un banc en rondins sur lequel il pourrait s'asseoir, et regarder la mer et l'embrasement des soirs.

Au crépuscule, Ron tombait de fatigue, mais il attendait toujours la venue de Tama'Olu ou de Tapana, son père. Il essaya d'apprendre quelques mots de tonganien, mais c'était une langue si difficile que ses premiers succès furent plus que mitigés.

Les deux premiers jours, une foule de villageois, des femmes et des enfants, surtout, s'installèrent près de la case de Ron, subjugués par son travail. Si d'aventure sa hache déviait, tous poussaient de hauts cris et rentraient leur tête dans leurs épaules ; mais ils l'aidaient à rompre les fibres de raphia, pour qu'il pût aisément faire son toit et sa porte.

Voilà déjà une semaine que je suis ici, pensa Ron, en s'accroupissant devant sa case et en regardant le ciel embrasé par le soir qui tombait. A travers la passe étroite, les hommes rentraient dans leurs pirogues à balancier, la pêche finie. Les petites voiles pointues semblaient avoir été trempées dans l'or du soleil. Dans le village, on avait allumé de petits feux dans des foyers de pierres sèches. Les femmes attendaient leurs maris, qui rapportaient la nourriture quotidienne.

Une semaine seulement... qui me semble une petite éternité. Un mois me semblera une année et au bout d'un an je serai devenu fou. Je ne dois pas cesser d'y penser. Espère, mon vieux ! Cette île aussi est un morceau de notre monde, et on ne l'oubliera pas. Rien d'inconnu ne subsiste plus sur notre planète. Donc, rebâtis une maison, aménage un jardin, recueille l'eau de pluie dans ton canot pneumatique et, quand tu n'en pourras plus, séduis la troublante Tama'Olu quand bien même son père te ferait battre à mort. Voilà au moins une fin acceptable. Il entendit, derrière lui, le sable crisser et se retourna brusquement. Quand on parle du loup... mais que les agneaux viennent aussi, voilà qui était nouveau. Tama était là, accroupie sur la souche d'un palmier abattu et le regardait avec des yeux vagues. Ron soupira.

« Il n'est pas bon que tu sois toujours fourrée près de moi », dit-il avec une certaine brusquerie. « Crois-en mon expérience. Jusqu'à présent aucune des femmes que j'ai tenues dans mes bras n'a regimbé. Non, au contraire, elles n'attendaient que ça. Retourne au village. Tu es bien trop belle, et ce serait un malheur pour tous les deux si je te gardais auprès de moi, dans ma case. »

Elle fit un signe de la tête, ce signe qu'elle faisait toujours lorsqu'elle ne le comprenait pas, resta assise sur la souche et attendit. Autour du cou elle portait toujours cet affreux collier de perles en plastique noir et, quelques jours auparavant, Ron avait vu d'autres femmes du village porter des colliers semblables. Ce Gilbert Descartes est un sacré coquin, avait-il pensé. Il échange de l'art océanien contre cette bimbeloterie kitsch et sans aucune valeur. Même si un jour, c'est grâce à lui que je quitte l'île, je lui botterai le train !

« Bon, si tu y tiens absolument, reste donc auprès de moi, dit-il. Mais au moins apprends-moi le tonganien. Je connais déjà un certain nombre de mots que je sais identifier. »

Il s'assit près d'elle sur la souche, lui montrant le soleil qui déclinait. Il lui fit un salut, comme s'il venait d'arriver, ou au contraire s'apprêtait à prendre congé.

« *Ta'ahine...* » Tama'Olu... bonsoir... mademoiselle Tama'Olu...

Tama le regarda, étonnée, sembla comprendre ce qu'il venait d'exprimer et dit presque enjouée :

« *Malo elelei ki he efiafi ni.* (Bonsoir.)

— Eh bien mes aïeux ! » Ron la regarda éberlué. « Je n'y comprendrai jamais rien ! C'est pire que le chinois et le japonais à la fois. Tama, mon doux ange brun, faisons l'inverse : apprends l'anglais, c'est plus facile et plus rapide. »

Il mit sa main sur son épaule nue, et, au contact de cette peau lisse, chaude et soyeuse, il frissonna et la retira aussitôt. Tama le regardait avec de grands yeux étonnés. Puis elle blottit sa tête contre l'épaule de Ron, sa longue chevelure noire lui caressant la poitrine ; son visage exhalait un doux parfum qu'il ne connaissait pas. Ron, encore une fois, montra le soleil couchant.

« Good evening », dit-il, d'une voix soudain enrouée. « *Ko koe* (à toi !).

— *Got eieiging* », répéta Tama, puis elle rit du mot qu'elle avait mal prononcé. « *Ma'kovi.* (C'est mauvais.)

— *I love you.*

— *Ei lawe yu.* » Elle rejeta sa tête en arrière, heureuse d'avoir pu mieux prononcer cette phrase que la précédente. « *I love you...*, répéta-t-elle.

— Si seulement tu savais ce que cela signifie ! » dit Ron, puis il soupira à plusieurs reprises. « Et maintenant, tu voudrais que je t'explique, pas vrai ? Allez, fillette, déguerpis ; je ne vais pas pouvoir me contrôler plus longtemps, car tu es bien trop belle pour ça. Or je ne veux pas avoir de problèmes avec ta famille.

— *Kohai ia ?* » (C'est quoi ?) demanda Tama'Olu en haussant les épaules.

Sa question comme ses gestes étaient assez explicites. Ron lui prit le visage, écarta une mèche de ses cheveux, et l'embrassa sur la bouche. Ses lèvres s'entrouvrirent, et il put goûter la saveur de ce parfum de fleurs, de lui inconnu, et dont elle s'était frictionné non seulement les cheveux, mais tout le corps.

Et, sans qu'il l'ait voulu, contre toute raison, il l'enlaça, la pressa contre lui, l'embrassa encore et encore, ses lèvres effleurèrent ses yeux, son cou, puis ses seins. Et elle lui caressait la tête, pâmée, et penchée vers lui. Soudain, il se détacha de son étreinte et sursauta :

« Je suis fou, s'écria-t-il. Tama tu m'as rendu fou, mais il ne faut pas que cela se reproduise. Avec quel diable de parfum t'es-tu enduite ? Il a fait chavirer mes sens. Allez va-t'en ! »

Il lui montra la direction du village.

« Mais tu ne comprends donc pas — ce n'est pas possible ! Ta tribu me tuerait, et elle aurait raison !

— *Ei lawe yu...* », dit-elle comme une petite fille qui réciterait un poème. « *Ei lawe yu...* »

Ron hésita. Il sentit qu'il était parvenu à la croisée des chemins, où tout se décidait, soit suivre la raison, soit les sentiments. Puis il se retourna brusquement et courut à sa case, comme s'il s'était déjà senti traqué par la famille de Tama'Olu. Parvenu à l'intérieur de sa maison, il resta adossé à la porte pour empêcher Tama d'entrer. Mais elle ne l'avait pas suivi.

Lorsqu'il entrouvrit la porte et hasarda un regard au-dehors, il la vit, toujours assise sur la souche, ombre dans l'obscurité blafarde, qu'éclairait seulement un mince croissant de lune.

Elle attend, pensa-t-il. Elle attend que je vienne la chercher. Je le voudrais tant, petite fille... Mais que le diable m'emporte si je le fais ! Il alla à son lit, se laissa tomber sur sa paillasse neuve, apportée par quelques femmes du village, mit ses mains derrière sa nuque et ferma les yeux. Dors, se dit-il. Bon Dieu, crétin, dors donc ! C'est la meilleure solution pour tenir le coup. Car si tu attires Tama'Olu à toi, tu ne partiras jamais de cette île. Et c'en sera fini de ta quête de la liberté. C'est une femme, une femme, comme par hasard, qui te retiens prisonnier. Mais c'était à prévoir ! Voilà trois ans que tu es parti, et par cinq fois déjà tu t'es dit : je reste ici, je peux vivre ici ; avec Eileen, Francesca, Juliette, Mary ou

Mona de Waïtomo, en Nouvelle-Zélande. Une descendante de Maoris. Une déesse, plus qu'une femme...

Et, cependant, chaque fois, tu es parti, lorsque tu constatais qu'elles te considéraient comme leur « chose ». Tu serais mort, étouffé par ces amours possessives. Et, maintenant, Ron, animal ! ? Qu'en est-il ? Ta raison te commande de t'en aller d'ici au plus vite. Mais veux-tu vraiment partir ? Interroge donc tes sentiments. Gilbert Descartes, quand viendras-tu donc me chercher ?

Puis il rêva qu'un beau yacht blanc jetait l'ancre de l'autre côté de la barrière de corail, et qu'un canot automobile venait vers l'île. Un gros homme, en sueur, avec une petite moustache, et un chapeau de paille, habillé d'un complet de coton blanc, sautait à terre en criant : « Vite, Edwards, montez à bord ! Vous avez tout pris ? Les affaires sont terminées, nous devons partir ; allez, montez ! » Il écoutait, et il s'entendit même répondre : « Gilbert, allez vous faire foutre ! Je reste près de Tama'Olu ; c'est là qu'est ma vie. » Alors Descartes se tapa le front, lui lança une injure obscène, retourna à son beau bateau blanc et leva l'ancre. Mais, alors que le bateau était encore en vue, une flamme jaillit de son flanc, et le bruit d'une explosion monta à travers les palmiers. Le bateau sombra au milieu d'une colonne de feu. Il n'y eut plus rien, plus rien que l'affreux rire gras et sarcastique de Gilbert Descartes.

Ron s'arracha à ce rêve, baigné de sueur. Il s'assit sur son lit et regarda autour de lui. Le soleil matinal brillait à travers les interstices des planches non encore rejointoyées, et, du village, montait le bruit d'un battement rythmé. Les femmes pilaient les racines de manioc, pour en faire de la farine, avec laquelle elles confectionneraient des galettes.

Au moment précis où Ron se levait de son lit, en s'apprêtant à bondir sur le sol, les pieds joints, le mouvement qu'il fit sembla soudain s'arrêter, comme en suspens. Devant son lit, à même le sol, Tama'Olu dormait. Son paréo avait glissé, dévoilant un sein, harmonieusement dessiné. Elle dormait si profondément qu'elle ne sentit même pas Ron l'enjamber et aller s'asseoir à la table vermoulue du père Richards.

Si je dis qu'elle a dormi au pied de mon lit et non dans mon lit, on ne me croira pas, pensa-t-il, et il ne se sentait vraiment pas bien dans sa peau. Comment me ferai-je comprendre de la famille, puisque personne ne saisit mes paroles ? Elle a passé toute la nuit près de moi, et c'est déjà suffisant ! Un homme et une merveilleuse jeune fille, seuls dans une case ? A quoi bon pinailler ? Personne au monde ne me croirait. Ils diraient : « Félicitations, jeune homme ! » ou bien : « Tuez-le ! Il a ravi l'innocence de Tama'Olu. A mort ! »

Sans bruit, il sortit de la case, regarda le village, se raidit et alla jusqu'aux maisons. Fatahefi Tapana était assis devant sa case, sur un cube de bois ouvragé, et regardait les femmes piler le manioc. Il fit un signe amical à Ron, et l'invita à s'approcher.

Ron resta debout devant le chef, montra sa case, et fit un geste de la main, comme pour chasser un essaim de moustiques. « Tama'Olu *Ikai !* » ajouta-t-il. Le mot « non » était pour lui la seule manière d'expliquer la situation. Tapana acquiesça, se leva de son tabouret de bois, attira à lui Ron stupéfait et l'embrassa sur les deux joues.

A cet instant, la porte de la case de Ron s'ouvrit et tous deux virent Tama courir joyeusement vers la plage, à travers le sable corallien. Elle se déshabilla et se laissa tomber nue dans l'eau chaude du lagon. C'était comme si elle se rafraîchissait après une nuit de passion.

« Tapana, c'est un malentendu ! s'écria Ron, un malentendu ! Comment te le faire comprendre ? Il ne s'est rien passé entre nous. Je ne l'ai même pas touchée. »

A nouveau le vieux marqua son approbation, embrassa

Ron encore une fois sur les deux joues et cria quelque chose aux hommes, là-bas, qui travaillaient aux pirogues. Ces hommes levèrent la tête, se mirent à rire et applaudirent. Une femme d'un certain âge — la mère de Tama'Olu ? — sortit de la case ne cessant de se courber devant Ron, le noyant sous un flot de paroles enthousiastes. Les femmes qui pilaient le manioc, elles aussi, éprouvaient une joie manifeste, applaudissaient, fascinées comme les hommes qui regardaient Ron avec des yeux rayonnant de bonheur.

Ils pensent exactement le contraire de ce que je redoutais, se dit Ron, quelque peu ébranlé. Et personne ne va me battre ni m'embrocher. Non, ils battent des mains, et Tapana m'embrasse comme si j'étais un fils prodigue, revenu au bercail. Que veut dire tout cela ? Ai-je été accepté par la tribu, uniquement parce que l'on croit que j'ai couché avec Tama'Olu ? Et au lieu d'en tirer vengeance, ils me font fête — incompréhensible !

Lentement, la tête baissée, il revint à sa case, et il lui fut soudain clair que ce n'était pas de rester ici, mais au contraire d'en partir qui risquait de lui être fatal. Alors seulement, s'il quittait l'île et laissait Tama seule, il deviendrait l'ennemi de Tapana.

Il s'arrêta un moment sur la plage et la regarda. Elle nageait dans l'eau bleu-vert du lagon, parfois sur le dos, battant des pieds, puis cessant tout mouvement, se laissait porter par la houle, et les deux pointes de ses seins dépassaient de la surface lisse de l'eau.

« Et maintenant, Tama'Olu ? » dit Ron doucement, « tu es arrivée à ce que tu voulais. Mais ne te berce pas d'illusions : je ficherai le camp, sitôt que l'occasion se présentera, même si tu es si belle et si tendre... je me fane, sur ton île ! Et c'est la raison pour laquelle je ne te toucherai pas, quand bien même dormirais-tu chaque nuit sur le sol, à côté de mon lit. »

Ron se détourna avec brusquerie, regagna sa case,

claqua la porte et s'assit sur son lit. Et si elle rentre, que vais-je faire ? se demanda-t-il. Vais-je la chasser ? Ou plutôt, non, je ferai comme si je ne la voyais pas, tout simplement. C'est mieux : elle n'est pas là, et *basta !* Ou bien alors, c'est moi qui sors de la case et qui vais à la bananeraie. Sans un mot ; sans un seul mot.

Ron suivit donc ce dessein. Il ne dit rien à Tama'Olu, lorsque, effectivement, elle entra, la peau scintillante de soleil, comme si elle avait plongé dans du cristal. D'un petit pas gracieux, elle s'approcha de lui, lui tendit un grand peignoir, lui tourna le dos, et leva les bras au-dessus de sa tête. Cela signifiait : essuie-moi. Mon aimé, essuie-moi. Et Ron obéit, lui frotta et ébouriffa, pour les sécher, ses longs cheveux, comme si c'était une chose naturelle, qui avait toujours été, que de l'enrouler dans un peignoir après le bain et la masser d'une main légère. Mais il restait fidèle à son serment et ne prononça pas une parole. Et, cependant, il était heureux de pouvoir sentir son corps mince sous ses doigts, et de respirer le parfum de sa chevelure.

Ron n'eut pas besoin de chasser Tama'Olu de sa case, ni faire semblant de l'ignorer. A sa grande stupéfaction, ce fut elle qui s'en alla après qu'il l'eut séchée. Elle enroula son paréo de coton autour de sa taille, lui dit : « *Saipe* » (merci), rabattit ses longs cheveux sur ses épaules et sortit.

Qu'est-ce que ça signifie ? pensa-t-il, ébahi. Quel jeu joue-t-elle ? Croit-elle, par hasard, que je vais la suivre ? S'imaginerait-elle que je suis déjà dompté ? Erreur, ma belle ! je ne bougerai pas d'ici. Peut-être que tout le village est rassemblé et attend que je te coure après, en regardant en direction de ma case ? Et après, ils applaudiront à tout rompre, crieront de joie, et Tapana m'embrassera encore ; on m'introduira dans sa case et tous voudront savoir comme je fais l'amour à Tama. Qui sait ce que sont les usages, ici ? Il s'assit sur le rebord du lit et attendit. Il entendait des voix au-dehors, des mains expertes bouchaient les derniers trous du mur de sa case ; au-dessus de lui, il entendit du bruit : on attachait les nouvelles nattes de la toiture — dans l'embrasure de la porte, l'un des vieillards baptisés lui fit un sourire, qui découvrit une bouche dont bien des dents étaient tombées, et il s'écria : « Alléluia ! »

Ron ne sortit pas de la case. Il attendait. Il attendait Tama'Olu avec l'impatience grandissante de celui qui a rendez-vous et qui craint qu'on ne lui ait posé un lapin. Elle ne vient pas, pensa-t-il, et, pour la première fois, sentit une oppression l'envahir de la tête aux pieds. Je veux la voir. Je dois la voir... seulement la voir, rien de plus. C'est un désir bien innocent, non ? Je ne veux rien d'autre qu'entendre le son de sa voix, boire son regard et me repaître de la contemplation de ses traits si gracieux.

Je veux voir ses cheveux voler dans le vent chaud. Le soleil fera sans doute luire sa peau soyeuse : image enivrante. Je ne veux que ça, que ça... pourquoi ne revient-elle pas ?

A midi, deux jeunes femmes lui apportèrent des galettes fraîchement préparées et encore chaudes, une compote de fruits sucrés, et la moitié d'une pastèque à la chair rouge. Elles posèrent le tout devant Ron, à même le sol, pouffant comme des adolescentes un peu bêtasses, puis elles partirent en courant.

Pourquoi n'est-ce pas Tama'Olu qui m'apporte mon repas, comme à l'accoutumée ? Que s'est-il passé au village ? Qu'a-t-on fait d'elle ?

Ron sentit l'anxiété monter en lui, jusqu'à l'empêcher de respirer. A plusieurs reprises, il frappa ses poings fermés l'un contre l'autre ; il marchait dans sa case avec nervosité. Puis il ouvrit brusquement la porte et regarda là-bas, vers les hautes cases aux toits effilés.

Personne. Le village semblait mort. Aucun homme ne travaillait, aucune femme ne bavardait, aucun rire d'enfant, et même les chiens vagabonds n'étaient pas sous les palmiers ou sur la plage à fureter comme d'habitude.

Ron resta un moment sur le seuil de sa case et, des deux mains, s'épongea le visage, ruisselant de sueur. Mon vieux, se dit-il, quelque chose se mijote ici. Un tel silence est annonciateur de tempêtes. Qu'ai-je fait de mal ? Et pas la moindre possibilité de se défendre ou tout simplement de s'échapper.

4

IL eut un désir de plus en plus impérieux de quitter Tonu'Ata au plus vite. Il descendit à la plage, où son petit canot pneumatique était toujours amarré à un palmier courbé. Personne n'y avait touché, il y avait même encore la pagaie. Une sacoche de lin enduit de nylon se trouvait sur le fond du canot. Tiens, c'est vrai, pensa Ron, en saisissant la sacoche, je l'avais totalement oubliée ! Je vis ici parmi des gens vraiment honnêtes ; partout ailleurs, la sacoche aurait été volée. Il eut du mal à l'ouvrir. Il dut d'abord attendrir, en le frappant entre deux pierres, le nœud du lacet de lin, que les embruns, cristallisés par le soleil, avaient durcis.

Ron se souvint que cette sacoche était tout ce qu'il avait pu sauver, avant que son bateau ne sombre dans les profondeurs des mers du Sud. Plus tard, quand il s'était laissé dériver par les courants, il l'avait utilisée comme appuie-tête. Mais ensuite, après son combat contre les vagues et les récifs, et son arrivée sur l'île, il était tellement épuisé qu'il l'avait oubliée.

Il l'ouvrit et en sortit tout ce qu'elle contenait. Il disposa le tout à même le canot. Il vit d'abord son passeport, établi au nom de Ron Edwards, citoyen américain, un passeport qui lui avait jadis coûté fort cher, puis un sachet de plastique contenant des chèques de voyage et des dollars. En tout quatre mille dollars, la fameuse « réserve en cas de pépin », avec laquelle il pouvait toujours rentrer à la maison, de n'importe quel point du globe, si d'aventure, la recherche de la liberté absolue avait fini par le lasser. Enfin il trouva son canif multilames, équipé de diverses pinces et limes, ainsi, bizarrement, qu'une chemise de coton bariolée roulée en boule, et environ deux mètres d'une pelote de grosse cordelette.

Ron s'assit sur le rebord du canot et regarda l'eau verte et scintillante du lagon, puis, au-delà du récif, l'océan écumant. Dois-je tenter cette aventure ? pensa-t-il. Charger au maximum le canot de vivres, de fruits et d'eau douce, aller au large, puis pagayer ou me laisser porter par les courants, des jours et des jours, dans l'espoir d'arriver en vue d'une terre, ou bien de rencontrer un cargo qui me recueille pour m'emmener n'importe où, mais en tout cas loin de cette solitude ?

Quitter Tama'Olu ?

Il feuilleta le passeport et regarda les nombreux tampons d'entrée et de sortie des pays qu'il avait visités. Et des lieux lui revenaient en mémoire. Singapour et Hong Kong, Manille et Shanghai, la Nouvelle-Calédonie et l'Australie, Tahiti et les Fidji, et partout — ah, Ron, sacré bonhomme ! — il y avait eu une Tama'Olu. Simplement, elles s'appelaient Li ou Eileen, Marilyn ou Barbara, et aucune n'avait su le retenir ; un beau jour, il était parti.

Il poussa un cri et leva la tête. Un bruit de tambours rythmé et mat, lui parvint sur la plage. Il provenait de la palmeraie, derrière le village. Les indigènes s'étaient mis à chanter.

Ron ramassa tous ses papiers et les quelques effets, et remit le tout dans la sacoche. Il se la mit en bandoulière, et, d'un pas lourd, pieds nus sur le sable blanc, il s'en revint au village. Lorsqu'il eut dépassé les maisons vides, il vit, environ deux cents mètres après, au milieu d'une vaste clairière, dans la palmeraie, trois hautes statues de divinités, sculptées et colorées grâce à des pigments végétaux. Elles fixaient les humains avec leurs gros yeux globuleux. Leurs doigts ressemblaient à des serres d'oiseaux, et, dans leurs larges bouches, qui leur barraient le visage, on voyait de gigantesques rangées de dents. Un spectacle terrifiant pour tous ceux qui avaient foi en la cruelle puissance des dieux.

Les habitants de Tonu'Ata étaient assis, formant un vaste cercle, autour de ces totems, qui avaient environ quatre mètres de haut.

Ils frappaient dans leurs mains, et chantaient une mélodie monotone ; leurs jambes martelaient le sol en rythme et quatre hommes frappaient les tambours de bois, qui se trouvaient devant eux, avec des rondins.

Entre les statues, se trouvait un homme dont le corps était peint de motifs géométriques multicolores, des raies, des cercles, des triangles ainsi que des figures fantastiques ; il levait les bras au ciel, immobile, comme paralysé, semblant lui-même l'une de ces idoles de pierre. Son front était orné d'un diadème décoré de plumes multicolores et Ron pensa à la parure royale des Papous, qu'il avait observés dans les Hautes Terres de Nouvelle-Guinée.

Ron resta dissimulé derrière un gros palmier, et, dans cette foule mouvante, cherchait Tama'Olu des yeux. Il avait déjà repéré Tapana... Il se trouvait face à un homme à la peau peinte, sans doute un magicien, un guérisseur ou un prêtre. Tapana semblait se trouver dans un état de transe, dû aux chants ; les yeux fermés, la tête rejetée loin en arrière, frappant le sol du pied, il prononçait des sons peu mélodieux. Son buste dénudé, en sueur, il suivait le rythme du tambour, par des mouvements convulsifs.

Descartes, ce marchand qui vient ici de temps en temps avec son bateau, est un salopard, pensa Ron. Mais en tout état de cause, un génie du commerce. Il a fait des affaires en or avec ces perles de plastique noir. Toutes les femmes de Tonu'Ata portent cette pacotille autour du cou. Le kitsch et le toc envahissent le royaume de Tonga ; rien n'arrête la civilisation.

Ron partit lentement et sur la pointe des pieds, il retraversa le village désert et, passant par la plage arriva devant sa case, se saisit du tabouret que le père Richards avait sculpté lui-même et s'assit.

Derrière lui, il entendit un froissement, et, de peur, tressaillit. Il se retourna brusquement et vit Tama'Olu accroupie le long du mur de la case. Elle portait toujours ses deux colliers de perles en plastique noir. Elle était merveilleuse avec sa peau brune à l'éclat satiné, ses longs cheveux noirs et ses grands yeux, noirs eux aussi. Son court paréo rouge couvrait seulement ses hanches et le haut de ses cuisses élancées. Elle sourit de l'émerveillement qui se lisait dans les yeux de Ron.

« Tu es assise là depuis longtemps ? demanda-t-il. Je ne t'ai pas entendue arriver. Pourquoi ne danses-tu pas avec les autres ? Que célébrez-vous, au fait ? Vous avez une sorte de guérisseur, pas vrai ? Vous raconte-t-il que je suis un méchant démon blanc ? Si seulement tu pouvais me comprendre, fillette ! Tu es merveilleuse, exactement ce que l'on appelle un rêve des mers du Sud, ce qui, normalement n'existe pas. Tout autour du monde, j'ai vu pas mal de femmes... tu es de loin la plus jolie. Et cela, justement sur une île déserte, ignorée du reste du monde.

« Mais quelle sera ta destinée ? Tu ne quitteras jamais l'île, tu épouseras un gars d'ici, tu auras des enfants à la chaîne, et ta beauté se flétrira et se fanera chaque année un peu plus vite. Plus tu vieilliras, plus ça s'accélérera. A quarante ans, tu auras l'air d'en avoir soixante-dix, ridée, la poitrine tombante et le corps décharné.

« Tama'Olu, la vie est cruelle, mais tu ne le soupçonneras jamais. Tu ne connais qu'une petite planète, cette île, et cela te suffit. Au fond, tu es quelqu'un d'heureux — tu n'as pas d'exigences et tu es satisfaite de ce que t'offre l'existence. »

Il se pencha vers elle et lui tendit la main. Le roulement des tambours et la voix des chanteurs parvenaient jusqu'à eux, à travers la palmeraie.

« Ça fait longtemps que je n'avais autant parlé... et dire que tu ne comprends pas un traître mot ! Tu me souris, totalement confiante que ce que je dis est bien ! Il faut que je m'en aille d'ici. »

Il se pencha vers elle et prit les deux colliers dans sa main. Il laissa lentement glisser ses doigts le long du chapelet de perles. Ce faisant, il effleurait la poitrine de Tama, mais alors que lui tremblait, elle ne bougeait pas, et seuls ses yeux semblèrent alors luire d'un éclat plus vif.

Les perles noires ne ressemblaient pas à du plastique, elles n'étaient pas légères et creuses, mais massives et assez lourdes. Sans doute de la résine synthétique ou de la nacre teintée, pensa-t-il. Chez nous, on dirait qu'il s'agit de bijoux à la mode et prétentieux. Descartes n'est donc pas un truand complet, car le kitsch qu'il propose est, au moins, du haut de gamme.

Mais plus il faisait rouler les perles entre ses doigts, plus elles lui semblaient singulières. Il se pencha vers Tama'Olu, lui ôta le plus long des deux colliers pour l'observer de plus près. C'étaient des perles magnifiques, d'un noir mat et scintillant, avec, dans la brillance, une nuance de gris argenté ; dans leur rondeur, pas toutes semblables, tout à fait comme si elles s'étaient développées dans le corps d'une huître. Une imitation parfaite et raffinée. Mais était-ce bien une imitation ?

Ron examina chaque perle l'une après l'autre, attentivement, prit le second collier de Tama'Olu et vit que ces perles, elles aussi, étaient d'une beauté parfaite. Il les mit contre la lumière du soleil, et leur éclat fut plus vif encore ; le noir sublime de leur matière semblait veiné d'argent et commença à resplendir.

Ce n'est pas possible, pensa Ron, et il sentit une boule dans sa gorge. C'est impossible ! Ce ne peut être de vraies perles ! Mon Dieu ! si elles étaient vraies, cette femme aurait des centaines de milliers de dollars autour du cou. Et ils ne le savent pas ; personne ne le sait, pas même Descartes, sans quoi il les aurait d'ores et déjà acquises à vil prix.

De vraies perles noires, qu'on a sorties de la mer, d'ici, d'un point du rivage. Non, non, ce n'est pas vrai !

Ron se souvint de Tahiti. C'est là que se trouve le marché mondial des perles noires. Des perles argentées, grises ou roses, cultivées dans des bancs d'huîtres, selon les préceptes de Mikimoto, l'empereur des perles, au Japon. Au demeurant, il y avait aussi, à Tahiti, des perles noires, de vraies perles, pas des perles d'élevage, ramenées par des plongeurs qui travaillaient dans les profondeurs des récifs coralliens. Elles étaient, également, recueillies dans des huîtres et étaient aussi rares et précieuses que des diamants. Ce n'étaient pas de petites billes de nacre que l'on avait semées dans l'huître, elles avaient été fabriquées par l'huître elle-même, à partir d'un minuscule grain de sable, autour duquel le mollusque avait déposé ses sécrétions — une vraie perle était née.

Une véritable perle noire... une richesse, un chef-d'œuvre de la nature. Et ici, sur cette île, des femmes, des enfants même, les portaient en sautoir comme s'il se fût agi de vulgaires coquillages peints.

Tonu'Ata était une île où dormaient des millions de dollars.

« D'où viennent-elles ? » demanda Ron avec fougue, et il brandissait le collier devant le visage de Tama'Olu. « D'où ? » Il montra la mer, les perles et leva les épaules, d'un air dubitatif. Il fit mine de nager, avec ses bras, en levant le collier. « Tama'Olu, où les as-tu trouvées ? »

Elle sembla se réjouir de l'entendre prononcer son nom, se leva sur la pointe des pieds, lui reprit les colliers des mains et les replaça autour de son cou. Ils retombèrent sur sa poitrine si séduisante et scintillèrent à nouveau au soleil. Ensuite, Tama, le bras tendu, montra à Ron le centre de l'île, en le regardant avec une certaine insistance.

« Là-bas ? » demanda-t-il, sceptique. « Ce n'est pas possible ! Petite garce, les perles ne poussent pas sur les arbres, et si c'est le cas, alors ce sont des graines, mais d'une espèce inconnue. Tu dois me montrer cela, Tama'Olu. »

Il lui sembla qu'elle l'avait compris. Elle le prit par la main et le conduisit dans une direction qu'il n'avait encore jamais suivie. C'était un sentier au milieu d'un bosquet de palmiers, entouré de hautes fougères. Un petit chemin qui montait en zigzaguant dans les rocailles, à travers des tufs en forme d'orgues ; ils témoignaient que l'île, d'origine volcanique, avait surgi des profondeurs de la mer sous l'effet des forces géologiques.

Soudain, Tama'Olu s'arrêta, enleva son paréo, se hissa sur la pointe des pieds, et se mit à couvrir le visage de Ron. Il tenta bien d'arracher l'étoffe, mais elle la tenait avec une telle force qu'il en fut étonné.

Bon, bon, pensa-t-il, vas-y, bande-moi les yeux. J'ai un excellent sens de l'orientation ; je retrouverai bien le chemin tout seul. Elle noua le paréo, prit sa main et le guida. A gauche, se dit Ron ; après une centaine de pas, vers la droite, un moment tout droit. Maintenant, une petite montée, des pierres sous mes semelles, je les sens bien... et maintenant, on redescend. Des branches touchent mon corps, le sentier doit être étroit et descendre en pente assez raide. Puis il entendit à nouveau le mugissement des vagues se précipitant sur les récifs et s'y brisant. Il entendit aussi le cri des oiseaux du large et sentit la caresse de la brise marine chaude, venue de l'océan, et qui soufflait juste au-dessus de sa tête. Combien de temps avons nous marché ? Peut-être une bonne demi-heure ; nous devons être de l'autre côté de l'île, à l'ouest de ma case si mes sens ne me trompent pas. Il continua à tâtonner, tenant la main de Tama'Olu, quand il sentit le sable fin qui, à chacun de ses pas, lui entrait dans les chaussures.

Tama'Olu s'arrêta et dénoua le nœud qu'elle avait fait dans la nuque de Ron. Le paréo une fois enlevé, ce qu'il vit d'abord, ce fut la mer. La haute mer devant lui, libre, sans récifs coralliens. Et ce qu'il avait pris pour le bruit des vagues venant déferler le long de la barrière de corail n'était en fait rien d'autre que l'océan, pas le lagon, qui écumait au pied d'étranges falaises gris foncé, encadrant une petite crique étroite en demi-cercle. Derrière eux, le sentier conduisait vers des rochers, des bosquets de palmiers courbés par le vent et des frangipaniers aux houppes ébouriffées... un lieu d'une saisissante beauté et d'une solitude venue du fond des âges.

« C'est là ? » demanda Ron en regardant les falaises sur lesquelles se fracassaient les vagues. « Ma jolie, personne ne peut plonger ici, sous peine d'être sur-le-champ projeté sur les écueils. Et je parierais qu'il y a des requins. »

Il regarda Tama'Olu avec perplexité. Elle se tenait à côté de lui, complètement nue, son paréo sous son bras, et semblait trouver absolument normal qu'il la vît ainsi. De son bras gauche, elle montra la mer, et, alors seulement, il remarqua une ligne de noix de coco, flottant au gré de la houle — un marquage qui entourait la baie et continuait là-bas, derrière les falaises. Le voilà, ce banc d'huîtres qui produit les perles noires !

Tama'Olu comprit l'étonnement qui se lisait sur le visage de Ron. Elle lui lança son paréo, courut à la mer, sur le sable blanc, et se jeta dans les vagues qui roulaient sur le rivage. Son corps admirable, nu et excitant, luisait au soleil, sa longue chevelure volait, comme un drapeau au vent. L'eau, maintenant, lui montait à la taille, elle se retourna une fois encore et fit un signe de la main à Ron.

Une peur terrible de ce qui allait se produire l'empêcha soudain de respirer. Alors, il cria, jeta le paréo dans le sable et courut à la rencontre de Tama'Olu, qui, d'un bond, disparut dans les vagues.

« Reviens ! hurla-t-il. Non, Tama, non... reste ici ! Tama, reviens ! »

Il se jeta à l'eau en s'arc-boutant contre les déferlantes, mais il ne vit plus Tama'Olu. Il lui sembla, par moments, apercevoir sa chevelure portée par les flots, là-bas, loin vers le large, en direction de la ligne des bouées flottantes, et il eut immensément peur.

Les minutes s'écoulaient, interminables, il suffoquait, la gorge serrée. Il vit en songe la houle projeter Tama'Olu contre les rochers et son corps délicat déchiqueté ; il la vit fuir un requin, crier dans l'eau, mais le poisson était plus rapide, plus mobile qu'elle, et il s'en emparait, la gueule grande ouverte.

Elle ne revient pas, se dit-il désespéré. Aucun humain ne peut rester aussi longtemps sous l'eau. Elle aurait dû remonter pour respirer, et forcément je devrais voir sa tête... Or je ne vois rien, rien... Tama'Olu, qu'as-tu fait ? Ces perles, ces maudites perles noires... je n'en veux pas ! Je veux seulement que tu sortes de l'eau et que tu me reviennes...

Il parvint à dominer son inquiétude, ôta ses chaussures, sa chemise et son pantalon, prêt à nager au secours de Tama'Olu. C'est alors qu'il vit enfin sa tête émerger et son bras qui s'agitait ; il la vit nager à sa rencontre avec des mouvements fermes et puissants ; on eût dit que flottait sur la mer un morceau de bois brun et léger. Lorsqu'elle reprit pied, elle alla vers lui, titubante et souriante. Au-dessus de sa tête, elle tenait un gros coquillage.

Ron courut à elle, la pressa contre lui en l'embrassant. Et, quand il sentit le corps de Tama contre le sien, toute la tension, tout le désespoir qui l'avaient envahis se diluèrent tout d'un coup dans un long soupir. Serrés étroitement l'un contre l'autre, ils se tenaient nus dans la houle, enlacés, et Ron, caressant les cheveux de Tama, éprouvait une sensation nouvelle pour lui. Elle enfouit son visage dans sa poitrine et ses petites mains fines lui caressèrent le dos.

Étroitement embrassés, ils sortirent de l'eau, sans un mot, car les seules paroles qui convenaient à cet instant, seuls leurs cœurs battants et leurs peaux, par tous leurs pores, eussent pu les prononcer. Lorsqu'ils furent revenus sur la plage, Tama'Olu fit un pas en arrière et tendit le coquillage à Ron. Il s'accroupit, prit son canif dans la poche de son pantalon qui gisait sur le sable, fit jaillir la lame et il commença d'ouvrir la coquille.

Dans sa main, là, le miracle de la nature... Une grosse perle noire, parfaitement ronde, d'un éclat mat, sublime. Ron pensa en lui-même : deux, trois mille dollars. Peut-être plus. Qui donc a déjà vu une perle pareille ? Qui donc a déjà tenu une telle merveille dans le creux de sa main ? Et ici, au fond de la mer, il y a des bancs d'huîtres, avec peut-être des centaines de perles. Oh, mon Dieu !

Tama'Olu, de la pointe des doigts, prit la perle et la posa dans la paume de Ron. « *A'au* » (pour toi), ajouta-t-elle, « *Koau kaume'a...* (tu es mon ami).

— Je ne sais ce que tu veux dire, répondit-il. Et tu ne me comprendras pas si je te dis combien je t'aime. Oui, grands dieux, je t'aime ! Quand j'ai cru que tu ne reviendrais plus, j'étais comme vidé de mon sang. Tama'Olu, c'est fou, c'est contre toute raison mais je t'aime ! Par tous les saints, je t'aime ! »

Il laissa tomber la perle sur son pantalon, dans le sable, prit Tama'Olu, nue, resplendissante et comme noyée de soleil, dans ses bras, et la porta depuis la plage jusqu'à un bosquet de palmiers et de frangipaniers.

Elle mit ses bras autour de sa nuque, l'embrassa, et il sentit ses seins qui frottaient sa peau mouillée ; elle lui mordillait les oreilles, et, quand il l'embrassa, elle frissonna. Doucement, il la posa sur le sol, sous un palmier, et il explora son corps de ses lèvres.

Alors, le temps et l'espace devinrent flous, il n'y eut plus rien qu'eux deux : il n'y avait plus ni la mer, ni le ciel infiniment bleu, ni le vent chaud qui les caressait, ni le grondement de la mer au pied des falaises ; on n'entendait plus les oiseaux chanter et le soleil, à son zénith, semblait ne plus resplendir de tous ses feux... Il n'y avait plus que ce sentiment d'extase, cette fusion d'un corps dans l'autre, et cette sensation d'un bonheur immatériel.

Plus tard, ils gisaient, enlacés, sur le sable corallien, se souriaient, se caressaient, s'embrassaient. Ron dit, presque solennellement :

« Je resterai près de toi, je ne partirai pas de ton île, je te le promets. C'est ici que se trouve ma vie désormais. Jamais je n'aurais cru que cela existait. Mon Dieu, comme je suis heureux ! »

A partir de ce jour, Tama'Olu resta auprès de Ron et habita avec lui dans sa case, comme s'ils avaient été mari et femme, et personne ne les regardait avec jalousie. Ça semblait aller de soi, comme la banane, le maïs ou le haricot poussent tout seuls.

Deux jours plus tard, Tapana égorgea un porcelet, le mit à rôtir au-dessus du feu et donna une grande fête en l'honneur de son nouveau fils. Tapana ne l'appela plus Ron, mais Ovaku, et Dieu sait ce que cela signifiait. Mais en tout cas dès cet instant Ovaku fut son nom, et tous ne l'appelèrent plus qu'ainsi. Seule, Tama'Olu l'appelait parfois « Chéri », parce que Ron l'appelait tout le temps comme ça, et parce qu'elle sentait que ce mot était un mot tendre.

Les semaines qu'il avait passées à attendre et à espérer la venue d'un navire lui avaient paru des mois... mais maintenant, le temps filait à toute allure. Les jours étaient trop courts, ainsi que les nuits, pleines de tendresse et de passion, avec Tama'Olu.

Les trois vieillards, ceux qui étaient baptisés, leur construisirent, près de leur case, un âtre de pierres avec un foyer ouvert, bien protégé du vent. Ils creusèrent ce foyer à même le sol et garnirent les parois de la fosse ainsi obtenue de dalles de pierre, lisses et plates, qu'ils rapportèrent de la mer. C'étaient les flots qui les avaient polies, durant des millénaires et elles étaient devenues aussi dures que de l'acier, aptes à emmagasiner sans dommage la chaleur exhalée par les bûches brûlantes.

Ce fut un moment solennel, quand Tapana, sa femme et ses trois fils, ainsi que toute la tribu, tous parés de plumes et de colliers, vinrent jusqu'à la case de Ron, en une procession pleine de majesté, apportant le feu, dans une écuelle en bois de myrte.

A Ovaku, le seigneur et maître de Tama'Olu.

Ron mit les bûches sur le petit bois dont Tama avait tapissé le sol du foyer et quand le bois bien sec se fut immédiatement enflammé, il alimenta le feu avec de grosses bûches et s'agenouilla dans les flammes qui montaient. A partir de cet instant précis, c'était son devoir de veiller au feu, qui signifie la vie, de veiller à ce qu'il ne s'éteigne pas, et qu'il brûle aussi longtemps qu'Ovaku vivrait. Qu'il mourût, et elle éteindrait le feu avec de l'eau de mer, retournerait dans la case de sa tribu, veuve n'attendant plus que la mort.

Pendant toutes ces semaines, Ron fit quelques progrès en tonganien, et enseigna à Tama'Olu des rudiments d'anglais. D'abord, il avait eu le dessein de lui apprendre l'allemand, mais lorsqu'elle parvint à dire : « *Ich liebe dich* » (Je t'aime), ou encore : « *Komm zu mir* (Viens près de moi) et qu'elle eut compris ce que ces expressions signifiaient, il continua le cours en anglais, car, ainsi, elle pourrait, plus tard, profiter de cette langue, plus que de l'allemand.

Tama'Olu apprenait vite, plus vite que Ron n'apprenait le tonganien ; et, après quatre semaines d'exercices, il finit par décréter que c'était la langue la plus démentielle du monde. Qu'on lui dise dans quelle langue un simple « Bonjour » donnait à peu près ceci : « *Malo e lelei ki he pongaponga ni* » ?

« Un linguiste devrait venir réformer tout cela », soupira Ron, pendant que Tama'Olu lui redisait patiemment les mots qu'il devait répéter après elle. « Mon trésor, nul ne peut retenir un pareil sabir ! Convenons donc de nous exprimer en anglais, d'accord ? »

Tama'Olu secoua la tête, et, en souriant, mais avec détermination, lui dit :

« *Ikai'* »

Ron le savait ; cela voulait dire : « non ». Puis elle ne lui donna plus de baisers, et ne le laissa plus caresser ses seins jusqu'à ce qu'il sache dire docilement : « *Malo'aupito* », ce qui voulait dire : « merci », ou encore : « *Koho ku kingea ko Ovaku* » (je m'appelle Ovaku).

Après la leçon Ron allait se détendre dans le lagon ou dans la mer. Tapana ou les frères de Tama'Olu l'emmenèrent à des parties de pêche. Ils menaient, sans la moindre appréhension, leurs pirogues à balancier à travers la passe du récif corallien, hissaient une voile en fibre de palme tressée, et, derrière leurs embarcations, laissaient filer une espèce de chalut. Parfois, ils se postaient sur le bateau, immobiles, leur longue lance à la main, guettant le gros poisson trop curieux qui venait nager entre deux eaux. Alors, ils lançaient leurs harpons, rapides comme l'éclair, et le plus souvent atteignaient le poisson à la base de la tête. Les crocs du harpon se fichaient solidement dans la chair de l'animal qui ne pouvait plus se dégager. A l'aide du second harpon, on hissait le poisson à bord, et on l'achevait en lui brisant la colonne vertébrale.

Ça aussi, Ron l'apprit des frères de Tama'Olu, car ce

qu'il sortait de l'eau lui appartenait, et c'était le devoir du mari de rapporter de quoi nourrir sa famille.

Tama'Olu était une bonne maîtresse de maison. Tout ce qu'elle préparait à base de légumes, de fruits, de poisson ou de viande, et dont elle relevait la saveur grâce à des épices inconnues de Ron, était pour ce dernier sans cesse une source d'étonnement et un festin de roi. Derrière la case, sur une petite parcelle en jachère, elle se mit à cultiver un champ, bina le sol, l'épierra, et à l'aide d'une grosse racine qui ressemblait à une araire, elle traça des sillons dans le sol ameubli.

« Laisse donc, chérie ! » dit Ron lorsque, revenant de la pêche, il la vit pour la première fois trimer aux champs. « Ce travail est trop dur pour toi. Pourquoi, diable, cette canaille de Descartes ne vous a-t-il pas vendu une charrue ? Égratigner la terre avec une racine c'est de l'esclavage. Non, va, laisse-moi faire. »

Mais Tama'Olu ne l'entendait pas ainsi. L'homme doit pêcher et chasser, construire des pirogues ou ravauder les filets, mais le travail aux champs, c'est la tâche des femmes.

Et, le soir venu, lorsqu'ils étaient assis sur le banc du père Richards, devant la case, ils contemplaient le couchant, les flammes du crépuscule, dont la beauté eût pu ravir la respiration d'un homme, et Tama'Olu laissait sa tête tomber sur l'épaule de Ron. Alors, l'âpreté de la journée écoulée l'abandonnait ; son corps s'offrait et devenait docile.

Et lorsqu'elle disait, en allemand, « Je t'aime », Ron était sûr en entendant les battements du cœur de Tama que des paradis existaient encore bel et bien ici-bas. Des Paradis à conquérir. Des Paradis qui ne s'offraient pas facilement au premier venu. Ils ne parlèrent plus de la baie des Perles noires, et Tama n'y conduisit plus Ron.

Lors des sorties de pêche avec les trois frères, Ron n'allait pas vers cette partie de l'île. Les bancs de poissons fréquentaient la côte opposée car les falaises et le furieux déferlement de la houle effarouchaient même les plus gros d'entre eux.

Mais, quand Tama'Olu était endormie, recroquevillée comme un petit enfant, Ron, de temps en temps, prenait les colliers dans sa main, faisant glisser les perles sous ses doigts, ces sphères lisses, emplies d'une lumière intérieure. Puis il supputait la somme qu'il avait en main... en gros, soixante mille dollars, si l'on comptait mille cinq cents dollars la perle, et c'était un minimum. Et ce que les femmes et même les enfants portaient autour du cou était inestimable.

Une fois, alors que Ron était absorbé dans la contemplation des colliers de perles, il ne remarqua pas que Tama, les yeux mi-clos, le regardait. Sa respiration était régulière et sereine, et un vague sourire se dessinait sur ses lèvres.

Un jour — c'était le matin, après le bain de mer — elle dit :

« Aujourd'hui, toi pas pêcher, Ovaku. Toi apprendre plonger... *Sai'aupito ?* (D'accord ?)

— Je sais plonger. »

Ron pensa à la petite baie, aux courants, aux falaises, aux vagues écumantes. Sacrebleu, on doit pouvoir y arriver, se dit-il. Si Tama y arrive, alors j'y arriverai aussi, à coup sûr. Et, mon adorée, nous allons même perfectionner le système. Nous irons dans mon canot pneumatique, au large, juste à la verticale des bancs d'huîtres, puis nous plongerons. Mon canot y arrivera, contrairement à vos pirogues, même équipées de leurs balanciers. Et, ma chérie, une chose est sûre, je ne te laisserai plus jamais seule dans ces profondeurs sinistres.

« Toi pas plonger », dit Tama'Olu sévèrement et elle secoua la tête.

« Tu vas voir ça, ma chérie ! » Il lui donna un baiser sur les yeux et sourit, sûr de son succès. « J'ai déjà plongé en

Australie, au droit de la Grande Barrière, à la recherche des coraux rouges, et Dieu sait que ce n'était pas simple !

— Toi pas pouvoir ! » lui redit-elle avec détermination.

« Viens. »

Ils descendirent à la plage, se déshabillèrent et entrèrent dans l'eau verte du lagon. Lorsqu'ils n'eurent plus pied, ils nagèrent côte à côte, vers des endroits plus profonds ; mais même là, pensa Ron, les fonds ne devaient pas avoir plus de cinq à six mètres, et c'était donc parfaitement ridicule de s'entraîner à plonger à cet endroit. Ron leva le bras, sourit à Tama, et plongea à la renverse. La mer n'était effectivement profonde que de quelques mètres, et un petit banc de poissons jaunes et rouges s'enfuit à son approche. Sur le sol du lagon, une couche de corail avait colonisé la roche, les anémones de mer, les algues et les herbes marines ondulaient au gré de la houle que provoquaient les mouvements de Ron. Mais pour lui, rien que de banal ; il avait déjà vu tout cela — et en plus beau — dans la mer Rouge, sur la côte des Seychelles et surtout le long de la Grande Barrière de corail. Soudain il aperçut Tama'Olu. Sa longue chevelure flottait derrière elle comme un voile. Elle nageait avec élégance, comme en état d'apesanteur, et, oui, à la façon d'un jeu, comme un grand poisson brun et dansant, ses bras tendus devant elle et ne s'aidant que de ses mains.

Ron l'observait, fasciné, se glisser au sein du banc de poissons, puis sur le fond de la mer, comme si elle n'était plus qu'une partie de ce banc de poissons, et qu'elle ne connût rien d'autre que la vie sous l'eau. Soudain l'air lui manqua, sa poitrine lui fit mal, ses poumons réclamaient de l'oxygène. Il se raidit, se laissa remonter vers la surface, où, à pleines goulées, il aspira de l'air frais.

Puis il nagea en rond, se laissant porter par l'eau, attendant que Tama'Olu refasse enfin surface. Elle était déjà depuis si longtemps sous l'eau que, de nouveau, il eut peur. Aucun poumon humain ne peut supporter ça, se dit-il. Et quand bien même ont-ils grandi dans la mer, même une baleine ou un dauphin doit remonter à la surface pour respirer. Un être humain ne peut rester aussi longtemps sans oxygène. C'est impossible !

Il s'apprêtait, d'un bond, à replonger, quand enfin Tama'Olu réapparut non loin de lui. D'un mouvement ferme, elle s'allongea sur le dos.

« *Malo e lelei !* » (Bonjour, vous !), cria-t-elle, et, voyant le visage en colère de Ron, elle éclata d'un rire sonore.

« Je dis... toi, pas plonger. »

Ron s'avoua vaincu et nagea avec vigueur vers l'endroit où l'on avait pied. Il se redressa et attendit que Tama'Olu vînt le rejoindre. « Vous devez avoir des poumons artificiels », dit-il en l'attirant à lui. « Un homme normal ne peut résister à une immersion pareille. » Et, voyant qu'elle ne comprenait pas, il ajouta : « Chérie, viens... », et il montra leur case.

Mais, pour la première fois, Tama'Olu secoua la tête, essora ses longs cheveux et revint sur la plage, dans sa divine nudité. Un spectacle qui excitait Ron au plus haut point.

« *Ikai'* », dit-elle pourtant. « Non. Toi, maintenant apprendre plonger.

— Je t'aime... » Il la saisit, mais, d'un mouvement rapide, elle se dégagea. « Tama, jamais encore je n'avais aimé une fille comme je t'aime. A vrai dire, je ne savais pas ce qu'était l'amour avant de t'avoir prise entre mes bras. Jadis, comment dire, être en compagnie d'une jolie fille constituait un événement qui réjouissait mon corps. Je ressentais une brûlure sous ma peau, puis le triomphe d'avoir possédé cette femme. Oui, c'est vrai, j'étais un macho, et que chaque jolie femme succombe à mon charme, cela semblait couler de source. Mais mon cœur, Tama, mon cœur, ou plutôt ce que l'on appelle l'âme et que l'on ne peut ni saisir, ni comprendre, ce cœur, jamais il n'avait frémi. Quand tout était fini, j'allumais une cigarette et me sentais, pour ainsi dire, vide. Parfois même je congédiais la femme qui était à mes côtés, et je me sentais heureux quand elle se rhabillait et s'en allait. A la prochaine, à la suivante ! pensais-je alors. Mais désormais je t'ai toi, ma chérie, et tout est différent. Totalement différent. J'ai le désir de ta peau chaude et soyeuse, de tes mains, de tes lèvres douces, de ta tendresse enivrante, de ton souffle qui m'enveloppe... Tama chérie, viens...

— *Ikaï' !* » dit-elle en montrant de nouveau le lagon. « Toi plonger maintenant. Pas chérie...

— N'oublie pas que moi aussi, cette nuit, je pourrais dire non ! » la menaça-t-il en souriant. « Tu es une petite garce... Mais pourquoi t'aimé-je tant ? »

Elle se retourna, rentra dans l'eau et attendit qu'il la suive.

« Regarde », ordonna-t-elle, et elle inspira profondément, tout en prenant la main de Ron et en la portant à son ventre ; elle fit un signe de la tête. Son corps semblait aussi dur que de la pierre, et l'air, comprimé dans ses poumons, semblait avoir gonflé son abdomen comme un gros ballon.

Elle expira en sifflant et tapota le ventre fort poilu de Ron. « A toi... » Ron aspira autant d'air qu'il le put et retint sa respiration. Tama'Olu levait un doigt après l'autre, en comptant les secondes. Elle baissa les mains quand Ron dut reprendre son souffle. Il pouvait ne pas respirer pendant vingt-cinq secondes. Et, cependant, Tama n'était pas satisfaite.

« Tu dois *teau* (cent). Plus que *teau...* tu ne sais vraiment pas plonger.

— Jusqu'ici j'ai toujours plongé avec un masque et de l'air en bonbonnes, petite insolente ! se défendit Ron. Je n'ai pas des poumons de baleine ! Et pour arriver jusqu'aux perles, il me viendra bien une idée, petite peste ! »

Mais ses protestations ne servirent à rien, elle ne l'autorisait pas même à remonter quand il avait épuisé ses dernières forces. Tama'Olu était inflexible, et elle s'exerçait avec lui, par-delà la barrière de corail, dans la houle de l'océan profond.

Quatre semaines s'écoulèrent ainsi, quelques heures chaque jour, après quoi Ron se sentait toujours pompé et dolent ; il s'allongeait sur le sable blanc, complètement groggy, une serviette sur le visage, et trop épuisé, ne fût-ce que pour pouvoir dire à Tama'Olu : « Non, j'arrête ; je n'en peux plus. Tu vas finir par me tuer, petite femme tendre mais forte comme un Turc, et si merveilleuse ! Je n'en peux plus et je ne veux plus. » Et, de fait, le matin suivant, ils repartaient à bord du canot, jusqu'à la haute mer, et, docilement, chaque fois que Tama'Olu lui faisait un signe, il plongeait dans les profondeurs de l'océan. Toutes les fois qu'il plongeait, elle le suivait et, toutes les fois, elle restait sous l'eau bien plus longtemps que lui, comme si elle n'avait pas eu de poumons.

C'étaient les frères de Tama qui leur assuraient la subsistance et vaquaient aux soins du ménage. Ils pêchaient pour Ron, récoltaient, grimpaient aux cocotiers pour en détacher les noix. Quand Ron et Tama'Olu rentraient à leur case, les trois vieillards baptisés par le père Richards leur avaient préparé le dîner. Heureux, ils chantaient des cantiques, pendant que Ron et Tama'Olu mangeaient.

Après sept semaines de supplice, Ron pouvait rester deux minutes sous l'eau. C'était le maximum ! Quand, à l'issue de ces deux minutes, il refaisait surface et reprenait sa respiration, il avait la sensation que ses poumons, son cœur et son cerveau explosaient.

Mais deux minutes, c'était déjà une bonne performance. Tama semblait satisfaite. Elle embrassa Ron longuement, enduisit son corps meurtri avec une pommade parfumée, le couvrit de feuilles qui exhalaient une odeur forte, de sorte qu'une délicieuse sensation de détente l'envahit et qu'il s'endormit instantanément.

Quand il se réveilla, il se sentit fort, puissant et plein d'entrain. Il vit Tama, allongée près de lui, dans sa nudité sublime et l'attira à lui — et, de nouveau, il n'y eut plus que cet oubli du ciel et du monde ; elle seule était encore là, elle et son enivrante sensualité.

« Demain », dit-elle ce soir-là. « Demain, Ovaku, nous irons là où sont les perles. »

Il acquiesça et se blottit contre sa poitrine. Il était heureux, tout bonnement heureux.

Ils pagayèrent le long de la ligne de noix de coco flottantes, et atteignirent sans encombres l'endroit où se trouvait le banc d'huîtres. A cet endroit du large, les vagues n'étaient pas très hautes, en comparaison avec la houle qui tonnante et écumante allait, là-bas, se fracasser contre les falaises. Il devait y avoir un courant terrible, et cela aurait coûté d'incroyables efforts de traverser ces vagues déchaînées pour parvenir jusqu'aux eaux calmes et limpides de la baie de sable blanc.

Vue de la mer, cette baie semblait un lieu maudit. Les rochers volcaniques d'un gris sombre, les palmiers courbés par le vent, les frangipaniers, entre lesquels partait le petit sentier vers l'intérieur de l'île, les broussailles qui poussaient au pied des orgues basaltiques, tout cela était à la fois peu hospitalier et d'une étrange beauté, tout comme cette baie, juste devant le banc d'huîtres aux perles noires.

« Ici », dit soudain Tama'Olu, en posant la main sur l'épaule de Ron « Ici. *Tu'u !* (Stop !) »

Ron regarda autour de lui. Les noix de coco étaient

déjà loin, elles se balançaient sur l'eau, au pied de la falaise qui tombait raide et d'une seule volée dans la mer.

« Tu es sûre ? » demanda-t-il, dubitatif. « Ici ? Nous sommes pourtant bien loin des noix de coco.

— Belles perles, ici. Crois-moi. » Tama'Olu montra l'eau. Elle se passa une ceinture en fibres de palmes autour de la taille, y ficha un solide couteau et regarda Ron avec une mine sérieuse. « Toi, derrière moi, ordonna-t-elle. Bien derrière moi... pas seul, tu entends.

— J'entends, mon ange. »

Il jeta une grosse pierre attachée à une liane dans l'eau, pour que le canot ne dérive pas trop loin, et pourtant, il tressaillit, quand Tama'Olu, depuis le bord du canot, se laisser tomber dans l'eau profonde. Aussitôt, il sauta derrière elle, il la vit s'enfoncer et la suivit.

Les bancs d'huîtres s'étendaient à perte de vue sur les rochers, et les colonies de corail étaient si vastes et si grandes, qu'elles semblaient sans fin. Quelques gros poissons passaient en tournoyant autour d'eux, et Ron reconnut des barracudas. Là où l'on voit ces poissons, on voit aussi des requins, pensa-t-il. N'y pense pas, mon garçon, ne te laisse pas déconcentrer !... tu n'as que deux minutes d'air. Et ces deux minutes sont fichtrement précieuses.

Il suivit Tama'Olu dans la direction de ces interminables bancs d'huîtres, et il la regarda déloger, à l'aide de son couteau, un gros coquillage. Il s'agenouilla près d'elle, sur le récif glissant, frappa sur une huître ronde et rugueuse, et parvint à l'arracher au moment précis où il lui sembla que ses poumons allaient éclater. Dans un mouvement de désespoir sauvage, il s'arracha à l'abîme, remonta, et reprit sa respiration dans un gargouillis bruyant. Tama refit surface, à deux mètres environ de lui, puis elle nagea dans sa direction, et lui passa le bras sous la nuque.

« C'est bien, Ovaku, dit-elle. C'est bien. Rentrons... »

Totalement épuisé, il nagea encore jusqu'au canot, se hissa à grand-peine sur les boudins de caoutchouc, et admira l'élégance avec laquelle Tama remontait à bord. Sans attendre, elle ouvrit l'huître avec son couteau et la tendit à Ron.

« Rien, dit-il dépité. Vide. Combien de fois devrons-nous plonger ?

— Cent fois... puis une perle. »

Il regarda Tama'Olu et comprit soudain que les perles noires ne poussaient pas comme des champignons ou des éponges. Il tira son canif et ouvrit son huître.

La chair de l'animal, humide et brillante, renfermait une petite perle d'un noir à l'éclat d'argent mat, absolument ronde. Ron s'en saisit et la fit miroiter au soleil.

« Une perle... », balbutia-t-il, et il se mit tout contre Tama'Olu qui le tenait enlacé. Puis, s'adressant au soleil, il cria : « Ma première perle noire !... Ma perle ! Mon ange, j'y suis arrivé... j'y suis arrivé ! Nous arracherons à l'océan toutes ses perles noires, et nous serons heureux pour l'éternité ! »

Ce ne fut que le soir venu qu'ils rentrèrent au village. Tama'Olu pagayait seule. Ron gisait dans le canot, les yeux fermés, et si épuisé qu'il était incapable du moindre geste.

Mais à ses côtés, il y avait un sac de nylon où brillaient sept perles noires...

Dix mille cinq cents dollars... le salaire d'une seule journée.

5

La vie de Ron Edwards avait changé. Pas seulement sa vie, d'ailleurs, mais son univers entier, un univers fait de millions de dollars que nul n'avait soupçonnés. Quant à savoir si cet univers était un monde meilleur, Ron refusait d'y penser, en cet instant où sous ses yeux, au fond de la mer, se trouvait un trésor inestimable. Un récif corallien sur des kilomètres, colonisé par d'innombrables bancs d'huîtres ; ces huîtres qui lorsqu'un grain de sable les pénétrait sécrétaient des perles exclusivement noires. Des perles d'une beauté et d'une perfection inégalées jusqu'à ce jour. Un chef-d'œuvre rare de la nature.

Pour Ron, les jours devinrent trop courts. Ils eussent dû avoir deux fois plus d'heures. Le matin, il partait au large avec les hommes de la tribu, pêchait à l'aide de sa nasse, ou en harponnant de gros poissons, comme on le lui avait appris. Un jour, il vit même un requin, qui nageait en rôdant autour des pirogues, attiré par le sang des poissons pêchés. Il semblait que ce requin s'était rendu compte que Ron ne faisait pas partie de la tribu, qu'il avait repéré sa peau claire, car il s'était mis en devoir de le chasser. Comme une torpille, l'impitoyable monstre des mers se précipita vers l'embarcation de Ron, sortit la tête de l'eau ; regarda l'homme blanc de ses petits yeux froids, ouvrit sa gueule béante garnies de dents aussi acérées que des lames de couteaux et mordit la poutre maîtresse de la pirogue. Le bois grinça et se fendit. Le bateau tanguait de façon inquiétante. Ron se courba, s'agrippa au bord pour ne pas être précipité dans l'eau, et en même temps se baissa, de façon à voir le requin bien en face. Il entendit les frères de Tama'Olu crier ; il prit son harpon à la pointe bien affûtée dans sa main droite et le lança.

Il atteignit le requin entre les deux yeux, mais pas assez puissamment pour que l'arme restât fichée dans la chair de l'animal ; il ne fit que blesser le fauve, ce n'était qu'une petite égratignure, une petite plaie, qui saignait à peine.

Le requin regarda Ron fixement, comme s'il avait voulu lui parler. Ses rangées de dents étaient toujours solidement fichées dans le bois de la pirogue. L'animal, alors, sembla comprendre qu'il avait attaqué en mordant au mauvais endroit et que, prenant l'embarcation par l'autre côté, il eût pu sans coup férir la faire chavirer facilement. Mais les dés étaient jetés : exaspéré par le sang, il était prêt à combattre.

L'énorme poisson lâcha la poutre de bois et plongea. Ron le vit avec inquiétude nager avec élégance sous la pirogue, se retourner avec la promptitude de l'éclair et, à nouveau, foncer sur lui. Encore heureux, pensa Ron, que je ne sois pas sorti avec mon canot pneumatique. Une morsure pareille l'aurait mis en pièces. Il s'agenouilla sur le fond de la pirogue, son harpon dans la main. Il vit les frères de Ron qui pagayaient à sa rencontre. Mais ils arriveraient trop tard car le vent était pratiquement tombé, et leur voile pendait mollement au petit mât.

Le requin attaqua. La nageoire triangulaire de son dos coupait l'eau comme une lame, sa tête effilée approchait, tel un bélier. « Maintenant », se cria Ron à lui-même. « Maintenant... Il veut faire chavirer la pirogue, mais le balancier l'en empêchera. Maintenant ! »

Il se cala comme il put dans l'étroite embarcation, prit

le javelot à deux mains et le lança de toutes ses forces, au moment précis où la tête du requin surgissait devant lui. La pointe du javelot s'enfonça profondément dans le corps brillant ; le requin se cabra, ses mâchoires meurtrières mordant le vide.

Ron laissa partir le harpon, ne voulant pas être précipité dans les flots, et reprit fermement appui sur le bord de la pirogue. Le requin plongea, le javelot planté dans le flanc, et disparut dans les profondeurs de l'océan.

Les frères de Tama'Olu étaient maintenant près de Ron, les jambes écartées, debout dans leurs pirogues, guettant la réapparition du requin. Mais il ne refit pas surface. Peut-être avait-il tenté, en se frottant contre les rochers de corail, de se débarrasser du harpon, si toutefois d'autres requins, excités par le sang, ne l'avaient pas déchiqueté, impitoyablement.

Chaque matin, donc, Ron pêchait et rapportait son butin à Tama'Olu. Déjà elle attendait. Elle vidait les poissons, les écaillait et les apprêtait, soit bouillis soit frits, pour le déjeuner — comme le faisaient toutes les femmes du village pour leurs maris.

Souvent Ron s'asseyait sur le banc du père Richards et la regardait, agenouillée devant le foyer, la poitrine dénudée et enveloppée dans ses longs cheveux noirs.

Ma femme, pensait-il alors. J'ai une femme... la plus belle du monde. La plus tendre et la plus sensuelle ; une créature qui ne semble faite que d'amour. Ron, il n'y a plus de mots, pour décrire un bonheur pareil.

Après le repas — et il en était ainsi tous les jours — ils allaient à la plage et tiraient le canot pneumatique jusqu'au lagon. Ils ramaient jusqu'à la passe et menaient leur embarcation, où ils avaient entassé quatre paniers tressés, jusqu'au large, puis faisaient le tour de l'île jusqu'à la petite baie, encadrée par les rochers volcaniques. Là, Ron jetait la lourde pierre attachée à une liane de fibres de palme et se préparait pour plonger vers les perles.

Parfois, il lui disait :

« Ma chérie, je plonge seul. »

Et Tama'Olu répondait alors, toujours calme, mais déterminée :

« *Ikai'*.

— Pense aux requins, Tama'Olu !

— Moi toujours y penser, Ovaku.

— C'est trop dangereux !

— Pour toi aussi, dangereux, lui rétorquait-elle.

— Et c'est pourquoi je veux que tu restes à bord.

— *Ikai'*.

— Mais bon Dieu ! ne sois pas si butée ! Je veux que tu restes dans le canot !

— Mais je veux être près de toi. Toujours. J'ai aussi bon couteau pour requins. Deux couteaux, mieux qu'un. »

Aucun argument à opposer à une aussi désarmante logique.

Ron attendit que Tama'Olu ait passé sa large ceinture, qu'elle y ait fixé son couteau et jeté les corbeilles à l'eau. Cette ceinture était son seul vêtement ; sinon, comme toujours, elle était nue, semblant, sous l'eau, quelque rare poisson, brun et luisant.

Elle se laissa tomber depuis les boudins de caoutchouc du canot, s'empara de l'une des corbeilles qui flottaient là, et regarda Ron. Pourquoi ne viens-tu pas ? semblait dire ce regard.

Ron s'agenouilla sur le sol du canot et se pencha vers elle.

« Bon. Écoute », dit-il en l'attrapant par les cheveux, quand elle voulut s'éloigner, « à partir de demain je plongerai seul.

— *Ikai'* », répondit-elle sans hésiter.

« Et quand bien même tu dirais cent fois non, tu resteras à la maison. Es-tu ma femme ?...

— Jusqu'à la mort.

— Et elle pourrait venir bien vite. Éventuellement sous les traits d'un requin.

— Pour toi aussi !

— Aucune des femmes d'ici ne plonge pour aller chercher des perles. Alors obéis-moi enfin !

— Moi pas te laisser seul.

— C'est une affaire d'hommes. Un travail de bagnard. Beaucoup trop dur pour toi.

— Pas bagnard... question de souffle...

— Ta place est à la maison, Tama'Olu, comme toutes les femmes du village. Si tu veux, occupe-toi de tes champs. Mais ça aussi c'est idiot, c'est bien trop dur pour toi ! Pourquoi ne tisses-tu pas des nattes, des voiles ou des filets, comme les autres ?

— Parce que toi vouloir perles noires. »

Elle secoua la tête pour dégager sa chevelure de l'étreinte de Ron.

« Laisse-moi, Ovaku. Toi vouloir beaucoup de perles noires. Et j'ai plus d'air que toi !

— Mais personne n'a dit le contraire. Tu es une plongeuse virtuose...

— Quoi être " virtuose " ? »

Ron secoua la tête.

« T'expliquer ça maintenant est trop long. Allez, s'il te plaît, remonte à bord !

— *Ikai'* », dit-elle fermement ; puis elle leva un bras et montra le ciel, ce qui signifiait : Le temps n'attend pas. Le soir tombe vite. Puis elle tenta de se dégager énergiquement. « Viens ! Plonger ! Pas parler... chercher perles !

— Tu es comme toutes les femmes ! Pas plus tôt dans vos bras, et nous sommes vos choses. Vous nous bouffez, tout simplement !

— Qui est-ce qui est " bouffé ", Ovaku ?

— Toi. Un de ces jours, je vais te manger toute crue ! »

Elle rit, dégagea ses cheveux et se laissa porter par l'eau.

« Cette nuit, toi pouvoir me manger ! » cria-t-elle en riant bien haut. « Mais je te mordrai. »

Elle montra ses belles dents blanches et fit comme si elle le gobait. Elle s'éloigna en nageant avec des mouvements harmonieux et réguliers. Ron, à son tour, se laissa glisser dans l'eau et nagea derrière elle.

Après une heure de plongée, ils avaient rempli à ras bord leur quatre paniers d'huîtres, et les poussaient devant eux, en direction du canot. Comme toujours après un pareil effort, Ron était complètement épuisé. Le sang lui battait les tempes, sa poitrine semblait transpercée de mille aiguilles et après s'être hissé avec peine sur les boudins de caoutchouc, il se laissa tomber sur le fond du canot. Comme chaque jour, il admirait Tama'Olu, qui sautait à bord sans la moindre difficulté, ne montrant pas la moindre fatigue. Comme si cela ne suffisait pas, elle hissa les paniers pleins d'huîtres dans le canot. Son corps scintillait au soleil, comme s'il avait été fait de mille perles translucides. Chaque goutte d'eau étincelait et jetait ses feux. Ce spectacle faisait battre le cœur de Ron, chaque fois plus vite. Où donc, sur cette terre, aurait-on pu trouver tant de beauté ?

Tama'Olu attendit que Ron ait récupéré et que sa respiration ait repris son rythme normal. C'est dans ces minutes-là que, toujours, il pensait à ce miracle de la nature qui gisait sous lui, au fond de la mer... ces colonies d'huîtres, dont il n'avait pas encore vu les limites, mais qui, sans doute, s'étiraient sur des centaines de mètres. Un champ immense que l'on n'avait qu'à moissonner. Un champ d'huîtres dans lequel poussaient des perles. Des perles noires. Une fortune. C'était presque inimaginable !

Quand Ron s'était remis de son épuisement, ils commençaient à ouvrir les huîtres à l'aide de leurs couteaux. Ils rejetaient les coquillages « vides » à l'eau et, des « mères », ils ôtaient les perles et les glissaient dans le sac de nylon. Les « mères » une fois vidées, ils les jetaient également à l'eau. La plupart du temps, un fourmillement se produisait alors autour du canot ; des poissons qui gobaient la chair des huîtres — un bien dangereux festin, en vérité, car des essaims d'oiseaux arrivaient de l'île, entouraient le canot en criant, puis s'abattaient sur la surface de l'eau. Leurs longs becs effilés s'ouvraient et quand ils remontaient dans les airs, on voyait frétiller les poissons qu'ils avaient capturés. Chaque jour, les oiseaux venaient plus nombreux.

« Ça doit se répéter alentour, que le repas de ces braves gens est avancé », dit Ron. « J'ai l'impression que ces oiseaux attendent tout bonnement que nous arrivions. »

Le butin de leur pêche était tantôt maigre, tantôt abondant, mais jamais un jour ne se passait, sans qu'ils revinssent avec au moins une perle précieuse. Et si même, parfois, sur les centaines d'huîtres qu'ils avaient pêchées, ils n'avaient extrait que cinq ou six perles, un trésor — dont l'image faisait parfois tourner la tête de Ron — gisait là, au fond de la mer. Une fois, Tama'Olu eut dans les mains un véritable miracle qu'elle tenait entre le pouce et l'index, en l'exposant au soleil : une énorme perle, parfaitement ronde et lisse, dont l'éclat était d'une couleur argent foncé.

« Sais-tu ce que tu as dans la main ? » demanda Ron, la voix nouée par l'excitation : « C'est une pièce unique, ma chérie. Quelque chose que l'on n'a encore jamais vu. Cette perle, à elle seule, représente déjà une fortune.

— C'est quoi “ fortune ”, Ovaku ?

— Beaucoup, beaucoup d'argent ?

— Et, à quoi ça sert, l'argent ?

— Avec de l'argent on peut tout acheter. Tout ce que l'on veut.

— Que veux-tu acheter ? Il te manque quelque chose ? »

Il la regarda, lui prit la perle des doigts, et la déposa avec précaution dans le sachet de nylon. C'est vrai, que me manque-t-il, au juste ? pensa-t-il. Je ne saurais le dire précisément. Je vis sur une île heureuse avec des gens heureux, j'ai la plus belle femme du monde, j'ai à manger et à boire, j'ai une case et je vis comme au paradis... Au fond, que me manque-t-il ? La lumière électrique, un transistor, un radioémetteur, des habits corrects, un vrai lit... Ron, as-tu vraiment besoin de tout ça ? Tu veux absolument acquérir une parcelle de la civilisation, tout en sachant fort bien qu'ainsi tu détruiras la paix de cette île, et changeras la mentalité de ces hommes heureux. Là où arrive la civilisation, elle apporte avec elle le chaos, elle altère la pureté des hommes, et finit par la gangrener sous les coups de la convoitise, de la jalousie, de la misère et de l'indignité.

Qu'est-il advenu des Aztèques, des Toltèques, des Mayas et des Incas, après qu'on eut confisqué leurs pays, par la force du sabre et du goupillon ? Et, aujourd'hui encore, que se passe-t-il avec les aborigènes australiens ? On les laisse s'enivrer à mort. Où sont les Maoris, et qu'a-t-on fait avec les Indiens d'Amérique du Nord ? Et, encore actuellement, que fait-on aux Indiens d'Amérique du Sud ? Le poumon vert de notre terre, les forêts tropicales, sont défrichées sans égards, ou brûlées, à seule fin de vendre les essences précieuses ou de gagner de nouvelles terres cultivables. Des escadrons de chasseurs précèdent les colonnes dévastatrices et abattent tout indigène qui tenterait de s'opposer à elles. Les propriétaires de latifundia sont de plus en plus riches, les pauvres de plus en plus démunis. Lentement mais sûrement, le monde est détruit et, tout cela au nom du progrès et de la civilisation.

Un jour viendra où l'on découvrira Tonu'Ata et où l'on voudra aider l'île à accéder au « progrès ». Et il n'y aura plus de foyers de pierres mais des fours à micro-ondes ; on ne dansera plus autour des idoles, mais la télévision montrera les cadavres des séries policières ; et les hommes d'ici ne seront plus des hommes, eux qui vivaient dans leur nudité si naturelle ; on leur apprendra la soi-disant morale et, avec elle, l'hypocrisie. Et si jamais on découvre les colonies d'huîtres aux perles noires... ce sera à coup sûr la mort du village. On appellera ça « déplacement de personnes ». Et d'ailleurs qui se souciera des habitants d'ici ? Pendant la dernière guerre, il y eut environ cinquante millions de morts... alors !

« Oui... que me manque-t-il, Tama ? » dit Ron, et son regard alla de sa femme chérie à la mer. « C'est une fichue question, à laquelle je serais bien en peine de répondre. Que sais-tu du vaste monde, autour de toi, dont tu n'as pas la moindre idée, et de ce qui s'y passe ? Tu es comme ce hanneton dont l'univers est une prairie à la lisière des forêts. Un hanneton ne sait pas qu'il existe des fusées nucléaires, des rayons laser, des bombes bactériologiques et des grenades à gaz chimiques. Pour lui, le plus grand danger, c'est la semelle d'une chaussure, comme un ouragan est pour vous le péril le plus redoutable.

— Moi pas comprendre, Ovaku », dit Tama'Olu, et elle le regarda, désemparée.

« Une chance que tu ne comprennes rien à tout cela. Quand je te vois et que je te prends dans mes bras, alors, non, il ne me manque rien.

— Toi ne manquer de rien ?

— Non, j'ai tout ce qu'il faut pour être indescriptiblement heureux.

— Alors pourquoi argent pour les perles ?

— Ma chérie, tu poses des questions qui interpellent la conscience.

— Où veux-tu vendre les perles ?

— C'est encore, vois-tu, une de ces questions qui m'embarrassent. Je t'expliquerai tout cela ce soir. Du moins j'essaierai. Et, crois-moi, je ne veux que votre bien. »

Ils ont tous dit ça, remarqua-t-il, choqué de ses propres mots. Les conquistadores espagnols comme les colons américains, les prêtres pendant l'Inquisition et devant les bûchers où des sorcières et des hérétiques étaient en train de brûler vifs comme les concepteurs de la bombe atomique. Ron, que t'arrive-t-il ? Les perles noires t'auraient-elles par hasard corrompu ? Ces millions qui gisent là, au fond de la mer, auraient-ils fait de toi un calculateur cynique, comme tous ceux que tu as fuis ? Il se pencha, embrassa Tama'Olu, puis ils rentrèrent à leur case, avec, dans le sac de nylon, la perle peut-être la plus précieuse qu'on eût jamais découverte.

Ils mangèrent des patates douces et une purée de feuilles vertes hachées, dont la saveur rappelait celle des épinards, burent des jus de fruits pressés et grignotèrent un morceau de galette. Puis ils s'assirent dehors, sur le banc, devant leur case. Ils attendirent le coucher de soleil et l'embrasement du ciel ; ils se tenaient dans les bras l'un de l'autre et ils étaient heureux.

Ils ne parlèrent plus ni d'argent ni de perles et Ron renonça à expliquer à Tama'Olu pourquoi, un jour, tout allait changer. Il sentait que son amour pour elle était sans limites, et cette pensée lui était infiniment plus précieuse que toutes les spéculations sur l'avenir.

Pourtant, par la force des choses, le jour vint où Ron dut s'occuper de trouver un moyen de quitter son paradis pour rentrer dans le monde réel ; il avait maintenant cent soixante-douze perles noires, toutes plus belles les unes que les autres. Avec, en plus, cette énorme perle noire aux reflets d'argent, dont il n'aurait su estimer la valeur.

« A quoi servirait un sac plein de perles, chérie », dit-il ce jour-là à Tama'Olu, « si l'on ne s'en servait que pour jouer aux billes ? As-tu la moindre idée de la valeur de ceci ? » Il tapota le sac de perles qu'il tenait contre sa poitrine. « Grâce à ce sac, je pourrai acheter un générateur et nous aurons du courant et de la lumière. Un radioémetteur ne serait pas du luxe, car ainsi, nous serons en contact permanent avec le monde extérieur. De même un bon bateau à moteur, qui tiendrait bien la mer, et grâce auquel nous ne serions plus les ermites de Tonu'Ata. Alors je pourrais t'emmener à Nukualofa... nous irions jusqu'aux Fidji, jusqu'aux îles Cook, ou même encore plus loin, jusqu'à Papeete, à Tahiti, ou à Bora Bora, la plus belle île du monde. Tu pourras t'acheter des habits, des bijoux, des parfums, ce que tu voudras. Je pourrai satisfaire chacun de tes désirs. Et nous construirons une vraie maison de bois, et nous aurons une chaîne hi-fi avec platine pour disques.

— C'est quoi, un générateur ? Une platine pour disques ? Pourquoi, Ovaku ?

— Pourquoi ? » Ron regarda Tama'Olu, pensif. « Oui, pourquoi ? voilà une question qui appelle cent réponses ou pas de réponse du tout. Pourquoi aurions-nous besoin de toutes ces choses, dans ce paradis où depuis des milliers d'années elles n'ont pas fait défaut ? Mais, d'un autre côté, pourquoi ne pas les avoir quand elles pourraient nous rendre la vie plus belle encore ? Tu comprends ?

— *Ikai'*. »

Elle le regarda avec ses grands yeux noirs, et l'on voyait dans ces yeux, se mêler la tristesse, l'effroi et le désarroi.

« Tu veux partir ? demanda-t-elle doucement.

— Oui.

— Pourquoi ?

— Je veux aller à Tahiti.

— C'est quoi, Tahiti ?

— Une très grande île... très loin d'ici. A à peu près

deux mille kilomètres. C'est la plaque tournante du commerce des perles noires.

— C'est quoi, " kilomètres " ?

— Tama, comment te l'expliquer ? »

Il posa le sac de nylon sur le sol et lui prit les mains. Alors seulement, il remarqua qu'elle tremblait, très agitée. Elle lui faisait terriblement pitié. Pourtant il dit :

« Je dois aller à Tahiti ; et même si je pars avec mon canot pneumatique,... direction le couchant. Quelqu'un finira bien par me recueillir à son bord, et m'emmènera dans une grande île, dans une ville quelconque. Et de là, aucun problème pour continuer ma route.

— Toi partir ? » demanda-t-elle d'une voix toute ténue.

« Oui.

— Tu ne reviendras pas ?

— Bien sûr que si, Tama ! A coup sûr. Je reviendrai aussi vite que je pourrai.

— Toi plus m'aimer ?

— Plus que jamais. »

Il l'attira à lui, mais elle se raidit. Elle mit ses mains contre la poitrine de Ron, et, quand il voulut l'embrasser, elle détourna son visage.

« Je ne désire vendre ces perles que pour te faire une vie de reine ! » Il l'étreignit passionnément, et, cette fois, elle se laissa faire. « Tous ici, sur cette île, vous serez riches. Les hommes iront chercher des perles et j'irai les vendre à Papeete. Mais vous resterez un paradis ignoré... Moi seul ferai la navette et vous apporterai tout ce dont vous aurez besoin. Nul autre que nous ne verra la baie des Perles noires. Tonu'Ata sera une petite planète, à elle seule, où nul ne pénétrera jamais.

— Toi pas partir ! dit Tama'Olu, anxieuse, et elle se dégagea de l'étreinte de Ron. « J'ai peur.

— Moi aussi, ma chérie. » Ron fit glisser les longs cheveux de Tama entre ses doigts et regarda vers le large.

« Le canot pneumatique est le seul moyen de partir — et j'ai une peur bleue de cette expédition ! » Il prit le sac de nylon et le soupesa. « Mais pour des millions de dollars, ça vaut bien la peine d'être courageux, ou plutôt, non, dingue. Tu sais, Tama, je suis un gars robuste et dur à la tâche. Je crois que j'y arriverai... et alors notre univers sera bien différent. »

Dès le lendemain, il commença les préparatifs de sa folle expédition. Il demanda à Tama de faire griller de gros morceaux de porc, amassa des noix de coco, et grâce à des fibres de palme, il suspendit en plein soleil les poissons pêchés le matin même, vidés, et qui, une fois séchés, lui fourniraient une excellente nourriture.

Le soir venu, il rendit visite à Fatahefi Tapana, but un jus de fruits macéré, en guise d'alcool, et avec les connaissances qu'il avait acquises en tonganien, il essaya d'expliquer à la famille assemblée qu'il voulait quitter l'île à bord de son canot pneumatique. Tapana, sa femme, les trois frères de Tama, et sa sœur aînée, enceinte de son second enfant, l'écoutèrent en silence. Ils ne firent pas le moindre commentaire après que Ron leur eut, à grand-peine, expliqué son projet.

Il attendit une réponse, ses yeux allaient de l'un à l'autre des membres de l'assistance, et il lut dans leur regard quelque chose comme un refus absolu de ce projet, ainsi qu'une animosité croissante à son égard. Il abandonne Tama'Olu après avoir couché avec elle, pensent-ils. Je suis cause de l'humiliation de leur famille et l'humiliation appelle la vengeance, se dit-il en aparté.

« Mais je vais revenir ! » dit-il avec insistance. « J'en fais le serment : je vais revenir. J'aime Tama'Olu, et je ne pourrais pas vivre sans elle ! »

Tapana but une gorgée de vin de fruits, et cligna des yeux.

« Quand veux-tu partir avec le bateau ? » demanda-t-il d'un ton brusque.

« Aussi vite que possible. Et il me faut des vivres pour vingt jours. »

Tapana baissa la tête. La mère de Tama'Olu se leva et, avec sa fille enceinte, quitta la pièce. Les trois frères regardaient Ron d'une façon toujours plus hostile.

« J'aime Tama'Olu », protesta Ron, comme un accusé qui prononcerait ses dernières paroles. « Mais croyez-moi donc ! »

Plus de réponse. Quelques instants après, il se leva, s'inclina devant Tapana et quitta la case royale. Il retourna chez lui, à pas lents, avec au ventre la peur qu'on ne lui ait donné la chasse. Il ne se retourna pas, et enfonça sa tête dans ses épaules.

Mais qu'attendez-vous donc ? pensa-t-il, et il sentit battre le sang des veines de son cou. Allez-y, transpercez-moi de vos lances acérées ! Je sais, j'ai abusé votre confiance ; je suis le seul, depuis des générations, à vouloir quitter l'île, et c'est bien naturel que personne ne croie à mon retour. Aucun d'entre vous n'a eu l'idée, même avec Descartes, le marchand, d'aller sur une autre île. Et puis un Blanc est venu, qui a pris votre fille et votre sœur, une case où il vit avec elle comme mari et femme... et qui maintenant veut partir. Pourquoi ne me tuez-vous pas ?

Pourtant rien ne se passa. Sans encombre, il rentra à sa case et vit Tama'Olu accroupie devant le foyer de terre. Un fumet de patates douces bouillies l'accueillit. Ce ne fut qu'à cet instant précis qu'il se retourna et vit qu'on ne l'avait pas suivi. Il se pencha sur Tama'Olu et lui prit la tête dans ses mains. Elle ne bougeait pas. On avait l'impression qu'elle n'était plus qu'une merveilleuse sculpture de bois.

« Pourquoi une telle quantité de patates douces ? » dit-il d'une voix gênée. La tristesse de Tama'Olu, très visible, le bouleversait profondément. « Mais qui mangera tout ça ?

— Toi. Bon pour long voyage. Ça remplit l'estomac. »

Elle pencha la tête, remit du bois sur les braises, et demeura immobile dans la lueur du feu.

« Ton père et tes frères ne me croient pas, dit Ron.

— Moi non plus. »

Cette remarque l'atteignit comme un coup de poing. Il s'agenouilla devant Tama'Olu, à même le sol, et la força à le regarder.

« Et pourtant, tu me prépares une pleine marmite de patates douces pour ce voyage ? demanda-t-il.

— Tu es Ovaku, mon mari.

— Oui. Certes, oui.

— Et une femme doit s'occuper de son mari, jusqu'à ce qu'il soit parti. »

Ron avala la boule qui s'était soudain formée dans sa gorge, et qui l'empêchait de respirer. La logique de Tama'Olu lui faisait honte, et il ne pouvait supporter son regard triste.

« Veux-tu venir avec moi ? demanda-t-il.

— *Ikaï'*.

— Peut-être qu'à deux, on y arriverait plus facilement, ma chérie. Peut-être ne sera-ce même pas un calvaire, et après deux ou trois jours de navigation, parviendrons-nous sur une grande route maritime. Un de ces grands bateaux, dont tu ne peux même pas te représenter les dimensions, nous prendra à son bord et nous débarquera dans quelque port d'où nous pourrons prendre l'avion pour Tahiti. Peut-être aurons-nous cette chance. Tama, nous partons ensemble. Tu as compris ? »

Elle secoua la tête, piqua une des patates douces, pour s'assurer qu'elles étaient cuites et, machinalement, joua avec les bûchettes, en les empilant, puis en faisant rouler les piles une fois formées sur le sol.

« La viande est prête », dit-elle, cependant que Ron faisait glisser ses longs cheveux entre ses doigts. « Le poisson doit encore sécher deux jours, si tu veux l'emporter. Deux jours, c'est trop long ?

— Tama, deux, trois, quatre jours, qu'importe. J'ai tout mon temps. Je ne m'en vais pas pour fuir d'ici. » Il l'attira amoureusement à lui, l'enlaça, les mains sur sa poitrine. A nouveau, il perçut le tressaillement intérieur de Tama, mais aussi une résistance muette, une raideur qui l'effraya. « Tama, je t'aime plus que tout au monde.

— Ça, tu l'as déjà dit...

— Et je le dirai encore, à chaque heure, à chaque minute, si tu le désires.

— Et tu t'en vas, pourtant... »

Elle ne comprend pas ! Personne ne comprend ! Comment en serait-il autrement, d'ailleurs ? pensa-t-il tristement, et il lâcha Tama'Olu, en soupirant profondément. Comment expliquer aux gens d'ici, qu'ils vivent sur des millions de dollars, alors qu'ils n'ont que faire de ces millions ? Que veut dire l'argent, pour eux ? Rien. La nature et sa prodigalité leur procurent tout ce dont ils ont besoin. Ils vivent — et c'est pour eux l'essentiel. Ils naissent, triment pour survivre, puis meurent. Et ils sont heureux ainsi. Naître pour travailler aux besoins de la vie, puis mourir... un cycle éternel ; rien de différent du cycle naturel, des plantes, des arbres ou des fleurs.

Que leur importe-t-il donc d'aller sur la Lune ? Ou que leur île périsse dans une apocalypse nucléaire, eux qui sont l'innocence ? Ou bien, n'allons pas si loin, qu'ont-ils donc perdu, de ne connaître ni l'heure ni toutes ces choses simples, sans lesquelles nous serions perdus ? Un paquet de cigarettes, un spray pour les cheveux, un stylo à bille, un appareil photo, une canette de bière, un journal, la télévision ? Qu'ont-ils besoin de tout ce fatras ? Et ils sont heureux, sans cela !

Ron se releva, et vit comme Tama le regardait ; maintenant, la peur se lisait dans les yeux de la jeune femme, quelque chose comme un cri muet.

« Tout est si insensé », dit-il avec embarras. « Où donc Dieu avait-il la tête, en créant l'homme ? Mais tel est notre lot ; à nous de l'assumer. »

Il rentra dans la case, se jeta sur le lit et regarda dans l'obscurité. Dehors il entendait Tama s'activer. Elle jetait de l'eau de cuisson sur les patates douces, et elle mit suffisamment de bûches sur le feu pour qu'il tienne jusqu'au matin, et qu'on puisse le ranimer.

Il la vit rentrer dans la case, tâtonner dans le noir, et s'étendre près de lui. Il sentit son corps nu, lisse et chaud se blottir contre le sien. Il entendit sa voix tendre et son souffle chaud lui parcourir la nuque.

« Tu es Ovaku, mon mari, dit-elle. Je ne t'oublierai jamais... »

Pourquoi m'en allais-je ? Où donc trouverais-je encore plus de bonheur ? Pourquoi donc vais-je à la chasse aux millions ?

Oui, pourquoi ?

Voilà une question à laquelle il aurait été bien en peine de donner une réponse ! Il soupira doucement quand Tama se glissa contre lui, et il l'étreignit avec passion.

Le jour suivant, Ron commença à équiper son canot pneumatique. Avec l'aide des trois vieillards baptisés, il y menuisa un siège en planches, et un mât auquel il attacha une voile en fibres de palme. Le mât était fiché dans un gros bloc de bois reposant à même le sol en caoutchouc — une bien frêle construction qui, à n'en pas douter, serait balayée comme un fétu de paille, si le vent forcissait.

Pendant trois jours, ils travaillèrent au canot pneumatique, au milieu d'un essaim d'enfants, qui riaient d'un rire moqueur, chaque fois que le mât, déséquilibré par le poids de la voile gonflée au vent, tombait. Des femmes vinrent de temps à autre, et les regardèrent travailler.

Mais Tama'Olu, elle, ne vint jamais à la plage. Elle demeurait à la case ou bien allait aux champs biner de nouvelles parcelles.

Le troisième jour, les frères de Tama vinrent aussi. Leurs visages étaient sévères, comme d'habitude, et ils apportaient un gros tonneau de bois, rempli d'une matière d'un brun jaunâtre. Avec précaution, ils déposèrent ce tonneau devant Ron, puis lui montrèrent le canot pneumatique.

Ron se pencha et plongea un doigt dans cette mélasse. C'était collant et visqueux comme du miel refroidi, et, après qu'il eut retiré son doigt, cette substance se solidifia presque instantanément, et devint un enduit dur.

« C'est formidable ! s'exclama Ron. Qu'est-ce que c'est ?

— Arbre produire ça... »

Un des frères montra le canot.

« Mettre sur bateau. Bateau ainsi pas craindre coups.

— De la résine ! Vous avez raison ! Ça donne une pellicule élastique. C'est un truc génial, les gars ! Mais qu'avez-vous mis là-dedans pour que ça durcisse instantanément ? »

Les frères de Tama ne répondirent pas. Ils retournèrent le canot et commencèrent à enduire le fond avec la résine, puis les boudins de caoutchouc. A cet effet, ils utilisaient de petites planchettes de bois, qui ressemblaient tout à fait aux spatules des peintres ou des staffeurs. Ils appliquaient la résine avec soin, la lissaient, et, grâce au soleil ardent, elle durcissait très vite, et si bien qu'on eût pu taper dessus avec un marteau sans que le moindre trou ou la moindre fêlure n'y apparût. La meilleure protection qu'on pouvait imaginer contre les pointes et les crocs du corail.

« Fantastique ! » dit Ron.

Il osa, de la pointe de son couteau, piquer le fond du

canot… la lame grinça sur la couche dure de la résine mais ne put y pénétrer.

« Frères, cela pourra me sauver la vie. »

Il voulut serrer la main des trois hommes, mais ils se détournèrent, reprirent le tonneau et s'en revinrent au village. Ils n'accordèrent pas un seul regard à Ron et ignorèrent superbement sa main tendue. Ron, irrité, les suivit des yeux. Qui pourra comprendre ces gens ? pensa-t-il. Il y a de la haine dans leurs yeux… mais ils ont imperméabilisé mon canot afin que je puisse partir en toute sécurité. Qui peut comprendre pareil comportement ?

Le soir venu, Ron et Tama'Olu étaient une fois encore assis sur leur banc et attendaient, c'était presque devenu un rituel, l'embrasement du crépuscule. Devant eux, on voyait, halé à terre, le canot pneumatique avec son mât tout neuf et sa voile roulée.

« Quand ? » demanda Tama'Olu, en regardant le large.

« Après-demain. » Ron lui passa le bras autour de l'épaule, mais elle ne se pressa pas contre lui, comme d'habitude. « Tout est prêt. Tes frères me haïssent, n'est-ce pas ?

— Ils veulent tuer toi.

— C'est exactement ce que j'avais deviné. Et pourquoi, en ce cas, m'aident-ils ?

— Moi avoir dit : si toi mort, moi morte aussi ; frères s'occuper de moi, pendant que toi parti. Une femme sans mari, jamais rester seule. Si le mari est mort ou parti, frères toujours là.

— Mais enfin, nom de Dieu ! Tama, comprends donc : je vais revenir !

— *Ikai'*. Mer plus forte que toi… Toi pas plus fort que la mer. Personne plus fort que la mer. Si tu pars, tu mourras.

— Je vais y arriver, Tama. Je suis sûr d'y arriver ! J'y

crois fermement et tu dois y croire aussi. Quand je reviendrai, j'apporterai tout ce qui nous manque.

— Rien ne me manque », dit-elle d'une voix dure, comme jamais encore Ron n'en avait entendu de sa bouche. « A toi, manquer autre monde ! Retourne autre monde ! Retourne !

— Et tu dis ça, comme ça, froidement, comme si tu chassais un chien ?

— Chien est fidèle. Chien rester toujours ici. Mais toi, tu veux partir.

— Mais c'est pour nous deux que je le fais, Tama ; pour notre avenir commun, pour une vie merveilleusement heureuse.

— Tu n'es pas heureux, maintenant, Ovaku ?

— Il n'y a pas d'homme plus heureux que moi ! »

Elle tendit le bras, en montrant la mer.

« Là-bas, dans un autre monde...

— Près de toi, Tama'Olu.

— Pourquoi mens-tu ? »

Elle se leva du banc, regarda Ron tristement et rentra dans la case. Ce fut la première fois qu'ils ne virent pas ensemble le soleil se coucher, et le ciel qui s'embrasait, comme si un feu eût consumé la terre tout entière.

Mais lorsque Ron, à son tour, rentra dans la case, et quand il s'allongea près de Tama, elle se blottit comme d'habitude contre lui, pressa son corps contre le sien, et l'aima de toute la force qu'il y avait en elle. Mais en même temps elle pleurait.

Le canot était plein à ras bord de viande, de poissons séchés, de patates douces, de galettes, de fruits, de jus de fruits et d'eau dans des calebasses évidées. Le mât de bois était solidement fixé au fond du canot, la résine avait rendu le caoutchouc invulnérable. L'embarcation se balançait dans la faible houle du lagon. La grande aventure — ou devait-on plutôt parler de folie ? — pouvait commencer.

Ron, de bon matin, descendit à la plage — seul. Tama'Olu était étendue sur le lit recroquevillée comme une petite fille, et elle ne bougea pas quand Ron lui dit :

« J'y vais, maintenant. Viens avec moi jusqu'au canot, ma chérie. S'il te plaît ! »

Par quatre fois, il répéta cette prière, quémandant et embrassant tout à la fois, mais elle ne bougea pas. Elle était étendue là, comme morte, immobile, sans larmes, les yeux clos. Il lui fut extraordinairement difficile de s'arracher à elle, de sortir de la case et de courir jusqu'à la plage. Et même là, il ne vit personne, ni Tapana, ni la mère de Tama, ni les trois frères, ni la sœur enceinte. Le village était silencieux et tranquille ; personne dehors, devant les cases. Seuls ces fameux chiens, avec leur pelage beige ras et lisse, et leurs queues en forme de fouet étaient là, qui maraudaient dans les parages, regardant avec suspicion cet homme solitaire.

Ron se retourna encore une fois. Non, Tama'Olu ne se tenait pas dans l'encadrement de la porte, ne le regardait pas, ne lui adressait aucun signe d'adieu... il n'existait déjà plus. Un mort allait être emporté vers le large par la marée.

Un instant, ce fut comme si Ron était cloué au sol, comme s'il eût été incapable de faire un pas de plus. Reste ici, pensa-t-il, tu dois rester ici ! Non, ne pars pas vers l'inconnu, et fais une croix sur ces paquets de dollars ! En as-tu vraiment besoin ? Tama'Olu, je reste ! Je reste près de toi ! Je vais démolir ce canot, le brûler, le couler !

Mais une autre voix lui disait : Couard ! Tu reviendras, c'est évident. Et alors, tu pourras offrir la lune à Tama'Olu. Le bonheur sera près de toi, à portée de main. Tu auras des enfants d'elle. Et alors, vraiment, tu seras le plus heureux des hommes sur cette terre. Allez, mon vieux, hop ! Largue les amarres ! Va chercher le bonheur !

Ron se força à continuer à avancer, sans se retourner, il entra dans l'eau peu profonde du lagon, grimpa à bord du canot et déploya la voile. Le vent la gonfla et le bateau glissa sur ces eaux aux reflets verts, jusqu'à la passe du récif. Quand il eut atteint le large, Ron tressaillit. De l'île montait le martèlement sourd des tambours. Entre les palmiers, le sorcier apparut, dans son habit de plumes, et il levait les bras au ciel.

Dieux, protégez-le. Soyez cléments envers Ovaku ! Il ne sait pas ce qu'il fait. C'est un pauvre mortel... Dieu des vents, ne le malmène pas trop sur l'océan ! Ron ferma les yeux, respira profondément, et mit sa voile bien au vent. Le canot se cabra hors de l'eau, et il chevaucha les vagues, qui commencèrent avec lui un jeu bien cruel.

Tama'Olu se tenait derrière la porte de leur case et, par une fente, regarda le bateau qui s'éloignait en dansant sur les vagues. Elle pleura de nouveau et serra contre son cœur la Bible du père Richards. Elle ne comprenait pas ce qu'il y avait dans ce livre, mais elle savait que c'était quelque chose de suffisamment important, car les trois vieillards baptisés s'agenouillaient devant lui, et que ce livre devait être une sorte de dieu. Le dieu de Ron. Le dieu d'Ovaku.

Quand le son mat des tambours retentit dans l'île, elle prit le livre et le baisa. Mais ensuite, elle le jeta contre le mur, ouvrit brutalement la porte et courut jusqu'à la grève.

« Ovaku ! » Elle poussa un cri perçant. « Ovaku ! Laisse-moi venir avec toi ! Laisse-moi venir avec toi ! Je t'aime... Comment pourrais-je vivre sans toi ? Ovaku ! Emmène-moi ! »

Mais Ron ne la voyait plus, ne l'entendait plus. Il chevauchait les vagues, là-bas vers l'ouest. Vers l'espoir qu'un de ces jours, on allait bien le découvrir.

6

Il dériva quatre jours et quatre nuits sur l'océan. Les dieux de la mer et du vent lui étaient favorables ; l'océan Pacifique faisait honneur à son nom. Un petit vent poussait le canot pneumatique droit devant, sur une mer presque d'huile, et seule la petite averse chaude qui tombait tous les soirs venait rompre l'engourdissante monotonie.

Ron interpréta cela comme un bon présage. Il espérait rejoindre bientôt une grande route maritime, rencontrer un cargo ou aborder sur une île que la civilisation avait atteinte. Il lui semblait presque irréel qu'une île comme Tonu'Ata soit demeurée ainsi à l'écart de toute évolution. Car, précisément, le gros roi de Tonga était très fier de déclarer qu'il avait conduit son royaume insulaire vers les temps modernes. Et il y était parvenu sans pour autant que son pays se désagrège ni ne souffre des mille maux qu'exportent les « nations développées » : la politique politicienne et les grèves, le trafic des stupéfiants et l'alcoolisme, la délinquance juvénile et les chamailleries politicardes.

Le roi Taufa'ahau Tupou IV était sans discussion possible le seigneur de Tonga ; tout l'archipel lui appartenait, et même Tonu'Ata, bien qu'il en ignorât jusqu'à l'existence. Et pour quiconque connaissait l'île, comme par exemple Gilbert Descartes, le marchand, peu importait que Tonu'Ata fût ou non portée sur les cartes. Descartes, lui aussi, avait découvert l'île par hasard, et se gardait bien d'en parler à Pangaï, la capitale du groupe des îles Ha'apaï. Sans doute, avant tout, pour soustraire l'île aux convoitises de ses concurrents.

Peu importait, pour Descartes, que le gouverneur-résident de Pangaï connût ou non l'île, et, pour les avions d'Air Pacific, de Polynesian Airways ou de South Pacific Islands Airways, elle n'était qu'une minuscule tache verte perdue dans l'immensité bleue que les appareils survolaient.

Quatre nuits et quatre jours seul sur l'océan, avec autour de soi le ciel et la mer, et l'horizon, tremblant dans l'air chaud, et qui vous mettait les nerfs à vif. Ron chantait, pour tuer le temps. Tout y passait, depuis les complaintes populaires jusqu'au bel canto. Il trouvait particulièrement amusant de chanter, en regardant l'immensité sans bornes de la mer, la chanson *Pourquoi le Rhin est-il si beau ?* Ou bien il déclamait des monologues et des poèmes, souvenirs de ses années de potache. Son répertoire allait de *Guillaume Tell* à *La Cloche* de Schiller en passant par *La Pucelle d'Orléans* ou la « Promenade de Pâques » de *Faust.*

De temps en temps, il s'adressait à Tama'Olu, lui disant combien il l'aimait, comme sa vie allait bientôt changer, et quels étaient ses projets. Et quand, après les feux du crépuscule, l'obscurité tombait brutalement, il s'allongeait au fond de son canot pneumatique et disait, tous les soirs : « Bonne nuit, mon amour. Dors bien, mon bel ange noir, et rêve de moi. Je t'aime et je t'embrasse. Tu es près de moi, tu sais ? Tu es toujours près de moi. »

La troisième nuit, il se réveilla en sursaut. Il lui semblait avoir entendu un son long et étouffé, comme une corne de brume. Mais il n'y avait rien, alentour, à part le fin croissant de lune et la mer au miroitement argenté, aucune silhouette de navire, aucun nouvel appel, pas même la lumière lointaine et vacillante d'un cargo passant au loin. Une corne de brume... quelle ânerie ! Qui donc, par une nuit si claire, actionnerait une corne de brume ?

Il se rallongea, pensa à Tama'Olu, but une gorgée de jus de fruits et ferma les yeux. Même la mer la plus vaste a une fin, se dit-il pour se donner du courage. C'est seulement la troisième nuit que je passe en mer, et j'ai pour vingt jours de vivres. Et même ces vivres une fois épuisés, je ne serai pas menacé par la faim. J'ai un harpon et je sais capturer des poissons, les frères de Tama'Olu me l'ont appris. Je peux recueillir l'eau de pluie et donc ne mourrai pas de soif. Allez, mon vieux, tu vas y arriver ! Sur cette terre, l' « infini » n'existe pas. Même l'immense océan se termine par un rivage.

Le cinquième jour, Ron remarqua un mince trait, sur l'horizon. Il se tenait au mât et scrutait au loin, tout au bout de l'immensité de la mer. Ce doit être la terre, se dit-il. C'*est* la terre ! Une île, évidemment, ici il n'y a que des îles. Celle-ci est plus vaste que Tonu'Ata ; c'est une première étape vers le monde civilisé.

Après une heure, toujours poussé par une brise légère, Ron reconnut le cône volcanique, tronqué et aplati, qui pointait hors de l'eau. Il prit ses rames sculptées toutes neuves et commença à faire avancer le canot. Il usait, pour cela, d'une force inconnue de lui, et il ne cessait pas de ramer, même quand il sentit que ses muscles se crispaient. Sur mer, les distances nous trompent. Ce qui nous apparaît si proche et si facile à atteindre est en fait encore terriblement lointain. Ce n'est que quatre heures plus tard que Ron, parvenu à faible distance de l'île, put apercevoir la côte découpée, les vagues qui écumaient le long de la barrière de corail et l'épaisse forêt de palmiers courbés par le vent. Il avança le long du récif et chercha la passe vers le lagon. Aucune de ces îles n'est totalement entourée par les récifs de corail. Même Bora Bora, le plus beau rêve des mers du Sud, dispose d'une passe accessible à des navires d'assez gros tonnage.

Le cœur de Ron se mit à battre la chamade, lorsqu'il aperçut un bateau blanc à moteur, qui fonçait vers lui. Il grimpa au mât, il agita sa chemise, et cria, cria ; il eût pu tout aussi bien pleurer de joie en cet instant où toute sa tension nerveuse venait de tomber, d'un seul coup.

Le bateau fit retentir brièvement sa sirène et mit le cap sur lui. C'était un beau bateau, pas très grand, mais disposant néanmoins d'une cambuse de poupe et d'une cabine de pilotage couverte, en son centre. Au mât, flottait le pavillon des Tonga. Il décrivit de larges cercles autour du canot de Ron, comme s'il examinait ce que la mer avait apporté là. Puis, on réduisit le régime du moteur et le bateau s'approcha de Ron, en crachotant.

Pendant tout ce temps, il avait agité sa chemise et il se tenait au petit mât, quand le bateau approcha de lui par le flanc ; le moteur s'arrêta ; on baissa la vitre de la cabine de pilotage, et une tête apparut : un homme blanc, avec des cheveux gris, coupés en brosse, autour desquels était noué un large bandeau frontal. Les corsaires de l'ancien temps devaient avoir cette tête-là, se dit Ron immédiatement. De l'ancien temps ? Mais au fait, il se pourrait bien que ce soit l'un de ces pirates ! Dans la mer de Chine du Sud, autour des Philippines, le long des côtes indonésiennes et même dans le golfe de Thaïlande, il y a de nouveau des pirates qui montent à l'abordage des petits navires marchands et les pillent de fond en comble. Pourquoi le monde insulaire des Tonga, lui aussi, n'abriterait-il pas des pirates. En tout cas, ce gars-là n'inspire pas vraiment confiance. Il passa sa main sur sa figure, et se rendit compte qu'avec sa barbe de quatre jours il ne devait pas avoir l'air moins patibulaire que l'homme du bateau.

Ron leva le bras et salua. En même temps, il cria :

« C'est le ciel qui vous envoie ! Je me figurais déjà être le Vaisseau fantôme ! »

Il cria cela en anglais, et l'homme du bateau lui répondit, également en anglais :

« C'est bien possible. Qui êtes-vous ? D'où venez-vous ? Naufragé ?

— Comme vous voulez. Je suis Ron Edwards et je viens de Tongatapu. »

Par une inspiration subite il parla en tonganien. L'homme ouvrit la petite porte de la cabine, alla s'accouder au bastingage et se pencha vers lui.

« Vous vous foutez de moi ? Vous n'êtes tout de même pas venu de Nukualofa à bord de cette coque de noix !

— Vous ne me croirez pas : c'est pourtant la vérité.

— Et vous allez où ?

— A l'aéroport le plus proche », répondit Ron, laconiquement.

« Vous me prenez pour un crétin ? hurla l'homme. Nukualofa possède un aéroport international ! » Il jeta un regard à l'intérieur du canot, y vit les caisses de bois, les sacs de jute, les calebasses remplies d'eau et de fruits et d'un geste de la main désigna tout ce fatras. « Qu'est-ce que vous transportez là ? Vous ne seriez pas, par hasard, l'une de ces ordures qui apportent de l'alcool et de la drogue aux insulaires ?

— Si tel était le cas, je me déplacerais à bord d'un yacht rapide et vous auriez déjà un joli trou au milieu du front. Je suis à peu près aussi dangereux qu'un coquillage vide !

— Et d'où vient que vous parliez tonganien ?

— C'est une bien longue histoire, presque incroyable et je ne crois pas que j'aie envie de vous la raconter. Et vous d'où vient que vous le parliez aussi, le tonganien ?

— C'est mon métier.

— Tiens donc ! Vous êtes linguiste ? » fit Ron en ricanant. « Bon, vous me remorquez ou je monte à bord ? Où suis-je donc, à propos ?

— Sur l'île de Telekitonga.

— Tele... ah, bon, il y a la télévision, dans le secteur !? gouailla Ron.

— Vous me paraissez être un parfait abruti. Mais n'ayez crainte, je finirai bien par savoir qui vous êtes !

— Dieu vous aide dans cette tâche !

— *Amen !* » L'homme releva son bandeau sur ses cheveux hirsutes. « Si je n'attachais pas un tel prix à l'amour de mon prochain, je vous laisserais vous débrouiller et je partirais en croisière en attendant que vous ayez séché sur pied.

— Votre sollicitude à l'égard d'autrui devrait néanmoins être assez grande pour me dire qui vous êtes et me convier à votre bord. Ce voyage insolite m'a quelque peu épuisé. Quelqu'un qui pilote un bateau comme le vôtre ne peut sans doute pas se figurer que mon canot, que vous appelez coque de noix, pourrait en remontrer à pas mal d'autres. »

Ron ricana encore une fois. Il n'avait aucune crainte que ce bonhomme le laisse tomber.

« Me suis-je bien exprimé ?

— Bon, montez ! »

L'homme offrit son bras droit à Ron, tira le canot contre la coque de son bateau, et aida Ron à escalader le bastingage. Ron prit une corde fixée à l'arrière de son canot par un anneau, et, très professionnellement, la noua à l'une des barres du bastingage.

« Je ne laisserai pas ça partir à la dérive », dit-il. « C'est là tout ce que je possède. » Il pensait aux cent soixante-douze perles dans le sachet de nylon qu'il portait en sautoir. Il le tâta de la main. « Merci.

— Ça me ferait mal ! »

L'homme ne semblait pas particulièrement rompu aux usages de la politesse. Il dévisageait Ron sans vergogne, et d'un air passablement soupçonneux, puis il croisa les bras sur sa poitrine. Il portait un pantalon blanc crasseux, un

T-shirt imprimé d'un motif multicolore, avec ce slogan : « *Welcome to Niué* » et des baskets, qui dans leur lointaine jeunesse avaient peut-être été blanches. Comme d'ailleurs ce bandeau qui lui donnait l'air farouche.

« Je suppose que vous allez à Pangaï ?

— Exactement. C'est loin ?

— Dans le Pacifique, loin est un concept très relatif. Ce qu'en Europe on considérerait comme lointain n'est ici qu'un but de promenade. Mille milles, qu'est-ce que c'est ? Mais ne me regardez donc pas aussi stupidement : Pangaï n'est évidemment pas si loin. Quelques heures de bateau, tout au plus. Ça dépend de l'humeur de la mer.

— Donc, vous allez me conduire à Pangaï ! » s'écria Ron, joyeusement.

« Non. Pourquoi le ferais-je ? D'abord, je veux savoir qui vous êtes et quelles sont vos intentions.

— Mon nom, je vous l'ai déjà dit — vous ne m'avez pas dit le vôtre.

— Je suis Patrick Lanson, de la Mission Steyler. Père Patrick.

— Manquait plus que ça ! *In æternum. Amen* ! » Ron examina le père de la tête aux pieds. « Vous ne ressemblez guère à un homme de Dieu !

— L'important n'est pas à quoi on ressemble, mais ce que l'on fait et ce que l'on crée. Je ne fais pas que prêcher. Je mets partout la main à la pâte. La parole seule — quand bien même fût-ce la parole de Dieu — ne suffit pas, ici. C'est pourquoi il m'importe de savoir ce qu'il en est de vous exactement. Pour vous parler franchement : je me méfie de vous. Pour cette raison, répondez à cette question : que faites-vous, tout seul, sur un canot pneumatique, perdu sur l'océan ? Vous n'êtes pas un naufragé, pas avec tout cet attirail. Et vous mentez en prétendant venir de Nukualofa. Pourquoi ?

— Puisque vous êtes prêtre, je peux bien vous le confesser : je viens d'un paradis.

— Et pourquoi l'avez-vous quitté ?

— Parce que je dois aller à un aéroport... mais vous ne me croyez pas. Je dois aller à Tahiti, puis retourner dans mon paradis.

— Tahiti... En effet, ce n'est pas vraiment la porte à côté ! Un saut de puce ! » ironisa Patrick Lanson. « Vous n'avez rien d'autre de plus crédible à me raconter ?

— C'est la vérité, mon père. Je veux aller à Tahiti, à partir de l'aéroport le plus proche. »

Ron tapota sur le T-shirt de Patrick Lanson, où était imprimée la silhouette d'une île.

« Je pourrais, quant à moi, vous demander ce que vous alliez faire à Niué.

— Vous connaissez Niué ?

— Oui. Une belle et intéressante petite île, perdue dans le Pacifique. Des habitants aimables et hospitaliers. Deux hôtels, un hôpital, quelques écoles, et le P-DG du supermarché est aussi le boss de l'île, qui se trouve placée sous juridiction néo-zélandaise. Il s'y trouve aussi une foule de sectes religieuses. Exact, père Patrick ?

— Vous, vous êtes un globe-trotter, un professionnel de l'aventure, pas vrai ?

— On peut dire ça comme ça, oui. » Ron regarda en direction de Telekitonga. « Conduisez-moi dans votre paroisse. J'ai grande envie d'un bain, d'un rasoir et d'un café-cognac. Vous avez du café et du cognac, mon père ?

— Naturellement. » Patrick Lanson tint la porte de la cabine ostensiblement ouverte. « Entrez donc, Ron, le voyage continue.

— Vous foncez toujours comme ça ?

— Seulement quand c'est nécessaire. Nous vous avons aperçu depuis notre station de montagne, bien avant que vous-même ayez pu nous remarquer. Vous comprendrez que nous soyons toujours très prudents à l'égard d'hôtes non prévus.

— Alors ici non plus, plus de paradis, malgré le père Patrick... »

Ron entra dans la cabine de pilotage et s'assit sur le second siège, face au tableau de bord. Patrick Lanson remit les deux moteurs en marche et accéléra. Du fait de sa forme aérodynamique, le bateau se cabra, puis longea le récif. A côté de lui, le petit canot pneumatique était ballotté par les vagues.

« Où avez-vous déniché ce superbe bâtiment, mon père ? L'Église ou la mission ne sauraient payer un pareil bateau. C'est un vrai yacht de play-boy ! Avec lui, vous feriez des ravages à Miami ! Comment un homme de Dieu est-il en possession d'un pareil engin ?

— J'en ai besoin pour aller rendre visite à mes ouailles, dans les îles des environs. Naissances, baptêmes, mariages, extrêmes-onctions, enterrements... je suis sans cesse par monts et par vaux. Ce bateau m'appartient.

— Vous, homme d'Église, possédez quelque chose ?

— Héritage. J'ai acheté ce bateau, et je l'ai offert à la mission. Satisfait ?

— Oui, mon père, encore une question. » Ron hésita un instant, puis s'enhardit. « Célébrez-vous des fiançailles ?

— C'est même ma plus belle tâche d'ecclésiastique.

— Je voudrais alors vous exposer un problème. » Ron s'adossa au siège du copilote. Tama'Olu, maintenant c'est de toi et de moi qu'il s'agit. Tu vois bien que je pense toujours à toi. « Je connais deux êtres qui désirent se marier.

— Ce n'est pas là un problème, mais quelque chose de tout à fait normal et voulu par Dieu.

— Pas si vite, mon père. L'un des deux amants s'est mis en congé de l'Église, parce qu'il payait trop de deniers du culte, et qu'en contrepartie, les prestations offertes par l'Église, mis à part de vagues promesses de vie éternelle —

d'ailleurs non garantie — lui semblaient vraiment insignifiantes.

— Et ce quidam, c'est vous, non ? » l'interrompit Patrick Lanson. « Continuez !

— L'autre des deux amants est païenne. Elle croit en des divinités, de la pluie, du vent, de la mer, du feu...

— Et c'est votre amante. » Patrick regarda Ron de travers. « Vous voulez épouser une insulaire, c'est cela ?

— Oui.

— Et je devrais vous fiancer ?

— Je n'ai pas dit cela. » Ron fit un geste de dénégation. « Je ne vous connais pas assez bien pour ça. Je sais seulement que vous êtes une sorte d'ours mal léché, que vous avez l'air d'un corsaire, et que, selon toute vraisemblance, vous êtes plus buté qu'une mule.

— C'est un portrait parfait.

— Je vous demandais seulement un conseil.

— Aussi vous donné-je le suivant : redevenez chrétien et persuadez votre beauté des mers du Sud de se convertir, elle aussi.

— Pour elle, ce me semble une mission impossible, mon père !

— Rien n'est impossible pour Dieu. C'est pour prouver cela que je suis devenu missionnaire. Ron, vous croyez en Dieu, n'est-ce pas ?

— Oui ; mais j'en ai une autre perception que celle que l'on m'a inculquée du haut de la chaire. Je vois Dieu autrement.

— C'est déjà pas si mal ! N'attachons pas trop d'importance aux images de Dieu ! Et la fille croit également en Dieu...

— En *des* dieux, mon père, corrigea Ron.

— On peut les réunir en un seul. Croire est toujours un acte d'humilité de la part des hommes ; quant à qui croire, cela n'arrive qu'en seconde position. Si vous le désirez, je vous fiancerai, vous et votre beauté des îles.

— Merci, mon père, quand nous en serons là, je m'adresserai à vous.

— Et c'est pour cette raison que vous voulez vous rendre à Tahiti ?

— Oui, j'ai encore quelques affaires à y régler auparavant.

— Et, en parfait crétin, vous voyagez en canot pneumatique ?

— Je n'avais pas d'autre moyen de quitter mon paradis. Je me suis dit : un jour ou l'autre tu parviendras sur une route maritime, quelqu'un te prendra à son bord et t'amènera à terre. De là, tu te rendras à l'aéroport le plus proche. J'avais emporté des vivres pour vingt jours. En vingt jours, il était sûr qu'on me repérerait. Et, effectivement, vous m'avez pris à votre bord. Après quatre jours. Et je vais vous dire : ce ne fut pas le simple fait du hasard. J'ai reconnu dans cette action le doigt de Dieu. J'ai parlé avec Lui, en ces jours de solitude. Avec Lui et avec Tama'Olu...

— C'est le nom de votre femme ?

— Oui. Et après ces entretiens, la force est descendue en moi. Une force incroyable, accompagnée d'espoir.

— Ron, vous êtes vraiment un chrétien de choc ! Même sans denier du culte. Tiens à propos... denier du culte... vous êtes européen ?

— Je suis allemand, mon père.

— Moi aussi, j'ai vécu en Allemagne. Dans la maison mère de la Mission Steyler à Sankt Augustin, près de Bonn. Deux ans. Ce furent deux bonnes années de ma vie. »

Ils avaient maintenant atteint la passe et franchi le récif. Le bateau glissait lentement à travers le lagon. Devant eux, sur la rive, apparaissaient des clairières, des maisons, une église, qui avait même son clocher. Quelques bateaux à moteur étaient au mouillage près d'une sorte de môle, et sur la plage, on avait halé des pirogues multicolores. On avait mis des filets de pêche à sécher en haut de grands poteaux de bois.

« Je sais encore quelques bribes d'allemand », dit Patrick Lanson en allemand. « Plus beaucoup, au demeurant. Je suis Néo-Zélandais. Quand j'étais un jeune ecclésiastique, j'ai vécu sept ans en Papouasie, où j'ai récolté une méchante maladie virale. Je me suis battu pendant deux ans avec cette saloperie. Après le feu vert de mon médecin, je suis venu à Tonga, et depuis ce jour, je vis ici et je n'ai jamais regretté d'y être venu.

— Un prêtre a-t-il le droit de regretter sa mission ?

— Du moins ne doit-il rien en laisser paraître, car la parole de Dieu n'est pas un fardeau. Mais même un prêtre est et reste une créature faible, qui intérieurement ne peut que douter de lui. Intérieurement seulement, là où réside notre seconde âme.

— Mais je croyais pourtant que nous n'avions qu'une âme ?

— En effet, au moment de la mort, tout meurt, y compris les doutes, et vers Dieu ne remonte qu'*une seule* âme. »

Ron, lentement, secoua la tête. Avec précaution et à faible allure, ils manœuvrèrent le long du môle de pierre.

« C'est précisément là que je largue les amarres, mon père. Je ne crois pas à une vie promise après la mort.

— N'aimeriez-vous pas retrouver votre Tama'Olu dans l'éternité ?

— C'est un non-sens, mon père.

— Réfléchissez en silence à cette question. L'immortalité de l'âme n'est-elle pas une chose merveilleuse ? Le plus sublime présent ? La plus belle grâce divine ? Ne débitez pas n'importe quelles sornettes, Ron. Pensez-y ! »

Patrick Lanson accosta le long du môle avec adresse, amarra le navire à une bitte de bois, fit glisser la passerelle de bois jusqu'au quai et, d'un geste invita Ron à le suivre.

« Puis-je me permettre de vous accueillir sur l'île de Telekitonga ? Je vous souhaite la bienvenue. »

Ron mit pied à terre sur le môle et attendit Patrick Lanson. Éberlué, il vit celui-ci descendre à terre avec un fusil à répétition. Cette arme, il devait l'avoir cachée quelque part dans le poste de pilotage, mais à portée de main.

« Des armes ? Pour un homme de Dieu ? ironisa-t-il.

— Mais suis-je bien sûr que les autres hommes savent que j'en suis un, d'homme de Dieu ! ? »

Ron sourit :

« Savez-vous ce qui me plaît chez vous ?

— S'il vous plaît, pas de flagorneries !

— Rien, décidément, ne peut vous ébranler. C'est " Pierre " que vous devriez vous appeler. Pierre. Petrus. Le rocher.

— Et Pierre, précisément, a renié le Seigneur. Par trois fois. Ce n'est vraiment pas une bonne comparaison. Mais en tout cas, vous le voyez, même ici : Pierre, lui aussi, n'était qu'un homme, qui se laissait dominer par la peur. »

Il ne bougea plus, et, d'un geste, désigna la plage. Des indigènes s'y étaient rassemblés, nombreux, une foule de femmes et d'enfants surtout. On pouvait voir des maisons de pierre, crépies ou peintes de couleurs vives. La palette des teintes utilisées allait du jaune au rouge lumineux, en passant par le bleu. Ces maisons formaient une véritable allée de bord de mer, au bout de laquelle trônait l'église. Ron remarqua aussi quatre Blancs qui le considéraient avec curiosité. Aussitôt, Patrick Lanson lut l'étonnement sur le visage de Ron.

« Commençons par la gauche, dit-il. Voici notre toubib et le pharmacien qui l'engraisse ; le gros, là, c'est le patron de l'hôtel Fred's Guest House ; et le numéro quatre s'appelle Billy Jones et possède une scierie. Nous avons aussi un supermarché. Et à qui appartient-il ? Je vous le donne en mille : à un Indien bien sûr. Et ce gus est totalement stressé, car, trois maisons plus loin, un Chinois vient d'ouvrir un drugstore. Et ce Chinois, j'ai presque réussi à lui faire abjurer le bouddhisme pour le christianisme.

— Mon Père, vous êtes un vrai caïd ! » Ron prit le bras de Patrick Lanson et le serra. « Je n'ai aucun doute. Vous allez me conduire à l'aéroport de Pangaï.

— Reste ferme dans ton credo, mon fils. » Lanson eut un large sourire. « Dans ce bas monde, toute chose contient en elle les germes de ses erreurs. »

Ils avaient atteint le bout de la jetée ; les quatre Blancs se précipitèrent vers eux, pressant Ron de questions et lui offrant moultes mains à serrer. Il leur répondit, satisfaisant leur curiosité, et ils en furent fort heureux. Mais quand ils furent partis, et qu'ils eurent descendu l'artère principale jusqu'à l'église, Ron n'eut plus qu'une seule pensée : J'ai réussi. Tama'Olu, j'ai réussi ! Dans deux ou trois semaines, je serai de nouveau près de toi ! Ron logea deux jours chez le père Patrick, dans le presbytère, derrière l'église.

L'île de Telekitonga avait même la lumière électrique. Le courant était produit par deux gros générateurs qui le dispatchaient sur toute l'île au moyen de gros câbles aventureusement tendus d'arbre en arbre. Deux nuits passèrent, qui furent fort longues, car les quatre Blancs, chaque soir, vinrent s'asseoir chez le père Patrick Lanson, et, vissés à leur siège posèrent à Ron des questions sans fin sur son passé. Ils apportèrent de surcroît du whisky, du cognac et du vin de Nouvelle-Zélande. Pendant la journée on conduisit Ron absolument partout. Il dut visiter la scierie, manger chez Fred, assister, deux heures durant, au travail du médecin et observer comment il traitait ses patients ; il se fit même, dans l'arrière-boutique du pharmacien, révéler les secrets de la fabrication de l'eau-de-vie, et on lui expliqua comment, à partir de cette matière première, on obtenait à volonté de la liqueur ou un médicament. Le plus fascinant, sans aucun doute, fut cette eau-de-vie d'herbes — une préparation du pharmacien, qui était un élixir contre tout depuis le bourdonnement d'oreilles jusqu'au tremblement des doigts de pied. Et, en plus, c'était vrai, car quiconque buvait trois verres de cette mixture oubliait toutes ses souffrances.

La deuxième nuit, lorsque ces messieurs furent enfin partis, Patrick Lanson offrit à Ron la dernière cigarette de la journée et se cala confortablement au fond de son fauteuil en osier.

« Nous partons demain matin à sept heures ! » dit-il sans réfléchir longtemps. « Halte ! Restez assis, Ron ! Pas d'exubérance !

— J'ai envie de vous embrasser, mon père ! » dit Ron et sa voix commençait à trembler. « Comment pourrai-je jamais vous remercier !

— Ce qui va de soi ne mérite aucun remerciement. J'ai acquis la certitude que vous étiez un type bien, Ron, et pas un gangster qui cherche à se faire passer pour un monsieur honorable. C'est donc mon devoir de vous aider. Une seule chose me trouble, cependant.

— Et laquelle ?

— Le fait que vous vous gardez bien de me dire où vous avez déniché ce paradis sur terre. Il n'existe pas de paradis, sur cette terre, et ce que l'on nomme ainsi n'est parfois rien d'autre que l'antichambre de l'enfer.

— Pas mon île, mon père. Et pour qu'elle reste un paradis, je ne révélerai rien sur son emplacement.

— Je vous pose cette question surtout dans un but professionnel, Ron. Pensez donc ! il s'agit de païens ! Peut-être les derniers, dans le royaume de Tonga. Quatre-vingt-dix-neuf pour cent des Tongans sont chrétiens, toutes races confondues, et, parmi eux, quinze pour cent sont catholiques. Vous pensez bien que c'est ce un pour cent restant qui m'intéresse !

— Votre calcul n'est pas tout à fait exact, mon père. Il y a trois baptisés sur cette île.

— Comment cela ? » Patrick leva la tête. « Vous n'allez tout de même pas me dire que l'un des nôtres est un jour venu dans votre paradis ?

— Si. Un certain père Emmanuel Richards, de l'ordre du Christ Souffrant. Il mourut, peu de temps après son arrivée sur l'île, d'un infarctus. S'il avait vécu, nul doute qu'il aurait une grande influence.

— Et vous ne voulez toujours pas me dire où est située votre île ?

— Non. Et ce n'est pas du tout méfiance à votre égard, mon père. Je pourrais vous révéler le nom de l'île, sous le sceau de la confession, ce qui serait la meilleure garantie de protection pour mon île...

— Une protection divine ?

— Ne discutons pas là-dessus, s'il vous plaît, car nous risquerions de nous quereller. Ce sont des gens si gais, si heureux. Ils n'ont nul besoin de la Bible et les dix commandements sont pour eux l'évidence même. Et en outre, les préceptes et les enseignements du Sermon sur la Montagne les concernent, eux aussi. " Tu aimeras ton père et ta mère "... ils pratiquent ce commandement bien plus intensément que des millions de chrétiens. Là-bas, pas d'asiles où l'on stocke les vieillards. Et ces païens, comme vous les appelez, ignorent les ruptures conjugales. Croyez-moi, mon père, ce paradis n'a nul besoin du catéchisme. Ce sont des êtres purs, en accord avec leur conscience. Pourquoi devrais-je les trahir ?

— Mais puisque je dois bénir vos fiançailles !

— Si vous le pouvez, mon père.

— Donc, votre île, je la verrai.

— Nous pouvons aussi venir à vous, ici à Telekitonga.

— Cela me vexerait profondément, Ron.

— Tout se décidera à Tahiti, mon père. Je vous

promets que vous entendrez bientôt parler de moi. Cette rencontre ne sera pas la seule, je vous en fais le serment.

— Ah, vous ! Vous et vos serments ! Laissez tomber ! » Patrick Lanson se leva de son fauteuil. « Donc, demain, sept heures. Il est trois heures. Une bien courte nuit. Ah, oui ! A propos, qu'est-ce que je fais de votre canot pneumatique ?

— Je le laisse en de bonnes mains. Je viendrai le récupérer plus tard... je vous le disais : je vais revenir. C'est quand même un monde ! Personne ne me croit quand je dis que je vais revenir. Même pas Tama'Olu.

— C'est que vous n'êtes pas le genre de type qui revient, Ron. C'est un fait. La vie trépidante de Papeete va vous séduire et vous retenir. Papeete et ses femmes délicieuses a tout pour faire oublier la petite Tama'Olu. Vous verrez.

— Je connais Papeete ; j'y suis déjà allé trois fois. Et, bien entendu, je connais quelques filles, des poupées brunes, délicieuses...

— Bien entendu ! »

Ron ne se laissa pas emporter par l'ironie du père.

« Vous ne connaissez pas Tama'Olu, mon père. Tout a changé pour moi depuis notre rencontre. Ça fait un peu mélo, mais comment vous l'expliquer autrement. L'ancien Ron, je ne le regarde désormais qu'avec étonnement et commisération. Vous me comprenez, mon père ?

— Vous me prenez pour un crétin ? Néanmoins, le jour où vous vous tiendrez à nouveau en face de moi, j'allumerai un gros cierge, et ainsi fêterons-nous le retour du fils perdu !

— Laissez-vous surprendre, mon père.

— J'y compte bien. Et maintenant, au lit ! Ah, oui ! bien sûr, vous avez un passeport valable sur vous ?

— Mais naturellement !

— Un vrai ? A Pangaï, si on a le moindre doute sur

votre identité, on vous colle au trou sur-le-champ. Et là, même moi, je ne pourrai plus vous aider.

— Je suis un gars réglo, mon père !

— Ô Seigneur ! Pardonne-lui ! » Patrick lança un regard dramatique vers le plafond. « Mentir est bel et bien indissociable de la nature humaine ! » Il se racla la gorge et lui montra la porte : « Bonne nuit, Ron. Vous connaissez le chemin de votre chambre. Je vais encore dire une prière, mais j'ai besoin, pour cela, d'être seul. »

Ron acquiesça et quitta la pièce.

Sept heures, départ pour Pangaï, puis le premier avion pour Tahiti...

Il s'étendit sur le lit, prit le petit sac de nylon et le posa sur sa poitrine. Sous ses doigts, il sentait la forme des petits paquets de perles que Tama'Olu avait confectionnés à l'aide de palmes. Cent soixante-douze perles noires, remontées du fond de la mer au péril de sa vie. Ce serait épouvantable, il y aurait des victimes, si on apprenait que pareille chose existe sur Tonu'Ata, se dit-il en s'endormant.

Ils atteignirent le port de Pangaï dans le courant de l'après-midi et le capitaine du port leur donna l'autorisation d'accoster, en leur désignant un emplacement pour jeter l'ancre, là où une foule d'autres petits bâtiments étaient au mouillage dans l'eau visqueuse du port.

Quand ils eurent amarré le bateau, ils se rendirent auprès des autorités portuaires, montrèrent leurs passeports sur lesquels on apposa un tampon. Tout le monde connaissait le père Patrick, mais Ron, lui, dut donner la raison de son arrivée à Pangaï. Quand il eut dit qu'il voulait prendre l'avion pour Tahiti, et qu'il agita en l'air une poignée de dollars, on sembla satisfait et on le laissa entrer sur la plus importante des îles du groupe des Ha'apaï.

« Vous avez un joli paquet de dollars ! » dit Patrick Lanson au moment où Ron s'apprêtait à les ranger dans son petit porte-monnaie de nylon. « Je me suis fait bien du souci pour savoir si vous alliez pouvoir payer votre passage. Je m'étais dit : il va me taper, sans vergogne.

— Et puis ? Vous m'auriez payé mon billet ?

— Oui.

— Je vous le répète, mon père : vous êtes épatant ; si je reviens de Tahiti, je ferai une donation à votre paroisse pour que vous puissiez acquérir ce dont vous avez le plus besoin.

— Si... ». Patrick Lanson héla une voiture brinquebalante qui faisait office de taxi, et n'inspirait pas réellement confiance. « Voilà qui est parlé. Mais ce sera cher.

— Quand je reviendrai de Tahiti, cela n'aura plus aucune importance.

— Espérons-le. Dans les " si ", il y a l'espoir. »

Le hall du petit aéroport de Pangaï était bondé. Des femmes, des enfants et des hommes attendaient patiemment leur avion. Un Européen, à les voir si calmes et si flegmatiques, fût devenu enragé. Certes, il y avait des horaires de vol, mais on ne les respectait pas vraiment. Les horaires le plus souvent étaient des horaires à la carte. La faute n'en incombait pas du tout aux pilotes des Polynesian Airlines ou de la Tonga Air, mais au personnel au sol. Il appliquait, en effet, la philosophie qui proclame que rien n'est si urgent qui vaille la peine de courir toujours plus vite sous une chaleur accablante.

« Vous avez de la chance, Ron », dit le père Patrick en lui montrant le tableau des départs. « La Compagnie Royale a un vol dans une heure pour Nukualofa. Mais si tous ces braves gens qui poireautent veulent tous monter à bord, ça va être drôlement croquignolet ! — à moins qu'ils ne se fassent une place à la force des poings. Mais, pour vous, en tant que Blanc, je ne vous le conseille pas, même si, au demeurant, le roi est un grand ami des

Allemands. A propos, Ron Edwards, ce n'est pas un nom à consonance vraiment germanique.

— Non.

— Bon. Oublions ça. » Il fit un geste de la main. « De toute manière, votre passeport était en ordre.

— Il m'a coûté suffisamment cher ! »

Un petit miracle se produisit : l'appareil de la Tonga Air était prêt au décollage, et, autre miracle, Ron put, en tant qu'hôte blanc du pays, franchir le premier les barrières d'accès à l'embarquement. L'employé, derrière son guichet, lui adressa un salut amical. Ron salua de loin le père Patrick et alla à l'avion.

Après un vol de cinquante minutes, l'avion se posa à Nukualofa. Au guichet des informations on lui indiqua qu'un avion des Polynesian Airlines, venu de Tongatapu, continuait son vol vers Tahiti avec escales à Nuié et Rarotonga.

Ron acheta un billet aller simple et le présenta à la police des frontières. Et, comme il n'était qu'un simple voyageur en transit, on le laissa entrer dans la ville sans lui poser la moindre question. Il prit une chambre au International Dateline Hotel, le meilleur de Nukualofa, et dut, pour ce faire, puiser largement dans sa réserve en cas de coup dur. De toute façon, il n'en avait plus besoin... En revenant de Tahiti, il serait riche.

Après un excellent repas, il s'allongea sur son lit et glissa la pochette de nylon avec les perles sous son oreiller, en espérant que le garçon d'étage n'oublierait pas de le réveiller à six heures précises, le lendemain matin. S'il manquait cet avion, il en serait quitte pour attendre le suivant qui partait dans trois jours de Nukualofa.

Mais une nouvelle fois, la chance sourit à Ron. On le réveilla — ce qui en disait assez long sur la classe de l'hôtel. Quand le Boeing décolla et qu'au-dessous de lui, l'océan ne fut plus qu'une tache bleue infinie, quand on lui apporta une demi-bouteille de champagne, tout en s'efforçant de ne pas soutenir le regard langoureux de l'hôtesse, il se dit qu'il n'était plus qu'à quelques pas du bonheur.

Vivre dans un paradis, riche et oublié.

Il finit par s'endormir, et, dans son sommeil, lui parvint encore le ronronnement des réacteurs. Homme heureux — assez naïf pour croire qu'on pouvait lancer sur le marché, comme ça, sans que l'on vous pose de questions, et sans risque, des perles noires si belles et si parfaites.

A Tahiti, c'était l'enfer qui l'attendait, mais il ne s'en doutait pas.

7

Quiconque arrive pour la première fois à Tahiti, soit par mer, par le port de Papeete, soit par l'aéroport, agréablement vaste et climatisé, sera tenté de dire : tout à fait le sud de la France.

On rencontre à Tahiti beaucoup de gens à la peau basanée, des Polynésiens, d'une beauté extraordinaire, les jeunes femmes surtout qui ont un attrait irrésistible. On peut comprendre que le peintre Gauguin ait cru y trouver la finalité de son existence.

Mais les rues sont également peuplées d'Européens, des Français, pour la plupart, qui sont venus de la métropole ou bien qui sont nés à Tahiti et qui tous sont fiers d'appartenir à la communauté française. Pour ne rien dire des touristes qui, chaque année, envahissent par milliers cette île des Bienheureux.

Et, malgré toute cette beauté, on est un peu déçu. Sont-ce les mers du Sud, par trop célébrées ? Est-ce l'enchantement de la mer bleue, des palmiers courbés par le vent, des colliers de fleurs de frangipanier aux suaves parfums, ou encore des chants ensorcelants de ces jeunes filles sensuelles à la peau couleur café, dont les cheveux ornés de fleurs tombent sur les épaules ?

Où sont donc les palmeraies, la jungle secrète, les larges plages de sable blanc, les cases au toit de palmes et les hommes couverts de plumes pagayant dans leurs grandes pirogues de guerre ? Où donc se cache-t-elle cette ineffable beauté, que l'on connaît par des centaines de films ? Elle n'est plus à Tahiti, et surtout pas à Papeete. Ces temps-là sont depuis longtemps révolus. Papeete est l'un des pôles commerciaux les plus importants des mers du Sud, une gigantesque bourse d'échanges pour toutes les marchandises, essentielle par son rôle d'import/export, une capitale de la finance avec la présence de toutes les grandes banques mondiales, un petit Paris du luxe et de l'art de vivre, empli d'une foule innombrable et noyée dans le brouillard des fumées d'échappement.

Et pourtant, celui qui s'est assis un beau jour sur la Promenade, enveloppé et bercé par cette vie trépidante et haletante, celui qui a, depuis la terrasse de son hôtel ou d'un restaurant, contemplé la mer au crépuscule et l'océan des lumières de la ville, cet homme-là n'oubliera jamais Papeete et en gardera toujours la nostalgie.

Mais Papeete, c'est avant tout la plaque tournante du négoce perlier dans les mers australes ; c'est la ville où l'on peut, des heures durant, aller de bijouterie en bijouterie, le nez collé aux vitrines derrière lesquelles scintillent des perles à l'éclat argenté ou rose saumon. Et de temps à autre une perle noire à l'éclat énigmatique... et presque jamais d'indication de prix. Le client qui achète de telles merveilles ne s'intéresse pas aux prix.

Peu après son arrivée, Ron Edwards se fit conduire en Taxi au Tahiti Beach Hotel et commanda un appartement avec vue sur la mer et sur le parc de l'hôtel. Le chef réceptionniste dévisagea ce nouvel arrivant de la tête aux pieds et conclut de cet examen que la méfiance devait être de rigueur. Il décrocha une clé du tableau, la posa devant Ron, sur le comptoir, mais tout en gardant sa main dessus.

« Combien de temps comptez-vous demeurer ici, monsieur ? » demanda-t-il en français.

Ron lui répondit en anglais :

« Dix jours, peut-être.

— Très bien, *sir.* » Le chef réceptionniste parlait un anglais parfait. « Tahiti vous plaira. Je vous conseille une excursion à Moorea et surtout à Bora Bora ; c'est quelque chose d'inoubliable, je vous le garantis.

— Je connais. » Ron tendit la main. « Puis-je avoir ma clé ?

— Le garçon d'étage va monter vos bagages. »

Le groom regarda autour de Ron. « Vos bagages sont encore dans le taxi ?

— Non. » Ron tapota sur la pochette de nylon qu'il portait en sautoir. « Voilà tous mes bagages. »

J'avais donc raison, se dit le chef réceptionniste. J'avais bien vu que quelque chose clochait ! Ce type-là n'a rien à faire dans notre hôtel.

« Puis-je vous demander des arrhes pour cinq jours ? » dit-il avec amabilité mais de façon nettement plus réservée qu'auparavant.

« Depuis quand est-ce l'usage ?

— Depuis peu, *sir.* Maints visiteurs ont changé leurs habitudes de paiement. Et pas en bien, hélas ! C'est pourquoi nous nous voyons dans l'obligation de réclamer à nos hôtes inconnus...

— Épargnez-vous donc ces explications crapoteuses ! coupa Ron. Je sais que je n'ai pas l'air d'un prince. »

Il fouilla dans la pochette en nylon, en extirpa une poignée de billets, compta cinq cents dollars et les jeta sur le comptoir, devant le chef réceptionniste médusé.

« Cela suffira ?

— *Sir...* assurément ! Voici votre clé ! Je vous prie d'accepter mes excuses. Premier étage. Garçon ! Garçon !

— Laissez tomber, je trouverai bien ma chambre tout seul. N'en faites pas des tonnes ! »

Il alla vers l'ascenseur d'un pas décidé et fit signe au garçon d'étage qui s'empressa et le conduisit à sa chambre. Le chef réceptionniste regarda les cinq cents dollars, prit les billets et les mit dans la caisse.

Typique, se dit-il. Ah ! ces Américains ! Ils vont de par le monde, ont l'air plus pauvres que des épouvantails et sont en réalité millionnaires. Ils ont tous le blues.

L'appartement, avec ses immenses baies vitrées, sa vue imprenable sur la mer et le parc, était d'un luxe inouï : chambre à coucher, salon, un couloir, une salle de bains en marbre flammé rose et vert et un coin-bar où rien ne manquait du pastis à la vodka. Sur une étagère, trônaient quelques bouteilles des meilleurs vins français, des château-margaux et des château-pétrus. Tous classés premier grand cru.

Ron alla à la fenêtre, ouvrit la baie vitrée et s'assit dans un fauteuil de rotin, somptueusement rembourré avec des coussins de soie. Il sortit ses dollars et les posa sur le guéridon de verre. Encore quatre cents dollars. La réserve fondait comme neige au soleil. Avec ce qui lui restait, il ne pouvait plus rentrer en Allemagne. Mais avec seulement trois ou quatre de ses perles, il pouvait faire le tour du monde. Il prit le Bottin de Papeete dans le bureau du salon et l'ouvrit à la page qui indiquait les noms et adresses des négociants en perles. Deux colonnes pleines — partie en français : « NÉGOCE DE PERLES EN GROS » — partie en anglais : « PEARLS WHOLE SALE TRADE ».

Lequel choisir ? pensa-t-il. Qui pourra payer mes cent soixante-douze perles ? Quel est le plus gros négociant en perles de Tahiti ? D'ordinaire le plus gros négociant est aussi le plus âpre en affaires, un type qui dicte ses conditions. Quand il achète, il pinaille pour des centimes ; quand il vend, alors plus de limites. Mais lequel de tous ces noms est le bon ? Il utilisa une fois de plus sa bonne vieille méthode qui lui avait si bien réussi jusqu'ici, dans son périple autour du monde. Il risqua le tout pour le tout. Il ferma les yeux et pointa l'index au hasard, sur la page de l'annuaire. Son ongle indiquait un certain Charles Bouchet, 11, rue de la Liberté.

« Allons-y ! » se dit-il tout haut. « Monsieur Bouchet, vous aurez les plus belles perles que vous pouvez imaginer. »

Il composa le numéro de Bouchet, et, comme c'est fréquent dans de nombreuses entreprises, ce fut une voix féminine qui se manifesta au bout du fil.

« Je désire parler à M. Bouchet », dit-il en anglais.

Son français était quelque peu défaillant. Il comprenait, certes, mais, pour répondre, les mots lui manquaient ; il avait, en outre, un accent à couper au couteau.

« Votre nom, s'il vous plaît ?

— Roger Edwards, mademoiselle.

— Et c'est à quel sujet ?

— Il s'agit de perles ; de quoi diable voudriez-vous qu'il s'agisse !

— Un instant, monsieur. »

Ron entendit un déclic dans le combiné. Quelques secondes plus tard, il lui sembla que la secrétaire annonçait un monsieur parlant anglais qui désirait s'entretenir avec Monsieur. Un nouveau déclic : Charles Bouchet était au bout du fil et lui dit :

« Bonjour, *mister* Edwards, vous voulez me parler ? »

L'anglais de Bouchet était impeccable et Ron se dit qu'il avait dû fréquenter Eton ou Cambridge.

« Il s'agit d'affaires, monsieur Bouchet.

— Vous êtes acheteur ?

— Au contraire, je désire vendre.

— Dans ce cas, on vous aura mal aiguillé, monsieur Edwards. Je suis négociant en gros. Pour une belle pièce, je peux vous indiquer un, deux, même trois joailliers sérieux avec lesquels je travaille.

— J'ai cent soixante-douze perles noires à vendre, de qualité exceptionnelle. »

Un moment de silence au bout du fil ; puis, de nouveau

Ron entendit la voix de Bouchet. Elle avait maintenant un timbre clair et saccadé à la fois :

« Des perles noires, dites-vous ? De quel élevage ?

— D'aucun élevage. Ce sont de vraies perles, des perles naturelles que j'ai pêchées moi-même. Je crois que vous n'en avez encore jamais vu de semblables.

— Qui êtes-vous ?

— Je vous l'ai déjà dit : Ron Edwards.

— Américain ?

— Oui. Ça a une influence sur les perles ?

— Et ces perles, d'où les tenez-vous ?

— De la mer. Je vous l'ai déjà dit : j'ai plongé pour les recueillir.

— Et je devrais vous croire ?

— Oui.

— Et où ?

— Monsieur Bouchet, permettez-moi de sourire. Est-ce que vous me révéleriez la source de vos marges bénéficiaires ?

— Vous avez les perles avec vous ?

— Autour du cou !

— Elles sont déjà montées ? » demanda le négociant, offusqué.

« C'était une façon de parler, monsieur. Ça veut simplement dire que je fais plus attention à ces perles qu'à la prunelle de mes yeux. De plus, il serait dommage de monter ces joyaux en collier, dont le prix serait de toute façon inabordable. Elles seraient mieux indiquées comme solitaires, sur un anneau ou une broche. Ce sont des pièces vraiment exceptionnelles.

— Quand pouvons-nous nous rencontrer, monsieur Edwards ?

— Demain ? Pour déjeuner ? Disons aux alentours de 12 heures 30.

— Parfait. Je connais un excellent restaurant. Le chef est un élève de Bocuse...

— Je vous attends à mon hôtel, monsieur. Je loge au Tahiti Beach Hotel. Suite 3. J'espère que la cuisine d'ici aura l'heur de vous plaire. Je ne tiens pas à quitter l'hôtel avec les perles, vous me comprendrez certainement.

— Mais où pensez-vous être, ici, monsieur Edwards ? Ce n'est pas la jungle de New York !

— Je reste néanmoins prudent. Ah oui ! encore une chose. »

La voix de Ron se fit plus dure et perdit sa suave aménité. Il pensa : ce Bouchet doit savoir dès le départ à qui il a à faire.

« Si nous concluons l'affaire, je veux du cash. Des dollars.

— Et à combien estimez-vous la somme ?

— C'est à négocier. Environ deux cent cinquante-huit mille dollars. »

Silence. Soit Bouchet pensait avoir à faire à un cinglé soit les mots lui manquaient. Ron tapota sur l'écouteur.

« Allô ? Vous êtes encore là, monsieur ?

— Bien sûr. Je faisais seulement un petit calcul. Pour cent soixante-douze perles, ça nous fait en gros mille cinq cents dollars la pièce. Aucune perle noire, fût-elle authentique, ne vaut une pareille somme !

— Vous n'avez pas encore vu la marchandise, monsieur Bouchet. Le déjeuner tient toujours ?

— Je viendrai. » Ron entendit Bouchet respirer profondément. Un quart de million de dollars, cash, de la main à la main, ce n'est pas rien. « A demain, monsieur Edwards. Je suis curieux de voir vos perles. Et de vous voir, vous. »

Cette nuit-là, pour la première fois depuis longtemps, Ron dormit profondément. Bien sûr, Tama'Olu lui manquait ; quand il tâtait le lit à côté de lui, il sentait un vide, mais ce fut un repos réparateur de pouvoir dormir ainsi d'un trait, jusqu'au matin.

Après un excellent petit déjeuner, comme il n'en avait pas pris depuis des mois, il monta dans un taxi et dit au chauffeur :

« Je voudrais me rendre chez le meilleur tailleur pour hommes de Tahiti.

— C'est " Pour vous Monsieur " », répondit le chauffeur. « Le patron est un certain Jacques Ramage.

— Très bien. Conduisez-moi. »

M. Ramage en personne servit Ron, quand il apprit que le client était américain. Pour trois cent soixante dollars, Ron acheta un costume blanc de laine peignée mélangée à trente pour cent de soie. Il lui allait comme un gant, sans besoin d'aucune retouche et Ron le garda sur lui. Il s'acheta ensuite une chemise couleur cognac et une cravate club à rayures jaunes et rouges. Il fit emballer ses vieux effets et flâna sur la Promenade du port. Un peu plus tard, il entrait dans un magasin de chaussures, d'un standing un peu moins luxueux que « Pour vous Monsieur » et choisit une paire de chaussures blanches, légères, faites de lanières de cuir tressé. Il s'offrit, pour aller avec, une paire de chaussettes blanches, et, de retour dans la rue, il se dit à lui-même : Ron, maintenant, tu es fauché. Il te reste en tout et pour tout soixante-sept dollars quarante-cinq cents. Alors banco ! De retour à son hôtel, il commanda un repas pour deux personnes, six plats, dont un bar poché au châblis et un sorbet à la mangue, pour ne citer que le plus intéressant. Il choisit dans l'étagère, près du bar, pour aller avec le poisson, un saumur sec 1982, le mit à frapper et se décida, pour boire avec la viande, pour un château-trotanoy 1983, grand vin de Pomerol.

On frappa à la porte de la suite, à l'heure dite — Ron jeta un coup d'œil à sa montre ; il était exactement 12 heures 30 —, et M. Bouchet entra dans le couloir.

Derrière lui, un garçon poussait un chariot couvert d'apéritifs. Bouchet était un homme de taille moyenne, à la mise fort soignée, et qui pouvait avoir une cinquantaine d'années. Il avait une bedaine conséquente, et la peau de ses joues était veinée de couperose, ce qui annonçait le grand amateur de vin. Il parlait en s'accompagnant de grands gestes.

Pendant un court instant, Ron et Bouchet s'observèrent et l'un comme l'autre décidèrent de rester sur leurs gardes. Il m'a l'air d'un homme d'affaires fort avisé, pensa Ron, et Bouchet, à la même seconde, se dit : tout à fait l'archétype de l'aventurier. Et le costume de soie ne change rien à la chose.

« Soyez le bienvenu, monsieur Bouchet », dit Ron avec courtoisie. Il s'avança et saisit une main épaisse et vigoureuse à la fois. « Avez-vous aussi faim que moi ? J'ai déambulé toute la matinée à travers Papeete et j'ai regardé les vitrines des bijouteries. Intéressant. On vend des perles blanches ou roses, de très belles perles grises, gris argenté ou gris foncé, mais pratiquement pas de perles véritablement noires. Et quand on en vend, elles sont horriblement chères, et d'une bien piètre qualité, comparées aux miennes. Que prenez-vous comme apéritif, monsieur Bouchet ?

— Vous me direz : c'est un poison, mais j'aime ça : une absinthe.

— C'est avec ça que Toulouse-Lautrec s'est tué. »

Ron prit la bouteille d'absinthe sur la desserte, remplit un verre, et, pour lui, choisit un bien inoffensif Picon. Prudence, pensa-t-il, garde la tête froide. Tu n'es plus habitué à l'alcool. Et Bouchet m'a tout l'air capable de te faire rouler sous la table.

Et Bouchet, de fait, semblait, sans le savoir, confirmer cette supposition. Il avala l'absinthe comme s'il se fût agi d'eau anisée. Il émit un rot discret, dit « Pardon », et s'assit dans un des fauteuils en rotin.

« Je suis curieux, commença-t-il. Et, pour tout dire je piaffe d'impatience ; et, soit dit en passant : deux cent cinquante huit mille dollars pour cent soixante-douze perles, c'est une somme astronomique ! Oubliez ça, monsieur Edwards. Cette somme représente un prix de vente au détail. A moins que vous ne vouliez vous poster à un coin de rue et crier : " Perles noires ! Perles noires à vendre ! mille cinq cents dollars la pièce ! Fraîchement sorties de l'eau, avec certificat d'authenticité ! " Allons, je ne vous vois pas dans ce rôle !

— J'observe que vous avez de l'humour. » Ron glissa sa main dans la poche intérieure de son complet blanc et en sortit une des perles. Il la posa sur la table, devant Bouchet. « Et maintenant, faites taire vos sarcasmes ! »

Bouchet regarda la perle, puis Ron. Sans un mot, il sortit, de son attaché-case en pécari, un instrument qui ressemblait à ces petites loupes des diamantaires ; il prit la perle, la fixa entre deux pinces et brancha la lumière. Un halo clair et vif entoura la perle, en renvoyant l'image sur le petit miroir dépoli, comme dans un appareil de radiologie. Bouchet observait à travers un objectif de microscope l'image qui s'offrait à lui. Au bout de quelques secondes, il regarda Ron.

« C'est bien vrai ! Une perle naturelle. Pas de noyau artificiel. Elle est belle et bien authentique.

— En doutiez-vous, monsieur Bouchet ?

— Pour être franc, oui ! Une perle aussi parfaite et d'un éclat aussi noir, c'est rare.

— Et encore, je ne vous ai montré, pour que vous l'examiniez, que la moins belle de toutes mes perles.

— C'est impossible !

— Ah oui ? S'il vous plaît ! »

Et Ron fouilla de nouveau dans la poche de son veston et aligna trois autres perles sur la table. Plus grosses, plus brillantes, deux parfaitement sphériques, la troisième piriforme.

Bouchet ne les toucha pas.

« Encore une absinthe, je vous prie », dit-il d'une voix qui devenait rauque ; et, seulement après avoir bu, il fit rouler sur la table les trois perles du bout de son index droit. « Et vous en avez cent soixante-douze de cet acabit ? demanda-t-il.

— Pour l'instant. Je pourrai, au cours de cette année, vous en apporter encore plus.

— Avez-vous découvert un banc d'huîtres, ici, sur l'archipel ? Savez-vous que les autorités françaises pourraient vous causer les pires ennuis ? S'ils apprennent l'existence de votre jardin de perles, vous n'aurez plus une minute de répit. Le fisc, surtout, sera sur vos talons. L'administration fiscale est, en effet, une pépinière à bourreaux. C'est pourquoi nous serons obligés, si tant est que nous concluions l'affaire, de traiter au noir. Et l'argent au noir pèse lourd sur le prix ; vous le savez, n'est-ce pas ?

— Je savais que vous seriez un partenaire coriace, monsieur Bouchet.

— Mais en qui vous pouvez avoir confiance, et ça, c'est plus précieux que quelques dollars en moins.

— Nous allons reparler de tout cela. »

Ron actionna la sonnette. Le service du déjeuner pouvait rentrer en action. « Mais calmons d'abord nos estomacs. J'ai mis un fabuleux saumur au frais, qui ira admirablement avec le cocktail de homard, pistaches et ananas.

— Vous êtes un vrai gourmet — comme moi. Pas vrai, Ron ?

— Je m'en tiens aux préceptes de l'épicurisme, mais dans l'ordre inverse ! — bien manger, bien boire, belles femmes. La plupart des gens font le contraire. Savez-vous, Charles, qu'un bon repas est une chose plus rare qu'une jolie fille ?

— A qui le dites-vous ! Mais on peut voir cela d'une

autre manière : un bon repas, un bon vin *et* une belle femme, tout ça ensemble. C'est le *nec plus ultra* de la jouissance ! »

Le déjeuner s'étira jusqu'à 15 heures 40... un Français n'engloutit pas son repas comme un Allemand ou un Anglais ; il ne mange pas pour vivre, il vit pour manger. Un repas est comme une prière : on se renferme sur soi-même. Et quand par-dessus le marché on boit un château-trotanoy 1983, on comprend pourquoi Dieu a créé le monde !

Bouchet était assis dans son fauteuil, rassasié et satisfait il buvait, en guise de conclusion à ces agapes, un moka accompagné d'un armagnac de vingt ans d'âge. Son visage était rouge de contentement, ses yeux luisaient.

« Et maintenant, cartes sur table, Ron ! » finit-il par dire, d'une voix décidée. « Allez, toutes les merveilles sur la table ! Puis nous croiserons le fer à propos du prix !

— Voilà. »

Ron alla au secrétaire et en sortit son affreuse pochette de nylon ; il en fit tomber sur la table les sachets de feuilles de palmier roulées, confectionnés par Tama'Olu. Bouchet, du doigt, tâta cet emballage insolite.

« D'où sortez-vous ça ? demanda-t-il.

— Une invention de ma femme.

— Tiens ? Vous êtes marié ? »

Il semblait sincèrement étonné.

« On peut dire cela de cette façon, en effet, Charles.

— Compris ! » Bouchet eut un sourire complice. « Elle plonge aussi ?

— Nous avons trouvé ces perles ensemble... mais pas ici, en Polynésie française. Nos huîtres vivent bien loin de Tahiti.

— Ce n'est pas possible. » Bouchet ouvrit le premier paquet. « Ne vous donnez donc pas tant de peine à mentir, Ron ; je ne vous trahirai pas. J'ai envie de conclure ce marché, aujourd'hui comme à l'avenir. En dehors de notre archipel, on ne trouve nulle part de perles noires ; sauf peut-être le long de la côte des Émirats arabes. Mais même là, les huîtres perlières meurent empoisonnées par les hydrocarbures. Et ne me dites pas que vous venez d'Oman ou d'Abou Dhabî...

— Certes non !

— Alors vous avez découvert votre banc d'huîtres ici. C'est la seule et unique possibilité. Si encore vous m'aviez présenté trois ou quatre perles, comme résultat de quelques années de pêche miraculeuse, j'aurais pu peut-être vous croire — et encore... mais vous me semblez récolter les perles comme des ananas ! »

Bouchet continuait à ouvrir les sachets, et son visage était de plus en plus congestionné ; quand les cent soixante-douze perles furent étalées devant lui, il se cala dans son fauteuil, passa les mains sur sa bedaine et se vota un autre armagnac.

« Vous pouvez passer chacune de ces perles sous la lumière », dit Ron dans le silence total. « Elles sont toutes vraies. Pas de vilain petit canard parmi elles. En outre, je reste une dizaine de jours à Papeete et vous pourrez à tout moment me demander des comptes. Bien. Maintenant, franc-jeu, Charles. Ne chipotons pas sur le calibre, les nuances chromatiques ou l'aspect. Grosso modo, mille cinq cents dollars pièce.

— Ron...

— Elles les valent, Charles ! Et vous le savez pertinemment ! C'est inscrit sur votre figure, et votre mine de joueur de poker en dit assez long !

— Ron, il s'agit d'argent au noir ! Sans impôts ! Brut égale net ! Que vous resterait-il donc, si vous faisiez une transaction légale ? Hein ? C'est pourquoi je vous en offre, et c'est une somme énorme mille dollars cash la pièce !

— Mille trois cents dollars, Charles.

— Onze cents dollars, et vous êtes l'as de la transaction !

— Nous sommes à Tahiti et pas au souk. Ni vous ni moi n'avons envie de marchander pendant des heures. Vous avez devant les yeux une marchandise rare et unique — et, en conséquence, son prix, également, est unique. Je ne veux pas savoir à quel prix faramineux vous revendrez ces perles à vos joailliers, Charles. Mille deux cents dollars, ma dernière offre. Vous n'avez qu'à dire non, et nous en resterons là, car continuer n'a aucun sens. »

Bouchet acquiesça, prit une grosse perle, la mit devant ses yeux et fit une moue. Il ressemblait, en cet instant, à un gros poisson en train de dévorer du plancton ou des crustacés.

« D'accord », dit-il, et sa voix paraissait détendue. « Mille deux cents dollars... Vous avez de la chance de m'être sympathique, Ron.

— Et vous, vous avez de la chance de m'avoir rencontré, car vous allez inonder le marché des plus belles perles qu'on ait jamais vues.

— Ça nous fait deux cent six mille quatre cents dollars, Ron. Je dois d'abord digérer cette transaction.

— Vous aurez, si nous topons là, pour des millions en perles dans votre coffre ! Ne me faites pas le coup du pauvre hère, Charles. Avec ces cent soixante-douze perles, vous ferez un bénéfice d'environ cent mille dollars, au bas mot, et net d'impôts. Vous constaterez, Charles, que je vous attaque avec vos propres armes. »

Ron se pencha par-dessus la table et remit les perles dans le sac de nylon. Il ne vit pas le regard indigné du négociant.

« Quand puis-je compter sur l'argent ? » demanda Ron, sans détour.

« Cash ?

— Uniquement cash ! Je ne veux pas de chèque au

porteur. Je veux voir l'argent étalé ici, sur cette table, billet après billet.

— Demain soir chez moi. Je vous invite, et nous pourrons ainsi arroser notre marché.

— Non, plutôt ici, Charles, chez moi.

— Toujours méfiant, hein ?

— C'est que ça vaudrait le coup de se faire taper dessus pour deux cent six mille quatre cents dollars. Et comme nous ne pouvons pas appeler la police ! N'y a-t-il rien de plus tentant ? Il ne s'agit nullement de méfiance, mais de sécurité et de prévoyance. »

Ron tapota sur la poche droite de son pantalon. « A propos, j'ai toujours un revolver sur moi. Smith et Wesson, 9 millimètres. Ça fait de jolis petits trous, de la taille d'une soucoupe. Et au collège, j'étais second en tir. »

Bien sûr, c'était faux .Ron n'avait pas de revolver, et le collège, il n'y avait fait qu'une brève apparition, dans un établissement de Virginie. Mais il était sage que Bouchet le crût armé.

« Bon, entendu... Demain soir, ici. Mais après, nous ferons une petite virée dans Papeete *by night*, d'accord ? Ron, je connais une boîte avec les plus belles filles de Tahiti. Des petites poupées... vous en pleurerez. Je vous invite. Vos perles ne sont pas mal, mais ne sont rien en comparaison avec ces beautés !

— Nous verrons, Charles. Peut-être serai-je fatigué d'avoir compté l'argent. »

Bouchet, amusé, se mit à rire, prit son attaché-case, tendit à Ron une main moite et se dirigea vers la porte.

« Il se pourrait bien que vous deveniez un ami », dit-il en sortant. « Nous sommes déjà des complices. Ron, est-ce vrai que vous pouvez me fournir encore d'autres perles de cette qualité ?

— Je ne reviendrai pas avant d'en avoir au moins deux cents.

— Prodigieux ! Ron, nous allons semer la panique dans le commerce des perles. Surtout en Amérique. Mais même au Japon, ils ne sauront plus où donner de la tête ! Car là-bas, pas d'inspecteur des finances français plein de zèle. Là-bas, c'est comme pour les émeraudes... qui, pour la plupart, viennent en contrebande de Colombie. » Il serra encore une fois la main de Ron. « Je suis heureux d'avoir fait votre connaissance, Ron. A demain.

— A demain, Charles. »

Quand Bouchet fut enfin parti, Ron battit des mains et poussa un cri de joie perçant. Ça y est, Ron ! Maintenant tu es riche, et en plus tu vis dans un paradis. La vie n'est-elle pas merveilleuse ?

Il alla au réfrigérateur du bar et en sortit une bouteille de champagne, du Roederer Cristal Brut, millésime 1981. Contrairement à l'usage, il fit sauter le bouchon qui partit avec grand fracas, il remplit une coupe à ras bord et la leva bien haut.

« Je bois à ta santé, Tama'Olu. Je t'aime ! » cria-t-il tout fort. « Je t'aime toi comme j'aime la vie dans notre paradis. »

Il but toute la bouteille. C'était une heure qui valait d'être célébrée par le meilleur et le plus cher des champagnes. Ivre, mais joyeux et apaisé, Ron s'assit ensuite dans l'un des fauteuils et à travers les larges baies vitrées, contempla le flamboiement du couchant. Il s'imaginait Tama'Olu, assise près de lui, et il fit mine de se pencher vers elle et il dit, d'une voix presque incompréhensible et la langue pâteuse : « Ma chérie, ne te fais pas de soucis, je n'irai pas avec Charles voir les plus belles filles de Tahiti. Tu n'as aucune crainte à avoir, Tama'Olu... tu es près de moi. Tu es toujours près de moi. Que serais-je sans toi ? » Et, disant ces mots, il s'endormit, assis dans le fauteuil, les jambes écartées. En rêve, il voyait Tama'Olu, allongée sur le blanc sable corallien de la baie des Perles noires. Ils s'aimaient et la plainte de la houle couvrait leurs confidences d'amoureux.

Le jour suivant, Ron fut très occupé à chercher des adresses dans le Bottin, à téléphoner et à prendre des rendez-vous. En particulier, il appela les différentes entreprises de constructions navales et les marchands de bateaux, écouta leurs offres et leurs tarifs, que l'on pouvait sans aucun doute arriver à baisser. Pour un acheteur, le paiement cash représente un atout maître dans une négociation. Quand, après avoir passé tous ses coups de fil, il relut son carnet de rendez-vous, il constata qu'il s'était trompé de sept jours dans ses plans : dix jours à Tahiti ne suffiraient pas.

Bon, eh bien, encore trois semaines, jusqu'à ce que je sois à nouveau rentré à Tonu'Ata, pensa-t-il. Quatre, à tout casser. Tama'Olu, que sont quatre semaines quand nous avons toute la vie devant nous ? Bon, d'accord, j'ai trente-cinq ans !... mais si la chance ne m'abandonne pas, j'atteindrai quatre-vingt-cinq ans. Ce sont cinquante ans, ma chérie, cinquante ans à vivre ensemble... Avoue-le, c'est merveilleux, c'est un bienfait de mon Dieu et des tiens. Et, dans cinquante ans d'ici, je t'aimerai toujours autant qu'aujourd'hui. Je te le jure !

Le soir même, Charles Bouchet apporta l'argent. Il but pour commencer son absinthe habituelle, ouvrit son attaché-case et montra les liasses de billets à Ron.

« Quelle course ! dit-il. Pensez-vous que par hasard une des banques de Papeete aurait en réserve un quart de million de dollars ? Le directeur de mon agence bancaire m'a regardé comme si je venais de m'échapper d'un asile. Ensuite, il a eu un soupir à fendre l'âme et a mis ses mains dans ses poches en me regardant. Il me dit alors, d'un ton presque méprisant : “ Monsieur Bouchet, nous sommes ici à Papeete et pas à la Bank of America ! Je dois d'abord réunir ces deux cent six mille dollars. J'en ai au moins pour deux jours ! " Alors, vous savez ce que j'ai fait ? Je suis allé moi-même de banque en banque pour y récolter les dollars. Dans le seul but de vous montrer que je tiens parole. »

Il mit la main sur l'argent, caressa les billets, puis tendit la mallette à Ron.

« Recomptez. Les réclamations ultérieures sont nulles et non avenues.

— Pas la peine. » Ron renversa la mallette et les dollars se répandirent sur la table. « Vous avez eu confiance en l'authenticité de mes perles — j'ai confiance en votre honnêteté.

— Avec cette réserve toutefois, que dès demain je vais passer chaque perle à la lumière. Et que ce soit bien clair, Ron : si une perle, une seule, vient d'un élevage, je vous envoie la police ! Moi je m'en sortirai toujours car je connais bien le commissaire, mais vous, ça vous causera quelques tracas !

— Je peux vous dire, la conscience parfaitement en paix : allez-y, passez les princesses de la mer aux rayons X !

— Ha ! » Bouchet leva les bras au ciel. « Voilà un beau nom. Je le mets de côté pour la vente. Les Princesses noires des mers du Sud... Je les lancerai sur le marché en utilisant ce slogan. Mais pour vos droits publicitaires, tintin !

— C'est offert par la maison, Charles. »

Ron s'assit derrière la petite montagne de dollars et regarda Charles en souriant. Un sourire que le négociant interpréta avec justesse : cet oiseau-là a encore un atout dans sa manche. Il a encore un as en réserve !

Et en effet !

« Fermez les yeux, ordonna Ron.

— Pourquoi ?

— Une petite, non, une grosse surprise.

— Je l'avais deviné ! Mais pourquoi dois-je fermer les yeux ?

— Avez-vous des problèmes cardiaques ? Votre tension sanguine est-elle normale ?

— Vous êtes donc un médecin raté !

— C'est surtout que je ne voudrais pas vous voir dégringoler de votre siège, Charles, ni que vous succombiez à un infarctus. Ce que je vous réserve là, ça va vous secouer les nerfs. » Ron poussa le tas de dollars sur le côté. « Bon, ça y est ?... Vous avez les yeux fermés ?

— S'il le faut vraiment... Ça me rappelle les Noëls de mon enfance.

— Et, de fait, il se pourrait bien que ce soit Noël, pour vous. »

Bouchet se cala dans son fauteuil et ferma les yeux. Il pinça fermement ses paupières, pour montrer à Ron qu'il ne trichait pas, et qu'il n'y voyait vraiment plus rien.

« Il y en a pour longtemps ? demanda-t-il.

— Seulement quelques secondes. »

Ron sortit de sa poche sa grosse perle noire, celle qui brillait d'un éclat intérieur aux reflets d'argent, cette merveille de la nature matérialisée, cette pièce unique, à coup sûr. Il déposa ce miracle de la mer sur la table, devant Bouchet, sur une serviette blanche qu'il prit sur la desserte.

« Vous pouvez rouvrir les yeux, Charles. »

Alors, tout d'un coup, le silence envahit la pièce, comme si on venait d'y avoir fait le vide d'air. Lentement Bouchet prit la grosse perle entre ses doigts, la porta à la lumière de sa lampe et l'éclat argenté scintillait comme de la soie. Toujours aussi lentement, il reposa la perle sur la table.

« Incroyable, dit-il, la voix enrouée par l'excitation.

— Avez-vous déjà vu quelque chose de semblable ? demanda Ron. C'est la " Reine noire des Mers ". Combien en offrez-vous ?

— Sept mille dollars.

— Bien. Placez-vous là-bas, devant la glace, regardez-vous et rigolez un bon coup. Dix mille, ou je me la mets autour du cou. Comme talisman !

— Topez là. Elle les vaut.

— Si vous parlez de sa valeur, elle vaut vingt mille. Mais je tiens parole. Mettez-la dans votre poche avant que les remords ne me prennent. »

Pourtant Bouchet ne toucha plus la perle. Il la fixait du regard, comme un hypnotiseur. Ou plutôt, non. C'était la perle qui l'hypnotisait.

« Je ne pourrai vous apporter l'argent que demain soir », dit-il. Et, à ce moment, on aurait pu le croire affecté de difficultés d'élocution.

« Entendu. » Ron se leva. « Qu'allons-nous boire maintenant ? Un saumur, un bordeaux ou une coupe de champagne ? Ou encore de notre excellent armagnac ?

— Une coupe de champagne me paraît tout à fait appropriée, Ron. »

Bouchet posa sa main recourbée sur la perle miraculeuse.

« Et vous me la confiez, comme ça, sans contrepartie financière ? Et si je prétendais, demain, n'avoir reçu de vous aucune perle ? — comment prouveriez-vous le contraire ? Et surtout, auprès de qui pourriez-vous porter plainte ?

— Je n'ai jamais douté de votre honnêteté, Charles. Si cela avait été le cas, jamais je ne vous aurais montré mes perles !

— Merci, Ron. »

L'escapade nocturne à travers Papeete, dans les boîtes de nuit et avec les belles filles brunes, tomba à l'eau. Bouchet et Ron vidèrent deux bouteilles de Roederer, et le négociant était tellement ivre que Ron dut l'accompagner jusqu'à l'ascenseur, puis devant l'hôtel, où il lui commanda un taxi ; la grosse Citroën de Bouchet resta sagement au parking.

Ron fit un signe d'adieu à Bouchet et remonta par l'ascenseur à son appartement. Il plongea les mains dans sa montagne de dollars. Il jouait avec cet argent et lançait les billets en l'air, puis il sortit sur le vaste balcon. Au-dessus de la mer, on voyait la lune étincelante qui donnait à l'eau des reflets dorés. D'en bas, depuis la tonnelle, montaient les échos d'une musique rythmée, dont les accents se faisaient entendre dans le parc illuminé, près de l'immense piscine, et jusqu'au bar couvert de canisses, près des étangs artificiels que reliaient des ponts bombés.

« Regarde ça, Tama'Olu ! » dit-il en tenant un billet de cent dollars dans la clarté lunaire. « Regarde ça ! Et ce n'est qu'un début. Nous allons pêcher des millions dans cette baie des Perles noires ! »

Bouchet apporta les dix mille dollars dès l'après-midi suivant. Son visage était luisant, non pas de sueur, mais de joie. Ils s'assirent dans les profonds fauteuils de cuir du hall de l'hôtel. Bouchet tendit une enveloppe à Ron, qui la mit dans sa poche sans compter. Confiance pour confiance. C'est ainsi que se traitent les affaires concernant les objets rares.

« La perle est déjà dans le circuit », dit Bouchet, comme l'acteur qui, après une réplique, s'attend à un tonnerre d'applaudissements. « Un joaillier d'ici l'a achetée. D'abord, il ne voulait pas y croire, mais après un examen poussé, il eut bientôt la certitude de tenir la perle du siècle sous l'objectif de son microscope. Il va exposer la perle seule, dans sa vitrine, sur un coussinet de soie, pendant huit jours. Et si aucun acquéreur ne se présente — on imagine quelque Américain voulant faire un petit plaisir à sa maîtresse — il la transmettra à sa succursale new-yorkaise, car là-bas, on est friand de pareilles merveilles. Ça veut dire, Ron, que si vous pêchez encore de telles splendeurs, je serai toujours là pour vous.

— Et ça veut dire aussi que vous en avez obtenu un prix défiant l'imagination.

— Nous ne vivons pas que d'air pur. » Bouchet, visiblement fort content de lui, eut un sourire narquois. « Quels sont vos plans, Ron ?

— Je vais acheter tout ce dont j'ai besoin, puis je rentre à la maison.

— Auprès de votre femme, de vos huîtres !

— Exactement.

— Donc, vous resterez dans les parages. Nous pourrions, de ce fait, rester en contact permanent par téléphone. Dès que vous avez pêché un spécimen aussi rare, vous m'appelez.

— Je n'ai pas le téléphone, Charles, et je ne l'aurai jamais.

— Alors vous n'aurez qu'à venir, ici, à Papeete, le plus vite possible.

— Charles, je n'habite pas ici, dans cet archipel ; je vous l'ai dit : ma vie est loin d'ici.

— Qui croirait une chose pareille... Mais, bon, je me forcerai à croire ce que vous me dites. En avion, il vous est loisible de rallier Papeete en quelques heures seulement, et ce, d'où que vous veniez. Et n'attendez pas d'avoir, comme vous l'avez promis, ces deux cents perles ! Une dizaine de ces merveilles vaut déjà amplement la peine que nous nous revoyions !

— J'en prends bonne note, Charles ! répondit Ron. Et si, d'aventure, vous n'entendiez plus jamais parler de moi, c'est que je me serai noyé.

— Ça serait une véritable tragédie ! » Bouchet se pencha vers Ron. « Voilà pourquoi il serait prudent de me révéler l'emplacement de ce banc d'huîtres. Je traiterais votre veuve avec la même générosité que...

— Inutile d'en parler, Charles. » Ron fit un geste de la main qui ponctuait cette fin de non-recevoir. « Quoi qu'il advienne, cela doit demeurer un secret.

— Quel dommage ! Puissiez-vous, en ce cas, rester longtemps en vie ! »

Une heure après, Bouchet quitta l'hôtel. Au moment de partir, ils se donnèrent même l'accolade, comme deux vieux amis.

Le lendemain, la perle merveilleuse était déjà exposée dans la vitrine d'une joaillerie, sur un coussinet de soie. Sans indication de prix... et, d'ailleurs, ce n'était pas nécessaire. Pour quiconque achète pareille perle, le prix n'entre pas en ligne de compte.

Mais, dans le petit monde de la joaillerie et des négociants en perles, la venue de cette « Reine noire des Mers » — ainsi l'avait-on baptisée, comme en témoignait l'étiquette placée derrière la perle — fit grand bruit : la nouvelle se répandit comme une traînée de poudre. Les concurrents se pressaient devant la vitrine, regardant, envieux, le coussinet de soie et se mordant les lèvres.

Et parmi eux, Alessandro Pandelli, un grossiste en perles, autrement plus puissant que Bouchet, après que son directeur des achats, Piero De Luca, de retour d'une promenade en ville, lui eut déclaré, en proie à l'excitation :

« Exact. Chez Degrelle, dans la vitrine, il y a une perle incroyable, comme on n'en a encore jamais vu ! Indescriptible, Alessandro ! D'un noir profond, avec au-dedans un éclat argenté presque surnaturel.

— Comment Degrelle l'a-t-il eue ? »

Pandelli se leva de derrière son bureau, alla à la large baie vitrée et regarda la ville. En face de lui, la cathédrale de Papeete était baignée de soleil.

« Qui donc a bien pu vendre une perle comme ça ici ? Un particulier qui avait besoin d'argent ? Mais dans ce cas, la perle serait montée en bijou.

— Oui. Et là, elle est totalement vierge, sur son

coussin de soie. » De Luca, au mot « vierge », fit un sourire grinçant. « Aucun outil ne l'a encore effleurée.

— Donc, elle est neuve. » Pandelli s'éloigna de la fenêtre. « Allons demander à Degrelle.

— Et tu te figures qu'il va te le dire sur ta bonne mine ? » De Luca secoua la tête. « Crois-moi, on n'en tirera pas un traître mot !

— Il parlera, Piero. » La voix de Pandelli eut soudain un timbre dur et froid. « Celui qui parle avec moi, sur ces questions, me dit toujours tout. Il y a en effet des méthodes... pour rendre les gens bavards... et Degrelle est un homme qui attache une grande importance à son aspect extérieur. »

Piero De Luca approuva. Le froid, qui, soudain, lui parcourut le dos, le fit frissonner, mais il n'en laissa rien voir.

8

PANDELLI était un homme qui n'hésitait pas longtemps, il savait prendre rapidement une décision et l'exécuter.

Il était arrivé à Tahiti dix ans auparavant. Il était né dans le petit village de Melito di Porto Salvo, à la pointe sud de la botte italienne, dans la région de Reggio di Calabria. Melito di Porto Salvo est le village le plus méridional de l'Italie continentale, et, comme de là, la Sicile est facilement accessible, le jeune Pandelli avait développé une relation étroite avec la Mafia.

Il contrôlait, aimé du parrain de Messine comme son propre fils, tout le petit monde des trafics jusqu'à Catanzaro. Après la mort du parrain, des bagarres eurent lieu, pour sa succession, et lui-même fut accusé de six meurtres. Qu'on ne put jamais prouver, d'ailleurs. Et quand ce ne fut pas le clan Pandelli mais la famille Razzanetto qui, malgré la perte de trois fils, nomma le nouveau parrain, Pandelli comprit qu'il serait sage pour lui d'émigrer.

Il refit surface d'abord à Boston, puis se fixa à la Nouvelle-Orléans, enfin et définitivement à San Francisco. Là, dans la plus belle des métropoles américaines, dans cette ville où règne une joie de vivre intense et où les fils à papa, les homosexuels, les artistes *underground* et les touristes du monde entier se sentent comme au paradis, il loua une boutique dans Fisherman's Warft, un quartier tout auréolé de légendes, avec ses bicoques bizarres, surplombant la baie, et sa vue imprenable sur le Golden Gate Bridge. Il accrocha une enseigne au-dessus de la porte, qui le proclamait bijoutier et attendit les touristes un peu gogos, ceux qui achètent de l'or à 9 carats au prix du 18 carats, qui considèrent comme sans défauts des brillants constellés d'inclusions ou se font refiler des perles de dernier choix, de celles qui n'ont qu'un lustre d'un millimètre, tout au plus, autour d'un noyau de nacre, et qu'ils prennent pour une marchandise de grande valeur.

Pandelli s'y entendait, surtout chez les dames, à se faire convaincant pour les persuader que les perles devaient être portées à même la peau — la peau, un peu grasse, conférant à ces perles leur éclat si étrange. « A votre cou, ces perles auront leur éclat véritable ! » Quelle femme, surtout d'âge mûr, aurait encore eu le courage de résister ? Les clients les plus faciles à berner étaient les Allemands, les Scandinaves et les Californiens. Les Français étaient beaucoup plus coriaces, et, quand des Japonais entraient dans sa boutique, vite, il rangeait sa pacotille et ne leur proposait que des bijoux de qualité, cachés dans des tiroirs sous son comptoir.

Bizarrement, les Japonais ne s'intéressaient pas aux colliers de perles, sous leur écrin de verre. Ils semblaient avoir l'œil. Et Pandelli était fort surpris que des Japonais achètent des perles chez lui, alors qu'ils avaient chez eux Mikimoto, le roi des perles de culture, jusqu'à ce qu'il découvre qu'en fait, les Japonais trouvaient à l'étranger de bien plus belles perles que chez eux, et à meilleur prix.

De fil en aiguille, Pandelli se rapprocha des grossistes en perles, ces négociants, qui envoyaient leurs vendeurs à travers le monde, armés de leurs attachés-cases qu'ils ouvraient, proposant aux clients leurs acquisitions les plus récentes. Comme il n'était pas sot, et qu'il avait été à l'école de la Mafia, il comprit rapidement le profit qu'il pourrait retirer de ce trafic. Il observa minutieusement le négoce perlier, ingurgita quelques traités scientifiques sur les perles, et découvrit une foule d'astuces pour gagner beaucoup d'argent. Une seule chose, pourtant, le chiffonnait : pour entrer dans le club très fermé des négociants en perles, il était nécessaire d'avoir un capital de départ conséquent.

Pandelli se souvint alors de ses belles années à Reggio di Calabria et compulsa la liste des grossistes, du plus puissant au plus modeste, n'hésita pas longtemps et jeta son dévolu sur Randolph Sycomore, désirant discuter avec ce monsieur.

Il devait avoir une manière assez particulière de discuter...

Un matin on découvrit Sycomore avec une balle dans le cœur, très proprement tirée, dans un bosquet, près du golf, où il venait jouer trois fois par semaine. Toutes les investigations de la police criminelle de San Francisco restèrent sans résultat. On ne trouvait pas de mobile qui expliquait ce crime : ni vol — on ne vole pas sur un terrain de golf, et, de plus Sycomore avait encore sur lui son portefeuille et son argent —, ni drame de la jalousie ; pas non plus de créancier auquel Sycomore aurait dû de l'argent, et pas d'ennemis non plus, du moins pas d'ennemis qui lui en voulussent au point de lui loger une balle en plein cœur. On enterra Randolph Sycomore en grande pompe ; des centaines de personnes suivaient la dépouille, et parmi elles Pandelli, qui, se tenant dans la file de tous ceux dont la veuve recevrait les hommages éplorés, ne manqua pas de lui serrer les mains avec compassion. C'est qu'il était expert en la matière — à Reggio di Calabria, il avait déjà accompagné des victimes de la Mafia jusqu'à leur dernière demeure.

Dix jours après ce meurtre énigmatique, Pandelli se présenta chez la veuve. Dix jours qui prouvaient sa piété.

Joan Sycomore reçut son hôte au salon et fit servir un thé. Pandelli remercia avec empressement, loua le délicat arôme du thé, puis passa aux choses sérieuses.

« La mort de votre mari nous a tous profondément bouleversés », dit-il en donnant à sa voix un timbre qui se voulait ému. « Il doit s'agir d'un fou ! Oui, seul un fou peut faire une chose pareille ! Un homme comme Randolph, aimé de tout le monde, une âme réellement sans tache — où en trouvait-on encore de semblables ?

— Il était vraiment bon. » Joan dissimula un petit sanglot. « La police est maintenant convaincue qu'il a été victime d'une méprise. De dos, il ressemblait à tant de gens.

— Il a été abattu de face, puis-je me permettre de vous le rappeler ? » Pandelli toussota. « Mais ne parlons plus de cela, chère madame Sycomore. Je connaissais bien Randolph. Très bien même. Je suis joaillier et je l'ai souvent rencontré. Surtout à propos de perles. Je n'ai jamais eu la moindre réclamation. Quand Randolph vendait quelque chose, il s'engageait personnellement. Il était l'honnêteté en personne. »

Il marqua un silence qui en disait long, laissa Joan sangloter encore une fois et se pencha vers elle.

« Comment allez-vous faire pour continuer sans Randolph ?

— Je ne sais pas encore.

— Vous n'avez pas d'enfants ? pas d'héritiers ?

— Pas d'enfants, non. Seulement une cousine de Randolph, qui vit au Texas. Elle a soixante-douze ans.

— Elle ne compte pas. Vous êtes donc, chère madame Sycomore, la seule et unique héritière.

— Oui... et je ne comprends absolument rien aux affaires. Jadis, je fus danseuse... et pas dans un bastringue ! oh que non ! mais à l'Opéra. *Prima ballerina.* Je m'appelais alors Jean Benda ; peut-être ce nom vous dit-il quelque chose ?

— Je regrette, chère madame, mais à l'époque, je vivais en Italie du Sud, dans la ferme de mes parents. Mais vous avez dû être sublime, sur scène… en cygne mourant ou en Gisèle…

— Vous aimez le ballet, monsieur Pandelli ?

— Mon cœur se fige quand je contemple sur scène la grâce, la légèreté de cette âme qui danse…

— Vous dites cela magnifiquement. » Joan Sycomore observa Pandelli avec des yeux rayonnants. Mais immédiatement, elle redevint triste et sérieuse. « Je n'ai pas la moindre idée du commerce des bijoux. Je ne vois pas comment continuer, maintenant. Je n'ai même jamais visité une bijouterie… et désormais tout repose sur mes épaules. »

Alors Pandelli prononça la phrase suivante, peut-être la meilleure de sa carrière :

« Joan, laissez-moi vous soulager de ce fardeau…

— Comment voulez-vous vous y prendre ? » Mme Sycomore ne voyait pas encore le danger de cette proposition. Elle regardait Pandelli, touchée et pleine d'amour, le trouvant de plus en plus sympathique. « Expliquez-moi, s'il vous plaît.

— La solution la plus simple, pour régler tous vos problèmes et vous débarrasser de vos soucis serait de vendre l'affaire.

— Est-ce bien cela qu'aurait voulu Randolph ?… » Elle hésitait. « Il tenait beaucoup à son entreprise.

— Je sais. Mais le souffle qui animait cette affaire s'en est allé avec lui. Et, pour l'heure, il est donc nécessaire de trouver un second souffle.

— Avec quelle poésie vous dites cela ! Mais où recueillir ce souffle ?

— Il est devant vous, chère madame !

— Vous, monsieur Pandelli ? Non ?

— Pourquoi pas ?

— Mon Dieu ! je suis toute retournée ; je n'arrive pas à y croire !

— Vous avez dit non.

— C'était seulement l'expression de mon étonnement. Pardonnez-moi. » Joan Sycomore se frotta les yeux. « Je devrais donc confier à d'autres mains l'œuvre de toute la vie de mon mari ? Voilà un sentiment assez consternant ! De plus, je ne vous connais que depuis une heure. » Elle soupira « Ah ! Tout ça est si rapide !

— Je connaissais Randolph depuis de nombreuses années. » Pandelli joignit les mains. On eût dit qu'il priait. « Et je suis l'homme des décisions spontanées. Je vous offre vingt-cinq mille dollars de prix de base, plus une rente à vie de trois mille dollars par mois.

— Vingt-cinq mille dollars... l'affaire ne vaut pas plus ?

— Beaucoup plus. » Pandelli posa sa main droite sur celle de Joan, comme s'il voulait la réconforter. « Je voudrais vous poser une question indiscrète, mais qui restera entre nous : quel âge avez-vous ?

— Quarante-neuf ans.

— Admettons que vous viviez encore trente ans... vous aurez alors soixante-dix-neuf ans. C'est-à-dire le bel âge, pour une femme comme vous. Et aucun doute que vous ne viviez plus longtemps encore... Donc, à soixante-dix-neuf ans, à raison de trois mille dollars par mois, nous en serons à un million quatre-vingt mille dollars ; si l'on y ajoute les vingt-cinq mille de départ, nous arrivons à la somme d'un million cent cinq mille dollars ; avec une somme pareille, votre firme est payée trois fois !

— Si l'on voit ça comme ça, monsieur Pandelli, alors vous avez raison.

— Et il faut voir ça comme ça. Vous voulez vivre longtemps, n'est-ce pas ?

— Qui ne le voudrait pas ?

— Et cela vous sera possible, madame, car vous pourrez vous offrir tous les soins possibles.

— Et si j'atteins quatre-vingt-dix ans ?

— C'est un risque que je cours. » Pandelli fit un sourire enjôleur. « Et d'ailleurs, je vous le souhaite. »

Deux mois plus tard, Joan Sycomore vendait l'entreprise de joaillerie et de négoce de perles en gros à Alessandro Pandelli. Même le notaire félicita Mme Sycomore pour cette transaction. Il lui dit, enthousiaste, qu'il s'agissait pour elle, pratiquement, d'une source d'or, qui jamais ne tarirait. Il faut dire que pour cet enthousiasme, le notaire avait reçu cinq mille dollars d'honoraires spéciaux de Pandelli, et une prime de ce calibre donne, bien entendu, des ailes à tout homme, fût-il probe.

La première chose que fit Pandelli fut de mettre à la porte tous les collaborateurs de Sycomore. Il engagea à leur place des concitoyens d'origine italienne, convoqua un conseil d'administration, et déposa, devant lui, sur la table, un fusil à canon scié. Les Italo-Américains le regardèrent comme s'il accomplissait un acte sacré.

« Mes chers collaborateurs », expliqua Pandelli brièvement, « chacun de vous sait ce que cela signifie. Vos pères vous ont certainement parlé de la Sicile ou de Reggio di Calabria. Si chacun fait bien son travail, la Lupu restera sagement dans son râtelier. Vous percevrez un salaire confortable, et j'exige, en retour, du bon boulot. Mais il y a une chose que je supporte encore moins que la mort : les bavards. Si jamais des informations secrètes quittent l'enceinte de cette entreprise... »

Il ne termina pas sa phrase, posa ses deux mains sur l'arme et tout fut dit.

C'était le conseil d'administration le plus impressionnant qu'on eût jamais vu. Les nouveaux collaborateurs se mirent donc au travail, soucieux de respecter ces trois principes : ne rien voir, ne rien entendre, ne rien dire. Pandelli fut assez honnête et assez prudent pour payer, un an durant, ses trois mille dollars mensuels à la veuve Sycomore. Il considérait ce sacrifice de trente-six mille dollars comme nécessaire. Pourtant, au bout d'un an, Mme Sycomore s'écrasa en voiture contre le mur d'une maison, et fut brûlée vive. L'incendie avait été si violent que plus personne n'aurait pu découvrir que l'on avait saboté les pneus arrière de sa voiture. Ils devaient éclater au-dessus d'une certaine vitesse.

De nouveau on vit Pandelli à un cortège funèbre ; il jeta un bouquet de fleurs sur le cercueil de Mme Sycomore, et, comme personne n'était là pour recevoir les condoléances, il se donna une poignée de main à lui-même. Et ce fut le notaire, justement, qui, peu après, commença à faire des allusions perfides. Trop tard d'ailleurs, car on avait jeté la carcasse de la voiture à la ferraille, et elle était maintenant un cube de métal compressé.

Mais Pandelli sentit que l'atmosphère se dégradait à vue d'œil. Ses vendeurs ne cessaient pas de se plaindre, et l'un d'entre eux lui parla même d'un bijoutier qui avait déclaré : « Vous n'avez pas de perles rouges ? Jadis on peignait les maisons avec du sang de taureau. Peut-être Pandelli peut-il peindre des perles, avec du sang ? »

Le rusé Italien resta pensif toute la journée, puis toute la nuit jusqu'au lendemain matin. La pensée qu'il pourrait faire disparaître le notaire d'une aussi mystérieuse façon l'effleura même, mais il la repoussa rapidement. Ç'aurait été trop visible. Trois morts en si peu de temps dans l'entourage de Pandelli ! On risquait d'avoir des problèmes.

Après avoir longuement réfléchi, il se souvint de Naples, de Reggio di Calabria et de Messine et décida une nouvelle fois d'émigrer. C'était, de toutes les solutions possibles, la plus sûre. Quant à savoir où il devait aller, c'était pour lui une évidence. L'année précédente, il avait, à l'occasion de ses négociations commerciales en tant que grossiste, établi de bonnes relations avec les négociants perliers de Tahiti, et caressait depuis lors le projet de créer une filiale à Papeete. Et maintenant, les choses allaient plus vite qu'il ne l'avait prévu.

Pandelli vendit donc son affaire de négoce en gros à un client, qui semblait vraiment bizarre, se disant spécialiste des perles et venant de Los Angeles. Pandelli fut convaincu, au cours de leur premier entretien d'information, que derrière ce type bizarre se cachait une organisation occulte dont il n'était que l'homme de paille. Pandelli ne voulait, en aucun cas, tomber sous la coupe d'une « organisation ». Il accepta donc sans beaucoup marchander le prix qu'on lui proposa — un demi-million de dollars — et, pour trente mille dollars de plus, il bazarda en supplément sa boutique de Fisherman's Warft dans laquelle il avait placé un administrateur.

Cette nuit-là, Pandelli disparut de San Francisco, sans donner sa nouvelle adresse. Il prit avec lui un de ses affidés, et qui lui était dévoué comme un animal domestique : Piero De Luca.

Un beau jour, Pandelli et De Luca réapparurent à Papeete où ils obtinrent des Français une concession pour le négoce des perles en gros. Avec cinq cent cinquante mille dollars de mise de fonds, on peut commencer quelque chose d'intéressant, et avec des manières un peu rudes, plus encore, si bien que Pandelli était l'un des grossistes les plus importants de Papeete. Il livrait d'Auckland à Londres, de Sydney à Oslo, de Rio de Janeiro à Amsterdam. Bien entendu, il faisait également des affaires à Papeete. Et il faut bien l'avouer, il avait toujours de l'excellente marchandise, de sorte qu'il jouissait à Papeete d'une excellente réputation. Quand il était question de pierres précieuses ou de perles, c'était son adresse qui figurait la première sur la liste de Papeete.

Tout ceci est utile à savoir, pour comprendre l'étonnement de M. Alain Degrelle lorsque le grand Pandelli entra dans sa boutique, à l'improviste et accompagné par De

Luca, qui cette fois ne portait aucune mallette d'échantillons.

Poli, comme à son habitude, Pandelli salua le joaillier d'une poignée de main, mais déjà, la dure pression de celle-ci n'augurait rien de bon. Degrelle par mesure de précaution se plaça de l'autre côté du comptoir de verre, et, de cette façon, une sorte de rempart le séparait de son visiteur. N'y avait-il pas dans l'air des bruits peu ragoûtants qui couraient sur la personnalité et le passé un peu faisandé de l'Italien ?

« J'ai un stock suffisant de perles », dit Degrelle, et l'on pouvait fort bien voir à quel point il était mal dans sa peau. « Si j'en avais eu besoin, il y a belle lurette que je vous aurais appelé.

— Je le sais, mon cher. » Pandelli et De Luca s'assirent sur les chaises tendues de velours, normalement réservées aux clients. « Vous ai-je une seule fois mal servi ? Avez-vous déjà eu des motifs de réclamation ?

— Jamais, monsieur Pandelli.

— Et pourtant, vous achetez chez la concurrence.

— Rien. Pas une pièce.

— Une pièce, justement. Cette " Reine noire des Mers ", comme vous l'appelez si poétiquement.

— Ah ! celle-ci... », dit Degrelle d'une voix traînante. « Celle-ci, oui. D'ailleurs, je l'avoue : une pièce unique. J'ai rarement vu quelque chose d'aussi beau et d'aussi parfait.

— Moi, carrément jamais.

— Combien coûte cette perle ?

— Monsieur. » Degrelle fit un sourire moqueur. « Vous ne voulez quand même pas acheter la " Reine " ? Ou bien peut-être êtes-vous en train d'aménager un Musée de la perle ?

— L'idée n'est pas mauvaise. » Pandelli avança la tête, comme un oiseau de proie. « D'où tenez-vous cette perle, monsieur Degrelle ? »

Le bijoutier souriait toujours.

« Voici une question parfaitement superflue monsieur.

— Privé ou affaires ?

— Rien à dire.

— Monsieur Degrelle, nous sommes des amis...

— Des partenaires commerciaux », dit Degrelle, soucieux de bien clarifier la situation. « Pourquoi voulez-vous savoir l'origine de cette perle ?

— Intérêt professionnel. »

Maintenant Pandelli souriait, lui aussi. Il avait l'air aussi redoutable qu'un fauve. La seule chose qu'il ne pouvait pas faire, c'était retrousser les babines !

« Monsieur Degrelle, ne soyez donc pas si buté !

— Je ne vois aucun motif de satisfaire votre...

— Il ne s'agit que d'un nom !

— Que je garde pour moi », répliqua imprudemment Degrelle.

Pandelli jeta un regard bref à De Luca. Celui-ci se leva et se plaça derrière son patron. Il se dandinait sur ses pieds, d'avant en arrière.

« C'est quand même dommage », dit Pandelli, avec lenteur, une pointe de regret sincère dans la voix, « que bien des gens se refusent à voir les choses en face, et tentent d'ignorer la réalité des faits. Monsieur Degrelle, je croyais que vous étiez quelqu'un d'intelligent. Me serais-je trompé ? »

Degrelle fit un signe de la tête, et tout alla très vite.

Piero De Luca enjamba en deux mouvements rapides le comptoir, et, avant que Degrelle ait pu réagir, il lui assena un direct au menton si savamment dosé que l'autre ne fut pas KO et ne fit que chanceler. Il n'était pas question pour Degrelle de répliquer. De Luca le saisit fermement par les aisselles et le traîna dans l'arrière-boutique. Du pied, il referma la porte.

Pandelli attendit à peu près dix minutes. Il reçut très

aimablement un client qui entrait dans la boutique, et il le renvoya.

« Monsieur Degrelle vient justement d'aller à la banque », dit-il. Ce qui veut dire... enfin, bon, vous savez quelle est l'affluence des banques à cette heure-ci. Pouvez-vous revenir dans une demi-heure, monsieur ? »

Pour qu'aucun autre client ne rentre dans la boutique, Pandelli accrocha à la porte de verre un panonceau avec cette inscription : « JE REVIENS DE SUITE. »

Il avait déniché ce panonceau dans le tiroir-caisse. Aucun bruit ne parvenait de l'arrière-boutique et il en fut réellement satisfait, car il détestait la violence et le vacarme. Jamais, au grand jamais, il ne s'était abaissé à se repaître des cris de ses victimes. Et une arme à feu ne produisait qu'une détonation, dont il oubliait bien vite le bruit.

Après dix minutes, Piero De Luca ressortit de l'arrière-boutique et referma la porte.

« C'est Bouchet », dit-il, et sa voix se voulait indifférente, comme s'il venait de téléphoner sans obtenir de résultats. « La perle vient de chez Bouchet.

— Et Degrelle ?

— Une cure de sommeil lui fera le plus grand bien. Quand il se réveillera, il pourra s'estimer heureux d'être encore en vie. Et maintenant ?

— Charles Bouchet... » Pandelli regarda, sur le mur tendu de soie, un paysage chinois, avec les étranges collines de Guilin, à l'arrière-plan. « Où Bouchet a-t-il bien pu dénicher une perle pareille ?

— Demandons-lui, Alessandro.

— Bouchet n'est pas seul. Il a quatorze employés et un portier. Un ex-boxeur, tu le sais bien.

— Je ne pensais pas à ses bureaux, mais à une visite privée.

— Là-bas, il y a un chauffeur, un domestique et un jardinier. Bref, Bouchet n'est jamais seul.

— Toi, il te recevra certainement. Quant au domestique, j'en fais mon affaire.

— Pas de précipitation, Piero. Réfléchissons. Tout homme a un talon d'Achille... il suffit de le découvrir. On ne peut pas menacer Bouchet ; il faut le circonvenir. Il est français ; nous, nous sommes italiens. Il aura toujours un avantage par rapport à nous, et surtout ici, à Papeete. Pour l'instant, oublions-le. »

Ils quittèrent la boutique de Degrelle. Le panonceau : « JE REVIENS DE SUITE » resta accroché à la porte.

Puis, pendant trois jours, il ne se passa rien... Visiblement Pandelli avait pour Bouchet un plus grand respect qu'il ne l'avouait. Mais le quatrième jour, il n'y tint plus. De Luca lui avait dit avoir vu, dans la vitrine de neuf bijoutiers de Papeete, des perles noires, d'une incroyable beauté. Pas si exceptionnelles que la « Reine noire des Mers » mais d'un éclat incomparable — d'ailleurs, les bijoutiers les appelaient « Les Princesses noires des Mers ».

Un homme de confiance de Pandelli, qui faisait office de prospecteur commercial, l'informa — et cela lui fut particulièrement insupportable — que ce n'étaient pas des perles de culture exceptionnellement rares, mais de vraies, d'authentiques perles naturelles. Et les prix donnaient la nausée à Pandelli : entre trois mille dollars pour la plus petite et six mille pour une perle de taille moyenne. Les prix grimpaient jusqu'à dix mille dollars.

« " La Reine Noire des Mers " et " Les Princesses Noires des Mers ", tout ça vient de la même maison ! » dit Pandelli.

On sentait de l'amertume dans sa voix.

« De chez Bouchet » dit De Luca, qui, par là même énonçait la stricte vérité.

« Oui. C'est indubitable. Bouchet a découvert une source d'où jaillissent des perles naturelles ! En quantités jamais vues jusqu'à ce jour. Et uniquement des perles noires ! On n'a jamais vu une chose pareille ! Ça ne *peut* pas exister. Ça contredit toutes les pratiques dans ce domaine. Les vraies perles noires sont en effet aussi rares que les diamants de vingt carats.

— Certes. Mais Bouchet en a. Et apparemment pas seulement une douzaine. Carchet, par exemple en a quatre en vitrine ! » Piero De Luca se frotta le menton. « Nous n'avons pas d'autres solutions que d'interroger Bouchet. A mon sens, ces perles ne peuvent provenir que de trois endroits : le golfe Persique, le golfe d'Oman ou la mer Arabique. Nulle part en Polynésie, on ne peut trouver de perles aussi parfaites. Mais quel est le fournisseur ?

— Ça, Piero, nous l'apprendrons. Nous finirons bien par le savoir. » Pandelli donna un grand coup de poing sur son bureau. « Débrouille-toi pour que Bouchet soit surveillé nuit et jour et dès maintenant. Tout a de l'importance : où il va, qui il rencontre, avec qui il mange, en compagnie de qui il s'affiche au bordel, où il part en voyage, ce qu'il fait le dimanche... Je veux un rapport sur tous ses faits et gestes ! Il n'a le droit d'être seul que pour aller aux chiottes ! Tu es responsable devant moi de l'efficacité de cette filature. Rassemble les gars qui ne devront pas perdre Bouchet de vue.

— Tu crois que le fournisseur est encore ici, à Papeete ?

— Il a reçu une somme énorme pour ses perles, et avec autant de fric, on se paye volontiers des vacances à Tahiti ou à Bora Bora. Ici, c'est le paradis, pour un gus qui vient du désert !

— Tu penses à un Arabe ?

— Possible. Je suis sûr, en tout cas, que Bouchet va nous mettre sur la bonne piste. Après une transaction aussi juteuse, on ne se sépare pas comme deux inconnus. Une relation de cet acabit, on la cultive, jusqu'à la limite du supportable. Je le ferais aussi... »

Deux heures plus tard, De Luca avait déjà recruté une équipe de six hommes qui partirent sur-le-champ surveiller Bouchet. A 16 heures 30, l'un d'eux fut désigné pour surveiller les bureaux de Bouchet. Il n'avait pas besoin d'un camouflage impressionnant : il s'assit à la terrasse d'un café, posa une pile de journaux sur le guéridon, et informa le garçon qu'il comptait rester là assez longtemps.

Bouchet était à son bureau. On s'était, au préalable, renseigné auprès du portier.

A partir de cet instant, Bouchet ne fit plus un pas sans que Pandelli le sache. Où qu'il aille, où que son chauffeur le conduise, une ombre, toujours, le suivait. Une ombre équipée d'un téléphone sans fil, pour rester en contact permanent avec De Luca.

Pendant ce temps, Ron acheta tout ce qu'il avait écrit sur sa longue liste. Il s'agissait essentiellement d'objets qui propulseraient Tonu'Ata, l'île oubliée, un siècle en avant : deux générateurs à essence et cinquante barils de carburant, un émetteur-radio à ondes courtes, du câble et tout le matériel nécessaire à la mise en place d'un circuit électrique, depuis le condensateur jusqu'à la prise, des fils à la boîte de dérivation, des fusibles aux ampoules.

Il acheta des lampes d'intérieur et d'extérieur, deux réfrigérateurs, et deux robots pour la cuisine, permettant de moudre, hacher, pétrir et mélanger. Il disait aux commerçants : « Je reviens dans quelques jours pour prendre la marchandise. Emballez-la bien. » Et, comme il réglait tout en dollars et pas en francs français ou avec une carte de crédit, personne ne chercha à savoir pourquoi il commandait tout à l'avance et n'emportait rien, alors qu'on aurait pu lui livrer.

Ron était pris d'une véritable frénésie de consommation. Dans une boutique, située dans une rue latérale, en face d'un centre commercial, il se fit montrer des rouleaux d'une merveilleuse étoffe de coton, l'un plus lumineux que l'autre. Il s'imagina Tama'Olu dans des habits confectionnés avec cette étoffe, soit moulant son corps comme une seconde peau, soit en robes larges et flottantes. Il acheta quarante de ces rouleaux. La vendeuse à la peau mate et délicate put à peine y croire, et, par quatre fois, lui demanda si c'était sérieux. Quarante rouleaux de tissu, c'était un achat énorme ! Elle se trompa trois fois en faisant l'addition, convertit la somme en dollars et obtint un montant qu'elle osa à peine révéler.

Ron paya tout de suite et trouva, ma foi, le prix fort raisonnable. Il prononça encore une fois sa phrase rituelle « dans quelques jours, etc. », puis sortit du magasin. Pendant quelques minutes, la jeune vendeuse fut dans l'incapacité de servir ses autres clients. Rendez-vous compte : un homme vient au magasin, et achète de la marchandise pour un mois de salaire. Ça, on ne le voit qu'une fois dans sa vie...

Qui dit étoffe, dit aussi nécessaire à couture. Dans le Bottin, Ron chercha une boutique spécialisée. Il y acheta une machine à coudre, équipée de tous les perfectionnements imaginables, deux grandes caisses en bois pleines de bobines de fil à coudre en lin et en soie, de tous les tons, un paquet d'aiguilles de rechange, de l'huile pour machine à coudre, un fer, une planche à repasser... Oui, vraiment, une véritable frénésie d'achats s'était emparée de lui.

A plusieurs reprises, il s'assit sur un banc, le long de la Promenade du port, et réfléchit pour savoir s'il n'avait rien oublié. Les conserves, il les achèterait en dernier, de même que les pendules, les casseroles, les poêles, les cuvettes, les seaux, les couverts et tous les ustensiles de cuisine. Il avait commandé une cuisinière électrique ainsi qu'un réchaud à propane, et trente bouteilles de gaz, grand modèle, pour le temps où son installation électrique ne serait pas encore opérationnelle.

Le surlendemain, il s'occuperait de la garde-robe. Il comptait s'acheter un ou deux costumes. Il avait d'ores et déjà acheté une machine à écrire, du papier, un magnétophone à cassettes, ainsi que quarante cassettes, allant de Wagner à Beethoven, et du boogie à la valse. Il eut même l'idée d'acheter des barils de poudre à laver, mais il reconnut lui-même que c'était complètement absurde.

Le lendemain, Ron acheta trois grandes caisses de bois pleines d'outils. Rien ne manquait, du petit tournevis à la perceuse à percussion, le plus gros outil était une tronçonneuse à transmission par chaîne, des haches, des machettes et un palan. Il acheta aussi dix grandes cannes à pêche et des fils, qui pourraient supporter le poids d'un requin de taille moyenne, les hameçons adéquats, des cuillers et des mouches. Chacun des frères de Tama'Olu recevrait deux cannes. Le fastidieux harponnage du poisson appartiendrait désormais au passé.

L'après-midi, il commença à faire le tour des chantiers navals et des marchands de bateaux. Tout ce qu'on lui proposait c'était des rafiots qui couleraient à la première occasion. Les bateaux neufs et qui tenaient la mer étaient bien trop chers, et il refusa les offres de paiement à crédit qu'on lui proposait. Ce fut seulement le matin de son troisième jour de shopping-marathon que le directeur d'un chantier naval, M. Latour, lui dit :

« Monsieur Edwards, nous avons une très bonne occasion. Un yacht rapide, fait pour la mer, avec pilote automatique, goniomètre par satellite, etc. bref, l'équipement complet ! Il appartient à l'un de vos compatriotes, un gros industriel, qui nous a commandé un navire plus grand. Je pense que ça devrait vous intéresser. »

Ron visita le yacht, qui était amarré le long du quai privé de Latour, et mit une sourdine à son admiration.

Manifester son enthousiasme, voilà qui fait grimper les prix — le mieux est de secouer la tête, l'air indécis.

« Ouais », dit-il seulement. « Pas mal. J'aimerais faire une sortie en mer, de démonstration. Peut-être jusqu'à Moorea. De la peinture neuve, ça cache bien des choses, je connais le refrain. Et ensuite, le moteur se met à cracher comme un lama !

— Monsieur Edwards, vous aurez six mois de garantie.

— Si je coule, ça ne me servira à rien. Et combien coûte ce bijou ?

— M. Myers en réclame cent soixante-quinze mille dollars.

— C'est vous-même qui avez fixé ce prix ?

— Non. Nous ne gagnons de l'argent que grâce aux commandes de navires neufs. La vente d'occasions n'est qu'un service-client. Pour un prix pareil, jamais vous ne trouverez un bateau de cette qualité.

— Pas si vite, monsieur. Faisons donc une sortie en mer. Demain matin à 9 heures. Est-ce possible ?

— Mais certainement, monsieur Edwards.

— Et je désirerais également parler à M. Myers en personne. Transmettez-lui ce souhait, je vous prie. »

Ron jeta un coup d'œil vers le beau yacht blanc et se dit qu'il avait vraiment de la chance. Il prit congé du directeur des chantiers navals, puis rentra à son hôtel. De là, il se fit appeler Bouchet.

« Charles, dit-il, j'ai quelque chose sur le cœur. Pourrions-nous nous voir ce soir ? Je réserve une table en terrasse.

— Est-ce absolument nécessaire ? J'avais deux places de théâtre pour ce soir. Une comédie française avec pas mal de sexe. Si vous voulez je vous invite, et après... » Bouchet fit claquer sa langue, ce qui en disait plus long qu'un long discours. « Ou bien vous n'aimez pas le théâtre ?

— Vous savez que j'ai des tas de choses à faire et que je ne peux rester à Tahiti plus que nécessaire. Aujourd'hui, Charles, j'ai besoin de vous voir. Vous pourrez toujours aller au théâtre quand je serai parti.

— Bon. Entendu. A votre hôtel. » Bouchet soupira. « Je m'étais tellement réjoui de voir Lisette !... Une métisse... Peau brun clair, et douce comme du velours. Ron, je vous assure, vous n'avez jamais vu une peau pareille ! Lisse comme de la porcelaine.

— Ça, malheureusement, je ne peux vous le proposer, Charles. » Ron rit tout haut. « Mais, contrairement à moi, Lisette ne s'en va pas. Je veux quitter Papeete dans cinq jours.

— Je viens. A l'heure habituelle. Au revoir, Ron. »

A 20 heures 19, Pandelli reçut le coup de téléphone suivant : « Bouchet a un rendez-vous au Tahiti Beach Hotel avec un type. Ils dînent ensemble. Le gars est grand, costaud ; il a des cheveux châtains, la peau hâlée. Porte un costume de soie blanche. A l'air d'un touriste plein aux as.

— J'arrive. » répondit aussitôt Pandelli. « Piero, ne les quitte pas des yeux. »

A peine vingt minutes plus tard, Pandelli entrait sur la terrasse de l'hôtel ; au chef de rang qui s'activait il demanda avec obséquiosité la table de De Luca. On le conduisit à une table située devant une haie d'hibiscus depuis laquelle on jouissait d'une vue incomparable sur la table de devant, à la lisière du parc. Piero salua son patron d'un bref hochement de tête.

« La quatrième table à droite. Bouchet nous tourne le dos.

— Je le vois. »

Pandelli détailla l'hôte de Bouchet, car, pour lui, il était évident que c'était Bouchet qui invitait.

« On ne voit aucun sac de perles. Ce type loge à l'hôtel ?

— Je ne sais pas.
— Va te renseigner, au moins. »
De Luca se leva et alla voir le chef de rang. Il désigna Ron, et demanda à voir le maître d'hôtel. Le renseignement qu'il en obtint parut le satisfaire.
« Il s'appelle Ron Edwards », informa-t-il Pandelli en se rasseyant. « Américain. Il habite ici depuis une semaine. Selon toute vraisemblance, plein aux as.
— Que t'avais-je dit — un client. »
Pandelli commanda un whisky et repoussa la carte qu'on lui avait apportée au bout de la table.
« Il propose des perles à l'Amerloque. Avec un bénéfice d'au moins trois cents pour cent...
— Peut-être. Mais ils parlent l'un avec l'autre comme s'ils se connaissaient de longue date.
— Les Ricains, Piero ! Mon Dieu, je les connais sous toutes les coutures ! Et toi aussi. Quand ils te saluent, ils te disent : " Hello ! " au bout de dix minutes, ils te tapent dans le dos, et après un quart d'heure, ils te donnent du " Johnny " par-ci et du " Johnny " par-là. Une heure après tu es leur frère. De toute façon, Bouchet est en train d'avoir ce gentil pigeon et il l'entube de première. Fausse alerte, Piero.
— Plutôt se tromper dix fois de suite, que risquer de passer à côté de la vérité », dit De Luca, non sans une certaine amertume.
Ils burent leur whisky, payèrent et quittèrent la terrasse — Mais une surprise les attendait à la porte. Le chef de rang, qui — bien entendu — connaissait l'Italien, fit à Pandelli un signe discret.
« Monsieur », dit-il à voix basse, « il me semble qu'ils parlent affaires. Ça ne me regarde pas, mais...
— Mais quoi ?... » Pandelli fixa le chef de rang des yeux avec intensité. Il sentit, pendant une fraction de seconde, un fourmillement lui parcourir le cuir chevelu

— un signe qu'il n'avait encore jamais sous-estimé. « Que savez-vous ? Qu'avez-vous vu ? »

Il mit la main à sa poche et en tira un billet de cinq cents francs, qu'il glissa discrètement au chef de rang. Celui-ci avait un doigté très exercé : il reconnut instantanément la somme qu'on lui avait donnée.

« M. Bouchet et M. Edwards se sont, jusqu'à maintenant, rencontrés trois fois à l'hôtel. Un soir, M. Edwards a même commandé un grand dîner dans sa suite. J'en sais quelque chose : je me suis personnellement occupé de la commande.

— Quand était-ce ? » Pandelli sentit que le fourmillement gagnait maintenant tout son corps.

« Il y a six jours. M. Edwards avait la veille loué la suite. Je l'ai appris de notre réceptionniste. Il m'avait dit : " Eh, dis donc ! le 4 a été loué ce soir par un Américain ; il est arrivé comme un clochard, mais ses poches sont bourrées de dollars. Ça doit être un type dément ! " Et, comme je vous le disais, le soir suivant il donnait un grand dîner dans sa suite, avec M. Bouchet.

— Merci, chef », dit Pandelli avec une certaine raideur. « Maintenant, nous avons faim et nous allons nous rasseoir à notre table. Et, puisque vous êtes un si bon observateur, vous allez nous mitonner un dîner à votre convenance. »

« Il y a quelque chose qui cloche », commenta De Luca, une fois qu'ils se furent assis à leur table.

A peine quelques mètres plus loin, Bouchet et Ron discutaient avec animation.

« A quoi penses-tu ?

— L'Américain arrive à l'hôtel comme un clochard... et là, il est à sa table, en costume de soie. Il y a quelque chose qui ne colle pas : où a-t-il trouvé l'argent pour ses vêtements, pour sa suite, pour toute cette mise en scène ?

— Le portier l'a dit : il aurait eu les poches pleines de dollars, dès son arrivée.

— Il les a comptés, ces dollars ? On peut prendre cinq cents dollars en petites coupures, et on a un vrai capital en main ! Et puis ça fait de l'effet. Et ensuite, voilà notre bonhomme qui rencontre Bouchet dans sa suite, après quoi, il est un riche Américain, comme on le supposait auparavant ?

— Tu crois que...

— Je ne crois rien encore. Je me demande seulement : en supposant que ce soit lui, le vendeur, où les a-t-il trouvées, ces perles noires ?

— Y a-t-il des bancs d'huîtres en Amérique centrale ou en Amérique du Sud ?

— Sûrement. » Pandelli fit la moue. « Des coquillages comestibles. De simples huîtres. Et quand par hasard on trouve une perle, elle est tellement atrophiée qu'elle ne vaut même pas le prix d'une monture de pacotille. Non, comme tu l'as dit toi-même, il doit venir des pays arabes et y avoir acheté les perles. Mais alors, pourquoi les mettre sur le marché, justement à Papeete ? A New York ou à San Francisco, on baiserait chacune de ses perles avant de les lui acheter ! On ne vole pas d'Oman à Tahiti, quand on peut obtenir deux fois plus ailleurs. Ça ne colle pas.

— Et, qui plus est, il a vraiment l'air inoffensif.

— Et moi donc ! J'ai l'air inoffensif ?... » Pandelli ne continua pas. De Luca avait compris. « A partir de maintenant, ta mission est double ; il te faut surveiller également Edwards. J'ai le sentiment bizarre qu'Edwards n'est pas le client de Bouchet, mais que c'est l'inverse. Et cette supposition simplifie tout. On peut parler à un Américain, pour peu qu'on ait des arguments convaincants. C'est seulement une question de dollars. »

Pendant le repas — Bouchet avait à nouveau commandé une absinthe pour s'ouvrir l'appétit — Ron posa soudain ses couverts sur son assiette et se pencha vers Bouchet. Ah ! Ça vient ! pensa le grossiste en perles.

Je me disais aussi ! Il ne m'invite pas à dîner et ne m'arrache pas des bras de Lisette sans raison ! Il s'arrêta de mâcher, et fit glisser ce qu'il avait encore en bouche à l'aide d'une bonne gorgée de meursault.

« J'ai besoin d'une bonne adresse, dit Ron.

— Grossiste en perles Charles Bouchet, pour vous servir ! » répondit Bouchet joyeusement.

« Non. Une adresse un peu spéciale. Vous connaissez tellement de monde, et même Dieu en personne.

— Le monde un peu mieux que Dieu. Et le monde interlope, encore mieux !

— C'est exactement de ce monde-là que j'ai besoin.

— C'est quand même insensé !... Il y a une semaine, je vous avais invité dans le meilleur bordel de Papeete, mais vous avez fait la fine bouche ! Mais maintenant que vos hormones réclament leur dû, hein ! ?

— Non, Charles, pas de femmes. J'ai besoin d'au moins quatre fusils, d'une mitraillette et d'un bon millier de balles. Je voudrais la camelote dans trois jours... »

9

BOUCHET n'était pas facile à étonner, mais là, les mots lui manquèrent.

« Vous êtes dingue ? glapit-il, après un moment.

— Non. »

Ron continua de manger comme si de rien n'était. Bouchet posa ses couverts sur son assiette comme Ron l'avait fait auparavant.

« Des armes ?... Vous voulez acheter des armes en contrebande ? Des fusils, une mitraillette ? Savez-vous ce qui vous pend au nez si les douaniers découvrent tout cet arsenal ?

— On ne découvrira rien, Charles. Soyez tranquille.

— Grands Dieux ! Qu'avez-vous besoin d'armes ?

— Un jour, peut-être, serai-je amené à devoir défendre mon paradis. On finira bien par le découvrir.

— Bon. Vous parviendrez à repousser le premier assaut. Mais ensuite une canonnière française arrivera... Ron, ne faites pas de folie !

— Là où je vis, pas de Français.

— Eh bien, dans ce cas ce sont les autres : Anglais, Américains, Néo-Zélandais, Australiens. Que sais-je encore ? Mais n'essayez pas de me berner, Ron ! Votre banc d'huîtres secret est dans les parages, disons dans un périmètre de cinq cents kilomètres. C'est dans ces parages-là, uniquement, que croissent les perles noires ; vous ne pouvez le nier.

— Il n'est pas dans mes intentions de mettre en doute vos certitudes, répondit Ron avec diplomatie.

— Eh bien alors ? » Le grossiste s'était ressaisi et se remit à manger. « Vous pouvez vous vanter de m'avoir fait peur !

— Ma demande est toujours valable : trouvez-moi quelques adresses où je puisse acheter des armes.

— Je vous mets en garde une dernière fois, Ron. Laissez tomber ! Ça ne marchera pas.

— Ça ne marchera pas, en effet, si je dois me procurer des adresses moi-même.

— Vous êtes une sacrée tête de mule. » Bouchet soupira et repoussa son assiette. Il avait définitivement perdu l'appétit. « Je connais bien quelqu'un. Un client qui gagne de l'argent comme d'autres font de la pâtisserie. Il m'achète toujours mes plus belles pierres précieuses...

— Voilà l'homme qu'il me faut, Charles.

— Mais je doute qu'il vous permette de l'approcher.

— Alors qu'il vienne à l'hôtel.

— Qu'il y soit disposé me paraît douteux.

— Il est forcé, d'une façon ou d'une autre, d'apporter sa marchandise à ses clients. Charles, portez-vous garant pour moi. Assurez-le qu'il ne risque pas d'entourloupes. Je ne suis pas un chasseur de primes masqué ! Montrez-lui quelques-unes de mes perles comme preuve.

— Et s'il refuse ?

— Alors, dites-lui que je m'adresserai ailleurs. Dans une ville comme Papeete il n'est certainement pas le seul et unique trafiquant d'armes. »

Au bout de trois heures, Ron reconduisit son invité jusqu'à la porte de l'hôtel et attendit qu'il fut monté dans sa grosse Citroën, avancée par son chauffeur. Il fit un signe de la main à Bouchet, et ne remarqua pas un homme d'allure italienne qui sauta dans sa voiture et se mit à filer

Bouchet. Il y avait un tel va-et-vient devant l'hôtel : comment De Luca aurait-il pu éveiller l'attention ?

Pandelli resta dans le hall et regarda la vitrine d'exposition d'un joaillier. Il attendit que Ron se soit fait remettre sa clé et qu'il soit entré dans l'ascenseur. Il ne partit que quand il se fut assuré que Ron restait bien dans sa suite et ne commandait pas un taxi pour se lancer dans le Papeete nocturne. De plus, il était bien plus aisé de se commander une call-girl depuis l'hôtel. Les plus belles filles travaillent de toute façon en privé.

A peine une heure plus tard, un observateur se mit en faction devant l'hôtel. Il était au volant d'une voiture passe-partout, et fut relevé au petit matin.

« RAS », dit-il à De Luca. Et de celui qui planquait devant chez Bouchet vint la même information : RAS.

Pandelli se dit que le jour qui pointait apporterait peut-être sa moisson d'événements.

Ce qui se déroula dans la suite de Ron, personne, et pour cause, ne put le savoir. Ainsi, les hommes en planque ne virent pas que M. Myers avait demandé M. Edwards à la réception. Il fut conduit par le groom et prit l'ascenseur jusqu'au premier étage.

Ron attendait son hôte sur le pas de sa porte et lui sourit poliment. M. Myers avait environ soixante-dix ans ; petit et gros, il marchait sur le tapis du couloir, semblant rouler sur ses courtes jambes en massant sa calvitie brillante. Un Kojak en réduction...

« Ah, c'est vous, Ron... », dit-il en saisissant la main droite de l'homme avec lequel il venait négocier. « Heureux de faire la connaissance de celui qui se chargera de ma belle *Betty.* »

Il entra dans la pièce. Ron referma la porte derrière lui et Myers s'affala dans un fauteuil de rotin.

« *Betty,* c'est mon yacht... pas une pépée ! » s'efforçat-il de plaisanter. « Quoique ce prénom soit celui d'une fille... de ma fille... » il éclata d'un rire chevrotant. « Et ma fille, vous ne voulez pas l'acheter, pas vrai ?

— Je présume que l'on ne peut acheter Miss Betty ; en outre, je n'achèterais jamais une femme, préférant attendre qu'elle tombe d'elle-même entre mes bras.

— Vous me plaisez, Ron.

— Un drink, monsieur Myers ? Je n'ai malheureusement que du scotch et pas de bourbon.

— Je prendrai un verre d'Indian Tonic, Ron.

— Antialcoolique ?

— Oui. Depuis que je sais combien mon foie est précieux. Jadis, qu'est-ce que j'ai pu écluser ! Aux concours de beuverie, une sorte de jeu de société entre hommes, j'étais toujours vainqueur. Mais tout ça, vous le savez, Ron. Et devinez un peu ce que m'a dit mon toubib, un beau jour : " Ou bien vous vous mettez tout de suite au régime sec, ou bien je vais chez le fabricant de cercueils vous en commander un sur mesure, car le prêt-à-porter, ce n'est pas pour vous ! " Il y a sept ans de cela. Depuis, je ne bois plus que de l'eau. Infâme, je vous le garantis, mais hygiénique. »

Ron lui servit le tonic et se confectionna une vodka-orange. Puis il s'assit en face de M. Myers.

« Cent vingt-cinq mille dollars, lança-t-il à brûle-pourpoint.

— Pour quoi donc ?

— Pour *Betty*... votre yacht...

— Ron, ai-je l'air d'un camelot pour marché aux puces ? » Myers se carra dans le fauteuil. Ses courtes jambes touchaient à peine le sol. « Mais comme vous m'avez été d'emblée sympathique, ce sera cent cinquante-cinq mille dollars... »

Ils trinquèrent, burent et reposèrent leurs verres.

« Allons, nous n'allons pas chipoter ! *Betty* est une

belle fille, très soignée de sa personne... mais elle ne me semble peser que cent trente-cinq mille dollars.

— *Betty* fut toujours ma grande passion. Les autres amours purent passer, *Betty*, elle, me resta fidèle. Et ça, ça mérite une gratification. Car à vous aussi elle sera toujours fidèle. Donc, cent quarante-cinq mille, mon dernier prix.

— James... »

Myers se leva et, de nouveau, massa son cuir chevelu.

« Votre flotte était infâme. Comme tous ces breuvages, d'ailleurs. *Good bye*, Ron.

— Ne soyez pas si mufle, James. » Ron resta assis dans son fauteuil. « Cent quarante-cinq mille même si je paie cash ?

— Je n'avais pensé qu'à du cash. » Myers revint s'asseoir. « Voyez-vous, j'ai soixante-dix ans. Louisa en a trente et un. Ça fait trente-neuf ans de différence. Il faut bien faire quelque chose. On n'a plus rien sans rien. L'amour : voilà un mot qui, l'âge venant, se prononce avec toujours plus de prudence. On est obligé de lui donner un petit coup de pouce. Alors j'ai vu chez un bijoutier, dans la vitrine, une merveilleuse perle noire. Ça irait fort bien à Louisa. Et vos dollars seraient les bienvenus, pour ne pas indisposer mon compte en banque, Ron. »

Ron sourit discrètement.

« Félicitations, dit-il.

— Pour quoi ?

— Pour la perle. Que vous vouliez l'acheter... Car elle m'intéresse aussi.

— Bas les pattes, Ron ! La perle m'appartient !

— Vous l'aurez, James. Et je prends *Betty* pour cent quarante-cinq mille dollars.

— OK. » Le visage de Myers devint triste, tout d'un coup ; il haussa les épaules. « Dommage que nous ne puissions trinquer à la santé de *Betty* avec du champagne.

Elle l'aurait pourtant mérité. Elle vous procurera une grande satisfaction.

— Ça, nous verrons, lors de l'essai en mer, James. Car je n'ai pas besoin d'un yacht de luxe cacochyme, mais d'un bateau stable et rapide.

— Vingt-deux nœuds, ça vous suffit ?

— Disons que ça va juste.

— Flancs en acier, recouvert de plusieurs couches de polyester et pratiquement insubmersible

— On avait déjà dit ça à propos du *Titanic !* objecta Ron.

— Ici, pas d'icebergs à redouter, sur lesquels vous risqueriez de vous embrocher.

— Non, mais des récifs coralliens.

— Dans ce cas, ce sera votre propre incompétence, Ron. A quoi sert le sondeur acoustique du bord, je vous le demande ? Plus, bien entendu, un radar. Écran couleurs. » Myers plissa les yeux et considéra Ron avec mépris. « Votre anglais est sans aucun doute parfaitement américain, mais vous avez cependant une pointe d'accent curieuse. Vous n'êtes pas né aux States, n'est-ce pas ?

— Non en Allemagne...

— Je me disais aussi... Et où ça ?

— Près de Göttingen.

— Et moi, je suis né à Stuttgart !

— Quelle coïncidence ! Entre compatriotes, on devrait...

— ... faire monter les prix ! l'interrompit Myers. Ron. Vous lâchez facilement le morceau, parfois ?

— Non. Je suis comme un bouledogue, je plante mes dents dans le lard de mon adversaire. Et, James, vous n'êtes pas un adversaire. Nous en restons à la somme convenue. »

Une heure plus tard, ils étaient au chantier naval où un vrai capitaine en uniforme, qui les attendait, les salua.

Ron prit Myers à part tandis que le capitaine allait à la passerelle et qu'un matelot larguait les amarres.

« Vous avez un équipage ? demanda-t-il. Et même un capitaine.

— Est-ce que j'ai l'air de pouvoir piloter ma *Betty* moi-même ? Je ne pilote qu'en haute mer, quand je ne risque rien.

— James, il m'est impossible de prendre l'équipage avec moi.

— Tous le savent. Ils ont tous trouvé une nouvelle place. » Myers, à nouveau, massa son crâne chauve. « Mais à vous seul, piloter la *Betty,* impossible. Il vous faut au moins un mousse et un cuistot. Vous vous y connaissez, en moteurs ?

— Oui.

— Heureux homme ! Pour ma part, je n'en ai pas la moindre notion. Et vous savez piloter ?

— Oui.

— Alors vous devriez au moins prendre un matelot avec vous, jusqu'à votre destination, puis le faire repartir en avion.

— Je ferai la traversée seul, James.

— C'est impossible, Ron ! On ne peut pas maîtriser ce bateau sans un coup de main. Croyez-moi.

— J'arriverai bien jusqu'à chez moi. Et là-bas, je me composerai un nouvel équipage. »

Peu après, Pandelli reçut un appel dans son radiotéléphone. Piero De Luca prit le combiné et appuya sur la touche « Écoute ».

« Edwards a eu une visite dans sa suite », dit l'homme chargé de surveiller Ron. « Un petit gros. Un étranger, lui aussi. Ils sont allés ensemble, en Cadillac, jusqu'au chantier naval de Latour et Fils. Puis ils sont montés à bord d'un bateau. Un magnifique yacht de milliardaire. En ce moment, ils quittent le port.

— Suis-les », cria Pandelli énervé. « N'ai-je pas dit qu'il ne fallait sous aucun prétexte les perdre de vue ? Prends un canot à moteur et suis-les, mais à distance, de façon à ne pas attirer l'attention. Bon Dieu ! Il faut donc tout vous dire ? »

Il raccrocha brutalement et regarda sévèrement son adjoint.

« Il est en train de mijoter quelque chose, Alessandro », dit ce dernier en toute hâte.

« Tu as engagé des crétins !

— Les bons employés ne poussent pas comme ça, à même le pavé. J'ai dû me contenter, dans l'affolement, de ce que j'avais sous la main. » De Luca haussa les épaules. « Et jusqu'ici, tout a marché impeccablement bien.

— Le gros, c'est qui ? » Pandelli frappait son stylo à bille sur son bureau, en rythme. « Est-ce que le yacht est à lui ? Et si oui... d'où a-t-il l'argent ? Est-ce le fournisseur des perles noires ? D'où Edwards connaît-il le gros ? Pourquoi s'en vont-ils ? Et où ?

— On ne tardera pas à le savoir. Bien que maintenant ce soit l'inverse de ce que nous croyions jusqu'à présent : le gros est le fournisseur des perles et Edwards a l'intention de les lui acheter. Le groom de l'hôtel a vu, effectivement, les liasses de billets.

— Et, avec ça, dans ses poches, il se balade comme un vagabond ?

— Un Américain en proie au blues est capable de tout ! En tout cas, maintenant il se balade en costume de soie. Attendons donc. »

Deux heures plus tard, « l'ombre » de Ron appelait depuis un canot à moteur. Sa voix en disait long sur sa déception.

« Ils ont fait une petite sortie en mer, annonça-t-il. La moitié du trajet vers Moorea et retour. Maintenant, les voilà qui accostent à nouveau le long du quai du chantier naval. A part ça RAS ; je rappelle ultérieurement. »

« Tu comprends ça, toi, Piero ? » demanda Pandelli, de fort mauvaise humeur.

En ce qui concernait Bouchet, rien non plus à signaler. Il était allé comme tous les matins à son bureau, ponctuel, et il y était encore.

« Non.

— Il s'agit d'une affaire, alors ils ont dû la conclure bien vite.

— Mais quelle affaire ? »

Alessandro Pandelli l'apprit une demi-heure plus tard. La « taupe » appela à nouveau.

« Edwards vient d'acheter le yacht au gros qui s'appelle Myers et dirige, aux États-Unis, plusieurs papeteries et usines d'emballages de toutes sortes. Ce à quoi j'ai assisté auparavant, ça devait être une sorte de démonstration. J'ai parlé avec le directeur technique du chantier naval. Cet Edwards a payé cent cinquante-cinq mille dollars. Myers a commandé à Latour et Fils un yacht plus grand, c'est pourquoi il vend celui-ci.

— Merci. C'est du bon travail. » Pandelli raccrocha et regarda De Luca, qui se tenait debout devant le bureau.

« Myers fait partie de notre liste. Mais Edwards m'apparaît de plus en plus énigmatique : il vient à Papeete comme un miséreux, rencontre Bouchet dans une suite, puis soudain, le voilà qui joue au rupin et se paye même un yacht de luxe ! cent quarante-cinq mille dollars... et je parie qu'il a payé en liquide. La nuit aurait donc accouché d'un miracle ? Et comment se nomme ce miracle ?

— “ Les Princesses noires des Mers ” et “ La Reine noire des Mers ” !

— C'est maintenant clair comme deux et deux font quatre. Ces perles viennent d'Edwards. Mais où diable les a-t-il dénichées ?

— Il se pourrait bien qu'il les ait pêchées lui-même. Il en avait bien l'air capable, à son arrivée ici.

— Dans ce cas, il a dû découvrir un banc d'huîtres particulièrement riche. Et ici, en plus, dans l'archipel ! » Pandelli devenait de plus en plus nerveux, tant cette pensée lui semblait monstrueuse. « Si c'est comme ça... » Il respira profondément. « ... nous allons coincer cet Edwards. Sans qu'il s'en aperçoive. Il va probablement repartir d'où il était venu. Ainsi nous guidera-t-il vers sa caverne d'Ali-Baba ; et ensuite... » Pandelli eut un sourire cruel et sarcastique à la fois. « On viendra bien à bout d'un type seul, n'est-ce pas, Piero ?

— Et s'ils sont plusieurs ?

— Nous serons toujours plus nombreux.

— Tu veux dire une petite guerre privée ?

— Je veux seulement apurer le marché, c'est tout. Alors, c'est nous qui seront les plus forts. » Pandelli jeta à De Luca un regard froid, où il avait mis toute sa cruauté. « Si Edwards nous échappe, tu porteras le chapeau.

— Il ne peut nous échapper, Alessandro. Un yacht aussi grand et aussi élégant ne passe pas facilement inaperçu. »

Le lendemain, la perle avait disparu de la vitrine de Degrelle. Piero De Luca s'en rendit compte tout à fait par hasard, en passant devant la boutique du joaillier. Aussitôt, il y entra et trouva Degrelle seul. Le bijoutier recula et son visage devint blême.

« Qu'est-ce que vous me voulez, encore ? » bredouilla-t-il, apeuré. « Je vous ai dit tout ce que je savais !

— Qui a acheté cette perle, cette “ Reine noire des Mers ” ?

— Un Américain.

— Quand ?

— Hier soir. Je m'apprêtais à fermer la boutique, lorsqu'il est entré. Un petit gros avec une calvitie.

— James Myers ?

— Oui, c'est ça. Vous voulez vérifier dans le registre des garanties ?

— Pas la peine, Alain. Mais tu as intérêt à rester bien sage. Et si jamais d'autres perles noires se présentent, appelle-nous immédiatement. A moins que tu ne veuilles qu'une bombe explose dans la boutique. Pour un petit renseignement, ça n'en vaudrait pas la peine. »

Lorsque De Luca fut sorti de sa boutique, Degrelle eut envie de faire un signe de croix dans sa direction, comme si c'était le diable en personne qui lui eût rendu visite. Il avait peur. Terriblement peur. Personne ne l'aiderait à lutter contre Pandelli, et même pas la police. Elle se dérangeait toujours quand c'était trop tard. Et de plus, qui avait des preuves contre Pandelli ? Il était plus raisonnable de se conformer à ses volontés.

« Dans cette affaire, Myers est totalement blanchi ! » dit Pandelli avec soulagement, après que De Luca lui eut raconté la vente de la perle. « Un fournisseur ne rachète jamais sa propre marchandise. Piero, à partir de maintenant nous allons coller aux talons d'Edwards. Il ne fera plus un pas sans être épié. »

Le onzième jour de son séjour à Papeete, Ron reçut, dans sa suite, un coup de fil de Charles Bouchet.

« J'ai eu du mal », dit Bouchet sans détour. « Mais il est d'accord.

— Qui ?

— Pas de nom, Ron ! Vous aurez six fusils à répétition et mille deux cents balles, des dum-dum. Et une mitraillette, une Kalachnikov, avec deux mille cartouches. Alors, qu'en dites-vous ?

— Bravo, Charles, vous avez été fabuleux. Mais pourquoi une Kalachnikov ?

— C'est la marque la plus répandue sur le marché et, à ce qu'on dit, la plus performante. Pour ma part, aucune idée sur ces trucs-là. Mais notre bonhomme me disait que même une fois tombée dans la boue, elle fonctionnait encore alors que les autres mitraillettes rendaient piteusement l'âme.

— Et le prix ?

— A vrai dire, notre homme ne se mouche pas du pied ! Il connaît la valeur de sa camelote. Mais nous étions d'accord là-dessus dès le début. Et encore une chose : il ne viendra pas à votre hôtel, même s'il ne risque rien. Il ne veut pas montrer son visage. Les armes me seront livrées et je vous les apporterai. Demain. Dans une jolie petite caisse bien solide !

— Il doit déclarer la caisse comme " pièces de rechange pour transformateur électrique ". Que ce soit écrit clairement, en grandes lettres, sur le couvercle. Et vous n'apporterez pas la caisse. Vous irez la déposer au chantier naval Henri Latour et Fils, près des autres caisses qui m'appartiennent. Entre autres, deux générateurs et un transfo.

— Vous avez acheté un bateau ? demanda Bouchet surpris.

— Tu l'as dit, bouffi ! » Ron eut un rire satisfait. « Quand il sera rempli de perles noires, je vous ferai signe, Charles.

— Vous êtes une tête brûlée, Ron !

— Peut-être.

— Nous reverrons-nous encore, avant votre départ ?

— Je crains que non.

— Alors, bonne chance, Ron ! et bonne plongée !

— Merci, Charles. Je déposerai l'argent pour les " pièces de rechange " au bureau du chantier naval. Au revoir. »

Il raccrocha, sortit sur le balcon, et regarda la mer, qui s'étendait derrière le parc bien léché de l'hôtel. Des bateaux aux voiles multicolores croisaient le long de la côte, et, plus près de la plage, des véliplanchistes partaient à l'assaut des vagues débonnaires. Le vent chaud gonflait leurs voiles triangulaires. Une grande pirogue de combat polynésienne, avec quarante guerriers basanés, pagayant et chantant, longeait le rivage — une attraction subventionnée par le syndicat d'initiative et qui s'adressait aux touristes, fanatiques du 24 × 36. Tahiti côté pile. Prospectus grandeur nature.

Combien de temps encore avant de revoir Tama'Olu ? pensa-t-il. Je serai obligé de faire des escales pour me ravitailler en carburant. Tahiti-Rarotonga-Niué-Tonga-Tonu'Ata. Voilà mon itinéraire. Environ mille huit cents milles. Mon amour, comme tu es loin de moi ! Mais ce sera la dernière fois que je t'aurai laissée seule. Maintenant, nous avons un beau bateau, et, à l'avenir, tu viendras toujours avec moi, où que j'aille. Et ils crèveront tous de jalousie devant ma si belle femme ! Tama'Olu, si tu savais combien je t'aime !

Il mit un des costumes neufs qu'il s'était achetés et se fit conduire en taxi jusqu'au chantier naval. Une petite Renault, dont le conducteur parlait au radio-téléphone, le suivait discrètement.

« Tout est en ordre, monsieur Edwards », lui assura le directeur technique du chantier naval, lorsqu'ils furent devant le yacht. « Nous avons tout révisé encore une fois. La PAF est venue et a dédouané votre chargement. Quand partez-vous ?

— Après-demain. Demain, on vous apportera encore une petite caisse contenant des pièces de rechange pour le transfo. Les autorités doivent-elles encore venir pour vérifier la cargaison ?

— Nous mettrons cette petite caisse à bord, sans autre formalité, monsieur. » Il continua, un peu sarcastique : « Vous savez, les fonctionnaires n'aiment pas qu'on les dérange plus qu'il ne faut. Et on ne va pas faire tout un cinéma pour une petite caisse de pièces de rechange !

— Si vous le dites, monsieur...

— Aucun problème. Nous pouvons donc charger demain ? » Le mot « souter » lui eût semblé inconvenant pour ce superbe yacht.

« Vous le pouvez, monsieur, j'espère que rien ne sera oublié.

— En ce qui nous concerne, tout ce qui est entreposé ici sera transbordé sur le yacht. »

Ron, encore une fois, traversa l'entrepôt, et contrôla les caisses, les cartons, les rouleaux de tissu, les paquets. Sur chaque objet, trônait un tampon des douanes, y compris sur les seaux, les paniers et les cuvettes en plastique. Dans un coin de l'entrepôt, on avait amassé les barils d'essence pour les générateurs ainsi que les bouteilles de propane pour la cuisinière.

« Je crois que tout est là », dit Ron ; puis il sortit. « Vous pouvez remplir toutes les cabines du yacht, excepté la chambre. Je n'ai besoin que d'un lit.

— Vous allez naviguer tout seul, monsieur ? » demanda le directeur, perplexe.

« Oui.

— Et sans aucun homme d'équipage ?

— Est-ce donc si inhabituel ?

— Pour un yacht de cette taille, oui. Vous ne pouvez pas tout faire tout seul.

— Jusqu'à chez moi, ça ira.

— Alors vous n'allez pas très loin, monsieur ? » s'informa le directeur.

A quelques milles seulement. Mille huit cents, pour être précis, pensa-t-il. Mais si je lui dis, il va se trouver mal.

« Je monte encore une fois à bord, dit-il d'une voix énergique.

Ron entra dans le yacht, descendit l'escalier de coupée jusqu'au salon, alla à la cambuse, aux cabines, aux salles d'eau, puis il s'assit au poste de pilotage, surchargé de cadrans de contrôle et d'instruments. Il examina le radar à moniteur couleurs, la sonde automatique, le pilote automatique, la balise Argos et le radio-émetteur avec son compas gyroscopique. Devant tous ces appareils, il eut l'impression d'être dans le cockpit d'un avion, avec ces instruments de bord qui le laissaient sans voix, jusqu'au jour où un commandant de bord lui avait dit comme ça, de but en blanc : « Ce n'est pas plus compliqué que ça ! Il suffit juste de regarder le bon cadran au bon moment ! »

Ça va aller, se dit Ron. Tu es un bon petit gars, mon vieux. Il doit bien y avoir le mode d'emploi dans un tiroir. Et tu as assez de temps pour apprendre. Mille huit cents milles. Les autres doivent suivre des cours, toi, tu apprendras plus vite. Tu vas te retrouver à tanguer sur l'océan Pacifique, ta carte marine sous le nez, et tu vas essayer d'enclencher correctement le pilote automatique. Lire une carte marine, tu l'as appris quand tu effectuais ton stage de permis-bateau au yacht-club de Hambourg. Tout n'est qu'une question d'entraînement. Et la mer est bien assez vaste. Tu ne te cogneras nulle part.

Enfin, il entra dans la chambre à coucher de l'ancien propriétaire. Une pièce, toutes proportions gardées, assez spacieuse, avec un lit rond, de nombreux placards rehaussés de moulures blanches et dorées, et, à côté du lit, un immense miroir. Deux petits fauteuils tendus de fourrure de chinchilla se trouvaient autour d'une table ronde, et le tout était éclairé par des lampes et des appliques de style vénitien. Le nid d'amour de Myers ! Comme il le disait : quand on a soixante-dix ans, il faut bien faire quelque chose ! Ron ouvrit les armoires : tout était propre et comme neuf. Procédant à son inspection, il ouvrit une sorte de console, en face du lit rond : un magnétoscope apparut et monta lentement. Il y avait encore une cassette chargée. Ron brancha la télévision et le magnétoscope, et un film porno plutôt croquignolet apparut sur l'écran. Ron visionna quelques scènes, puis arrêta le tout. « Ça ne vous sert plus à rien, cher James Myers ! fit-il. Et dire que, soit dit en passant, tu as dû payer pour tout ça ! »

Il fit redescendre le téléviseur et le magnétoscope dans la console, puis s'assit dans un des fauteuils de chinchilla.

Ce sera la chambre de Tama'Olu, pensa-t-il. Nous dormirons ici. Sera-t-elle effrayée de tout ce luxe auquel elle n'est pas habituée ? Ou bien va-t-elle s'adapter rapidement à toute cette nouveauté ? Comment va-t-elle réagir en regardant la télévision pour la première fois ? Pas ce porno, évidemment, mais un film sur les mers du Sud, avec des gens comme elle, comme sa famille et les siens, et des villages ou des paysages pareils à ceux de son île ? Va-t-elle s'enfuir loin de ces petits bonshommes qui s'agitent sur cette glace dépolie, parce qu'elle croira qu'on les a ensorcelés et réduits à l'état de créatures minuscules ? Elle va croire à un sortilège, quand tout fonctionnera et quand, appuyant sur un bouton, elle fera jaillir la lumière de partout. De la lumière, dans de petites boules de verre. Et il y aura un appareil avec quatre plaques de fer rondes, et, encore une fois, il suffira de tourner un bouton, et on pourra faire la cuisine sur ces plaques. Elles seront chauffées à blanc sans qu'on sache d'où vient cette chaleur.

Énigme sur énigme.

Et elle ira chercher le sorcier ou le chaman en le suppliant de chasser les méchants dieux étrangers qui peuvent emmagasiner des flammes invisibles dans le fer et faire jaillir des éclairs dans de petites boules de feu. Ses trois frères, comme tous les hommes du village, vont se prosterner, la tête contre le sol, quand ils entendront un coup de fusil pour la première fois et qu'un cochon tombera foudroyé sur le coup. Les gens de Tonu'Ata vont-ils franchir cet abîme de siècles comme on franchit un fossé étroit ? Il est vrai que Gilbert Descartes leur rend visite, le marchand qui va d'île en île. De lui, ils ont dû apprendre à ne plus s'étonner de rien de ce qui vient de ce monde lointain et étranger.

Tama'Olu tu apprendras bien vite à aimer — ou à haïr — ce nouveau monde. Mais je t'en fais la promesse : notre paradis restera un paradis.

Il se leva de son fauteuil, remonta sur le pont et quitta le yacht en empruntant la passerelle. Sur la petite jetée du radoub, le directeur du chantier naval discutait avec quelqu'un.

« Un bateau superbe ! » dit l'inconnu, lorsque Ron s'approcha d'eux. « Il vous appartient ?

— Oui. C'est vraiment un très beau bateau.

— Ce doit être fantastique de piloter ça sur l'océan ! Comme j'aimerais être de la partie, quand vous lèverez l'ancre ! Je suis un fada de bateaux et j'aimerais bien voir comment ce yacht se comporte en mer. Quand partez-vous ?

— Après-demain », dit Ron, qui ne soupçonnait rien.

« Pourrai-je assister au départ ?

— Si cela vous fait plaisir, bien volontiers. Mais je partirai tôt.

— Merci, monsieur. »

L'homme fit un mouvement de tête, salua Ron et le directeur du chantier naval, puis s'éloigna du quai. Ron le suivit des yeux et secoua la tête, d'un air dubitatif.

« Qui était-ce donc ? demanda-t-il.

— Sais pas », dit le directeur en haussant les épaules. « Il est venu tout d'un coup, en s'épongeant la sueur qui lui coulait du front et il s'est exclamé : “ Quel beau bâtiment ! Mon Dieu ! Et dire qu'il y a des gens qui peuvent s'offrir ça ! ” Et à ce moment-là, vous êtes descendu du yacht.

— Bah ! Sans doute un fou de marine. Je me mets d'ailleurs à sa place. J'ai toujours eu une passion pour les beaux bateaux, je me suis acheté toute la littérature sur le sujet et la vue d'un yacht me faisait rêver. Et ce rêve, maintenant, je l'ai réalisé. »

Ron avait pratiquement oublié l'inconnu au moment où il quitta le chantier naval en taxi. Il ne remarqua pas, une fois encore, la petite Renault qui le suivait. Il pensait à Tama'Olu. En fait, il ne pensait qu'à elle. A elle et à la baie des Perles noires, d'où il tirerait une fortune.

« C'est pour après-demain », dit Pandelli à De Luca.

L'observateur à la Renault venait juste d'appeler et il avait informé son patron du cours des événements.

« Nous avons tout le temps de nous préparer. Il s'est peut-être acheté un yacht magnifique, mais ma *Colombe* non plus n'est pas qu'un vulgaire pédalo ! Nous allons rester dans son sillage.

— N'est-ce pas un peu voyant, Alessandro ? » osa faire observer De Luca, non sans raison.

« Edwards ne possède tout de même pas l'ensemble des yachts qui croisent dans les parages !

— Évidemment pas. Des centaines de navires circulent autour de Tahiti.

— Tu vois bien. Et si, par hasard, nous suivions le même cap qu'Edwards... est-ce que ce serait suffisant pour éveiller son attention ? Il va nous mener jusqu'à chez lui, et, de toute façon, nous le dépasserons, pour lui faire croire qu'il nous est absolument indifférent. Le deuxième coup, ce sera bien différent. Pourquoi Edwards devrait-il être soupçonneux ? Il se sent en sécurité. Nul ne sait où il est, du moins le croit-il. Dans ce cas, pourquoi jouer à cache-cache ? Piero, la plupart de nos congénères sont beaucoup trop naïfs, et quand ils finissent par remarquer que quelque chose ne tourne pas rond, c'est en général beaucoup trop tard, et ils ont déjà perdu. Et cet Edwards ne fera pas exception à la règle. »

Le lendemain matin, Bouchet livra au chantier naval

une caisse de pièces de rechange pour transformateurs électriques. Le chef docker était déjà au courant, chargea la caisse sur un Fenwick et la transporta jusqu'au yacht. On l'y entreposa dans la cambuse.

« Eh bien, maintenant, on peut vraiment dire qu'il n'y tiendrait même plus un simple rouleau de papier hygiénique ! » dit le chef docker en revenant vers l'entrepôt. « Un bateau comme ça ! S'en servir comme d'un cargo ! Si le vieux Myers voyait ça ! Il en aurait le cœur brisé ! Mais ce qui est vendu est vendu. Un bateau ne choisit pas son propriétaire ; la seule chose qu'il puisse faire, c'est couler en signe de mécontentement... »

Dès le petit jour, déjà, la *Colombe* se trouvait dans les parages du chantier naval. Piero De Luca et Alessandro Pandelli se relayaient pour surveiller, à l'aide d'une longue-vue, le va-et-vient qui animait les entrepôts de Latour et Fils.

Edwards avait dit qu'il voulait lever l'ancre à l'aube. Mais c'était une notion plutôt floue — si Edwards était un grand dormeur, ça pouvait tout aussi bien vouloir dire dix heures. Sur le quai, ils voyaient le soi-disant mordu de bateaux faire les cent pas et fumer cigarette sur cigarette.

Enfin, à peu près vers neuf heures, Pandelli respira, soulagé. Edwards apparut. Il portait un pantalon blanc, un blazer bleu à boutons dorés et une casquette à large visière. Il dit quelques mots aimables à l'amateur de bateaux, lorsque l'armateur, le chef docker et ses trois employés apparurent. Edwards monta à bord de son yacht, l'un des dockers fit riper la passerelle, les deux autres larguèrent les amarres. L'hélice commença à tourner, produisant derrière elle une eau mousseuse. Le « fou de bateaux » agita les bras, puis applaudit.

Lentement, le yacht s'ébranla, décrivit une large courbe, puis prudemment, sortit du bassin industriel.

« Notre bon Edwards n'a pas encore le joujou bien en main ! dit Pandelli avec sarcasme. « Il avance tout doucement, comme s'il sortait à la dérobée de la chambre d'une femme encore endormie. »

Il mit le moteur de la *Colombe* en marche, et suivit à la même allure fort lente le yacht élégant et qui semblait à présent glisser sur la mer, entre les voiliers au mouillage et les autres bateaux à moteur.

« Il dort encore à la barre ! Pandelli riait. Je suis impatient de savoir la route qu'il va suivre ! »

Soudain, pourtant, quand Edwards eut laissé derrière lui les bateaux qui mouillaient en rade, ce fut comme si le yacht avait des ailes. Sa proue se souleva, puis elle tailla les vagues, ne laissant derrière elle qu'un long sillon d'écume blanche.

« Maintenant, il accélère ! » s'écria De Luca, très excité. « Et que je sois pendu à la grande vergue, s'il ne met pas le cap sur Bora Bora !

— Ta gueule ! » dit Pandelli grossièrement. « Qu'est-ce qu'il irait faire à Bora Bora ? Ce n'est tout de même pas là que se trouve sa résidence habituelle ! »

Ils le suivirent ainsi, pendant six heures, la *Colombe* tenant vaillamment l'allure du yacht. Mais ce n'était pas un bateau adapté aux longues sorties en mer, les réservoirs de carburant étaient insuffisants. Et ajoutez à cela que le moteur avait une de ces descentes qui eût rendu jaloux n'importe quel alcoolique !

« Mais où veut-il aller, à la fin ? » hurla Pandelli, en manœuvrant nerveusement la barre.

Ils venaient de passer Bora Bora et Edwards allait toujours tout droit. Tout droit, obstinément. Oui, mais après Bora Bora, il n'y avait plus rien. A part l'immense océan.

« Il est devenu dingue, ma parole ! Là où il va, il n'y a aucune terre, proche ou lointaine !

— Nous avons juste assez de carburant pour pouvoir,

avec beaucoup de chance, revenir à Papeete, et si nous rebroussons chemin immédiatement », osa faire remarquer De Luca, avec prudence.

« Je le vois bien, crétin ! Mais je ne peux tout de même pas laisser filer Edwards.

— Veux-tu te retrouver en panne d'essence, dans quelques heures, en pleine mer ?

— Je... je... oh, merde ! Merde ! »

Pandelli était rouge de colère. Il bourra De Luca de coups de poing, et l'expulsa de la cabine de pilotage. Il se précipita à la barre et contrôla les cadrans. La jauge d'essence disait la vérité, et elle, Pandelli ne pouvait la chasser d'un simple revers de main. Faire demi-tour était la seule solution raisonnable. Pandelli regarda fixement le yacht blanc qui fendait les vagues ; il lui semblait irréel. Il ralentit, arrêta les moteurs, et, de rage, tapa le tableau de bord du poing. Puis il poussa des cris qui s'apparentaient aux glapissements d'un loup. Piero De Luca partit vite se mettre à l'abri sur le pont arrière. En cet instant, et son homme de main l'avait bien compris, Pandelli aurait été capable de le tuer.

L'écart se creusa rapidement entre Edwards et la *Colombe*. Pandelli sortit brusquement de la cabine de pilotage, se rua sur le pont, jusqu'à la nacelle de proue. Les poings serrés, il regardait le yacht qui devenait de plus en plus petit.

C'était une journée merveilleuse, et, dans l'éclat du soleil, qui faisait scintiller la mer, comme si d'innombrables feuilles d'or flottaient sur l'eau, on vit le bateau blanc disparaître derrière la ligne de l'horizon.

10

APRÈS avoir doublé Bora Bora, Ron perdit progressivement des yeux le petit yacht qui l'avait suivi pendant un certain temps. Il resta en arrière, puis finit par disparaître derrière l'horizon scintillant.

Sans malice, comme il l'était, il n'avait rien soupçonné quant à ce bateau qui le suivait. La mer ne lui appartenait pas, et aux alentours de Bora Bora nombreux étaient les yachts privés, dont les propriétaires faisaient parfois le voyage vers Papeete, ou bien, seulement par plaisir, partaient vers le large, là où l'on pouvait taquiner le requin à l'aide d'énormes cannes à pêche, ou bien encore organiser des soirées à bord. De la sorte, pour Ron, il était absolument normal que le bateau restât en arrière. Il avait probablement fait demi-tour et était retourné à Bora Bora.

Pendant trois jours, profitant d'une mer d'huile, Ron se laissa le temps de se familiariser avec les instruments du bord, inconnus de lui. Il avait mis la main sur la notice d'utilisation, qui se trouvait dans un tiroir à côté de l'armoire des cartes marines ; il l'avait étudiée, et s'était exercé sur chaque instrument. Le radar et le pilote automatique étaient les plus importants. Il entrait différents itinéraires et se réjouissait de constater que le pilote automatique imprimait au navire la direction souhaitée. Bientôt, également, il eut le radar couleurs bien en main.

Le deuxième jour, un point apparut sur l'écran, qui s'approchait de sa position, mais qui bientôt vira de bord. Grâce à une longue-vue puissante, Ron reconnut, peu après, dans le lointain, un cargo qui croisait, en route pour Tahiti. Seule la balise Argos lui causait quelques tracas. Malgré le fonctionnement automatique de l'émetteur, il dut recalculer les coordonnées de sa route vers Rarotonga et les îles Cook, et cela lui fut souvent fastidieux. Les mathématiques n'avaient jamais été le point fort de Ron. Durant ses années de lycée, aux cours de maths, il préférait se plonger dans la lecture de Karl May, et son professeur lui avait même lancé : « Voilà trente ans que j'enseigne, et je n'ai encore jamais vu pareille nullité ! »

Il mit trois jours, mais il finit par maîtriser, à force de persévérance, le fonctionnement de tous les appareils et par savoir s'en servir. C'était le pilote automatique qui lui semblait la chose la plus extraordinaire : le yacht semblait se diriger dans la direction choisie comme par enchantement. Puis, lorsque sur l'écran du radar, il vit se dessiner la côte de Rarotonga, et qu'il vit l'île dans sa longue-vue, il alla au salon, esquissa un petit pas de danse, et se dit, non sans fierté : Ron, mon vieux, maintenant tu es un véritable navigateur ! Tu as atteint la première étape sans difficulté, et cela sur l'immense Pacifique.

Mais l'étape suivante aussi lui procura une grande satisfaction. Il fit le plein à Rarotonga, et eut juste assez de carburant pour parvenir jusqu'à Niué, une petite île perdue dans le Pacifique. Au port minuscule, il dut lui-même, à l'aide d'un canot automobile, apporter les jerricanes de carburant — qu'il avait lui-même remplis — jusqu'au yacht. Niué se trouvait sous tutelle néo-zélandaise, possédait même un aérodrome et était fort célèbre grâce à ses beaux timbres. Il y avait aussi plusieurs écoles, un hôpital, deux hôtels, où descendaient surtout des touristes américains — ainsi qu'un supermarché. Les insulaires aidèrent Ron et apportèrent dans leurs longues embarcations de l'eau fraîche, des fruits et de la viande jusqu'à son yacht. Le « gouverneur » de Niué — en fait le propriétaire du supermarché — fit à Ron une visite de courtoisie, admira le profil racé de son yacht, et but au salon un whisky on-the-rocks, car il faisait une chaleur horriblement moite.

« Vous déménagez ? » demanda-t-il après avoir vu le chargement du yacht. « Ou bien voulez-vous émigrer vers la Nouvelle-Zélande ou l'Australie ?

— Je cherche une île où je serai seul répondit Ron.

— Et de quoi vivrez-vous ? Sur une île déserte et inconnue, vous ne trouverez ni eau potable, ni gibier. Oh, bien sûr ! il y aura une plage superbe, mais derrière, ce sera la jungle. Vous devrez tout faire, absolument tout, si vous voulez, après quelques années, avoir aménagé quelques champs, avoir quelques chèvres, des porcs, des poules et un chien. Car vous devrez avoir un chien, sous peine de devenir fou de silence. Avec un chien, on peut parler, discuter... et c'est ce que vous voulez ? Pourquoi ?

— Ça a toujours été mon rêve — depuis mon enfance, mentit Ron.

— Et votre boulot ? Vous avez dû avoir un sacré bon job, sinon vous n'auriez pas pu vous offrir un bateau comme ça. Et vous voulez laisser tomber ?

— Mon entreprise marche fort bien sans moi.

— Donc, vous gagnez de l'argent qui ne vous sert plus à rien. Sur votre île de rêve, plus besoin d'argent. » Il hésita un instant, puis dit : « Je vous fais une proposition.

— Je vous écoute.

— Restez ici, à Niué. En tant que gouverneur, je vous accorde un permis de séjour permanent. Vous pourrez vous bâtir une belle maison : il y a suffisamment de terres disponibles. Et ainsi, vous investirez sur Niué une partie de cet argent qui vous apparaît sans valeur. Je pense par exemple à l'amélioration des routes, à un équipement moderne pour l'hôpital. Nous avons besoin, entre autres choses, de cars scolaires, et l'extension du réseau électrique serait la bienvenue... Vous feriez une bonne action, et vous pourriez vivre parmi nous, comme au paradis.

— Je ne le crois pas. » Ron secoua la tête. « Il y a un aérodrome, et donc des touristes qui atterrissent à Niué. Et comme les deux hôtels ne peuvent pas rester vides, il y a donc beaucoup de visiteurs. De temps en temps, une croisière va faire escale ici, et les passagers, viendront, par essaims de cinq à six cents, envahir le Paradis. Et dans peu de temps, Niué sera au programme des tours opérators : quatorze jours pension complète et vol AR pour deux mille cinq cents dollars. Et c'est ça que vous appelez un " paradis " ?

— Ce que vous recherchez n'existe plus, monsieur Edwards. » Le gouverneur but encore un whisky et haussa les épaules, comme s'il était personnellement accusé. « Le tourisme sera bientôt partout. Les hommes recherchent toujours de nouvelles destinations, car les classiques, il est vrai qu'on commence à les connaître à satiété. On recherche le dépaysement à tout prix. Et un beau jour un hélicoptère survolera votre île, décrira quelques cercles de reconnaissance, puis viendra se poser sur votre belle plage. On fera des photos, on tournera des films vidéo, et les tours opérators de New York, Auckland ou Sydney s'écrieront : " Ça y est ! C'est ce que nous cherchions ! Et hop ! Un nouveau village de vacances. " Et c'en sera fini de votre paradis privé...

— Je ne laisserai aucun hélicoptère atterrir.

— Et comment l'en empêcherez-vous ?

— Je tirerai.

— Oh, mon Dieu ! Alors, peu de temps après, vous aurez la soldatesque aux trousses. Car, dans ce cas, peu importe à qui appartient votre île — à la France, aux USA, à la Nouvelle-Zélande ou à l'Australie — les militaires rappliquent toujours dès qu'on entend des coups de feu quelque part. Vous n'avez pas la moindre chance, monsieur Edwards. Restez donc ici, sous ma protection. » Le gouverneur souriait amicalement. « Vous aurez ici, à Niué, une terre où vous croirez vraiment être seul au monde. Et si un jour la solitude vous pèse... alors, quelques kilomètres seulement et vous retrouverez la civilisation.

— Il y a d'autres raisons pour lesquelles je dois poursuivre ma route. »

Ron ne les donna pas, mais raccompagna le patron du supermarché jusqu'à la passerelle. Il le salua d'un signe de la main lorsqu'il fut remonté à bord de son large canot équipé d'un moteur de hors-bord.

Il y a six mois, j'aurais probablement accepté son offre, pensa Ron. Et à vrai dire, j'aurais eu raison. Niué est une belle île ; les gens d'ici sont amicaux et authentiques, malgré les nombreux touristes américains. Ils sont joyeux, aiment chanter et danser. Mais même si Niué est isolée, beaucoup de jeunes insulaires partent étudier en Nouvelle-Zélande ou en Australie. Dans vingt ans d'ici, Niué aura un tout autre aspect.

Un peu comme les Fidji ou les îles Cook, Tonga ou Samoa, qui sont hypercivilisées.

Mon Dieu ! Sauvegarde l'innocence de Tonu'Ata !

Pour ne pas devoir utiliser le carburant prévu pour les générateurs électriques, il dut faire une dernière escale à Nukualofa, à nouveau ravi d'avoir pu, grâce au pilote automatique et à la balise Argos, rallier Tongatapu sans encombre. Il fit faire le plein, et acheta chez un marchand d'équipement de marine dans Vuna Road des cartes et en particulier dix feuilles détaillées des Tonga, des Ha'apaï et de Vava'U. Il constata qu'aucune de ces cartes ne faisait mention de Tonu'Ata.

Certes, quelques îles du groupe des Ha'apaï étaient portées sans nom sur la carte, mais du moins pouvait-on être sûr de leur localisation. Est-ce que l'île de Tama'Olu était l'une de ces îles sans nom ? Où devait-il chercher ? Lorsque, jadis, il avait découvert l'île, il avait, des jours durant, été poussé à la dérive par le flot. Quand il la quitta, à bord de son canot pneumatique spécialement équipé, il s'était également guidé grâce aux vents et aux courants marins, jusqu'à ce que le père Patrick Lanson le recueille et le conduise jusqu'à Pangaï.

L'île du père Patrick... Elle s'appelait Telekitonga, et c'était dans ce secteur, dans un périmètre de quelques centaines de milles, que devait se trouver Tonu-Ata. Seule, au milieu de l'immense Pacifique, oubliée du progrès. Ron traça, au crayon, un large cercle sur la carte autour de Telekıtonga. Il décida de partir à la recherche de Tonu'Ata depuis l'île du père Patrick. Ce serait, il le savait des zigzags sans aucun sens. Il décrirait, au départ de Telekitonga, des cercles de plus en plus grands, jusqu'à ce que le radar ait détecté une terre. Quant à savoir si cette terre serait l'île de Tama'Olu ou une autre île sans nom, il en aurait le cœur net en s'en approchant.

Le soir, Ron reçut une visite à bord. C'était l'officier du bureau d'immigration, celui-là même qui, jadis, avait questionné Ron, dans le jardin du Kimiko Guest House. Il monta à bord et salua courtoisement.

Ron le reconnut instantanément. Il lui tendit, en guise de bienvenue, les deux mains.

« Quelle joie de vous revoir, *officer !* » s'exclama-t-il en serrant la main du fonctionnaire. « Le téléphone arabe a donc annoncé mon arrivée ?

— Le capitaine du port vous a, comme il se doit, signalé immédiatement à nos services.

— Naturellement.

— Et du coup, j'ai pensé...

— Allons saluer une vieille connaissance.

— C'est cela.

— Officiellement ?

— Ça dépend, avoua l'officier.

— Si cela doit encore me causer des désagréments et susciter un interrogatoire, je peux aussi jeter l'ancre hors de la zone des trois milles, *officer !*

— Certes, mais pour l'heure, vous êtes à quai. »

Ron ne répondit pas, mais conduisit son hôte au salon. Ils s'assirent autour de la table ovale et l'officier déclara qu'il était prêt à partager avec Ron une bonne bouteille de vin blanc français bien frappé. Un délicieux meursault-genevrières premier cru 1983, du domaine Michelet. Après une première gorgée, l'officier poussa un profond soupir.

« Effectivement, on ne peut que soupirer », dit Ron et il but une nouvelle gorgée. « On ne devrait en fait le boire que dans de grandes occasions.

— Monsieur Edwards, où donc étiez-vous, pendant tout ce temps ?

— Un nouvel interrogatoire, *officer ?*

— Moitié interrogatoire, moitié curiosité personnelle. Savez-vous que nous vous avons cru mort ? Je pensais que vous aviez sombré corps et biens lors de la tempête, avec votre bateau à moteur — sur lequel, au demeurant, on vous a abusé.

— Le bateau était vraiment une escroquerie. Mais jusqu'à Pangaï, ç'a été. C'est là d'ailleurs qu'il s'est éventré sur un récif et a coulé.

— Nous avions, également, demandé à Pangaï — et vous y étiez parfaitement inconnu.

— Je me suis envolé, deux jours après, pour Auckland.

— Et c'est là que vous avez acheté votre splendide yacht ?

— Non. Je l'ai acheté à Tahiti, à Papeete.

— Exact. » L'officier sourit discrètement. « Là, au moins, vous dites la vérité. J'ai regardé le registre des arrivées à la capitainerie du port. Vous venez de Tahiti et êtes revenu à Tonga. Pourquoi ?

— Seulement pour faire le plein. Demain matin, je serai reparti.

— Puis-je savoir le but de votre voyage ?

— Auckland, à nouveau. C'est fâcheux, hein ? Rien qui me rende suspect.

— Comment avez-vous eu l'argent pour vous payer ce yacht ?

— Non mais, dites donc... est-ce que vous avez fouillé mes poches, jadis ? M'avez-vous demandé l'état de mon compte en banque ? Vous vouliez seulement voir mon billet de retour.

— Vous n'aviez vraiment pas l'air d'un millionnaire.

— Et quel air doit avoir un millionnaire ? Existe-t-il une norme ?

— Maintenant, vous avez une autre allure.

— C'est fou ce qu'un beau costume et un beau bateau font comme effet ! Un milliardaire n'a-t-il pas le droit de porter un pull crasseux et un jean taché, ou encore une chemise sale ?

— Vous étiez arrivé à Nukualofa à bord d'un cargo. Avec votre sac de marin, vous ressembliez à un matelot licencié.

— C'est vrai. »

Ron se cala au fond de son siège en souriant. « Les millionnaires ont parfois de ces manies !... Oui, parlons-en des millionnaires. J'en ai connu un qui lors de ses croisières amenait un guépard et lui réservait une double cabine. Le steward devait servir le repas au guépard comme s'il se fût agi d'un passager ordinaire. Et un autre millionnaire, qui vivait à Londres, se faisait livrer, par avion, tous les jours, des fraises du Mexique. Eh bien, moi !... J'avais envie de jouer au marin ; Nukualofa m'a plu et c'est pourquoi j'ai débarqué.

— Et votre long exposé sur la recherche d'un paradis ?

— Ah ! Ça !... A vrai dire, ce rêve m'occupe toujours.

Je continue à chercher un paradis. Mais désormais avec mon propre bateau.

— Ici, dans le royaume de Tonga ?

— Pas vraiment. Je ne suis ici qu'en transit. Y a-t-il ici des îles oubliées ?

— Non. Nous avons recensé chaque terre au milieu de l'océan.

— Dommage. » Ron se frotta les yeux. « Tonga m'aurait peut-être plu. Partout des gens aimables... comme vous, *officer*.

— Je pourrais intercéder en votre faveur, en vue de votre immigration, auprès du prince qui s'en occupe. Si vous investissez ici, Sa Majesté notre roi Taufa'ahau Tupou IV vous recevra sans doute.

— Trop tard », dit Ron en riant à nouveau. « C'est quand même un monde ! Partout où j'arrive, on veut me garder, pour peu que je crache au bassinet ! C'était le cas à Niué. Pour vous dire la vérité : j'ai rencontré une fille. La plus belle fille que j'aie jamais rencontrée. Je désire vivre avec elle.

— Alors c'est elle, le paradis...

— Précisément. Donc, *officer*, aucune chance que je reste à Tongatapu, ou sur une autre île de votre royaume. Demain matin, vous serez débarrassé de moi. »

Ils vidèrent la bouteille. Ron reconduisit l'officier, qui à présent se sentait gai, jusqu'au quai et attendit qu'il soit reparti avec sa Jeep.

Peut-être un jour en viendrai-je à accepter votre proposition, *officer*, se dit-il. Si on découvre Tonu'Ata, je ferai une demande officielle de résident permanent dans le royaume de Tonga, et je ferai un don que le roi Taufa'ahau Tupou IV devra fixer lui-même, à condition toutefois que la baie des Perles noires soit toujours aussi fructueuse et nous permette de remonter des millions du fond de la mer.

Le lendemain matin, dès l'aube, Ron quitta Nukualofa

encore assoupie. Il avait entré dans l'ordinateur du pilote automatique les coordonnées de Telekitonga. Dès qu'il eût atteint la haute mer, et que son yacht eût pris la direction des Ha'apaï, il s'allongea dans une chilienne, sur le pont, sous le tendelet, et se plongea dans un dictionnaire de langue tonganienne qu'il avait aussi acheté chez le marchand d'articles de marine. Il s'en était acheté deux exemplaires d'un coup, et ce fut au moment de payer qu'il réfléchit que Tama'Olu ne savait ni lire ni écrire, et que par conséquent, ce dictionnaire ne lui servirait à rien.

Pendant des heures, cependant que le yacht poursuivait paisiblement sa route, sous contrôle du pilote automatique, Ron apprit des phrases dont le dictionnaire montrait l'importance dans une conversation. Parfois, découragé, il pensait : même le chinois doit être plus facile. Le tonganien est vraiment un spécimen linguistique unique en son genre !

Il posa le dictionnaire près de la table, et descendit à la cabine de pilotage où il brancha le radar. A l'extrémité de l'écran, le radar signalait quelque chose, une île vers laquelle le yacht se dirigeait en ligne droite. Donc, c'était Telekitonga ! Il arrêta le pilote automatique et fit décrire au yacht une large courbe à tribord, pour contourner l'île. Désormais, chaque mille avait de l'importance.

Où donc se situe Tonu'Ata ? Quand donc ce radar va-t-il détecter une nouvelle terre ? Une terre dans l'immensité quasi infinie de l'océan Pacifique... l'île que peu de gens connaissent. Entre autres, Gilbert Descartes, le marchand et encore se garde-t-il bien d'y faire la moindre allusion, par peur de la concurrence.

Il avança ainsi, jusqu'à la nuit tombante, en décrivant un vaste cercle autour de Telekitonga. Par deux fois, son radar avait repéré une terre, mais, d'après la carte marine, il s'agissait des îles de Lalona et de Teleki'Vava'U. Et, encore plus à l'ouest, on trouvait Kelefesia Island et Tonumea Island. Donc, cap à l'est ! Car si tu vas vers l'ouest, tu vas te retrouver au beau milieu d'un archipel, et Tonu'Ata ne s'y trouvera évidemment pas. Oui, mais vers l'est, c'est la mer. La mer sans fin ; selon la carte, rien d'autre que l'eau, rien d'autre que l'immensité à vous couper le souffle du Pacifique. C'est là-bas que doit se situer Tonu'Ata.

Pendant la nuit, comme toutes les nuits, le yacht resta immobile sur la mer. Ron avait jeté l'ancre flottante, les bouées lumineuses de position étaient branchées, babord rouge et tribord verte, et au mât de l'antenne radar, était accrochée une lampe halogène.

Ron ouvrit une boîte de conserve, mangea un émincé de poulet au riz et but une boîte de bière de Tahiti, qui était excellente, car le maître brasseur venait de Weihenstephan, la Mecque des brasseurs allemands ! Puis il rechercha, sur son récepteur à ondes courtes, une station européenne.

Soudain, il entendit une voix qui s'exprimait en allemand, très audible, bien qu'entrelardée de parasites.

« Bonn... », disait le speaker. « De sources bien informées, il semble que le chancelier fédéral, d'ici à environ trois semaines... » Ron éteignit le poste. Le bon vieux pays ! Comme il était loin ! Là-bas, ce qui comptait, pour lui, c'étaient les relations commerciales, les contrats et les soumissions d'offres. Désormais, tout ça ne l'intéressait plus — il était à la recherche de son paradis. Il éteignit la lumière du salon, alla à sa chambre, se déshabilla, prit une douche, et se coucha nu sur le lit rond. A sa gauche, il se vit dans le miroir et se salua.

Si tu étais là, Tama'Olu, je ne ferais pas que m'imaginer ta tendresse, mais je la sentirais, de même que je sentirais ton corps lisse, brun et luisant et les mouvements de tes muscles près de moi. Et, lentement, tu viendrais te glisser à mes côtés.

Je suis près de toi, ma bien-aimée. Même peut-être tout près, nous verrons bien demain. Demain, je continuerai à te chercher. Et tu le sais bien, où que je sois, tu es là. Par la pensée, je t'embrasse, chaque jour, chaque nuit, je te prends dans mes bras, et je suis si heureux que tu existes. Mon ange, demain ou après-demain, nous irons à la rencontre l'un de l'autre et nous nous embrasserons et puis, je te prendrai dans mes bras et te porterai jusqu'à notre case.

Bonne nuit, Tama'Olu.

Je suis près de toi.

Pendant deux jours, Ron parcourut les mers du Sud de long en large sans trouver Tonu'Ata. D'un côté c'était rassurant, car, si lui, muni de l'appareillage le plus sophistiqué, ne découvrait pas l'île, c'était qu'elle se trouvait vraiment à l'abri des visiteurs indésirables. Elle était manifestement très à l'écart des grandes routes maritimes, et, apparemment, personne n'aurait l'idée de se lancer, sans but précis, au milieu des immensités bleues du Pacifique.

Là où était Tonu'Ata, il n'y avait que de l'eau, et aucun navire ne s'éloigne si loin de sa route. Du moins eût-il fallu pour ça qu'il se perdît, et que tous ses appareils tombassent en panne. Et c'était très improbable. D'un autre côté, Ron était de plus en plus nerveux et de moins en moins sûr de lui. Mon Paradis ne peut quand même pas être si éloigné que ça de Telekitonga, se disait-il. Jadis, il n'avait dérivé que cinq jours sur l'océan avant d'être aperçu par le père Patrick et d'être recueilli à bord de son rapide bateau.

Cinq jours et quatre nuits — c'est qu'on peut dériver loin, si l'on est, sans le savoir, porté par un courant.

Le canot pneumatique avait été alors le jouet des vagues débonnaires, il avait plu des trombes d'eau pendant des heures, puis le soleil était revenu, brûlant, et faisant s'évaporer rapidement l'eau de pluie. En l'observant, ce soleil, il se souvenait être allé vers l'ouest. C'était d'ailleurs la seule chose dont il était sûr, quant à la direction qu'il avait suivie.

Le courant... Ron étudia à nouveau la carte topographique détaillée du groupe des Ha'apaï, piqua la pointe de son compas de navigateur au milieu de Telekitonga, et traça trois cercles concentriques, à cent, deux cents et trois cents milles. Il ne pouvait avoir été poussé plus loin, même par un très fort courant. Sur la carte marine étaient portés les cotes bathymétriques, les récifs, les bancs de sable, mais pas les courants. Ils semblaient par trop insignifiants. Et, cependant, il avait dérivé si loin de Tonu'Ata, que désormais, il était incapable de la retrouver. Le jour suivant, comme le surlendemain, Ron erra de long en large dans la partie orientale du cercle qu'il avait tracé autour de Telekitonga. Il pilotait lui-même, maintenant ; le radar, imperturbablement, tournait sur le toit de la cabine de pilotage, et l'écran n'indiquait que l'eau, vaste plage vide. Les chiffres digitaux de la balise Argos changeaient sans cesse, et Ron, au fur et à mesure, rayait sur la carte les portions d'océan qu'il venait d'explorer en vain.

L'après-midi du troisième jour, Ron, stupéfait, regarda l'écran-radar. Sur le bord supérieur de la vitre apparut un trait mince, d'abord difficilement identifiable. Mais bientôt, ce trait devint une ligne très nette. Une terre ! Une terre ! Une terre qui n'est portée sur aucune carte ! Probablement Tonu'Ata !... Ce ne pouvait être qu'elle, son île.

Ron caressa l'image radar de ses deux mains, puis il se rua sur le pont, courut à l'avant, à la nacelle de proue ; il faisait des signes, criant, et se comportant tout à fait comme un naufragé qui vient d'apercevoir un cargo dans le lointain. Puis il disposa ses mains en porte-voix devant sa bouche, et cria : « Tama'Olu ! J'arrive... j'arrive ! »

De nouveau à la barre, il brida les moteurs, se pencha

au-dessus de la carte marine, lut les coordonnées portées sur la balise Argos, et les reporta sur la carte, à l'endroit précis où devait se trouver Tonu'Ata, après quoi, il entra ces données dans le pilote automatique.

Quand il eut remis les moteurs à plein régime, le navire décrivit une large courbe à bâbord et suivit les directives du pilote automatique. Ron remonta en hâte sur le pont, s'adossa à la paroi de l'entrée des coursives, puis scruta l'horizon, armé de sa longue-vue. Ce que le radar avait repéré, il devait pouvoir le voir de ses propres yeux.

Et, de fait, c'était bien elle... dansant dans les brumes du soir... la côte, la petite île au milieu des solitudes océanes ! Les volcans se découpaient, gris, sur le ciel blafard.

Dans une demi-heure, à nouveau, l'horizon s'embraserait au soleil couchant ; la mer scintillerait, d'abord avec des reflets d'or, puis rouges, puis, lentement, prendrait une teinte violet profond. Et les grands nuages seraient en feu. Le firmament entier semblerait alors exploser, dévoré par les flammes. Un jour mourait, et on eût dit qu'avec lui, c'était le monde qui expirait. Demain, à nouveau, nous serons assis devant notre case, sur notre banc, et nous contemplerons les couleurs du soir, comme nous l'avons fait si souvent, Tama'Olu. Tout sera comme avant, et pourtant, autrement. Mon bateau est plein des nouveautés du monde. Je te ferai la surprise, mon ange.

Comme à l'accoutumée, l'obscurité tomba rapidement, après un court crépuscule. L'île, à nouveau, disparut dans la mer, ne laissant d'elle qu'une silhouette mal définie.

Ron stoppa les moteurs, et jeta l'ancre flottante. Il se confectionna un dîner dans la cambuse. Pour ce jour de fête, car la découverte de Tonu'Ata était comme une fête, il s'offrit une boîte de salmis de veau en gelée, fit réchauffer des fonds d'artichaut et de la purée de pommes de terre, et se prépara une coupe d'ananas en tranches.

D'une des caisses, il sortit un château-lascombes rouge, grand cru classé, 1977.

Il n'osait pas, maintenant que la nuit était tombée, rentrer dans le lagon, à travers la passe étroite. Malgré les projecteurs et le sonar, c'était beaucoup trop risqué. Il n'était d'ailleurs pas du tout certain que le yacht puisse jeter l'ancre dans le lagon. La profondeur n'y atteignait quatre mètres qu'au milieu, mais le fond remontait vers la plage et vers le récif jusqu'à deux mètres. Avec un tirant d'eau d'un mètre soixante-dix, il ne lui restait plus qu'une trentaine de centimètres. Arriver à y piloter, ce serait du grand art. De nuit, tout à fait impossible. Ron ne s'en sentait pas capable. Il fêta donc son retour auprès de Tama'Olu tout seul, et déjà un peu ivre, il monta sur le pont, leva son verre en direction de l'île, derrière son voile nocturne.

« Tama, mon ange ! » cria-t-il dans l'obscurité. « Quand le soleil montera dans le ciel, je serai à nouveau près de toi. »

Puis il vida son verre et le lança de toutes ses forces dans la mer.

Bien entendu, il dormit largement après l'aube. Quand enfin il se réveilla, il faisait grand jour. Une lumière brillante enveloppait la mer, et sa tête bourdonnait. Quand il passa sa main dans ses cheveux, ce fut comme si chacun d'eux était électrisé.

Poivrot, se dit-il à lui-même, et il se mit sous la douche ; il y resta jusqu'à ce qu'il fût glacé. Mais il se sentait décontracté, et comme soulagé, il s'essuya et remonta sur le pont pour se sécher, nu, au soleil.

Devant lui, Tonu'Ata se dressait hors des flots. Les roches volcaniques brillaient au soleil, et, sur le rivage, du moins à ce qu'il lui sembla, il crut apercevoir les palmiers courbés par le vent, et le sable blanc qui scintillait, là-bas, sur la grève.

Ron ramena l'ancre flottante, enfila un de ses pantalons

blancs tout neufs, une chemisette bariolée et ses chaussures blanches à semelles antidérapantes. Puis il se vissa la casquette à large visière sur le crâne. Il pilotait le yacht vers l'île, les yeux rivés sur le sonar, dont le cadran bathymétrique indiquait des fonds de moins en moins profonds. Au moment où il aperçut nettement, derrière le lagon, la plage de sable blanc, il se dit : Ça y est, ils doivent me voir, à présent !

Il pilota avec prudence jusqu'à la passe... encore un mètre de tirant d'eau..., encore cinquante centimètres... plus que quarante... Il retint sa respiration au moment où il s'engagea dans la passe étroite du récif corallien. Nom de Dieu, pensa-t-il, nom de Dieu ! Je ne vais pas y arriver ! Il avançait avec à peine trente centimètres sous la coque. Je devrais faire marche arrière et ancrer le yacht le long du récif. Si le vent se lève, alors ce sera très, très périlleux. Que ferai-je alors, mon Dieu !

Ron regarda vers la plage et s'étonna de ce que tout semblait mort. Les pirogues à balancier avaient été halées et l'on ne voyait personne sur le rivage. Le village, sous la palmeraie, était comme déserté par ses habitants. Seuls quelques chiens, comme toujours, furetaient entre les cases, jouaient, ou bien restaient couchés sur le sable, à l'ombre des arbres.

Ce qui, surtout, étonna Ron, c'était que les pêcheurs n'étaient pas partis en mer, et que les frères de Tama'Olu n'étaient pas au lagon, à traquer les gros poissons avec leurs harpons.

N'eussent été les cases, on aurait pu croire que Tonu'Ata était une île déserte.

Quelque chose ne tourne pas rond, réfléchit Ron.

Il regarda en direction de sa case, prit sa longue-vue et scruta le rivage. Sur la partie du sol défrichée, derrière la case, il vit que Tama'Olu avait planté des jeunes pousses sur les petites parcelles ; elle avait également construit un poulailler, un petit carré, délimité par des poteaux de bois, et entouré de grillage métallique. Il vit très bien les quelques poules qui divaguaient et picoraient les graines.

Ron baissa la longue-vue, et sentit la certitude d'un grand danger l'envahir.

Où donc Tama'Olu avait-elle déniché le grillage métallique ? Qui donc avait apporté les poules dans l'île ? A une corde, du linge séchait, un drap, une taie d'oreiller, un grand drap housse, une nappe blanche... Ron posa la longue-vue et saisit la barre avec une telle force que ses muscles saillaient sous sa peau.

Trente centimètres sous la quille ! et maintenant, à nouveau, quarante centimètres, puis cinquante ! Avait-il pu passer le haut-fond sans que la coque du yacht ait été lacérée par les pointes de corail ?

Des draps et du linge de table sur Tonu'Ata... A peine imaginable ! Du grillage et des poules. Qui donc était venu, durant son absence ? Ce gangster de Gilbert Descartes ? Ou bien quelqu'un d'autre ? Tonu'Ata était-elle, désormais, connue du reste du monde ? Le paradis allait-il être, sous peu, topographié et cartographié, ne méritant plus, de la sorte, l'appellation « paradis » ? Une nappe blanche ! Qui avait bien pu réussir à convaincre Tama'Olu qu'elle avait besoin de ça ?

Ron actionna la manette de la corne de brume, et l'abaissa trois fois. Par trois fois, un son insistant de sirène se fit entendre. On devait l'entendre de partout, depuis les champs, depuis les montagnes. Normalement, ils auraient tous dû accourir, les femmes curieuses, les enfants. En principe, quand se produit un événement inhabituel, tout le village accourt sur la plage. Mais là, ni rien ni personne.

Le sonar l'avertissait : un mètre d'eau sous la quille ; cinquante centimètres maintenant. Il était si près de la plage qu'il pouvait voir les yeux des chiens briller au soleil. Mais pas un villageois à l'horizon. Le village semblait abandonné, et c'était fort inquiétant.

Ron ralentit le régime des moteurs, fit lentement reculer le yacht, et dès qu'il eut à nouveau un mètre d'eau sous la quille, il stoppa les machines. Il jeta l'ancre qui se ficha dans le fond de corail, avec un crissement sourd qui lui fit mal aux oreilles.

Une angoisse oppressante l'envahit. Il ne prit même pas le temps de mettre la chaloupe à la mer, mais enjamba le bastingage et se laissa tomber dans l'eau. Il en eut jusqu'à la poitrine. Le pantalon, la chemise et les belles chaussures neuves étaient fichus.

L'entrée en scène glorieuse que Ron s'était imaginée était un fiasco total. Et, au lieu de l'homme élégant, en harmonie avec son yacht, on vit un Ron trempé jusqu'à la poitrine, le visage désespéré, qui pataugeait piteusement jusqu'à la plage.

Les chiens qui l'accueillirent sur le sable n'aboyèrent pas. On eût dit qu'ils le reconnaissaient. Ils le flairaient, remuaient leur maigre queue, et frottaient leur toison brun pâle contre ses jambes mouillées. Et ce fut alors comme des mois auparavant, lorsque Fatahefi Tapana avait annoncé à tout le village que sa fille Tama'Olu irait vivre chez l'homme blanc, parce qu'elle l'aimait. Le chant rythmé et monotone, accompagné par le roulement de deux tambours, s'éleva alors. Simplement la musique ne provenait pas de la clairière, dans la forêt, là où se trouvaient les totems et où le sorcier dansait pour les esprits, mais du village, et comme amorti, comme si une fête avait lieu dans l'une des cases.

Ron haussa les épaules et ferma les yeux un instant. Alors, il eut une vision horrible : dans la vaste case de Tapana, tout le village est réuni ; tous sont assis à terre et chantent ; au milieu d'eux se tient Tama'Olu dans son paréo rouge, disparaissant sous des monceaux de fleurs et tenant la main d'un homme, rayonnante de bonheur. Autour d'eux, il y a des cadeaux ; des corbeilles pleines de fruits, une petite chèvre dont les pattes sont liées, un porcelet dans une cage de bois, des lances, des filets et une grande nasse. Les parents de Tama'Olu, ses trois frères, et sa sœur, son nourrisson d'un mois contre son sein, tous frappent dans leurs mains, subjugués.

Jour de fête au village ! Joie sur Tonu'Ata !

Tama'Olu est devenue la femme de Vaimalo !

On célèbre le mariage. Dans des poêles en terre, on prépare déjà les légumes, on fait rôtir la viande, on cuit les fruits.

Ron rouvrit les yeux, comme s'il sortait d'une espèce de transe, et qu'il reprenait soudain ses esprits.

A larges enjambées, il courut au village, et il lui apparut clairement qu'effectivement, le chant et le son des tambours montaient bel et bien de la case de Tapana.

Son cœur battait douloureusement dans sa poitrine.

« Non », dit-il en se rebiffant, « non, Tama'Olu, tu ne peux pas faire ça ! Je suis revenu, je suis ici, tu m'appartiens, et à moi seul... Mon ange, tu ne peux pas en aimer un autre que moi ! Nous sommes faits l'un pour l'autre, comme jamais encore deux êtres n'avaient appartenu l'un à l'autre ! Tama'Olu, tu ne peux pas épouser un autre homme ! Tama... »

Il se précipita vers la case de Tapana, ouvrit violemment la porte, et, emporté par son élan, il tomba presque à la renverse dans la demi-pénombre de la pièce. Un roulement de tambour sourd l'accueillit, et le chant lui semblait un mur qu'il devait d'abord percer.

Alors voici ce qu'il vit : ce n'était pas Tama'Olu qui se trouvait au centre de l'assemblée des villageois, mais Tapana, allongé sur une natte colorée, le haut du corps dénudé, les yeux fermés. Le sorcier lui enduisait le corps avec un onguent huileux et puant.

Personne ne vit Ron quand il pénétra dans la pièce presque obscure ; à vrai dire, nul ne sembla remarquer sa présence. Tous les villageois, comme hypnotisés, se balançaient de droite à gauche, au rythme des tambours de bois. La plupart d'entre eux avait les yeux fermés.

Seule Tama'Olu regardait Ron avec de grands yeux sombres, comme si elle voyait un revenant. Elle posa sa main sur sa poitrine et lui fit un signe de la tête. Sa longue chevelure tomba sur son visage et le couvrit complètement.

Bienvenue, Ovaku. C'est bien vrai, tu es revenu. Nous n'y avons pas cru, pas même moi. Et je pleure, je pleure de bonheur et je pleure de peur et d'inquiétude. La mort est là, qui rôde au milieu de nous et attend son heure...

Ron se fraya un chemin parmi le cercle des villageois. Comme ils étaient serrés les uns contre les autres et qu'ils ne s'écartaient pas, hypnotisés par les tambours, il les enjamba sans vergogne ; il s'approcha de Tapana, qui gisait là sans connaissance et s'agenouilla près de lui.

Le sorcier s'interrompit dans sa tâche, cessa d'oindre le corps de Tapana et regarda Ron avec des yeux méchants. Sa parure frontale de plumes avait glissé de côté et la sueur ruisselait sur son visage maigre et buriné.

« Ovaku », balbutia Tama'Olu, d'une voix presque enfantine, totalement inhabituelle, « enfin tu es de retour. Regarde, notre père agonise !

— Mon ange, je suis si heureux que tu m'aies attendu ! Quand j'ai entendu le roulement de tambour et le chant... j'ai pensé à des choses affreuses... !

— Il meurt », dit Tama dans un sanglot.

Elle semblait ne pas avoir entendu les paroles de Ron.

Celui-ci secoua la tête et se pencha vers Tapana. Il posa sa main sur le front du malade et fut effrayé ; la fièvre était forte ; on avait l'impression qu'un feu couvait sous ce front. Ron souleva les paupières de Tapana, et vit la fièvre briller dans ses yeux, qui, au demeurant n'étaient pas révulsés. Le sorcier, très en colère, dit une parole acerbe, et continua à enduire le corps de Tapana.

Ron arrêta sa main, et, une nouvelle fois, le sorcier

manifesta sa colère. Il tenta d'écarter la main de Ron, mais en vain. Ce fut seulement lorsqu'il se fut reculé de trois pas que Ron le lâcha. Avec prudence, celui-ci tâta l'abdomen du chef. Le ventre était à peine gonflé, mais dur comme de la pierre. Quand il exerça une légère pression sur le ventre, le malade se tordit de douleur. La douleur était telle qu'il ouvrit la bouche et poussa un fort gémissement. C'est une appendicite, sans aucun doute, se dit Ron, paniqué. Une péritonite ; ceci expliquerait le ventre ballonné et dur. Tapana doit être opéré sur-le-champ ! Sur-le-champ...

Opéré ? Mais où, et avec quoi ? Soudain Ron se rendit compte, avec une lucidité douloureuse, qu'il n'y a de paradis que pour les gens bien portants. Une pneumonie, un calcul rénal, un infarctus du myocarde, ou comme maintenant une appendicite... ça équivaut à une sentence de mort, même au paradis !

Dès que le corps n'est plus en état de se défendre, l'homme est perdu ; et ce ne seraient pas les pommades du sorcier qui changeraient quoi que ce soit : on ne soigne pas une péritonite avec des cataplasmes d'herbes pilées.

« Depuis combien de temps est-il dans cet état ? » demanda Ron, tout en repoussant le sorcier qui se penchait une fois de plus au-dessus de Tapana.

« Depuis trois jours, Ovaku », dit Tama'Olu à voix basse.

Les tambours se turent, de même que ce chant monotone qui hypnotisait. Ron regarda le visage tourmenté de Tapana. Trois jours, déjà ? Dans quel état devait se trouver la cavité abdominale de Tapana ; en effet, le pus avait dû y couler, et provoqué une péritonite ! Et Tapana qui supportait une douleur aussi abominable sans un cri, sans un soupir ni même un tressaillement !

Le paradis... un homme meurt d'une appendicite parce que personne ne connaît cette île. Parce que le médecin le plus proche d'ici est à des centaines de milles, et qu'il n'y a aucune possibilité de l'appeler. L'appeler ? Mais évidemment qu'on pouvait l'appeler, avec l'espoir d'être entendu !

Le bateau... le radio-émetteur du bord... ondes courtes ou satellite. Voilà qui pourrait être le salut ! Ce serait le salut, si du moins Tapana tenait le coup !

Ron se leva d'un bond, encore une fois, dut bousculer les villageois prostrés et se précipita vers la porte. Tama'Olu, silencieuse, le regardait. Elle tressaillit en entendant sa voix, depuis l'entrée de la case.

« Il faut qu'il arrête de lui mettre la pommade, Tama ; dis-lui, à ton sorcier. Il ne doit plus, en aucun cas, toucher l'abdomen, et surtout pas le presser. S'il le fait, alors ton père mourra, à coup sûr. Je vais essayer de trouver de l'aide !

— De l'aide ? et comment ? lui demanda-t-elle.

— Grâce à l'émetteur-radio.

— C'est quoi, un émetteur-radio ? »

Ron, en pareil moment, se dispensa de fournir une explication quelconque. Il se hâta en traversant le village, descendit jusqu'à la plage, pataugea jusqu'à son yacht, et s'y hissa au moyen de l'échelle de corde.

Il mit l'émetteur en marche, d'une main tremblante. Il rechercha sur le tableau « Pacifique-Sud » un correspondant dont les fréquences étaient enregistrées : par chance, il s'en trouvait trois possibles, à Pangaï : la police, l'aéroport et l'hôpital. Et derrière l'indication du canal-radio, on avait même fait figurer un numéro de téléphone.

Il éteignit donc la radio, et brancha le téléphone à distance. C'était plus simple. Grâce à la technologie moderne, on peut, en effet, désormais téléphoner sans fil. En cet instant précis, Ron pardonnait bien des destructions au progrès. Même la technique la plus sophistiquée pouvait être une bénédiction. Il composa le numéro et attendit avec impatience. Mais pourquoi est-ce que personne ne décroche ? A quoi peut bien leur servir leur téléphone si personne ne s'en occupe ? De la fumisterie, oui ! Ils sont sans doute à table et bouffent leur petit déjeuner en bavassant ! Air connu ! Mais soudain, il sursauta quand il entendit une voix grave qui disait :

« Ici l'Hôpital Roi Taufa'ahau-Tupou ? »

Ron respira deux fois profondément, saisit fermement l'écouteur et cria, comme si son appel eût dû franchir les centaines de milles qui le séparaient de Pangaï :

« Un toubib ! J'ai besoin d'un toubib ! Tout de suite !... »

11

L'HOMME, au standard de l'hôpital, semblait parfaitement accoutumé à ce genre d'appels et ne se départit pas de son flegme. Poliment, mais fermement, il répondit :

« Si vous avez besoin d'un médecin, regardez la liste dans l'annuaire. Nous n'enregistrons que des patients qui nous ont été auparavant recommandés par un médecin traitant.

— Je ne suis pas aussi abruti que vous le croyez ! cria Ron. J'ai besoin d'un chirurgien ! Il s'agit vraisemblablement d'une péritonite !

— Ça veut dire quoi " vraisemblablement " ? C'est au médecin de faire le diagnostic. Et puis il faut ensuite que le malade vienne immédiatement ici.

— C'est justement ça qui est impossible. C'est le médecin qui doit venir à nous.

— D'où appelez-vous ?

— D'une île. A quelques centaines de milles. A l'est de Telekitonga.

— Eh bien, ça alors ! » La voix grave devint tout d'un coup plus excitée.

Ron entendit le froissement de pages que l'on compulsait : sans doute l'homme qui cherchait les cartes du district marin, au sud de Pangaï. Enfin, il sembla avoir trouvé.

« A l'est de Telekitonga, il n'y a plus d'île », déclara-t-il enfin, la voix tendue.

« Je sais !

— Alors où êtes-vous ?

— Sur Tonu'Ata.

— Inconnue au bataillon ! » De nouveau Ron entendit l'homme qui manipulait ses cartes. « L'île n'a-t-elle pas un autre nom ? Quelque chose comme Teleki'Vava'U ?

— Non. Tonu' Ata. »

Ron nota la position que son guidage-satellite lui donnait, puis transmit les coordonnées de ce point.

L'homme, au bout du fil, n'y connaissait rien — étant standardiste et pas marin — mais, néanmoins, il releva les chiffres que Ron lui dicta.

« Et maintenant ? » demanda-t-il, troublé par une situation qui le faisait sortir du train-train quotidien.

« C'est à moi de vous demander ça ! C'est une question d'heures ! Un chirurgien doit venir ici. Le malade doit être opéré immédiatement.

— Voilà qui pose un problème, *sir*.

— Je sais. C'est d'ailleurs pourquoi j'appelle.

— C'est à la direction de l'hôpital de décider. Je transmets immédiatement. Puis-je vous rappeler ?

— Oui. » Ron donna le numéro d'appel de son radiotéléphone.

Au bout du fil, à Pangaï, l'homme semblait étonné.

« Vous avez donc le téléphone, sur votre île ? Et par conséquent l'électricité ?

— Je vous appelle depuis mon yacht. Je suis à l'ancre devant Tonu'Ata.

— Tiens donc ! » La voix semblait devenue relativement incrédule. « Je vous rappelle dans moins de dix minutes », dit-elle pourtant.

« J'attends. »

Ron n'attendit pas sept minutes que déjà l'appareil grésillait. Il porta l'écouteur à son oreille, et vit comme sa main tremblait. Du côté de Pangaï, une autre voix que celle du standardiste, une voix claire et énergique.

« Ici le Dr Rudeck. Quel est votre problème ?

— Mon Dieu ! Mais j'ai déjà tout raconté ! Il s'agit d'une péritonite...

— C'est vous, le malade ?

— Pourrais-je, dans ce cas, vous parler comme je le fais maintenant ?

— Il y a des malades sur le point de mourir et qui regardent encore une fois des séries américaines à la télévision ! » Le Dr Rudeck semblait lire des renseignements portés sur une fiche : « Oui, donc vous êtes devant une île, qui, officiellement n'existe pas. Vos coordonnées sont-elles exactes ?

— Demandez donc à ma balise Argos ! Pour l'amour de Dieu ! On parle, on parle et pendant ce temps le malade agonise, et un sorcier lui enduit le corps d'une bouillie puante ! »

Le Dr Rudeck, soudain, sembla tiquer : non pas à propos de la péritonite, mais à cause de l'activité de ce sorcier.

« Quoi ? Que dites-vous ? cria-t-il. Une ordure de cet acabit farfouille dans les parages du patient ? Et sans doute a-t-il massé l'appendice ! Et maintenant, nous avons une de ces saloperies d'épanchements purulents et d'agglutinations. Nous disposons d'un hélicoptère. Je pourrai, si du moins vos coordonnées sont exactes, être près de vous dans trois ou quatre heures.

« Elles sont exactes. Croyez-moi, docteur. Vous volerez seul ?

— Non j'aurai un pilote avec moi. Il a un diplôme d'infirmier et déjà pas mal d'interventions à son actif ! Nous pouvons partir dans une demi-heure.

— Je vous en prie, docteur, faites vite !

— Et qui paiera tout ça ? le vol, l'opération, les médicaments...

— Moi ! » hurla Ron dans le combiné. Il tremblait d'exaspération et de colère. « Est-ce si important, en ce moment précis ?

— Toujours. C'est toujours la question du prix qui est le nerf de la guerre ! Le vol à lui seul...

— Avez-vous déjà entendu le mot “ humanité ” ? glapit Ron.

— Oui, assez souvent. Même l'humanité coûte cher et ne saurait se pratiquer gratuitement. Donc, nous serons là dans trois bonnes heures ! »

Le Dr Rudeck raccrocha avant que Ron ne puisse à nouveau lui crier dessus.

« Celle-là, c'est la meilleure ! » dit le docteur à l'homme qui était à côté de lui. C'était un métis, de père blanc et de mère polynésienne. « Un sale porc de rupin capitaliste ! Il est là bien gras, vautré sur son yacht, imbu de sa petite personne ; et il se figure que le monde entier va tomber en pâmoison devant ses millions ! Bon ! Eh bien, je vais faire la connaissance de ce lascar, et m'en vais le remettre vertement à sa place ! »

A peine vingt minutes plus tard, l'hélico s'éleva dans le ciel bleu et sans nuages. Le pilote regardait, l'air préoccupé, la carte qui se trouvait devant lui, rangée dans son cadre de cuir.

« Docteur ! Il n'y a rien, là ! » dit-il en secouant la tête. « Les coordonnées sont sûrement fausses. Nous allons voler au-dessus du Pacifique. Il n'y a que de l'eau, là-bas.

— Attendons donc pour nous prononcer. De toute façon, je raffole des surprises. »

Le Dr Rudeck se sangla correctement et regarda le groupe d'îles que l'hélicoptère survolait à présent. De petites îles inhabitées. Des points verts entourés d'un liseré blanc, en plein cœur de l'océan bleu. Des plages de rêve... mais, à vrai dire, qui viendrait rêver ici, dans cette solitude ? Sans eau potable, sans lumière, seul sous ces palmiers courbés par le vent. Seul un fou pourrait vivre ainsi.

N'importe comment, nous allons arriver trop tard, pensa-t-il. Dans le cas d'une péritonite restée si longtemps sans soins et, de surcroît, aggravée par un sorcier, une intervention médicale n'aura plus aucun effet. Mais c'est l'île qui m'intéresse, cette île qui n'est portée sur aucune carte...

Tapana était toujours étendu sur le sol quand Ron revint à la case royale. Le malade n'avait pas bougé ; seule sa respiration se faisait plus haletante et saccadée. Les effroyables douleurs qu'il devait ressentir, il ne les laissait pas deviner, et c'était seulement aux tressaillements dont son corps était agité que l'on pouvait prendre la mesure du supplice qu'il endurait. Cette fois, tous les villageois se tournèrent vers Ron. On se poussa de côté pour lui ménager un passage à travers le cercle de la foule. Le silence se fit. Plus de tambours ni de chants, qui avaient provoqué cette espèce de transe collective. Le sorcier lui-même restait accroupi près de Tapana, sans rien faire et en regardant Ron avec des yeux pleins de rage. Tama'Olu lui avait enjoint de ne plus frotter le corps de son père, comme Ron le lui avait ordonné.

Ce dernier, dégoulinant d'eau de mer, s'agenouilla à nouveau près de Tapana ; il lui souleva une nouvelle fois les paupières. Le regard fixe et brillant de fièvre de Tapana l'ébranla. Encore trois heures, pensa-t-il. Ou quatre... c'est l'éternité. Dans quatre heures, tout pouvait être fini. Cet arrogant Dr Rudeck viendra trop tard.

« Un médecin va venir », dit-il d'une voix basse et accablée à Tama'Olu qui le regardait muette et suppliante. « En hélicoptère. Il est déjà en route.

— C'est quoi, un hélicoptère, Ovaku ?

— Tu vas le voir. Un petit avion qui ressemble à un insecte géant.

— Et que va faire le sorcier blanc ?

— Il va opérer ton père. Ah, oui ! opérer, en quoi cela consiste-t-il ? Il va ouvrir le ventre de Tapana et en extraire le mal. »

Tama'Olu le dévisagea avec horreur, mit ses mains sur son visage et se remit à pleurer.

Trois heures, c'est réellement l'éternité quand on a devant soi un moribond, et qu'on attend, ne pouvant rien faire pour lui. Trois heures passées à espérer qu'on pourra, malgré tout, sauver encore quelque chose. Trois heures dont on ne voit pas la fin.

Et soudain, il fut là... Le vrombissement si caractéristique dans les airs, d'abord lointain, puis se rapprochant. Ron se leva et courut à la plage.

L'hélicoptère tournoyait maintenant au-dessus de l'île, survolant les champs de lave, puis reprenant de l'altitude. Ron agita les bras en montrant la plage près de sa case, qui était assez large pour atterrir, du moins pour un hélicoptère, qui n'a pas besoin de beaucoup d'espace, puisqu'il atterrit à la verticale.

« C'est incroyable, dit le pilote, voilà une île habitée que nul ne connaît. Nul ne nous croira, quand nous dirons que ça existe encore bel et bien.

— Si. » Le Dr Rudeck fit une grimace. « Le centre des impôts ; aucune île n'est isolée au point de n'avoir pas de numéro de rôle fiscal.

— Et il y a effectivement un yacht dans le lagon. » Le pilote désigna la surface des flots. « Un superbe bateau ! Et le type auquel il appartient doit être un sacré marin. Arriver à passer par le chenal du récif corallien, c'est du grand art.

— Tiens, il est là, en bas, et nous fait signe que nous pouvons nous poser.

— Ce n'est pas un millionnaire ventripotent comme

vous le croyiez, docteur. Ce gars-là m'a l'air en parfaite condition !

— Un fils à papa, et d'un papa riche qui lui a prêté son yacht pour découvrir le monde ; et lui, il a découvert une île inconnue. »

Le Dr Rudeck regarda en bas, vers Ron qui continuait à gesticuler en désignant la plage. Du village accoururent soudain trois hommes bruns, torse nu. Ils étaient armés de lances et se placèrent à côté de l'homme blanc. C'étaient les frères de Tama'Olu.

« On dirait qu'ils veulent nous bouffer ! » commenta le Dr Rudeck, avec un ton sarcastique. « Jack, en plus du matériel pour l'opération, chacun de nous aura un revolver. Les sauvages d'ici n'ont probablement encore jamais vu ouvrir un ventre, et ils pourraient avoir de fâcheuses réactions. »

L'hélicoptère décrivit encore un cercle au-dessus du lagon, descendit, resta un moment immobile au-dessus de la plage, en se dandinant, et enfin se posa.

Le sable fin monta de tous côtés en volutes qui enveloppèrent l'appareil. Ron ne retira ses mains de son visage que quand les pales du rotor eurent ralenti et se furent arrêtées. Derrière lui, les trois frères de Tama, appuyés sur leurs lances, semblaient absolument indifférents au sable qui tournoyait autour d'eux.

Ron courut à l'hélicoptère et l'atteignit juste au moment où le Dr Rudeck ouvrait la porte du cockpit et sautait sur le sable.

« Dr Rudeck », dit-il comme s'il se présentait, au cours d'une garden-party. « C'est vous qui m'avez appelé ?

— Ron Edwards. Dieu merci, vous êtes là ! Le malade vit encore !... encore ! »

Le Dr Rudeck fit un geste en direction du yacht.

« L'un de vos compagnons de voyage ?

— Non. Un indigène. Le chef de cette île — et mon beau-père de surcroît. »

Le Dr Rudeck fit la moue et ouvrit de grands yeux.

« Vous avez épousé une Polynésienne ?

— Une Tongane.

— Pour moi, c'est du pareil au même !

— Est-ce que cela a vraiment de l'importance, dans la situation présente ? »

Entre-temps, le pilote était lui aussi descendu de l'appareil et regardait, soupçonneux, les trois indigènes, grands et musclés.

« Voici Jack Willmore. Pilote et mon assistant. Surtout un excellent anesthésiste. C'est important.

— Êtes-vous chirurgien, docteur ?

— Entre autres. A Pangaï, un toubib doit être capable de tout faire. Ici, ce sont d'autres règles que celles qui ont cours aux États-Unis, où Untel est podologue et Untel chiropracteur. Une spécialisation aussi poussée serait chez nous parfaitement absurde. Nous devons être capables de tout maîtriser, de la constipation rebelle à la résection gastrique, en passant par l'amputation. »

Le Dr Rudeck semblait chercher quelque chose.

« Où se trouve ce patient ? Et, les trois lascars, là... expliquez-leur donc, s'il vous plaît, que je vais devoir ouvrir le ventre de leur chef. Et que s'il meurt, eh bien, ce ne sera pas moi qui l'aurai tué, mais sa péritonite.

— Ils le savent.

— Et ils sont tout de même venus avec leurs lances ?

— Ils ont grandi avec ces armes ; ils s'en servent pour chasser ou pour pêcher ; elles sont toute leur vie. Ils ne s'en séparent jamais. Mais pourquoi donc parlons-nous de ces choses sans importance ? Vous devez opérer, docteur !

— Je sais ce que j'ai à faire. Je n'ai nul besoin de votre avis. » Rudeck avait dit cela sur un ton hautain et agressif. « Jack, va à l'appareil et ramène-moi tout ce dont nous aurons besoin ; tu m'attendras ici. Nous n'aurons peut-être même pas besoin de déballer, si le patient est moribond.

— Vous pourriez me traduire ça, docteur ?

— Si le patient est en train d'agoniser. » Le Dr Rudeck avait prononcé ces mots comme d'autres disent « bonjour ». « Il n'y a pas de miracles médicaux, en tout cas, pas chez nous. Bon, allons-y. »

Ron précéda le Dr Rudeck, et, derrière lui, avançaient, silencieux, les frères de Tama'Olu, leurs lances à la main.

Le Dr Rudeck sentait une démangeaison désagréable lui picorer la nuque ; ses muscles étaient tendus. A quoi me servira mon revolver, que j'ai dans la poche, si mes assaillants m'attaquent par-derrière ? pensa-t-il. Puis il se dit aussi qu'on ne change pas de général au milieu d'une bataille ; on l'avait appelé, en fin de compte, pour qu'il apporte une aide, pas pour le transpercer d'une lance. Seulement, que lui arriverait-il si le chef lui claquait entre les mains ?

Au village, rien ne bougeait. La foule assise en cercle autour de Tapana attendait la venue de ce sorcier blanc, qui, paraît-il, avait plus de pouvoir que Nomuka'ha. Et pourtant Nomuka'ha parlait aux dieux. Récemment, il avait su convaincre un ouragan de poursuivre sa route, après avoir provoqué une énorme tempête et inondé la moitié de l'île. En vérité, se pouvait-il qu'il y ait quelqu'un de plus fort que Nomuka'ha ?

Le Dr Rudeck et Ron entrèrent dans la grande case royale. Toutes les têtes se tournèrent vers eux. Le sorcier, qui était accroupi près du malade, se leva et regarda haineusement son challenger blanc. La sœur de Tama'Olu était agenouillée à côté de celle-ci, à même le sol. Le Dr Rudeck se tenait en retrait du cercle.

« Vous avez déjà un enfant ? » demanda-t-il avec un sourire narquois.

« Non. C'est ma belle-sœur.

— Votre femme, c'est donc cette autre beauté noire ?

— Oui.
— Mes compliments.
— Commencez donc, docteur ! »
Le Dr Rudeck pénétra dans le cercle des villageois, se pencha au-dessus de Tapana et tâta brièvement son abdomen dur et tendu. Il mit ensuite sa main sur le front de Tapana, puis lui prit le pouls.
« 40° de fièvre. Au moins. Pouls très faible. Abdomen dur et très nettement tendu... Votre diagnostic était exact, Ron ! Depuis combien de temps est-ce arrivé ?
— Trois jours.
— Ce sont trois jours de trop. Cet homme aurait dû être opéré sur-le-champ. De plus, j'ai besoin d'une table ! Où y en a-t-il une ? Je ne peux tout de même pas lui ouvrir le ventre à même le sol ! Ah, et puis cette lumière !?
— Dans trois mois, tout sera différent, docteur. Nous avons une petite centrale électrique et une station émettrice. Tout cela est encore entreposé sur le yacht.
— Ah !!? Vous apportez donc les bienfaits de la civilisation sur cette île perdue. Mais les indigènes en seront-ils plus heureux ? Avec l'irruption dans les temps modernes, les gens se font plus exigeants. Et si jamais ils font connaissance avec l'alcool, alors il y aura des scènes de tuerie au paradis — mais, nom de Dieu ! j'ai besoin d'une table !
— Venez chez moi, j'en ai une », dit Ron, furieux. « Et si vous opérez aussi bien que vous êtes beau parleur, alors vous serez passé à côté du prix Nobel de médecine !
— Merci. » Le Dr Rudeck regarda Ron de haut. « Celle-là, vous me la paierez !
— Opérez d'abord.
— Allons dans votre case. »
Ron dit quelques mots en tonganien aux trois fils de Tapana. Il avait peine à bâtir des phrases correctes, mais les trois homme pourtant semblèrent le comprendre. Le sorcier seul protesta, et, dansant autour de Tapana, il

agitait deux noix de coco évidées, dans lesquelles on avait mis des petits cailloux à la manière des maracas.

Le Dr Rudeck secoua la tête :

« Qu'est-ce qu'il veut, ce clown ? » demanda-t-il d'un ton railleur.

« Il dit que si Tapana sort de sa case, les esprits malins vont l'assaillir. Puis il mourra. Il dit aussi qu'il a chassé tous les mauvais esprits de cette maison.

— Et ils le croient tous, je parie ? Mourir... Je verrai bien, en ouvrant son ventre, s'il est en de pareilles dispositions. A propos, vous parlez tonganien ?

— Un peu. Pas vous ?

— Est-ce que j'ai l'air d'être masochiste ? Je ne m'y laisserai pas prendre. C'est une langue totalement folle ! Quiconque vient me voir et désire s'entretenir avec moi doit le faire en anglais. J'applique également cette règle dans mon hôpital. »

Il sortit de la case et, en sortant, il remarqua avec quelles précautions ses trois fils, aidés par trois autres guerriers, soulevaient Tapana, qui soupirait doucement.

Le sorcier poussait de petits cris aigus et caressait l'abdomen de Tapana à l'aide d'un plumeau. Mais plus personne ne s'intéressait à lui.

Le Dr Rudeck fut très étonné en pénétrant dans la case de Ron. Avec le peu de moyens dont elle disposait, Tama'Olu avait rendu la pièce confortable. Tout était propre et bien rangé.

« Je n'ai pas construit cette case moi-même », expliqua Ron brièvement. « Tout ce que vous voyez ici vient du père Emmanuel Richards. Il voulut évangéliser cette île.

— Et ces braves gens l'ont trucidé, pas vrai ?

— Non. Il est mort d'une crise cardiaque.

— Je crois que le climat d'ici n'est pas très sain. » Le Dr Rudeck retomba dans les propos agressifs et les sarcasmes aigres. « Faites attention à vous, Ron. Il pourrait bien vous arriver la même mésaventure. Avec une femme aussi ravissante, il convient d'être prudent. Nous autres, les Blancs, nous ne sommes pas habitués à leurs exigences érotiques. Les peuples primitifs, sur ce point précis, auraient à nous en remontrer... »

Il alla à la table massive, la secoua et acquiesça, satisfait.

« Parfait. Là-dessus, on pourrait opérer une baleine. Et la lumière, nous l'avons apportée avec nous. Des projecteurs à accus avec leurs supports. La seule chose dont j'aie besoin, c'est d'eau chaude ; rien d'autre.

— Ma femme a toujours une bouilloire pleine d'eau sur l'âtre.

— Sur l'âtre ! Comme c'est romantique ! Mais, comme vous le disiez, dans trois mois, il y aura ici une cuisinière électrique. Et clic ! Que la lumière soit ! Venez, Ron, et aidez-moi à décharger. Il y a une masse de matériel à porter. Vous n'en reviendrez pas de voir tout le fourbi que j'ai apporté. »

Ils allèrent à l'hélicoptère, devant lequel attendait Jack Willmore. Du village arrivait un long cortège. Devant, les six hommes qui portaient Tapana, étendu, sur leurs épaules. Puis derrière eux Tama'Olu, sa sœur et sa mère. Les villageois suivaient en silence et même les enfants, pour peu qu'ils sussent marcher. Les mères portaient les tout-petits. Devant Tapana et les six porteurs, on voyait le sorcier danser à même le sable, il agitait ses maracas en noix de coco, battant l'air avec son plumeau. De la sorte, il chassait les mauvais esprits, qui surgissaient de partout.

« Aucune de ces personnes n'entrera avec moi dans votre case, Ron », dit le Dr Rudeck, d'un ton qui n'admettait pas de réplique. « Vous seulement, Jack et votre femme ; et surtout pas les trois lanceurs de javelots : ils me rendraient nerveux ! »

Ils durent faire deux voyages, à trois, jusqu'à l'hélicoptère, avant que tout le matériel ne soit déchargé et porté dans la case. Ron, éberlué et s'excusant intérieurement, vit que le Dr Rudeck avait même apporté un appareil de perfusion avec sa potence, une bonbonne d'oxygène et un masque respiratoire, un électrocardiographe portable, des seaux en plastique ainsi qu'une mallette contenant les flacons de sérum.

Il y avait aussi deux valises solides : dans l'une devaient se trouver les instruments chirurgicaux et, dans l'autre, les médicaments, les seringues, les compresses, les ampoules et un nécessaire à pansements.

Ils durent également charrier les lourdes batteries et les projecteurs. Quand tout fut entreposé dans sa case, Ron dit hors d'haleine :

« Vous faites ça souvent, docteur ? C'est un véritable bloc opératoire de campagne !

— Vous n'imaginez pas jusqu'où je vais, étant très sollicité. L'hélicoptère est toujours prêt à partir.

— Ça me rappelle les " docteurs volants " de l'Outback australien. J'ai beaucoup admiré ces praticiens.

— Le boulot là-bas, je connais ! » Le Dr Rudeck étendit une nappe en caoutchouc sur la table. « J'ai fait mon stage auprès de ces collègues, et j'y suis resté quatre ans. »

Et à nouveau, Ron fit amende honorable. A première vue, un type immonde, un butor, un cynique, pensa-t-il... mais il doit être un toubib remarquable. Quiconque a travaillé dans l'Outback australien ne s'étonne plus de rien.

« Faites entrer le chef ! » dit le Dr Rudeck avec assurance.

Jack Willmore monta les projecteurs en haut de leurs supports, brancha l'électrocardiographe aux accus, qu'on avait placés devant le lit. La bonbonne d'oxygène se trouvait déjà sur la table où Tapana, bientôt, serait couché. Les six porteurs amenèrent Tapana et le couchèrent délicatement sur l'alèse en caoutchouc. Dans l'encadrement de la porte, apparut le sorcier avec son plumeau et ses maracas.

« Dehors ! » hurla le Dr Rudeck. « Si jamais je revois cette face d'œuf, je lui décocherai un direct à la poitrine, et il va entendre grincer ses côtes. Dehors ! Tous dehors ! »

Les hommes quittèrent la case. Tama'Olu, elle, entra et alla caresser le visage en sueur et brûlant de son père.

« Votre femme parle-t-elle anglais ?

— Oui. Assez en tout cas pour vous comprendre. »

Le Dr Rudeck s'adressa à Tama'Olu :

« Ma belle, j'ai besoin d'eau chaude. Une cuvette pleine. Ron aidez-nous, vous aussi. Déballez la mallette aux instruments et disposez-en le contenu sur un linge stérile, sur la table, à ma droite. »

Le Dr Rudeck trempa ses mains dans une cuvette que Jack Willmore avait remplie de solution antiseptique. Tama revint avec un broc rempli d'eau bouillante et la versa dans une bassine. Le Dr Rudeck se savonna les mains et aisselles, se rinça et revint vers la cuvette d'antiseptique.

« Où sont vos gants de caoutchouc ? » demanda Ron.

Il se plaça à côté du Dr Rudeck et, comme lui, se désinfecta les mains en les trempant dans la cuvette. Le médecin le regarda, admiratif.

« Vous y connaissez quelque chose ? demanda-t-il.

— J'ai fait un stage à la Croix-Rouge. Premiers Secours.

— Tiens ! Voyez-vous ça ! C'est déjà quelque chose. Vous n'irez pas très loin avec ça, mais, néanmoins, vous m'assisterez, avec Jack. Jusqu'à présent, j'avais pensé que vous étiez un fils à papa, que vous déambuliez à travers le vaste monde pour faire votre play-boy, que vous vous offriez une femme polynésienne, pendant que vous êtes encore jeune, et qu'enfin, vous aviez une lubie : civiliser cette île.

— Ressemblé-je vraiment à ça, docteur ?

— A vrai dire non. Mais si chacun avait l'air de ce qu'il

est... mon Dieu ! comme ce serait fichtrement simple ! Que font les gens du village, maintenant ?

— Ils sont probablement assis en rond autour de ma case et attendent un miracle.

— On en aurait bien besoin, Ron. »

Il égoutta ses mains, et Jack Willmore lui enfila les gants de caoutchouc. On en donna aussi à Ron. Jack, quant à lui les avait déjà enfilés. Tama'Olu, debout derrière la tête de Tapana, regardait ces préparatifs avec de grands yeux.

« Votre merveilleuse femme n'a pas besoin de gants », dit le Dr Rudeck. Il croisa le regard interrogateur de Ron. « Oui. Elle ne fera qu'évacuer le sang, le pus et des épanchements malodorants. Vous croyez qu'elle s'évanouira, Ron ?

— Je ne pense pas. Ici, personne ne s'évanouit à l'occasion d'une naissance, par exemple.

— Alors, si c'est le cas, vous avez raison. » Le Dr Rudeck alla à la table et contrôla les instruments étalés devant lui et que d'ordinaire, une assistante lui mettait en main. « Vous vous y connaissez, dans ce genre de bidules ?

— Quand vous me réclamerez une pince, je ne vais pas vous tendre une aiguille !

— Essayons. » Le Dr Rudeck tendit sa main droite. « Scalpel », ordonna-t-il d'un ton sec.

Ron lui tendit l'instrument adéquat. Le Dr Rudeck acquiesça et reposa le scalpel sur le linge aseptique.

« Bon. Allons-y, dit-il. Jack, procède à l'anesthésie. Ron, nous ne pouvions pas emporter un appareil d'anesthésie par voie orale ; c'est pourquoi nous pratiquerons une injection. C'est aussi aisément dosable qu'une inhalation. Dans le cas de votre beau-père j'évalue les risques au degré 3, c'est-à-dire que l'on peut s'attendre à des complications. On peut, j'ai dit : on peut ! Outre l'anesthésique, nous allons injecter un décontractant musculaire qui provoquera un relâchement général de la musculature. Cela permettra d'éviter les contractions réflexes de défense. C'est extrêmement important au cours d'une opération. Et que ce soit bien clair pour nous tous : une anesthésie est un fardeau très lourd à assimiler pour l'organisme.

— Pourquoi me racontez-vous tout ça ?

— Pour que vous ne me fassiez pas de reproches, si le chef devient un ex-chef. Il l'est déjà plus qu'à moitié. »

L'anesthésique fit rapidement son effet, le ballonnet d'oxygène se gonflait puis se dégonflait au rythme de la respiration.

Jack Willmore mesura le pouls et contrôla l'électrocardiographe.

C'était une opération de pointe. Et cela sur une île oubliée. C'est fou comme la technique a pu changer la face du monde ! Aidera-t-elle à sauver Tapana ?

Jack fit un signe de tête au Dr Rudeck. Ça signifiait : « Pouls, respiration et rythme cardiaque satisfaisants. On peut y aller... » Les seringues de stabilisant cardiaque étaient à côté de Jack, à portée de main.

« Scalpel, dit le chirurgien, en tendant la main.

Ron lui tendit le couteau chirurgical.

L'opération avait commencé. Une intervention au fond totalement inutile, pensa le Dr Rudeck. Mais il pratiqua néanmoins la première incision. Il fallait bien tenter quelque chose !

A part interroger Charles Bouchet, pas d'autre moyen pour avoir des renseignements sur Ron Edwards. Pandelli était parvenu à cette conclusion après son escapade piteuse en mer.

Cependant, aller voir Bouchet et le traiter comme Degrelle : impossible. Primo, Bouchet était l'un des leaders de la profession, tout le monde le connaissait et il n'avait peur de rien ; deuzio, il n'était pas douteux qu'il prendrait ce prétexte pour éliminer enfin son rival Pandelli.

Liquider Bouchet — Pandelli appelait ça tout bonnement nettoyer le marché — était donc absolument impossible, car alors, la liaison, la seule qui pouvait être fructueuse pour retrouver Edwards, serait perdue.

James Myers, qui avait vendu son yacht à ce type-là, était à rayer de la liste : il n'avait fait la connaissance d'Edwards que la veille de leur transaction.

Piero De Luca eut alors une idée géniale dont il fit immédiatement part à Pandelli.

« Alessandro », dit-il à son patron, « nous savons que Bouchet est un chaud lapin. Quand il voit une jolie fille, sa raison l'abandonne. C'est un pilier de sex-shop ; dans les bastringues, quand il pointe son museau, on joue les grandes orgues, et le gratin du trottoir tremble d'espoir quand il roule lentement sur le boulevard dans sa voiture et se cherche une poulette bien mutine !

— Et alors ? qu'est-ce que ça veux dire ? » demanda Pandelli, déçu.

Il ne voyait pas encore où son fidèle collaborateur voulait en venir.

« Eh bien, c'est tout simple ! On place une poule en chaleur dans le plumard de Bouchet et je te fiche mon billet qu'elle va lui délier la langue ! Je suis prêt à parier tout ce que tu veux.

— Pas mal ! » Pandelli regarda son homme de confiance avec un large sourire. « De temps en temps, même une poule aveugle trouve son grain.

— J'ai toujours eu de bonnes idées ! » De Luca fit semblant d'être vexé. « Et j'ai la poupée qu'il nous faut pour notre plan.

— Et elle ne cancane pas à tort et à travers, au moins ?

— Pas un mot ; sinon sa beauté s'efface. Et elle le sait fort bien.

— Et qui est-ce ?

— Tamoë... une métisse. Peau brun tendre. Silhouette à craquer. Chaude comme un volcan et souple comme une anguille.

— Une de tes productions ?

— Si tu veux.

— Amène-moi ça ici. Je veux d'abord la voir pour lui exposer les risques qu'elle court.

— Quand, Alessandro ?

— Immédiatement, si c'est possible. »

Tamoë était vraiment une beauté. Elle portait un polo de coton qui lui moulait la poitrine comme une seconde peau. Elle était assise devant Pandelli, les jambes croisées l'une sur l'autre, de sorte que sa minijupe laissait entrevoir sa petite culotte. Pandelli enrageait de ne pas avoir dégotté lui-même une femme pareille. Il fallait que ce soit ce bouc maigrichon, ce De Luca à face de fouine qui l'ait dénichée. Et il était là, appuyé au mur, souriant vaguement, attendant qu'on le félicite.

Quant à faire parler Bouchet, il était évident que seule Tamoë le pourrait. On tomba rapidement d'accord sur les conditions du contrat : « Mille francs la nuit et, en cas de succès, une prime de cinq mille balles ! » dit Pandelli d'une voix brusque. « Piero t'expliquera le reste.

— Je suis déjà au courant.

— A la bonne heure ! Des questions ?

— Oui, chef. » Tamoë s'adossa dans son fauteuil, offrant à Pandelli une vue imprenable sur ses dessous. « Je ne connais Bouchet que de vue, mais pas mal de mes copines... enfin, vous m'avez comprise. » Elle fit un geste comme pour chasser une mouche. « Et *quid* d'une prime pour travail de force ?

— Ne dis pas de stupidités ! glapit Pandelli.

— Bouchet pèse un quintal et quand il remue, son poids double. Une bonne vieille loi physique : le carré de la masse par le carré de la vitesse...

— Au nom du ciel ! » L'Italien joignit les mains. « Allez, dégage !

— Et en plus, il sue comme un porc dans un sauna. Mes amies me l'ont dit : une véritable cataracte sort de tous ses pores. Et il gueule des insanités, par-dessus le marché !... si c'est pas du travail de force !

— Qu'est-ce que tu connais à la physique ? demanda Pandelli.

— Patron, j'ai mon bachot !

— Tu l'as eu au bordel ?

— Non. Avant. Cours du soir. Mon père n'avait pas d'argent. D'ailleurs il travaille encore comme cariste aux halles. Il ne pouvait pas me payer le lycée. Il ne me restait plus qu'à tapiner. J'étais une diurne. Le soir, j'allais à l'école, je faisais mes devoirs et je potassais la nuit. Je dormais quatres heures par nuit et c'étaient les michetons qui me tiraient du lit ; mais uniquement les plus rupins, ceux qui avant de partir vous mettent encore un petit billet entre les nichemards, et pas les miteux !

— Une poule bachelière ! » dit Pandelli en secouant la tête, « on aura tout vu !

— Je voulais étudier la psycho et ouvrir un cabinet. Meuble essentiel : le divan. »

Tamoë souriait de si bon cœur que Pandelli, quoique dur à la détente, sentit une chaude sensation monter en lui.

« Mais ce fut un échec. J'avais compris qu'on gagnait plus comme “ dame de compagnie ” qu'avec un divan de psy. C'est pourquoi je suis restée dans ma branche. »

Elle se pencha vers Pandelli et son polo se tendit dangereusement.

— Alors ? Mon curriculum te va ? Et pour ma prime de travail pénible ?

— Deux cents balles la nuit en supplément. » Pandelli soupira. Il avait les plus grandes difficultés à ne pas succomber au charme de Tamoë. « Satisfaite ?

— OK ! Mais seulement avec l'espoir d'autres missions spéciales.

— Bien sûr ! Nous en reparlerons en temps utile. »

Tamoë se leva, rajusta sa minijupe et sortit du bureau de Pandelli. En sortant, elle lança un regard brillant à De Luca. Ce regard voulait dire : « Merci, espèce de rat ! »

« Eh bien ! N'est-ce pas un sacré numéro ? » lança De Luca, quand Tamoë eut refermé la porte. « En sa compagnie, chaque type devient gâteux d'amour. Bouchet lui confiera tout ce que nous voulons savoir.

— Ne te réjouis pas trop vite, Piero. » Pandelli se grattait le bout du nez de son index, l'air soucieux. « Espérons que Bouchet ne nous fera pas un infarctus !... »

Trois jours plus tard Tamoë revint au bureau, resplendissante de beauté et comme toujours habillée de façon aguichante. Pandelli se dit que quand elle marchait dans la rue, il devait se produire des collisions en chaîne, parce que tous les automobilistes ne voyaient plus qu'elle.

« Et alors ? demanda-t-il. Bouchet a parlé ?

— D'abord il a sué et œuvré, comme s'il s'agissait pour lui de faire tomber les murs d'une forteresse ! Il a une sacrée endurance ! Et après, il gisait dans son lit, comme une grosse loche, sirotant son absinthe. “ Fillette ” qu'il me disait, “ quand j' te vois comme ça, sacrée petite bougresse à poil... ça me redémange ! ” Il est ainsi.

— Et à part ça, il n'a rien dit ? » demanda Pandelli avec impatience.

Les prouesses érotiques de Bouchet ne l'intéressaient absolument pas.

« Il voyait cet Edwards pour la première fois. Ce type l'avait appelé à son bureau ; il l'a invité à son hôtel et il lui a posé les perles sous le nez sur la table. Il les avait sorties, à ce qu'il m'a dit, d'un petit sac de nylon, comme si ç'avait été de vulgaires billes de verre. Bouchet en a été très surpris, car aucun spécialiste n'agit de la sorte avec des perles de grande valeur. Puis, après un bon gueuleton, ils ont conclu leur affaire. Bouchet a payé en dollars. Cash. Il a disposé tout l'argent sur la table. Bon et puis voilà. C'est tout. Bouchet voulait encore faire la tournée des boxons, mais le Ricain a refusé.

— Et d'où les tenait-il, ces perles ?

— Ça, Bouchet n'a pas pu le découvrir. Edwards n'a rien dit. Mais il a promis de revenir. Avec d'autres perles noires. Et encore plus que la première fois. »

Pandelli lança à De Luca un regard qui en disait long. Piero, nous sommes en danger, et d'une façon que ni toi ni moi ne pouvons imaginer. Des perles très précieuses vont inonder le marché. Et notre camelote de deuxième choix va nous rester sur les bras. Ça me chiffonne.

Mais où diantre Edwards a-t-il eu ces perles ? Ce ne peut être qu'ici, dans la région. Nulle part ailleurs on ne trouve de bancs d'huîtres ou de coquillages perliers. Et il est hautement improbable qu'Edwards les ait ramenées de la côte arabe. Là-bas, les perles sont devenues rares, et le secteur a été tellement ratissé qu'on n'y trouve pratiquement plus aucune perle. Or Edwards en a des sacs pleins.

« Qu'est-ce qu'il y a ? demanda Tamoë. Pourquoi êtes-vous silencieux ? J'ai commis une bourde ?

— Tu as été fabuleuse ! dit De Luca. Même si ça n'a pas servi à grand-chose. Bouchet ne semble pas en savoir plus long que nous.

— C'est huit mille six cents francs. Pour ce que j'ai subi, c'est vraiment un salaire de misère !

— Et combien Bouchet t'a-t-il donné ? voulut savoir Pandelli.

— Quinze mille francs. Et une de ses perles noires. »

Pandelli tiqua.

« Fais voir, dit-il, autoritaire.
— Compte dessus et bois de l'eau !... la perle m'appartient !
— Je veux te la racheter.
— Combien ?
— Je dois d'abord la voir et faire une estimation. »

Tamoë ouvrit son petit sac à main et en répandit le contenu sur le bureau de Pandelli. Il s'y forma un petit tas de bâtons de rouge à lèvres, de mascara, de fards à paupières, de préservatifs, de mouchoirs et de trousseaux de clés. Au milieu de tout ce fatras se trouvait la perle noire, avec son éclat irisé, cet éclat qui provenait de l'intérieur de la perle.

« Un pareil bijou au milieu des préservatifs ! » dit Pandelli d'un ton railleur.

« C'est bien grâce à eux que je l'ai gagnée. »

Pandelli prit la perle et la porta devant la lumière ; il demeura un moment sans voix. Il n'avait encore jamais tenu une chose pareille entre ses doigts.

« Trois mille, dit-il.
— Dollars ?
— Idiote. Francs !
— Bouchet m'a payée en dollars. Et pour une perle comme ça, il a offert trois mille dollars à Edwards !
— Je n'en crois rien ! Tu crois sans doute que Bouchet t'a payée pour remuer le popotin ?
— J'ai fait plus que cela, si tu veux tout savoir ! Mais enfin, bon, je ne cherche pas la bagarre. Je me contenterai de deux mille ! »

Tamoë tendit la main à Pandelli.

« En outre, j'aimerais aller à Bora Bora pour me détendre. J'en ai bien besoin. Je voudrais m'aérer. »

Il donna son argent à Tamoë et elle repartit du bureau satisfaite. Pandelli regarda encore une fois la perle à la lumière et son regard allait d'elle à De Luca.

« Si Bouchet offre une perle de cette valeur, c'est qu'il

est sûr d'en recevoir d'autres », constata Pandelli, songeur. « Et alors nous aurons Edwards ; nous allons nous agripper à lui comme des teignes. »

L'opération était terminée.

Dans la case, régnait une puanteur de sang, de sanie, de liquides physiologiques. Tama'Olu se tenait derrière son père, en lui tenant la tête et en caressant ses joues ridées. Elle ne pouvait pas encore bien comprendre tout ce à quoi elle venait d'assister. On avait ouvert le ventre de son père, elle avait pu voir une cavité sanguinolente remplie d'un liquide puant que l'autre homme blanc avait vidée avec un aspirateur. La cavité fut ensuite parfaitement nettoyée, mais les intestins étaient totalement agglutinés par le pus et les épanchements. Les yeux grands ouverts, Tama'Olu avait vu le docteur couper dans le ventre quelque chose de sanguinolent, de purulent et d'enflammé et le jeter dans le seau en plastique. Il avait dit : « Ça y est ! On l'a eu ! » et cela d'un air très satisfait. « Maintenant, il faut nettoyer la cavité abdominale, car il est aussi évident qu'il a une péritonite que deux et deux font quatre ! Et si une occlusion se présente, par-dessus le marché... Ron, que pourrait faire le chef d'un anus artificiel ?

— Ne posez pas de questions... sauvez Tapana ! » répondit Ron en serrant les dents.

Il regarda Tama'Olu à plusieurs reprises. Son regard suppliant criait à l'aide, implorant de la force. Et, chaque fois, en voyant ce regard désespéré, il lui faisait un signe de la tête, et disait :

« N'aie pas peur, mon amour, tout va bien. Le docteur est un fabuleux praticien, il va y arriver.

— Ne vendez pas la peau de l'ours, Ron ! » répliqua aussitôt le Dr Rudeck. Le dos courbé au-dessus du patient, il semblait marmonner sur le moyen de décoller l'intestin soudé par les agglutinations. L'aspirateur ne servait plus à rien. Seuls restaient les antibiotiques à forte dose et la pose d'un drain pour que le liquide résiduel puisse s'épancher.

« Tout ça ne m'a pas l'air tout rose !

— Survivra-t-il ?

— Si nous prions avec ferveur et s'il plaît à Dieu de nous entendre, le vieux a une chance.

— Et vous ne pouvez plus rien faire d'autre ?

— J'ai fait tout ce qui était possible. L'appendice perforé a été évacué, la cavité abdominale est propre. Mais il faut encore attendre pour voir ce qu'il va se passer. Normalement, le chef est du ressort de la station de soins intensifs. Mais nous n'en avons pas ici. C'est l'inconvénient d'un paradis oublié : seul Dieu peut nous aider. Tapana aurait une chance, mais à Nukualofa. Ici c'est une autre paire de manches. »

Le Dr Rudeck haussa les épaules, regarda Tama'Olu et vit son regard figé. Ah oui, c'est vrai, elle comprend l'anglais ! pensa-t-il, tout à coup. On n'a pas besoin de lui en dire plus long.

« Belle fille ! » dit-il d'un ton presque paternel, « croyez-moi, j'aurais bien aimé vous dire des choses plus gaies, mais c'eût été vous mentir. »

Il regarda une dernière fois pour s'assurer que tout était en ordre dans la cavité abdominale, puis il posa le drain et commença à recoudre le ventre. Le ballonnet de l'appareil respiratoire avait un rythme régulier ; la courbe qui s'inscrivait sur le moniteur de l'électrocardiographe n'avait rien de préoccupant.

Jack Willmore pratiqua des injections de stabilisant cardiaque et mit en place le goutte-à-goutte de plasma sanguin.

« Le chef a un cœur solide », dit le Dr Rudeck et, le

prenant à l'écart, il dit à Ron : « Un cœur très solide, malheureusement ! »

C'était ce « malheureusement » qui atteignit Ron en pleine poitrine comme un coup de poing.

12

WILLMORE et le Dr Rudeck ôtèrent leurs gants de caoutchouc et les jetèrent dans le seau déjà à demi rempli de tampons et de compresses sanguinolents ; pendant ce temps, Ron et Tama'Olu se tenaient l'un près de l'autre et regardaient le visage sillonné de rides de Tapana, qui dormait toujours. Il avait le corps peinturluré de teinture d'iode et entouré de bandages.

« Dis, Ovaku, il va vivre ? » murmura Tama'Olu, en se blottissant contre l'épaule de Ron.

« Oui », répondit-il d'une voix rauque. « Que serions-nous sans espoir ?

— Mes frères vont le porter à la maison.

— Non ! Il n'en sera rien ! » Le Dr Rudeck, encore en train de se nettoyer les mains, se retourna. « Il n'est pas transportable. Demain, peut-être... et en tout cas les pieds devant, si vous n'obéissez pas à mes ordres !

— Vous avez la sensibilité d'un pachyderme, docteur », dit Ron d'un ton aigre.

« S'il en était vraiment ainsi, je serais vraiment quelqu'un de difficilement supportable. Les pachydermes ont une âme très sensible ; c'est seulement leur peau qui est épaisse ; et c'est peut-être la seule chose dont j'aie hérité d'eux : cette peau dure ! Et on en a bien besoin, dans ce bas monde. La vie se plaît à détruire les âmes tendres. Ron, vous pensez avoir découvert un paradis. Vous ne tarderez pas à constater, avec stupéfaction, à quel point il ressemble à l'enfer. C'est seulement sans la présence des hommes qu'un paradis en est réellement un ! A trois, c'est déjà la bagarre. Imaginez-vous donc la situation suivante : deux hommes et une femme vivent au paradis. Avez-vous une idée de ce qui arrive alors ? Un de ces messieurs tombera subitement malade, aura un accident, ou, tout bonnement, avalera son bulletin de naissance !

— Vous êtes un dangereux cynique, docteur », dit Ron, en se penchant au-dessus de Tapana.

Les paupières du vieil homme battaient, sa bouche s'ouvrait, et un tressaillement parcourait ses membres.

« L'effet de l'anesthésique s'estompe, il revient peu à peu à lui.

— Bon, eh bien, ce n'est déjà pas mal, comme résultat : il se réveille. Je vous l'avais dit : un cœur de taureau ! »

Rudeck s'approcha de la table, regarda brièvement l'opéré, puis contrôla l'électrocardiographe encore branché ; il vit sur l'écran que la courbe du rythme cardiaque de Tapana était résolument normale, quoiqu'un peu faible.

« Combien de temps va-t-il supporter ça ? Attendons.

— Vous êtes vraiment éléphantesque ! »

Le Dr Rudeck s'essuya les mains avec la serviette qu'on venait de lui apporter, et s'en frotta également le visage.

Il était difficile de déterminer l'âge du docteur. Le soleil lui avait tanné la peau, et ses yeux gris-vert pétillaient de vivacité. Il avait une silhouette robuste, sans toutefois avoir l'air d'une montagne de muscles. Il était plus petit que Ron et sa chevelure brun-roux était parsemée de cheveux blancs. Il doit avoir à peu près quarante-cinq ans, pensa Ron, pas beaucoup plus. Et les quelques cheveux blancs ne veulent rien dire. C'était sa bouche, surtout, qui retenait l'attention. Habituellement, il avait de grosses lèvres charnues, mais elles pouvaient tout aussi bien devenir minces comme une lame de couteau, faisant une entaille dans ce visage rond.

« Êtes-vous marié ? demanda Ron.

— En ai-je l'air ? » Le Dr Rudeck fit un large sourire. « Pourquoi me posez-vous cette question ?

— J'aurais bien aimé savoir si vous étiez avec elle aussi brutale que vous l'êtes avec Tama'Olu. Au lieu de lui redonner du courage, vous lui ôtez tout espoir.

— C'est seulement pour la préparer au possible — je devrais dire à l'inévitable. »

Le Dr Rudeck s'assit sur le lit. Ce fut alors que, toute sa tension nerveuse une fois dissipée, l'on vit sa fatigue. Il avait opéré pratiquement livré à lui-même, trois heures durant. Certes Willmore avait surveillé l'anesthésie, la circulation sanguine, posé quelques broches et éliminé le pus et les épanchements, il n'en demeurait pas moins que c'était Rudeck, et lui seul, qui avait pratiqué l'opération. Il sentit son épuisement et s'emporta :

« Maintenant, je boirais bien un cognac ou une bière bien fraîche, dit-il. Mais c'est vrai, vous n'avez que du lait de coco !

— Erreur, docteur. J'ai deux caisses de cognac à bord de mon yacht, ainsi que cinq caisses de bière. De la Pilsener de Nukualofa.

— Pour elle, je traverserais même la forêt vierge ou le désert. »

Jack Willmore se frottait les mains.

« Dites-moi où vous l'avez cachée, sur votre yacht, je la rapporte.

— Un grand réfrigérateur dans la cambuse. Il est rempli de bière. Le cognac se trouve au salon, dans l'étagère de gauche ; vous y trouverez aussi des verres.

— J'y cours comme un marathonien ! »

Willmore rit et s'en alla en courant. Mais il revint aussitôt, et, le bras tendu vers l'extérieur, il déclara :

« Ils nous cernent ! Ils forment un cercle autour de la

case, et ils ont des têtes prêtes à partir illico sur le sentier de la guerre. La plupart des hommes ont une lance à la main ainsi qu'une hache en pierre polie.

— Ils attendent que Tapana soit guéri. »

Ron alla de la table à la porte et regarda au-dehors. Derrière les femmes et les enfants assis, les hommes regardaient en direction de la case. Les frères de Tama'Olu gardaient la porte. Le sorcier, paré de ses plumes et bizarrement fardé, était accroupi sur un banc. Il en descendit, d'un bond de fauve, quand il vit Ron sortir de sa case.

« Fatahefi est en vie ! » dit-il en tonganien. « Rentrez tous au village. »

Personne ne bougeait. Seul le sorcier agitait ses maracas. Le frère préféré de Tama'Olu, Fai'fa, se tourna vers Ron.

« Nous voulons voir Fatahefi ! » dit-il, d'une voix dure et déterminée.

« *Ikai'* » Ron secoua la tête. « Il dort. Tout va bien.

— Il meurt ! » cria le sorcier, depuis son banc. « Fatahefi n'est plus en vie. Les étrangers l'ont tué. Le dieu des Orages est venu le chercher ! Tuez-les ! Tuez-les tous, ces étrangers !

— Viens avec moi, Fai'fa. » Ron lui fit signe d'entrer avec lui dans sa case. « Regarde ton père. Il vit. Tout ira bien, désormais. »

C'était une exagération flagrante : certes, Tapana vivait, mais nul ne pouvait prévoir pour combien de temps encore. Pour Ron, dans l'instant présent, une seule chose importait : que les villageois, devant sa case, lèvent le camp et que Willmore puisse parvenir jusqu'au yacht pour y prendre la bière et le cognac pour le Dr Rudeck.

Si Tapana meurt, nous devrons garder le secret, pensa-t-il au même instant. Et cela ne devra pas être découvert avant que Willmore et le Dr Rudeck se soient envolés en hélicoptère.

Car, à bien y réfléchir, il serait bien possible, après tout, que les frères de Tama'Olu les transpercent de leurs lances... ils savaient qui avait ouvert le ventre de leur père, ce qui l'avait tué. Même Ron ne serait pas en mesure de leur expliquer tout cela. Car, comment peut-on ouvrir le ventre d'un homme sans qu'il meure ?

Fai'fa entra dans la case, alla lentement jusqu'à la table et regarda son père. Le large pansement qui lui ceignait l'abdomen était pour lui quelque chose de neuf. Et ce qui éveilla aussi sa curiosité, ce furent les restes de l'opération, qu'on avait jetés dans le seau. Fai'fa regardait fixement le mélange de sang, de pus et de sanie, et il comprit que les étrangers avaient tout retiré du ventre de son père. Il saisit fermement sa lance, se baissa, prêt à bondir, au moment même où le Dr Rudeck venait vers la table, manifestement tout à fait déterminé à le tuer.

Ron retint son souffle. Ça va devenir un beau sac de nœuds, se dit-il. Et en plus nous sommes totalement désarmés ; toutes les armes sont encore à bord du yacht, dans leurs caisses.

Il se produisit alors un vrai miracle : juste à ce moment, Tapana ouvrit les yeux, et son premier regard fut pour son fils. Il voulut dire quelque chose, mais la voix lui manquait encore. Seul un râle sortit de sa gorge.

« Sors, Fai'fa », dit Tama'Olu d'une voix calme et ferme à la fois. « Il sera bientôt sur pied. Les médecins étrangers et Ovaku l'ont sauvé. »

« Que dit-elle ? » demanda le Dr Rudeck. « Mon Dieu quel sabir !

— Elle explique à Fai'fa que Tapana sera bientôt guéri.

— Sacré nom d'un chien ! » Le Dr Rudeck jeta un bref regard en direction de Fai'fa. « Bon, dans ce cas, il est grand temps de prendre congé, Ron. Je n'ai aucune envie de devenir un martyr des mers du Sud. Comment votre femme peut-elle raconter de telles sottises ?

— Il n'y aucun autre moyen pour obtenir votre bière

et votre cognac. Willmore pourra maintenant aller jusqu'au yacht.

— La bière, j'y renonce.

— Mais moi pas. Moi aussi, j'ai terriblement envie d'une blonde bien fraîche. Vous croyez qu'un ventre ouvert est un spectacle tellement ragoûtant, qu'on ait envie de s'en rincer l'œil ?

— Pour un chirurgien, assurément. » Il n'y avait pas grand-chose à opposer à cette pique de Rudeck. « Vous n'avez qu'à assister à une opération du gros côlon et alors vous verrez ! »

Fai'fa regarda encore une fois son père. Il avait refermé les yeux, mais un sourire s'esquissait sur ses lèvres.

Ce qui retenait Fai'fa à l'intérieur de la case, c'étaient les électrodes de l'électrocardiographe, fixées sur la poitrine de Tapana et qui ressemblaient à de grosses sangsues. Les yeux de Fai'fa parcouraient les nombreux fils qui menaient à une boîte où dansaient des esprits. Et une chose incroyable était attachée à des barres brillantes : une bouteille, mais qui devait être cassée, car elle gouttait sans arrêt. A peine avait-on pu remarquer ces gouttes, qu'aussitôt elles disparaissaient dans un tuyau transparent ; ce tuyau était, d'une assez mystérieuse façon, fiché dans le bras droit de Tapana, de sorte que toutes ces gouttes lui coulaient dans le corps. Fai'fa n'y comprenait rien, pas plus d'ailleurs que Tama'Olu. Mais cela semblait faire du bien à leur père, car, quand il rouvrit les yeux, son regard fut moins vague. Fai'fa lui sourit et sortit rapidement de la case.

Une fois dehors, il lança son javelot en l'air et cria : « *K'o'eku ha'u mei Fatahefi !* » (Je viens de voir Fatahefi !) Puis, comme un cri d'allégresse : « *Malo !* » (Il va bien !)

La réaction fut une explosion de joie générale. Tous, hommes, femmes et enfants, applaudirent, trépignant de bonheur, puis repartirent vers le village. La vie de tous les jours enfin reprit,... pêcher, travailler aux champs ou dans la forêt, ou aux feux... Tapana vivait. Les dieux avaient été généreux envers lui. Seul le sorcier continuait à se trémousser, en poussant des cris perçants. Il frappa du poing la case de Ron en criant : « Il va mourir ! Il va mourir ! »

Mais personne ne s'occupait plus de lui. Les yeux pleins d'une haine meurtrière, le vieux à la peau peinturlurée frappait les murs de la case de Ron, puis il s'enfuit en courant vers la forêt.

« Ne devrions-nous pas repartir ? suggéra le Dr Rudeck.

— Vous ne voulez pas attendre que notre patient soit totalement rétabli ?

— En aucun cas. Je serai heureux d'être de retour à Pangaï, assis à mon bureau, en train d'écrire. J'en ai plein le dos, du paradis ! Quand ce que je considère comme quasiment inéluctable se produira », il regarda Tapana, « je serai content d'être loin. Vous n'aurez qu'à me téléphoner, si du moins vous le pouvez encore ! » Il regarda Tama'Olu, semblant la jauger. « Vous avez une bien belle femme, Ron. Depuis combien de temps êtes-vous mariés ?

— Pas encore mariés. Nous allons le faire d'ici peu, à Telekitonga ou à Papeete.

— Ah ? Vous n'êtes pas encore mariés ? Ron ! Petit veinard ! Ne faites pas cette idiotie, profitez d'elle sans contrainte aucune ! Car de quoi croyez-vous que cette beauté aura l'air, à cinquante ans ? Je connais ça ; j'en ai assez de spécimens du même tonneau à ma consultation ! Votre grand-mère, en comparaison, aura l'air d'une teenager ! Il n'est pas marié ! — Intéressant !

— Combien vous dois-je, docteur ? » demanda Ron d'une voix glaciale.

« Comment ça, ce que vous me devez ?

— Vos honoraires.

— Est-il absolument nécessaire de parler de ça maintenant ? »

Le Dr Rudeck promenait son regard sur Tama'Olu en l'examinant depuis les cheveux jusqu'aux plis de son paréo. Un regard qui déshabillait la jolie jeune femme.

« Oui. Je tiens à tout régler le plus rapidement possible ! Dieu sait ce qui peut encore arriver dans les prochaines heures !

— Là, vous avez raison, Ron. » Le Dr Rudeck ne cessait de regarder Tama'Olu, sans la moindre retenue. « Faisons nos comptes : trois heures de vol aller et retour — en comptant généreusement, car ce sont trois bonnes heures —, ça vous fait six mille dollars, à mille dollars l'heure d'hélicoptère. Un bloc opératoire de campagne en location, tarif : cinq cents dollars. Matériel, comme les seringues, les compresses, le coton, les torchons, l'antiseptique, le sérum pour perfusion, etc., disons trois cents dollars. L'anesthésie — l'argent sera entièrement pour Jack — cinq cents dollars. Et pour mon intervention, qui, vu l'état du malade, était tout sauf de la petite bière, je veux trois mille dollars. Prix d'ami ! Combien croyez-vous que je prendrais pour la même opération à la clinique Mayo, à Rochester ? En tout, ça nous fait dix mille trois cents dollars ; pour vous, de la rigolade !

— Je vais aller au yacht vous chercher l'argent, pendant que vous boirez votre bière. »

Ron était exaspéré par les regards que le docteur adressait à Tama'Olu, et qui n'avaient pour but manifeste que de le mettre hors de lui. Tu as bien de la chance d'avoir opéré Tapana, pensa-t-il. Que ce soit une réussite ou un échec n'a qu'une importance secondaire ! Car tu as bien opéré pour autant que je puisse en juger. Tu aurais été un autre homme, il y a belle lurette que je t'aurais mis mon poing dans la figure. On ne regarde pas ma femme de cette façon !... Non, vraiment pas !

« J'espère que je pourrai encore utiliser ce fric. »

Pendant ce temps, Willmore était descendu au yacht. Il pataugea dans le lagon et grimpa à bord. Il descendit immédiatement dans l'entrepont, trouva la bière au frigo, le cognac au salon, et un sac isotherme dans la cambuse. Il regarda avec étonnement autour de lui. Le bateau était rempli de caisses, de sacs, de cartons, de barils d'essence, de bonbonnes de gaz, de tringles, de rouleaux de corde. De ce superbe yacht, on avait fait un cargo : sur les grandes caisses en carton, on avait noté un descriptif du contenu. Cuisinière quatre feux. Réfrigérateur trois étoiles. Gazinière trois feux. Machine à coudre. Willmore secoua la tête et remonta sur le pont.

Ce Ron, il doit avoir une araignée dans le plafond ! Il ne manque qu'une machine à laver, un séchoir à linge, un four à micro-ondes et une hotte aspirante. Qu'est-ce qu'il peut bien fabriquer avec tout ce fourbi, ici, sur cette île ? Mon Dieu ! Ces millionnaires dépressifs, ils ont de ces idées ! Si seulement je possédais ne fût-ce qu'un dixième de la fortune de Ron, je saurais bien en faire autre chose. Mais peut-être alors n'a-t-on plus besoin de travailler : ce sont les autres qui triment pour nous.

Il sauta dans la chaloupe, tira vers lui le sac isotherme à travers les barreaux du bastingage, et rama en direction de la plage.

Au village, une activité fébrile régnait à nouveau. Les enfants jouaient alentour et les chiens au regard triste aboyèrent après Willmore quand il accosta sur la plage.

Les trois frères de Tama'Olu montaient toujours la garde devant la porte de la case de Ron, leur lance fichée dans le sol, immobiles. On eût dit qu'ils n'étaient pas des êtres vivants, mais les mannequins d'un musée ethnographique. Leurs yeux seuls bougeaient, et leurs regards, pas à proprement parler amènes, ne contribuaient pas à rassurer Willmore.

Il entra dans la case au moment où le Dr Rudeck disait :

« Non mais, regardez-moi ça, Ron ! Le chef est dans une telle forme, qu'on ne croirait jamais qu'il s'était déjà embarqué sur le navire de la grande faucheuse ! Il a digéré l'anesthésie, comme si ç'avait été une simple sieste. Tout autre que lui serait couché là, avec une formidable gueule de bois et parlerait avec une langue lourde comme un camion — si toutefois il pouvait parler ! Et ce gars-là, il parle avec sa fille, comme s'il n'était pas sur le billard, mais dans un hamac. Ah ! ils ont vraiment la peau aussi dure que le cuir !

— Jusqu'à ce que la civilisation les envahisse », lança Ron, l'interrompant. « Elle apportera avec elle des bactéries et des virus, et une affection bénigne les tuera : une simple bronchite sera un verdict de mort. Et puis ils feront connaissance avec l'alcool et se saouleront à mort. J'ai déjà vu ça chez les aborigènes australiens et chez les Indiens d'Amazonie.

— Hourra ! hourra ! La bière est là ! » cria Willmore, depuis la porte. « Ron, mais qu'est-ce que vous trimbalez à votre bord ? Votre yacht ressemble à un entrepôt de livraison. A quoi peut bien vous servir tout ça ?

— Il apporte la civilisation au paradis », dit le Dr Rudeck sarcastique. « Il était en train de gémir sur le crépuscule des peuples primitifs, et lui-même, qu'est-ce qu'il fait ? Il apporte un plein chargement de nouveautés sur cette petite île. »

Il rit à l'adresse de Ron, qui se tenait près de la table, prenant la main encore faible de Tapana.

« Ron avez-vous la moindre idée du nombre de bactéries que vous avez charriées ici, dans vos caisses et dans vos cartons ? Des millions ! Des milliards ! Si je prélevais un peu de poussière, et que je la mettais sous l'objectif d'un microscope électronique, vous n'en reviendriez pas. Mon vieux maître, à Sydney, m'avait dit un jour : " On pourrait injecter de la merde à un patient sous forme intramusculaire, eh bien, il la mettrait de côté ! " Nous avions tous bien rigolé, et nous avions considéré ça comme une mauvaise plaisanterie de notre professeur qui attendait, justement, qu'on en rie. Le seul problème, c'est que les peuples primitifs n'ont pas un système immunitaire aussi puissant que le nôtre. Précisément parce qu'ils vivent dans un environnement intact. Nous, les civilisés, nous avons, au fil des siècles, élaboré une véritable carapace immunitaire. »

Il prit une boîte de bière des mains de Willmore et tira la languette. La mousse commença à sortir par l'orifice et il porta la boîte à sa bouche. Après la première gorgée, il respira profondément et se détendit.

« Ah, qu'est-ce que ça fait du bien ! soupira-t-il. Qu'est-ce que c'est bon ! Par cette chaleur, une blonde bien fraîche, Ron, c'est presque comme un orgasme ! On décerne des prix Nobel pour n'importe quel blabla, et personne n'a encore eu l'idée d'honorer le premier brasseur à titre posthume ! Chacun a sa bière ? Bon, eh bien... aux armes, citoyens ! »

Ils burent une longue gorgée, et, assurément, ce fut un plaisir indescriptible. Willmore émit même un rot contenu.

« Et notre beauté, elle ne boit rien ? » demanda Rudeck de façon provocante. « Ron, vous êtes un bien piètre époux ; quiconque aime sa femme sait lui procurer du plaisir. Jack, ouvre-lui une boîte !

— Non ! » La voix de Ron était devenue coupante.

Willmore laissa aussitôt tomber la boîte de bière.

« Tama'Olu ne doit pas goûter à l'alcool.

— Vous êtes vraiment un beau dégueulasse ! Il a des caisses et des caisses d'alcool à son bord, il va écluser comme un trou, et à sa belle femme il ne donnera que de l'eau de pluie !

Le Dr Rudeck fouilla dans le sac isotherme et en sortit la bouteille de cognac, dévissa le bouchon, et ne s'enquit même pas d'un verre. Comme la boîte de bière, il porta le goulot de la bouteille à sa bouche, et laissa l'alcool descendre en lui.

« Essayez ça, Ron. Trois petits verres pour la jolie femme — et vous allez voir le feu qu'elle aura au cul ! Les Polynésiennes sont réputées pour leur endurance. Vous l'ignoriez ?

— Vous ne pourriez pas parler d'autre chose ? » demanda Ron méchamment.

« Pas quand j'ai une jolie femme devant les yeux. Alors je me fais mon petit cinéma intérieur : un homme, une femme, chabalabala... oui, enfin bon, je vous laisse imaginer la suite ! »

Il riait et buvait maintenant alternativement : il tenait la boîte de bière dans la main gauche, et dans la droite, la bouteille de cognac. Tapana, sur la table, tourna la tête et essaya de regarder le Dr Rudeck. Tama'Olu se pencha au-dessus de lui et baisa son front encore brûlant.

« Ovaku, que font ces hommes ? demanda-t-elle.

— Ils s'insensibilisent.

— Ils ont mal, eux aussi ?

— On peut le dire, oui. Le docteur, en tout cas, a mal à l'âme. Jack, lui, non. Il a simplement soif. » Il se tourna vers le Dr Rudeck : « Enfin, bon Dieu !... vous êtes obligé de beugler de la sorte ? Si vous ne supportez pas l'alcool, buvez donc du lait ou du jus de fruits !

— Dois-je dégueuler ? » Le regard de Rudeck était déjà devenu vitreux. Par cette chaleur, le cognac agit trois fois plus vite sur l'organisme qu'à la normale. Il embrume le cerveau avec une rapidité déconcertante.

« Ron, pourquoi ne buvez-vous pas avec nous ? Sale tartufe ! Il a une incroyable quantité de schnaps, de vin et de bière à son bord et il veut jouer à l'antialcoolique ! » Rudeck dévisagea Ron et fit une grimace. « Je l'aurais parié !

— Et moi donc ! J'avais espéré qu'au moins, vous

auriez quelque égard pour le malade. En tant que toubib, en tout cas, vous devriez...

— Le vieux n'entendra bientôt plus rien du tout. » Rudeck fit un clin d'œil à Tama'Olu et essaya de se relever. Il n'y parvint pas. « A lui aussi, on devrait offrir une bonne rasade, pour que le grand voyage lui soit plus agréable ! A tous les candidats-macchabées, on devrait d'ailleurs proposer un bon petit coup, en souvenir de ce monde pourri ! »

Il eut de nouveau un rire retentissant et se tapa sur les cuisses.

« Ron, imaginez-vous la scène : devant saint Pierre, à la porte du Paradis, une longue théorie d'âmes soûlographes ! La fine équipe au Ciel ! Allez, à la bonne tienne, Terre pourrie !... »

Il but encore une bonne rasade de cognac à même la bouteille, puis la tendit à Willmore. Jack semblait être un raffiné, car il avait sorti un verre du sac isotherme et le remplit de cognac à ras bord. C'était un verre à vin...

Tapana tomba dans un profond sommeil. Épuisement ou bien descente vers le néant ? Ron ne le savait pas. Il s'assit sur un tabouret, à la hauteur de la tête de Tapana, et attendit. Quand la respiration va-t-elle s'arrêter ? Quand le cœur cessera-t-il de battre ? Quand les cellules cérébrales, si fragiles, vont-elles mourir ?

Willmore, pas encore totalement ivre, alla à la table, et, les mains tremblantes, changea le flacon de sérum physiologique. Entre-temps, le Dr Rudeck s'était allongé de tout son long sur le lit de Ron, il entonna une chanson de corps de garde à propos d'on ne sait quel rocker qui bandait, puis s'endormit...

Ses ronflements rauques et sifflants étaient insupportables.

Deux heures s'écoulèrent ainsi et Tapana vivait toujours. Il respirait profondément et calmement, sa peau prenait peu à peu une coloration plus rose.

Il y avait donc encore des miracles ?

Le médecin et Willmore étaient tous deux affalés côte à côte sur le lit de Ron. Jack lui aussi avait sombré. Il n'était donc pas question, comme le voulait le Dr Rudeck, d'un vol de retour.

Ron pensa que c'était bien. De la sorte, le docteur pourrait demain matin encore une fois examiner Tapana avant son départ. Il pourrait aussi laisser à disposition les médicaments dont on pourrait avoir besoin — surtout des antibiotiques, des analgésiques et des flacons de sérum physiologique.

Ron alla à son yacht et en deux voyages apporta tout ce dont ils pourraient avoir besoin : des couvertures et des oreillers, deux matelas, une lampe à propane. Il éteignit les projecteurs pour économiser les batteries et emporta deux bouteilles d'eau minérale. Pour la première fois de sa vie Tama'Olu but de l'eau pétillante. Elle eut un petit rire quand son nez et sa gorge se mirent à la piquer un peu ; elle ne comprenait pas comment l'eau pouvait ainsi être vivante.

« Allonge-toi et dors », conseilla Ron, et il l'embrassa tendrement. Dehors, le soleil tombait, telle une boule de feu. « Ce fut une bien dure journée pour toi ma chérie ! »

Elle secoua la tête et vida son verre en se réjouissant comme une enfant, devant cette eau piquante.

« C'est toi qui dois dormir, Ovaku. Moi, je veillerai Fatahefi.

— C'est moi qui le veillerai. »

S'il meurt, pensa-t-il, eh bien, je ne la réveillerai pas. Quand elle se réveillera tout sera fini et ça lui sera moins pénible que d'assister à l'agonie de son père. Aucun agonisant n'est serein. Seule la mort et sa majesté transfigurent son visage.

« Tantôt toi, tantôt moi... »

Tama'Olu alla vers le matelas qui avait été jeté le long du mur et s'y assit. Jamais encore, elle n'avait couché sur quelque chose de pareil. C'était plus moelleux que sa natte, à même le sol, et il lui semblait qu'elle reposait bien haut, loin au-dessus de la terre.

« Vous dormez là-dessus ? » demanda-t-elle, et elle frappa le matelas, émerveillée de voir sa main rebondir. Un matelas ne peut quand même pas faire danser une main ! Elle s'étendit avec précaution et attendit une nouvelle surprise. Bien qu'elle fût fatiguée, elle luttait contre le sommeil. Il lui manquait le contact avec le sol.

Et Tapana vivait toujours.

Mais Ron non plus ne trouvait pas le sommeil ; les dramatiques moments qui venaient de s'écouler ne se laissaient pas si facilement oublier. Bientôt pourtant, il sentit qu'une irrésistible lourdeur l'envahissait, lui pesait sur les paupières, ankylosait ses muscles et lui faisait voir flou le contour des choses. Il ne résista pas, et ne s'en préoccupa pas. C'était si merveilleux de pouvoir fermer les yeux. Le ronflement de Rudeck devenait de plus en plus faible — jusqu'à n'être plus perceptible.

Il n'entendit pas Tama'Olu se lever, observer son père, et changer elle-même le flacon de sérum physiologique. Elle avait parfaitement observé Willmore et étudié chacun de ses gestes. Sans la moindre difficulté, elle amorça le flacon plein. Ron, la tête sur la table, dormait à poings fermés. Le Dr Rudeck et Willmore ronflaient à fendre des bûches. Cependant, cela ne semblait nullement la gêner. Elle ne voyait que son père toujours vivant.

Ron se réveilla en sursaut, et son premier regard fut pour Tapana. Le chef respirait paisiblement et régulièrement, son visage était détendu et sa bouche entrouverte : un convalescent qui refait ses forces grâce au sommeil.

Willmore était encore sur le lit et dormait comme un bienheureux. Le Dr Rudeck, lui, était déjà levé. Tama'Olu, elle non plus, n'était plus à l'intérieur de la case. Ron se redressa puis s'étira. Soudain, stupéfait, il réalisa que ce qui l'avait réveillé était en fait une sorte de cri. Dans la demi-conscience, en rêve — il n'aurait pu le dire. Il s'apprêtait à croiser les mains derrière la nuque, quand il s'arrêta au beau milieu de ce geste. De nouveau ce cri perçant, et qui n'était pas un rêve. L'appel venait du dehors et il comprit tout à coup que Tama'Olu, en grand danger, l'appelait au secours du fond de sa détresse.

Ron se précipita à grandes enjambées hors de sa case et courut jusqu'à la plage. Dans l'eau peu profonde du lagon, il vit Tama se débattre avec le Dr Rudeck, se ruer sur lui, l'attaquer comme le ferait une chatte.

Elle était nue ; son vêtement était posé sur le sable, comme tous les matins, quand elle nageait dans le lagon, faisait quelques brasses et ressortait de l'eau rafraîchie, juste quand le soleil était sur le point de briller de tous ses feux.

Ce matin-là, elle fut surprise dans son bain, par le Dr Rudeck ; ou bien peut-être l'avait-il suivie, jusque dans l'eau, et maintenant, il essayait d'attirer à lui cette créature si délicate et de la posséder.

« Ovaku ! Au secours ! Au secours ! » cria une nouvelle fois Tama'Olu.

Elle s'était dégagée de l'étreinte de l'homme et fuyait vers le rivage, mais Rudeck fut plus rapide qu'elle. Il la saisit aux épaules et l'attira à lui. Son bras droit était comme une pince, et, de son bras gauche il enserrait la poitrine de Tama'Olu.

« Ovaku, aide-moi ! »

Les yeux plissés, et, en tout état de cause disposé à tuer s'il le fallait, Ron saisit une racine noueuse, l'arrachant d'un palmier renversé sur la grève par le vent, et il courut vers le lagon.

« Rudeck, espèce d'ordure ! Lâche ma femme ! » hurla-t-il.

Le médecin se retourna, plaça Tama'Olu devant lui

comme un bouclier et lui serra la poitrine encore plus fort. Tama, à nouveau, poussa un cri et tenta désespérément de se libérer de cette étreinte d'acier. En vain, car Rudeck l'enserrait maintenant à l'étouffer.

« Restez où vous êtes, Ron ! s'écria le médecin. Ce n'est pas votre femme — vous n'avez par conséquent aucun droit sur elle ! Tapana vit encore ? Oui ? Bon, dans ce cas vous ne verrez pas d'inconvénients à ce que je me dédommage du père avec la fille !

— Tu es encore bourré, immonde porc ! Lâche-la ! Et ensuite, fous le camp de cette île ! Immédiatement ! »

Ron, brandissant sa racine, avança d'environ trois pas dans l'eau du lagon. Tama'Olu était silencieuse, à présent. Ovaku était là, qui allait la libérer. Sa peur se changea en certitude. Certitude que Ron était plus fort que cet homme aux mains dures et à l'haleine fétide.

Mais soudain, elle sentit quelque chose de froid dans son dos. Quelque chose de pointu, qui commençait à lui fouiller la chair.

« Arrête, bouffon ! » dit Rudeck d'une voix dangereusement calme. « Tu t'imagines peut-être que des poupées comme ça sont la chasse gardée des millionnaires ? Erreur, mon tout beau ! Je te dis d'arrêter. » Il leva son revolver et le mit contre l'épaule de Tama. « Si j'appuie, je te jure que je n'extrairai pas la balle, et que je ne recoudrai pas le trou. Retourne à ta case et fiche-nous la paix. Je sais pertinemment que tu n'as pas d'armes : elles sont sur ton yacht, et tu ne peux pas y aller.

— Rudeck, tu commets une lourde faute », grinça Ron, mais il resta où il était.

Le canon du revolver était braqué en direction de sa poitrine, et, à une aussi faible distance, il était sûr que le coup irait droit au but.

« Et quelle faute, Monsieur-je-suis-le-plus-malin ?

— Je te poursuivrai partout où tu iras, quand bien

même fût-ce jusqu'au pôle Sud. Mais je t'aurai, et là, on verra qui est le plus rapide !

— D'abord, je vais m'offrir cette beauté, et ensuite je m'occuperai de toi ! Allez, en avant ! »

Il donna un coup de genou dans les reins de Tama'Olu, la poussant devant lui, et décrivant un détour à distance respectueuse de Ron, retourna vers la plage.

« Jamais tu ne repartiras d'ici », dit Ron avec détermination.

« Tu crois peut-être, crétin, que tes sauvages vont m'en empêcher ? Mon chemin, je vais me le frayer à coups de revolver, pas de problème ! »

Il continua à pousser Tama'Olu hors du lagon, la conduisit sur la plage, toujours derrière elle, son arme dirigée vers Ron.

« Maintenant, qu'on ne nous dérange plus, Ron. Allons, sois raisonnable et reste où tu es. Offre-moi cette petite aventure ! » Comme Ron faisait mine d'avancer, il hurla : « N'avance pas, abruti ! Bon, c'est bien... retourne-toi, comme ça, tu ne verras rien ! »

Ron s'arrêta et lâcha son bâton. Les yeux de Tama'Olu imploraient de l'aide, mais elle ne disait plus un mot. Elle tendit seulement ses bras vers lui au moment où Rudeck, à nouveau, étreignait sa poitrine — A l'aide, Ovaku ! A l'aide !

Chancelant presque, sous l'effet de la colère, les dents serrées, silencieux, et légèrement penché en avant, Ron ne bougeait plus, immobile sur le sable corallien.

Rudeck rengaina son revolver, souleva Tama'Olu et la porta dans ses bras, à reculons, car il se méfiait de Ron, vers la palmeraie, derrière les buissons en fleurs.

Mais là, comme jaillis du sol, se trouvaient les trois frères de Tama'Olu. Ils faisaient bouger leurs javelots dans leurs mains, ces pointes acérées qui avaient déjà tué tant de requins. Plus un bruit sur la plage. On n'entendait plus que le halètement de Rudeck qui se hâtait, portant

Tama'Olu vers la forêt. On eût dit qu'il ne pouvait plus attendre pour la posséder.

« Comme ça c'est parfait ! lança-t-il à Ron. Ça va être coton pour toi de lui faire encore de l'effet, après qu'elle aura goûté à moi ! »

Ce furent ses dernières paroles.

Les trois hommes levèrent leurs javelots, se baissèrent un peu, puis les lancèrent de toutes leurs forces.

Parallèles et en rangs serrés, comme s'il se fût agi d'un numéro artistique, les lances fendirent l'air, et, d'un coup, se fichèrent dans le dos de Rudeck. Il poussa un cri étouffé et lâcha sa proie ; ses bras battaient l'air, et il tomba dans le sable, le visage en avant. Un flot de sang sortit de sa bouche, mais il ne le remarquait déjà plus. Une dernière onde de tressaillement parcourut son corps, puis il fut immobile. Les trois lances, fichées dans son dos, vibraient encore de la violence du choc.

Tama'Olu poussa un cri sauvage, et, à travers la clairière, courut à la case de Ron.

Tranquillement, comme s'ils venaient de harponner un gros poisson, les trois frères allèrent jusqu'au cadavre ; d'un geste, ils arrachèrent leurs lances du corps, et, saluant Ron de la main, ils repartirent dignement vers la forêt.

Tama'Olu était vengée ! Ce qu'ils venaient de faire était naturel et allait de soi. Leur sœur appartenait à Ovaku, et, à part les dieux, il n'y a rien qui surpasse l'honneur.

Ron se garda bien d'aller voir Rudeck. Le médecin était mort, aucun doute là-dessus. On allait l'enterrer sans attendre, car, par cette chaleur, la putréfaction des cadavres était très rapide. Mais qu'adviendrait-il maintenant ? C'était cela, surtout, qui préoccupait Ron, retournant à sa case ; qu'allait-on faire de Jack Willmore ? A coup sûr, dès son retour à Pangaï, il alerterait la police. Alors ils viendraient tous à Tonu'Ata, avec des hélicoptères et des vedettes. Plus d'île inconnue, plus de paradis.

On se lancerait à la poursuite des trois frères de Tama'Olu, comme si c'était des bêtes sauvages, on les trouverait, on les abattrait, car où donc pourraient-ils se cacher sur l'île. Ce serait la fin de Tonu'Ata.

Dans la case, Tama'Olu était blottie sur le matelas, petite chose nue, refermée sur elle-même, ses longs cheveux noirs lui faisant comme un voile de deuil. Tapana, sur sa table, était réveillé et regardait le plafond tressé. Willmore, sur le lit, ronflait à chaque expiration.

Mon gars, pensa Ron en s'approchant du lit, tu es un brave type, tu n'as commis aucune faute. Mais jamais tu ne pourras retourner à Pangaï. Toi seul désormais, à part moi, connais les coordonnées de l'île ; toi seul pourrais guider la police jusqu'ici. C'est précisément là ce qui te lie à jamais à Tonu'Ata, à moi et à Tama'Olu. Tu ne reverras jamais Pangaï...

Il se pencha au-dessus de Willmore et le secoua. Mais comme malgré tout l'homme ne se réveillait pas, il lui vida une bouteille d'eau minérale sur la tête. Willmore ouvrit les yeux en grommelant, regarda autour de lui, mit un certain temps à comprendre où il était, puis enfin, il sourit à Ron.

« Qu'est-ce qu'on s'est mis ! » dit-il d'une voix pâteuse. « Et qu'est-ce que j'ai soif ! Il y a encore de la bière ? » Il voulut se lever, mais aussitôt retomba sur le dos. « On dirait qu'on me tape dessus avec un marteau ! » Puis il parut se souvenir pourquoi il gisait là, et, du bras, montra Tapana. « Comment va-t-il ? De Profundis ?

— Non, il vit. La fièvre est même tombée. Il reprend conscience.

— Qui aurait pu croire ça. Mais comme je dis toujours, le Dr Rudeck est un as du bistouri ! » Il leva la tête et regarda autour de lui. « Tiens, à propos, où donc est-il ?

— Dehors, sur la plage », répondit Ron, tranquillement.

« Et qu'est-ce qu'il dit de son succès ?
— Rien.
— La plage ! Ça c'est une idée ! S'aérer la peau et nager dans le lagon ! »

Willmore s'assit sur le lit et bâilla de bon cœur. Puis son regard tomba sur Tama'Olu, inerte. Il vit instantanément qu'elle était nue, mais, contrairement au Dr Rudeck, cela ne semblait pas l'affrioler.

« Elle est déjà allée nager et s'est rendormie, c'est ça ?
— Oui, car nous nous sommes relayés pour veiller le malade pendant la nuit ; vous étiez couché là comme un gros sac.
— Pardon, Ron. C'est ma faute, je sais. » Il regarda l'appareil de perfusion et se frotta le front. « A combien de flacons en sommes-nous ?
— C'est le quatrième. Tama'Olu les a changés. Elle a dû, également, selon toute vraisemblance, sortir l'aiguille de la veine quand le quatrième flacon a été vide, et quand elle a vu le sang commencer à couler dans le tuyau. Elle vous a parfaitement observé et vous a imité, tout bonnement.
— Un don naturel pour la médecine ! » Willmore posa ses pieds sur le sol, mais voyant que la tête lui tournait, il resta assis sur le rebord du lit. « Oh ! ma tête ! C'est comme si j'avais passé la nuit dans une machine à laver en marche. Mais après un bon bain de mer, je vais me sentir dans une forme ! Croyez-moi !
— Avant que vous n'alliez vous baigner, Jack, j'aimerais que nous parlions. »

Ron s'assit sur le lit, à côté de Willmore. Celui-ci le considéra, étonné.

« Ça m'a l'air bigrement sérieux !
— C'est sérieux, Jack. Le Dr Rudeck est bien dehors, sur la plage, mais il ne nage pas. Il gît, le visage dans le sable, mort. »

Willmore ne réalisa pas immédiatement ce que Ron venait de lui dire, puis il ouvrit tout grand sa bouche :

« Mon Dieu ! » murmura-t-il, très ébranlé. « Il a bu à mort, n'est-ce pas ? Puis il a eu une crise cardiaque en sortant, à cause de la chaleur... »

Il voulut se lever, mais Ron le fit se rasseoir sur le lit.

« On l'a surpris au moment où il s'apprêtait à violer Tama'Olu.

— Ça lui ressemble ! Aviez-vous remarqué comment il dévisageait votre femme ? Et c'est au cours de ce viol qu'il a eu sa crise cardiaque, c'est ça ?

— Non. Ce sont les frères de Tama'Olu qui l'ont tué avec leurs lances. »

A nouveau, Willmore ouvrit tout grand la bouche. Mais cette fois, on lisait de l'effroi dans ses yeux. Il ne put que difficilement ajouter :

« Ces sauvages... ils l'ont assassiné ? Ron, c'est horrible ! Quand je vais annoncer ça à Pangaï...

— Justement, c'est vous-même qui le dites. C'est précisément la raison pour laquelle vous ne pouvez y retourner.

— Qu'est-ce que vous dites ? » Willmore sursauta. Sa gueule de bois avait disparu, comme par enchantement. Sa tête était de nouveau parfaitement claire, et il comprit la situation. « Vous ne pouvez pas faire ça, Ron ! Je n'ai pas touché à votre femme !

— Non, mais une fois à Pangaï, vous alerterez la police.

— J'y suis obligé.

— Et moi, je suis obligé de vous garder dans mon paradis. Vous demeurerez chez nous, comme invité.

— Il n'en est absolument pas question ! Je repars chez moi sur-le-champ !

— Enterrons d'abord le Dr Rudeck. » Ron rappela Willmore qui s'était rué au-dehors. « Jack, ne faites pas l'idiot ! Vous n'arriverez jamais à grimper en hélicoptère ; les trois guerriers montent la garde.

— C'est une privation de liberté ! » cria Willmore, hors de lui.

« Appelez ça comme bon vous semble. Vous resterez ici, sur l'île. Nous allons vous construire une belle case, et, à mon retour de mon prochain voyage à Papeete, je vous rapporterai tout ce dont vous avez besoin. Jusqu'à ce moment-là, vous voudrez bien vous considérer comme mon invité, et vous m'aiderez à tendre le câble pour l'installation électrique.

— Plutôt aider le diable ! Ron, réfléchissez donc rationnellement : si je ne suis pas de retour aujourd'hui à Pangaï, on va se lancer à ma recherche.

— Et où ? Cette île n'existe pas. Personne n'ira chercher si loin de l'archipel, car il n'y a que l'océan. »

Ron, lui aussi, se leva du lit, caressa en sortant les cheveux de Tama'Olu et tint à Willmore la porte ouverte.

« Allons enterrer Rudeck, dit-il. Derrière les buissons, à l'orée de la forêt. J'ai rapporté de Papeete des pelles et des pioches. Mais, Jack, ne vous effrayez pas : en effet, ce brave Rudeck n'est vraiment pas à son avantage !

— Pour le moment, je me sens comme désarmé, et je ne peux que vous obéir, Ron. » Willmore sortit de la case, accompagné de Ron. La chaleur le frappa comme un marteau. « Mais un jour ou l'autre, et je ne sais encore de quelle manière, je vous le ferai payer. Vous recevrez la facture, comptez sur moi ! »

Ils descendirent jusqu'à la plage pour enterrer le Dr Rudeck.

Mais le docteur n'était plus là. Il n'y avait plus qu'une large mare de sang. Au même moment, ils virent trois pirogues, les voiles gonflées, qui naviguaient au-delà du récif, vers le large.

13

WILLMORE ne comprit pas tout de suite ce qu'il vit. Il regarda encore une fois la tache de sang dans le sable et secoua la tête. Un espoir incertain montait en lui.

« Ne vous seriez-vous pas trompé, Ron ? demanda-t-il. Peut-être le Dr Rudeck n'est-il pas mort, mais seulement blessé, et il a cherché à se mettre en sécurité. Nous devrions aller à l'hélicoptère pour voir si par hasard, il ne s'y serait pas caché.

— Willmore, il est mort ! Croyez-moi — trois lances dans le dos, personne ne survivrait à un coup pareil !

— Et où est-il, alors ? Les morts ne partent pas en promenade.

— Il n'est pas parti en promenade, il nage dans le Pacifique. »

Ron montra les trois bateaux, qui à présent dansaient sur les longues vagues de la mer. Willmore mit sa main au-dessus de ses yeux, pour se protéger du soleil, mais il ne comprenait toujours pas ce qui se tramait là-bas.

« Quelle comédie joue-t-on ici, Ron ? » demanda-t-il, de fort mauvaise humeur. « D'abord Rudeck est mort, ensuite il vogue vers le large sur une pirogue. Mais comment ferait-il ça avec trois lances fichées dans son dos ? Et d'où vient la mare de sang dans le sable ?

— Avez-vous une bonne vue, Willmore ? » demanda

Ron. Sa voix tout d'un coup était devenue rauque et incertaine.

« Excellente, même ! Je dois me présenter chaque année chez l'oculiste, pour mon contrôle obligatoire de pilote. Imagineriez-vous un pilote myope, devant les yeux duquel la piste d'atterrissage se déroberait dans un flou artistique ?

— Dans ce cas, regardez bien là-bas, Willmore. Repérez le bateau du milieu. »

Willmore fit signe qu'il avait, effectivement, remarqué. Il voyait la voile, le mât en bois de palme, les balanciers de bois rugueux, et, à bord de cette embarcation, un homme, l'un des frères de Tama'Olu.

« Et alors ? Je vois certes un de ces sauvages, mais pas le Dr Rudeck.

— Et pourtant, il est à bord. Simplement il gît sur le pont. Mort.

— Oui, bon, mais qu'est-ce que tout ça signifie ? Pourquoi... »

Il se tut soudain, comme si on venait de lui appuyer sur la gorge. Il regarda Ron, les yeux remplis d'effroi. Il avait enfin compris. Il sentit le dégoût monter en lui et fut sur le point de vomir.

« C'est... c'est... », bredouilla-t-il d'une voix nouée, « Ron, vous ne pouviez pas empêcher cela ?

— Non. J'étais dans ma case et je voulais vous expliquer ce qu'il était arrivé au Dr Rudeck ; c'est à ce moment-là que ces hommes sont venus et ont emporté le corps.

— Ils vont jeter le mort à la mer, n'est-ce pas ?

— Oui.

— Pitance pour les requins !

— Il voulait violer leur sœur, et, de ce fait, à leurs yeux, ce mort n'est pas digne de reposer dans la terre de leurs pères. Servir de nourriture aux requins, voilà l'ultime châtiment qu'ils peuvent lui infliger.

— Et vous voulez vivre sur une île aussi barbare, Ron ? Et ça, uniquement pour la belle Tama'Olu ?

— Entre autres, oui. »

Ron regarda à nouveau les trois pirogues. Elles décrivaient à présent un cercle au large, et, dans un instant, le corps de Rudeck allait être jeté à l'eau et lacéré par les requins. Il était sûr qu'ils rôdaient à présent autour des pirogues et observaient les hommes. Comme je les hais, ces charognes de bêtes, pensa Ron.

« Le monde est plein de belles femmes. Pourquoi avez-vous envie de vivre justement ici, parmi ces sauvages ? Je vous l'ai déjà dit hier, Ron : les paradis n'existent pas. Et ce que vous appelez paradis — cette île —, c'est l'enfer, en vérité. »

Ron respira profondément. Il vit l'un des guerriers qui, debout sur sa pirogue, hissa le corps par-dessus bord et le laissa tomber à l'eau. La pirogue tanguait dangereusement, mais les balanciers l'empêchaient de chavirer. Il eut l'impression de voir clairement dans l'eau écumante les requins qui accouraient à la curée, déchiquetant le corps et en emportant un morceau dans leur gueule, en repartant vers les abysses. Un frisson glacé lui descendit le long du dos, et il détourna les yeux. Willmore, lui, n'avait rien vu du tout, et il tournait le dos au récif.

« C'est fini ? » demanda-t-il d'un ton sinistre, après quelques instants.

« Oui.

— Venez donc avec moi, Ron. Je vous conduirai à Pangaï et, de là, vous aurez un vol vers Nukualofa. Ensuite, vous pourrez aller où bon vous semblera, pourvu que ce soit loin du souvenir de Tama'Olu. En Nouvelle-Zélande, puis en Australie, puis à Singapour et à Hong Kong. Loin d'ici, en tout cas. Tiens, au fait, Singapour, ça c'est pour vous l'idéal ! On dit qu'il y a là-bas les plus belles filles du monde.

— Je connais Singapour. J'y ai vécu trois mois.

— Si cela ne vous dit rien, alors Hawaii. Ron, vous avez un yacht superbe. Avec lui, vous pourrez aller où vous voudrez, croyez-moi. Il n'arrivera rien à Tama'Olu et je garderai le silence sur tout ce qui est arrivé ici. Je dirai que le Dr Rudeck, appelé en consultation sur l'île de Fonoïfua, a été happé par un requin en nageant, et entraîné dans les profondeurs. On le croira sans peine. Et d'ailleurs, c'est en partie vrai...

— Je reste ! » dit Ron, à la fois calme et déterminé. « Willmore, il y a à mon attitude une foule d'explications que je pourrais vous donner, mais la plus importante, et celle qui me vient d'abord à l'esprit, c'est Tama'Olu. Ce n'est pas une aventure amoureuse, comme j'en ai eu tant d'autres auparavant ; non, je l'aime vraiment et je veux l'épouser.

— Mais je n'ai pas la moindre envie de rester sur cette île de malheur ! Personne ne peut exiger ça de moi !

— Mais si, Jack... moi ! Vous pourriez tout aussi bien me promettre la lune, et ce serait aussi impossible que de retourner à Pangaï sans avertir la police.

— Je vais donc rester toute ma vie, ici ? Comme prisonnier ? » Willmore suffoquait.

« Aussi longtemps que Tama'Olu et moi vivrons.

— C'est du délire ! cria Willmore. Ron, vous êtes complètement cinglé ! Je m'enfuirai à la première occasion !

— Pensez aux requins, Jack.

— En l'air, il n'y en a pas, objecta Willmore.

— Vous ne ferez plus qu'un seul et unique vol avec votre hélicoptère, et, d'ailleurs, nous allons effectuer ce vol sur-le-champ, c'est-à-dire dans une heure. J'ai encore besoin d'aller chercher quelque chose sur mon bateau. Et n'en profitez pas pour vous enfuir ! Votre hélicoptère est gardé par dix hommes. Vous n'avez pas la moindre chance, si ce n'est celle de suivre le Dr Rudeck. »

Ron quitta Willmore, qui tremblait de rage, et descendit à la plage. Il prit l'une des pirogues qui y étaient amarrées, la poussa dans le lagon, et, ramant vigoureusement, il parvint à son yacht.

A l'entrepont, sous son lit, il trouva la caisse d'armes, la tira vers lui, et en tira un revolver de marque Smith & Wesson, trois chargeurs et un petit coffret de munitions. Il avait, désormais, le temps de laisser descendre le petit canot automobile à la mer ; ce canot était équipé d'un moteur hors-bord de cinq chevaux. L'autre canot, le plus grand, qui ressemblait à un tender, il le laissa suspendu au davier. Il en aurait besoin seulement quand il déchargerait la cargaison.

Il repartit en pétaradant vers l'île.

Willmore était resté sur la plage, comme Ron l'avait laissé en partant. Sans un mot, il le regarda venir à lui. Ron montra son revolver à Willmore, puis le remit dans sa poche de pantalon.

« Je voulais simplement aller chercher ça, et vous le montrer. » Et il ajouta : « Pour que vous ne soyez pas tenté de faire une ânerie, Jack, quand nous volerons tout à l'heure. Je présume que vous préférez la vie sur cette île à des funérailles dans l'océan !

— Et si l'occasion se présente, Ron... ce sera votre tour. Nous plongerons tous les deux au beau milieu des requins.

— Vous n'êtes pas suffisamment héroïque pour cela. » Ron hocha la tête et sourit avec indulgence. « Jack, à quoi sert ce bavardage ? Habituez-vous plutôt à votre nouvelle vie. Elle ne sera pas si moche que ça, vous verrez ! »

Sur ce, ils retournèrent à la case de Ron.

Tama'Olu était assise au chevet de son père et épongeait la sueur qui lui coulait sur le visage. Elle leva les yeux quand Ron et Jack entrèrent, puis elle rentra la tête dans les épaules, comme si elle avait peur d'être battue.

« Il vit encore, c'est pourtant vrai », constata Willmore estomaqué. Puis, reprenant sa respiration, il ajouta : « Il doit avoir un cœur incroyablement solide. » Il alla vers le lit et s'y assit, faisant un vaste geste enveloppant du bras. « Et en plus, Ron, vous voilà l'heureux acquéreur d'un équipement complet pour interventions chirurgicales. Il ne vous manque plus que l'appareil d'anesthésie par voie orale, mais tel que je vous connais, vous irez vous en procurer un, et puis vous monterez ici une clinique privée.

— C'est possible, et vous en serez le médecin-chef, Jack.

— Je ne suis qu'infirmier diplômé, mais pour ces sauvages, ça devrait suffire. Il y a beaucoup de malades, ici ?

— A part Tapana, aucun.

— Un job vraiment captivant ! » Willmore se réfugia dans l'humour noir. « Un médecin qui exerce ici ne peut donc pas s'offrir de Cadillac !

— Mais il apprend à construire une maison. Ce sera votre première tâche, Jack. Vous mettre un toit sur la tête, car vous ne pouvez pas habiter chez moi.

— Compris ! » Willmore fit un large sourire. « Je dérange au moment des jeux à deux. Et vu le tempérament de Tama'Olu, toute la case tremble, hein ?

— Jack, vous voulez une baffe ?

— Merci, vraiment sans façon.

— Alors, fermez-la ! Départ dans dix minutes. »

Ron alla auprès de Tapana et se pencha vers lui. Le chef avait les yeux ouverts et souriait vaguement. Quand il aperçut Ron, il tenta même de lui tendre la main droite, mais il était encore trop faible.

« Tu seras bientôt guéri », dit Ron lentement. Il essayait avec peine de trouver ses mots en tonganien, et espérait que Tapana aurait une idée vague de ce qu'il tentait de lui dire, à défaut de le comprendre vraiment. « Dans six semaines, il n'y paraîtra plus, et dans onze semaines, tu pourras à nouveau chasser et pêcher. »

Le tonganien, c'est vraiment une langue impossible, pensa-t-il. Rien que « onze » se dit « *hongofulumatataha or tahatataha* ». Je crois que ce sera plus simple si je leur apprends l'anglais, à tous. Voilà une chose que Jack Willmore pourrait fort bien faire.

Tapana murmura quelque chose que Ron ne comprit pas. Il regarda Tama'Olu qui se trouvait en face de lui, de l'autre côté du chevet de Tapana.

« Il dit », lui traduisit-elle — et sa voix se fit humble — « que tu lui as sauvé la vie.

— Ce n'est pas moi, c'est le Dr Rudeck.

— Tu vas t'envoler ? » Et ses grands yeux noirs devinrent soudain humides. « Tu es fâché ?

— De quoi et pourquoi serais-je fâché, mon ange ?

— A cause de moi, Ovaku. » Elle pencha la tête et souleva ses belles épaules. « Bats-moi, attache-moi à un arbre, afin que tous puissent m'injurier... mais ne me quitte pas !

— Ma chérie, que dis-tu là ?

— Tu dois me punir. Je me suis baignée nue — devant un étranger. Ils l'ont tué, mais c'est moi qui suis coupable.

— Tu ne pouvais pas savoir que le Dr Rudeck se lèverait si tôt et viendrait jusqu'à la plage.

— Non, mais j'étais nue, et il y avait des étrangers. Ovaku, ne pars pas, reste ici !... ou bien j'irai me jeter du haut d'une falaise, dans la mer.

— Je vais seulement aller cacher l'hélicoptère. » Il leva le bras, et par-dessus Tapana, lui caressa le visage. « Comment pourrais-je te quitter, Tama'Olu ?

— Et l'autre étranger ?

— Il restera à Tonu'Ata. Il doit rester ici pour ne pas nous trahir. Il va devoir vivre avec nous.

— Je vais devoir des clopinettes !..., marmonna Willmore, depuis le lit. « Je vais vous rendre cet enfer plus infernal encore. Et cela si longtemps que vous serez bien heureux de pouvoir me dire adieu. Et je vous le répète, je vous rendrai la monnaie de votre pièce, Ron.

— Vous en avez le droit, Jack, dans la mesure où vous nous aiderez à aménager l'île. Dans un mois, au plus tard, vous vous sentirez ici chez vous.

— Jamais ! Jamais !

— Je vous le rappellerai dans quatre semaines. » Ron s'éloigna de la table. « Et maintenant, nous allons faire une petite virée au-dessus de Tonu'Ata et vous trouver un joli parking.

— Pour quoi ? » demanda Willmore, méfiant.

« Pour votre gros bourdon. Une cachette suffisamment sûre pour qu'on ne le voie pas du ciel.

— Ce ne serait pas plus simple de faire sauter l'hélicoptère en vol ou d'y mettre le feu ?

— Non. Je ne veux pas détruire ce dont j'aurai peut-être besoin un jour. Qui sait ce qui risque de nous tomber dessus ? Un hélicoptère, c'est souvent plus important qu'un yacht. Sur l'eau, nous sommes vulnérables, pas dans les airs. Du moins pas ici.

— Donc, vous comptez qu'un jour, votre paradis sera découvert ?

— Il y a des hasards qui peuvent changer la face du monde. Allons-y, Jack, venez. Et à notre retour, nous changerons les bandages de Tapana. N'est-ce pas, Monsieur le médecin-chef de Tonu'Ata !?

— Votre humour est à vomir ! » Willmore se leva du lit de Ron. « Je trouverai bien quelque chose pour vous mettre des bâtons dans les roues ! »

En sortant de la case, ils virent les trois frères de Tama'Olu qui étaient déjà rentrés dans le lagon, et approchaient de l'île. Le regard de Willmore était rempli de dégoût ; il se détourna et serra les poings.

« Allons, vite ! A l'hélicoptère ! » dit-il d'une voix qui se nouait. « Je ne tiens pas vraiment à faire la connaissance de ces lascars. D'abord ils vous tuent et vous offrent comme friandise aux requins. J'ai l'estomac tout retourné, rien que d'y penser. »

Ils coururent à la machine volante — comme on dit en jargon administratif — et en effet, dix guerriers étaient assis là, qui se levèrent à l'approche de Jack et de Ron. Ils brandirent leurs lances, sans un mot, et les pointèrent dans la direction des deux hommes. Willmore resta en arrière.

« Mais ils vont nous attaquer ! » dit-il d'une voix tremblante, et la peur s'empara de lui.

« Évidemment. Je vous l'ai bien dit, vous n'arriverez jamais à bord de l'hélicoptère ! Bon, allons-y, grimpons.

— D'abord, il faudrait que nous parvenions à la porte, sans finir comme le Dr Rudeck.

— Il ne vous arrivera rien en ma présence. » Ron fit un pas en avant et dit aux guerriers, en tonganien, quand il fut à portée de leurs lances : « Rangez-vous à droite ! » « *Afe to'omaat'u.* »

Les guerriers hésitaient, et regardaient Willmore avec hostilité. Mais comme Ron leur fit un signe énergique, ils se rangèrent à droite de l'hélicoptère. Ils maintinrent toutefois leurs lances pointées. Willmore hésitait encore à aller à l'hélicoptère et attendit que Ron ait ouvert la porte en verre du cockpit.

« Je ne suis pas absolument sûr que ces types ne vont pas m'embrocher de dos, dit-il.

— Ne faites donc pas votre poule mouillée, Jack. Allez, venez. »

Willmore hocha la tête. Avec, dans la nuque, une impression très désagréable, il grimpa sur le siège du pilote, et ne se sentit libéré de sa tension nerveuse qu'après qu'il eut rabattu la porte latérale de l'appareil et qu'il l'eut verrouillée.

Ron était assis près de lui, sur le siège du copilote, et avait les jambes repliées et coincées contre le tableau de bord. Il tenait le revolver au creux de ses cuisses. Willmore fit une moue et hocha la tête.

« De quoi donc me croyez-vous capable, Ron ?

— De tout. » Telle fut la réponse, plutôt laconique, de Ron. « Et ne vous avisez pas de voler dans la mauvaise direction. Le Smith & Wesson est armé et prêt pour le tir. Et, nom de Dieu ! je vous le répète, je m'en servirai au besoin. Sachez-le.

— Dans ce cas, nous nous écraserons tous les deux. Car, presque au sens propre, nous sommes embarqués dans la même galère. Vous avez donc tout à perdre.

— En effet. Et, comme tous les deux nous adorons la vie, cessons de proférer des âneries, qui de toute façon ne nous mènent à rien, et envolons-nous. Montons à environ trente mètres et enfonçons-nous vers l'intérieur de l'île. Ça m'intéresse également, car, de la sorte, je connaîtrai Tonu'Ata en totalité.

— Si vous voulez. Je peux nous faire faire une petite excursion, Ron. Comment se fait-il que vous ne connaissiez pas encore toute l'île alors que vous y êtes déjà depuis un certain temps ?

— Jusqu'à présent, je n'ai pas eu l'occasion de la parcourir à pied. »

Ron se cala dans son siège. Les moteurs commencèrent à fonctionner, les pales se mirent à tournoyer, d'abord lentement, puis très rapidement, jusqu'à n'être plus qu'un cercle tourbillonnant au-dessus de leurs têtes.

Les guerriers reculèrent, repoussés en arrière par le violent courant d'air.

« Et c'est parti ! » cria Willmore, à travers le vacarme des moteurs. Il manipula quelques manettes, l'hélicoptère s'éleva du sol à la verticale et monta dans le ciel pur, jusqu'à la cime des plus hauts palmiers. « Dois-je longer la côte ?

— Oui ! » cria Ron en guise de réponse. « Et ensuite vous survolerez l'île. »

L'hélicoptère passa au-dessus de la lagune, décrivit une trajectoire courbe, puis se mit à longer la côte.

Tama'Olu était sortie sur le pas de sa porte et regardait vers le ciel. Ron lui adressa quelques signes, auxquels elle ne répondit pas, cependant. Elle n'était pas sûre, à vrai dire, qu'Ovaku reviendrait vraiment auprès d'elle, et elle se demandait si ces signes de la main n'étaient pas des signes d'adieu.

L'île était plus vaste que Ron ne l'avait imaginé. Maintenant, depuis les airs il pouvait observer des palmeraies, une jungle épaisse, çà et là des rochers volcaniques et des vallons que la végétation avait rendus impénétrables. Derrière le village, il discerna les parcelles cultivées, et, par endroits, des chèvres sauvages, qui les observaient d'en bas, puis s'enfuyaient bien vite derrière les bosquets. Ils survolèrent la baie des Perles noires, et les rochers, contre lesquels venaient s'écraser les vagues. Du doigt, Willmore montra la ligne de marquage, les noix de coco évidées, qui flottaient sur l'eau, sans bien comprendre de quoi il pouvait bien s'agir.

« Ils ont probablement tendu des filets ou posé des nasses au fond de l'eau », cria-t-il à Ron. « Vous avez déjà vu ça ?

— Non. On ne peut accéder à cette baie sans une embarcation solide.

— Avec votre yacht...

— Je ne l'ai que depuis quelques jours. Quand je suis revenu ici, j'ai trouvé Tapana à l'article de la mort, et j'ai tout de suite téléphoné à Pangaï. »

Willmore hocha la tête, en guise d'acquiescement, et continua de longer la côte. Des plages oubliées de sable blanc alternaient avec d'abruptes falaises, et, à un endroit, on voyait même la houppe des palmiers que le vent avait courbés venir caresser la surface du lagon. Le récif corallien formait vraiment un vaste anneau entourant l'île. Seule la passe étroite, devant le village, permettait l'accès à Tonu'Ata. Forteresse voulue par la nature, et quasiment inexpugnable depuis la mer.

Après leur vol de reconnaissance, comme ils survolaient à nouveau le village, Ron indiqua le centre de l'île.

« Cherchons maintenant un joli petit parking, Jack », hurla-t-il à travers le rugissement des moteurs. « Stoppez là-bas, là où vous apercevez ces orgues basaltiques isolées.

— A vos ordres, *sir !* »

Willmore souriait jaune. Il fit changer son hélicoptère de cap en décrivant une courbe très serrée et se dirigea vers le centre luxuriant de Tonu'Ata. Il demeura un moment à la verticale des orgues basaltiques et considéra le sol, sous l'appareil.

« Et vous appelez ça un joli petit parking, Ron ?

— Pouvez-vous vous poser ici, Jack ?

— Oui, à condition qu'il y ait une petite plate-forme bien plane et parfaitement dégagée.

— Alors, allons-y, atterrissons ici.

— Et comment regagnerons-nous le village ?

— A pied, mon cher. Nous nous fraierons un chemin, comme il sied à des explorateurs ; vous n'aurez qu'à vous imaginer être en route avec le capitaine Cook !

— Je n'ai nulle prétention d'entrer dans l'Histoire.

— Descendons, Jack ! »

Willmore vola encore une fois au-dessus de ce paysage sauvage, cherchant un endroit propice qu'il finit par repérer entre deux piliers de lave. Il descendit jusqu'à une altitude d'environ dix mètres et resta un moment à voler sur place.

« C'est bougrement étroit, Ron !

— Je croyais qu'un hélicoptère pouvait atterrir à la verticale ?

— Oui, mais l'aire d'atterrissage doit néanmoins être suffisamment large pour le rotor. Essayons. Au pire, nous allons casser le rotor, et, dans ce cas, nous ne tomberons que de quelques mètres. Et nous en réchapperons. Attention, Ron ! Cramponnez-vous !

Il fit descendre l'appareil exactement au milieu des deux piliers de lave, juste au-dessus de la surface libre. Il y parvint sans incident. Prudemment, il coupa le contact, le rotor ralentit puis s'arrêta. Entre chaque paroi rocheuse, il n'y avait plus qu'un bon mètre.

Willmore se cala sur son siège, essuya la sueur qui lui coulait sur le visage et dit :

« Ouh là là ! C'était ric-rac !

— Jack, vous êtes un fabuleux pilote ! » Ron déverrouilla sa porte. « Non, sincèrement, c'était une prouesse formidable !

— Et quel avantage en retirerai-je ? » Willmore sourit tristement. « Vous m'avez condamné à la perpétuité, au bannissement sur cette île de malheur ! Vous devinez ce que je ressens ?

— Oui. Mais, de votre côté, comprenez-moi donc : cette île doit rester un paradis. Peut-être le dernier sur cette terre. »

Ils sautèrent du cockpit sur le sol mou de la forêt et firent le tour de l'appareil.

« Et maintenant ? demanda Willmore.

— Vous avez bien une hache, dans votre caisse à outils, Jack ? N'est-ce pas ?

— Évidemment.

— Alors commençons par abattre quelques grosses branches et nous en camouflerons votre super-abeille. Nous avons tous fait ça, jusqu'à n'en plus pouvoir, quand nous étions griftons. Vous avez fait votre service, Jack ?

— Non. Quand j'ai atteint l'âge normal pour le faire, j'ai foutu le camp à Tonga. Je suis allergique au garde-à-vous et à la marche au pas.

Il remonta dans l'hélicoptère, et sortit une hache de la caisse à outils, rangée derrière le siège. Il prit aussi une bêche à la lame très affûtée, qu'il lança à Ron.

« Pour vous. Afin que vous ne vous contentiez pas de donner des ordres ! » ajouta-t-il.

Une heure après, ils étaient tous deux trempés comme s'ils venaient de sortir de l'eau. Ils s'assirent au pied d'un rocher pour reprendre haleine. Par cette chaleur moite comme dans une serre, couper des branches grosses comme le bras tenait du travail de bagnard. Mais maintenant l'hélicoptère était bien recouvert de branchages lestés de grosses pierres. D'en haut, il était absolument impossible, dans cette jungle, de remarquer quoi que ce soit d'anormal.

« J'ai les yeux qui papillonnent », dit Willmore en ahanant. « Ron, je ne sens plus mes os. Je sens que je vais m'écrouler.

— Maintenant, vous avez une petite idée de ce qui vous attend quand vous en serez à vous construire une case, défricher un champ, et quand vous devrez vous faire une pirogue.

— Et vous voulez, par-dessus le marché, retourner au village à pied ? Je ne ferai plus un pas.

— Je ne veux, en aucun cas, passer la nuit dans les parages. Car, à vrai dire, je n'ai aucune idée des bestioles qui peuvent rôder dans le secteur.

— Remontons dans la cabine de pilotage, Ron, proposa Willmore.

— Non, j'ai promis à Tama'Olu de rentrer le plus vite possible.

— Et vite, en plus ! » Willmore ferma les yeux, épuisé. « Elle supportera bien une nuit sans votre étreinte !

— Si nous ne rentrons pas, elle croira vraiment que j'ai abandonné l'île.

— Croit-elle réellement que vous abandonneriez votre beau navire ? Même les indigènes ne sont pas aussi naïfs.

— Les gens d'ici se méfient de tout étranger, et, à leurs yeux, bien qu'étant le mari de Tama'Olu, je reste un étranger.

— Vous ne quitteriez jamais Tama'Olu, Ron. En tout cas, pas d'une façon aussi brutale.

— Jamais !

— Et elle le sait, elle aussi. » Willmore allongea ses jambes. « Personne ne me fera plus me lever aujourd'hui, et, moins encore, marcher.

— Jack, au fait, avez-vous remarqué que nous n'avons rien avalé depuis hier ? Nous sommes à jeun.

— Jeûner est très sain. » Willmore, fatigué, fit une moue. « Ça fait des années que je n'avais pas bu comme hier, et je n'ai absolument pas faim.

— Mais moi, si... et comment ! »

Ron s'accorda une demi-heure de pause, puis il se remit sur ses pieds et regarda Willmore.

« Donc, vous restez ici, Jack ? demanda-t-il. En ce qui me concerne, je pars.

— Vous voulez me laisser seul dans cette jungle ?

— Celui de nous deux qui laisse l'autre seul, c'est vous.

— Je ne peux plus bouger un seul muscle.

— Les muscles se décrispent en marchant. Mais c'est comme vous voulez ! *Good bye*, Jack ! »

Il fit volte-face, prit la hache et alla vers la lisière de la jungle, où croissaient des ronces, des arbustes, de jeunes palmiers et de hautes fougères. Willmore s'adossa au pilier de lave et tenta de faire quelques pas mal assurés.

« Ron, grommela-t-il, vous êtes une vraie bourrique ! Attendez-moi ! Il faut d'abord que je m'échauffe ! Au demeurant, savez-vous dans quelle direction nous devons marcher, pour rejoindre le village ?

— Oui. » De l'index, Ron pointa des rochers aux formes étranges qui se profilaient dans le lointain, et derrière lesquels se trouvait le village. « Ces blocs de granit sont pour nous les meilleurs repères. Si nous marchons parallèlement à eux, nous arriverons à la plage, à coup sûr. Puis, ensuite, nous devrons aller vers l'est. De toute façon, nous sommes sur une île, et par conséquent il nous est impossible de nous perdre. On finit toujours, à un moment ou à un autre, par parvenir sur le rivage, quelle que soit la direction que l'on suive. »

Pendant les premiers mille mètres, environ, ils durent se frayer un passage à travers les taillis, pas à pas. Ils se relayaient à la machette : pendant que l'un tenait les branches en les courbant vers le sol, l'autre les tranchait avec sa hache bien affûtée.

« C'est inhumain ! soupira Willmore. Ron, je vous jure que quand nous serons revenus à votre case, je vais me jeter sur le lit, et ne pas le quitter pendant trois jours. Vous n'avez qu'à vous chercher, Tama et vous, un autre hébergement. Chercher est une façon de parler : c'est vrai que votre fabuleux yacht est amarré dans le lagon ! Et probablement avec cabines de luxe. Pourquoi donc continuez-vous à habiter dans cette case misérable ?

— Nous allons la transformer en une véritable maison.

— Ron, le millionnaire... possède un yacht et une gentilhommière, mais à bouffer, chez lui, on n'a que des bananes rôties et de la bouillie de maïs !

— Ce sont deux aliments très sains. Allons-y, Jack, ne perdons pas notre temps en bavardages stupides. Vous pourrez prendre mon lit, pendant un certain temps. Mais si vous vous imaginez pouvoir, en douce, vous enfuir avec votre hélicoptère, vous faites erreur ! Les trois frères de Tama'Olu seront là qui veilleront leur père, et vous ne pourrez pas leur fausser compagnie. Allons, marchons ! »

Après quatre heures de marche, ils avaient enfin laissé la jungle derrière eux. Ils parvinrent dans une palmeraie clairsemée, puis aux premiers champs des villageois. Le sens de l'orientation de Ron était vraiment remarquable... ils débouchèrent en droite ligne dans le sanctuaire, près des totems sculptés, dont les grands yeux regardaient les deux hommes. Entre les totems, le sorcier était là, accroupi. Il n'avait plus ni plumes, ni maquillage, et Ron n'eut plus alors devant lui qu'un vieil homme maigre et osseux. On eût pu croire qu'il ne se nourrissait que du nécessaire pour se maintenir en vie. « *Malo e lelei ki he efiafi ni* » (Bonsoir), salua Ron. Le sorcier ne répondit pas à son salut. Il se couvrit le visage de ses mains, comme si la vue de ces hommes blancs était pour lui un poison ou un déshonneur. Il n'avait pas pu sauver Tapana alors que les étrangers, eux, l'avaient pu. Ils s'étaient moqués des dieux, sans la volonté desquels rien sur cette terre n'était possible. Sa tribu l'avait laissé partir vers la forêt, sans chercher à le retenir — un vaincu, dont on commençait à douter des pouvoirs surnaturels. Ron attendit un instant, se retourna et alla vers Willmore.

« Maintenant, nous avons un ennemi mortel ! », dit-il d'une voix grave.

« Il devrait s'estimer heureux d'être en vie.

— Pour lui, la mort n'est pas effrayante. C'est pourquoi nous devrons être sans cesse sur nos gardes.

— Que pourrait-il bien nous faire ? » demanda Willmore, en regardant le sorcier avec mépris.

« Quelque chose comme nous empoisonner. Cela suffirait. Ces sorciers connaissent une foule de poisons à effets immédiats. Ce sont de véritables distilleurs de poisons. Jack, à partir de dorénavant, n'acceptez plus rien de ce que les villageois vous proposeront à boire ou à manger. Le fanatisme religieux détruit en effet tout sentiment d'humanité. »

Ils continuèrent donc leur chemin, et, les jambes lourdes, atteignirent la lisière de la forêt puis se dirigèrent vers la case de Ron.

Dans le lagon, on voyait le yacht se balancer doucement, attaché à ses ancres. Déjà, le soleil était très bas au-dessus de l'horizon, et bientôt le ciel flamboierait, quand l'astre aurait disparu.

« Verriez-vous un inconvénient à ce que je me jette à l'eau ? demanda Willmore. J'ai une irrépressible envie de me rafraîchir. » Il arracha sa chemise, dégrafa son pantalon et enleva également son slip. « Retenez Tama'Olu dans sa case... car si elle me voit dans cet état, vous n'aurez plus, à ses yeux, rien d'intéressant !

— Rigolo ! »

Il attendit que Willmore ait parcouru la plage et soit entré dans le lagon. Il le vit, quand l'eau lui eut atteint la poitrine, faire un mouvement et s'éloigner en nageant.

Dans la case se trouvaient les trois frères de Tama'Olu, autour de la table où gisait leur père. Ils levèrent la tête, silencieux, quand Ron entra. Tama'Olu était en train de préparer une bouillie dans un plat en bois, elle l'accueillit avec un regard où se lisait le soulagement, et elle dit, à voix basse, avec un sourire hésitant :

« *Talitali fiefia,* Ovaku. (Bienvenue, Ovaku.) *Malo.* (Merci.)

— Merci ? De quoi ?

— D'être revenu.

— Je reviendrai toujours près de toi, mon ange, sache-le. Comment va Fatahefi Tapana ?

— Il s'est rendormi. Mais sa tête est moins chaude et il respire mieux. Fai'fa veut t'offrir quelque chose. »

Fai'fa, le frère préféré de Tama'Olu, s'approcha de Ron, lorsque Tama le lui eut demandé. Il tenait sa lance, la fierté de tout guerrier, dans sa main. Et il se planta devant Ron.

« *Ko koe tangata'eiki* », dit-il de sa voix grave. (Tu es le maître.) Alors, il leva sa lance et la tendit à Ron. « *A'au !* » (Pour toi.)

Il m'offre sa lance, se dit Ron. C'est l'objet le plus précieux qu'il possède. Un guerrier ne se sépare de sa lance que de son plein gré — il ne peut pas me faire plus éminent hommage. Il secoua la tête.

« Fai'fa, c'est trop précieux », dit-il d'une voix hésitante.

« Prends-la, Ovaku. » Tama'Olu se serra contre la poitrine de Ron. « Ne le vexe pas. »

Ron acquiesça. Il prit la lance de la main de Fai'fa, la mit contre sa poitrine et regarda le guerrier, dont les yeux énergiques luisaient de fierté.

« *Malo.* »

« Maintenant, tu es, comme lui, notre futur chef », lui murmura Tama'Olu en déposant un baiser sur sa nuque. « Et tu fais partie de notre peuple. »

Ron sentit que sa gorge se nouait sous le coup de l'émotion. Il se contenta de hocher la tête et comprit que cette journée resterait gravée en lui comme l'une des plus mémorables de sa vie. Puis, en examinant cette lance de plus près, un frisson glacé lui descendit dans le dos.

Sur la pointe acérée de l'arme, on voyait encore des traces de sang caillé ; celui du Dr Rudeck.

Et Tapana vivait toujours !

Ce que personne, fût-il d'un optimisme à toute épreuve, et le souhaitât-il le plus ardemment du monde, n'aurait cru possible se réalisait : Tapana avait survécu à une péritonite, il n'avait eu aucune occlusion intestinale, et les antibiotiques étaient parvenus à vaincre les dernières agglutinations, comme le pus résiduel ; le tout avait été évacué hors de l'abdomen grâce aux drains. Willmore, à ce propos, se révéla un infirmier de première classe. Il changea les pansements et il renouvelait régulièrement le drain, pratiquant, quand besoin était, des injections de pénicilline, cependant que Tama'Olu ou bien l'un de ses frères procédait à la toilette du vieil homme. Celui-ci, d'ailleurs, dès le troisième jour après l'opération, put se lever et voulut même sortir de la case.

Bien que Ron soit allé à son yacht, pour rapporter des couvertures moelleuses, la table était trop dure pour

Tapana. Ses trois fils, avec de grandes précautions, le levèrent et le portèrent sur le lit de Ron.

La mère de Tama'Olu et sa sœur, son nourrisson dans les bras, vinrent rendre visite à Tapana, s'accroupirent devant le lit, devisant et riant, et il semblait aller de soi que toute la vie qui animait le village s'était, tout entière, réfugiée dans la case de Ron. La famille au complet était rassemblée auprès du malade.

Au bout de huit jours, Tapana pouvait déjà s'asseoir dans le lit, soutenu par les coussins que Ron avait rapportés de Papeete. Des coussins de duvet que tous au village vinrent admirer, toucher et secouer. Tout cela ne put, bien sûr, avoir lieu après que Willmore eut laissé le lit libre.

De retour de la jungle, où l'on avait camouflé l'hélicoptère, et après son bain rafraîchissant dans le lagon, Willmore s'était laissé immédiatement tomber sur le lit de Ron, prêt, comme il l'avait dit, à défendre cette position hautement stratégique bec et ongles.

« Ne faites donc pas un cinéma pareil, Ron ! » dit-il en s'étirant. « Vous avez votre cabine de luxe sur le yacht. Personne ne vous entendra ni ne vous verra. Vous pourrez y faire ce que bon vous semblera, en particulier avec votre femme. Le yacht n'en tanguera même pas ! nul, de toute façon, n'arrivera à me décoller d'ici ! Et, nom de Dieu ! qu'est-ce que j'ai faim ! Garçon ! Et alors, le menu ? »

Ron alla, avec le canot à moteur, à son yacht et en rapporta quatre boîtes de pâtes au goulasch ; il rapporta en outre le réchaud à propane. Dans un grand panier, il mit de la vaisselle, des couverts, des verres et deux grandes casseroles.

Tama'Olu et ses frères, très étonnés, regardèrent Ron allumer le gaz sous le réchaud, ouvrir les boîtes, et réchauffer les nouilles et le goulasch, remplir les assiettes et manger avec une fourchette. Willmore engloutissait son dîner avec une telle hâte qu'il fut pris de renvois dont il s'excusa du regard envers Ron.

« Mange quelque chose, toi aussi », dit Ron à Tama'Olu. « Essaye donc, c'est très facile. »

Il lui tendit une assiette et, imitant Ron, elle prit des nouilles et du ragoût au bout de sa fourchette et, après la première bouchée, se mit à rire. Ses frères eux aussi mangèrent, et sourirent lorsqu'ils réussirent à manier leur fourchette. Ils en avaient déjà vu, quand Gilbert Descartes avait voulu leur vendre ces ustensiles. Ils avaient secoué la tête en riant. Ils se servaient pour tout manger d'une cuillère de bois sculpté.

Le soir venu, Tama'Olu et Ron se promenèrent sur la grève, au clair de lune, comme tous les soirs. Ensuite, ils s'assirent sur le bord du petit canot et regardèrent le yacht.

« On y va ? » demanda Ron, en passant son bras autour de l'épaule de Tama.

« Si tu veux, Ovaku.

— As-tu déjà vu un bateau comme celui-là ?

— Non. Le bateau de Descartes est bien plus petit.

— Alors, viens. » Ils poussèrent ensemble le canot jusqu'à l'eau. Ron aida Tama'Olu à y monter, mit le moteur en marche et traversa le lagon. « Dans un instant, tu ne vas pas en croire tes yeux, mon ange. »

Que va-t-elle dire en voyant le grand lit rond, tendu de soie, les armoires blanches rehaussées de moulures dorées, les lustres de cristal, les miroirs, les tapis ? Elle ne va pas oser s'étendre sur le lit, et n'entrera même pas dans la cabine. Elle restera là, stupéfaite, et ne comprenant que l'on puisse être à l'aise dans ce décor.

Il la regarda. Elle était assise dans le canot, en face de lui, merveilleusement enveloppée dans le paréo fleuri que Descartes lui avait vendu. Le vent du large soulevait ses cheveux et ses yeux brillaient d'un éclat intense.

Tama'Olu, pensa-t-il, tu es un conte, soudain devenu

réel, et il sut qu'il allait la prendre dans ses bras, la porter jusqu'au lit en l'embrassant et lui dirait, lèvres contre lèvres :

« Mon ange… je t'aimerai éternellement. »

14

RON mit longtemps à se réveiller. Il demeura, un moment encore, les yeux clos, et passa sa main sur le lit, à côté de lui, à l'endroit où dormait Tama'Olu, comme d'habitude, sans doute roulée en boule comme une chatte. Simplement, dans ce grand lit, elle avait bien plus de place que sur la paillasse de feuilles de palmier confectionnée jadis par le père Richards.

Mais, à l'endroit où Tama'Olu devait être couchée, la main de Ron ne rencontra que le lit vide. Il étendit le bras, encore une fois, puis s'étira. Elle a dû glisser contre le rebord du lit, pensa-t-il ; mais non, la place de Tama'Olu était vide. Il s'assit brusquement sur le lit, complètement réveillé. Il alluma le plafonnier, les lustres se mirent à flamboyer, faisant, comme le soir précédent, un décor féerique de cette cabine.

Tama'Olu n'était plus là, mais son paréo à grandes fleurs gisait encore, jeté sur le fauteuil baroque tendu de soie jaune. D'un bond, Ron fut debout, et il passa sa main, doigts écartés, dans ses cheveux que le sommeil avait ébouriffés. Au plafond, la climatisation ronronnait discrètement, prodiguant à la cabine une agréable fraîcheur.

« Tama'Olu ! appela-t-il. Que se passe-t-il ? Où es-tu ? »

Aucune réponse ne provint de la salle de bains : elle ne

s'y trouvait donc pas. Ron prit son peignoir blanc et s'en vêtit. Il se précipita hors de la cabine. Dans le grand salon, là où il y avait le vaste canapé circulaire, les appliques étaient allumées. La cambuse était obscure et, dans le salon supérieur, près du poste de pilotage intérieur, on voyait seulement, à travers les larges baies vitrées, la lune, dont la lueur seule perçait l'obscurité.

« Tama'Olu ! »

Ron remonta en courant, angoissé, soucieux et perplexe, l'échelle du pont. Que se passe-t-il ? pensa-t-il. Quelle erreur ai-je commise ? Ce luxe fabuleux et inhabituel aurait-il à ce point effrayé Tama'Olu qu'elle se serait enfuie ? Encore une fois, il se passa la main dans les cheveux et regarda au-dehors, en direction du village et de sa case. Tout dormait, dans l'ombre obscure des palmiers. Le clair de lune faisait luire le sable de corail blanc, comme s'il avait été du cristal.

Il se souvint alors que Tama'Olu n'avait rien dit, lorsqu'il lui avait fait visiter le yacht. Muette, elle s'était laissée guider à travers les cabines et expliquer tout. Les plaques électriques, dans la cambuse, qui devenaient brûlantes, dès que l'on tournait un bouton... la lumière, une lumière crue, qui jaillissait de ces objets étranges accrochés aux murs et au plafond... l'eau qui coulait en un jet dru, d'une paroi lisse et décorée... tout cela, elle l'avait observé, sans un mot.

Lorsqu'il avait pénétré avec elle dans la chambre, cette chambre d'apparat que le gros Myer s'était fait aménager pour avoir le cadre qui convenait à ses conquêtes et qui avait laissé Ron lui-même un instant ébahi, Tama'Olu s'était blottie contre lui. C'était comme si elle avait eu peur de tout ce luxe de soie, de cristal, de laque et de miroirs. Quand elle s'était vue, à côté de Ron, dans le grand miroir près du lit, elle n'avait pas eu peur... Les miroirs, elle connaissait ; Descartes, le marchand, en avait troqué quelques petits contre des statuettes en bois de palmier.

Tama'Olu était seulement fort étonnée qu'il existât de si grands miroirs, dans lesquels on pouvait se voir en entier, des pieds à la tête ; elle regarda, très intéressée, Ron qui lui dénouait son paréo puis se déshabillait lui-même ; elle l'observa quand ils furent nus tous les deux, et qu'il se mit à lui caresser les seins, et, de ses lèvres, à couvrir sa mince silhouette de baisers.

En voyant comme il parcourait son corps et s'agenouillait devant elle, son visage enfoui entre ses cuisses, elle sentit que quelque chose semblait exploser en elle. Quelque chose comme une sensation qu'elle n'avait encore jamais éprouvée auparavant. Avec une force que Ron ne lui connaissait pas, elle l'enlaça puis plaça la tête de Ron tout contre ses cuisses. Elle poussa un petit cri aigu et se laissa tomber à la renverse sur le lit de duvet. Ce n'était ni le sol dur seulement couvert d'une natte, ni le sable chaud, ni même cette paille de palme qui crissait sous le poids de celui qui s'y allongeait... Non, elle sentit à nouveau cette vibration sous elle par tous les pores de sa peau grâce à laquelle, au moindre mouvement, elle s'enfonçait profondément dans le lit. Tout cela était si merveilleux, si incompréhensible et si époustouflant qu'elle ne put se retenir de gémir d'extase.

« Ovaku, tiens-moi fort. Ovaku, tout tourne autour de moi, et le ciel s'effondre sur mes épaules ! »

Et puis elle vit, par-dessus l'épaule de Ron, dans le miroir, leurs deux corps enlacés, le jeu de leurs muscles, et ses longues jambes qui semblaient enlacer le corps de Ron. Elle poussa un cri, s'agrippa aux cheveux de Ron et lui mordit la poitrine.

En se souvenant de ces instants, il se tâta prudemment l'endroit où elle l'avait mordu, et ce ne fut qu'en faisant ce geste qu'il sentit enfin la douleur légèrement lancinante et les empreintes marquées de sang laissées par les dents de Tama.

Pourquoi donc, après tout cela, es-tu partie, mon ange ? Ron, sans comprendre, secouait la tête, puis il monta sur le pont, à la poupe, où on avait tendu un vélum orange, contre le soleil. Il y avait là, autour d'une table basse, quelques fauteuils de bois laqué, lourds et blancs, garnis de coussins de mousse épaisse, à raies jaunes. Un bar amovible avait été installé dans la paroi de la cabine, et le tout, baigné dans la lumière de la lune, semblait un décor d'Hollywood.

Tama'Olu, pourtant, n'était pas assise là, dans l'un de ces fauteuils profonds. Elle se tenait à même le pont, les jambes pendant à travers la grille du bastingage. Elle les faisait se balancer au-dessus de l'eau. La lune faisait briller sa peau nue et l'on eût dit que ses cheveux luisants étaient un écheveau de soie noire.

Immobile, elle contemplait la plage et le village ; elle ne parut pas entendre Ron.

Il demeura un moment debout près des fauteuils, délivré de toutes ses angoisses, et au contraire heureux et reconnaissant comme un enfant gâté. Il pensa : si je devais un jour décrire ces instants, je ne le pourrais pas. Ce serait par trop mièvre. Comme semblent mièvres bien des choses de ce monde sitôt qu'on les met en mots : un coucher de soleil, un ciel chargé de gros nuages ronds qui viennent vers nous, un orage aux éclairs démoniaques, la nuée rose de flamants prenant leur envol, l'air vibrant de chaleur du désert, un tigre aux aguets, la lune argentant la mer... comment décrire tout cela ? Un sentiment comme celui que j'éprouve en cet instant précis est proprement impossible à décrire : ainsi, par exemple, quand je vois Tama'Olu, qui a conquis mon âme... oh, mon Dieu ! Voilà qui sonne comme un insupportable cliché ! Pour parler d'amour, il n'y a pas d'autre mot possible qu' « amour ». C'est un mot divin. Doucement, presque imperceptiblement, il alla vers elle, jusqu'au bastingage, et resta, un moment, derrière elle, très près. Tama'Olu avait forcément dû l'entendre car, à plusieurs reprises, les lattes de bois du pont avaient grincé. Et, grâce à ses sens toujours en alerte, comme ceux d'un animal effarouché, elle avait nécessairement dû ressentir les ondulations infimes des lattes du pont, quand Ron marchait. Mais elle ne bougea pas. Comme figée, elle continuait à contempler l'île.

« Ma chérie », dit Ron doucement, « raconte-moi ce que tu ressens. »

Il lui caressa tendrement les cheveux et fit glisser ses mains sur la peau nue et fraîche de ses épaules. Elle pencha sa tête de côté et posa sa joue contre la main de Ron.

« Tu es un homme riche et puissant...

— Non ! Je suis Ovaku, ton mari.

— Tu as un grand bateau, avec lequel tu peux aller partout. Loin, loin, par-delà les mers, vers des pays que je ne connais pas, et dont j'ignore même le nom. Tu as dit, une fois, que Tonu'Ata était un grain de sable si ténu qu'on l'avait oublié, en établissant les cartes géographiques. Là d'où tu viens, il y a des pays avec tant d'habitants, qu'on ne peut même pas les compter.

— Plus de trois milliards, confirma Ron.

— C'est quoi, des milliards ? Je suis si ignorante, Ovaku.

— Dans deux ans, tu sauras tout ça, Tama'Olu. Je t'emmènerai dans ce monde lointain que tu ne connais pas encore. Nous irons de pays en pays, voir différents peuples. Tu verras des maisons de verre, qui montent jusqu'au ciel, avec des milliers de fenêtres où miroite le soleil. Tu verras le fourmillement de petites boîtes de fer, avec quatre roues, dans lesquelles les gens sont assis et se déplacent rapidement. On les appelle “ autos ”, ces petites boîtes. Et tu seras assise dans une de ces boîtes, à côté de moi, vêtue d'une robe merveilleuse. Et partout où nous irons, les gens s'arrêteront pour te regarder, car tu es si belle... Et après ces deux ans passés dans le vaste monde, tout cela te semblera si naturel.

— Tu le crois vraiment, Ovaku ?

— Mais bien sûr ! A Salzbourg, tu entendras un opéra de Mozart. Tu skieras à Saint-Moritz avec moi et tu admireras, à Rome et à Florence, tous ces trésors artistiques que l'on se donne tant de mal à maintenir en état.

— J'ai peur, Ovaku, avoua Tama'Olu, peur de ce monde même si je ne comprends pas tout ce que tu me racontes.

— Je serai toujours près de toi, ma chérie ; tu n'as pas besoin d'avoir peur, crois-moi.

— Je devrai quitter Fatahefi Tapana, ma mère, mes frères et ma sœur, notre maison et Tonu'Ata ; et nous habiterons quelque part dans le vaste monde, et je pleurerai beaucoup en pensant à notre île. Puis un jour, tu partiras, tu t'en iras tout seul, et tu ne reviendras pas !

— Je ne peux pas vivre sans toi, Tama'Olu !

— Ni moi sans toi. » Elle pencha sa tête en arrière et le regarda. « Que devons-nous faire, Ovaku ?

— D'abord, nous allons apporter tout mon chargement sur l'île. Puis nous irons plonger tous les jours, pour récolter des perles noires. Nous devrons en pêcher beaucoup, Tama'Olu, deux ou trois cents, environ. Et, une fois que nous en aurons suffisamment, nous irons, toi et moi, à Papeete, à Tahiti.

— Un grand pays ?

— Non. Tahiti est une île aussi, mais cinq fois plus vaste que Tonu'Ata. Et, cependant, elle n'est qu'un grain de sable — ou, pour être précis, un gravier — à la surface de ce vaste monde.

— Et nous reviendrons ici ?

— Bien sûr, ma chérie ! Nous reviendrons toujours !

— C'est vrai ? » demanda-t-elle, perplexe.

« Que je meure par ta main si je mens ! »

Elle le regarda d'un air sérieux et pénétrant, se tourna vers lui et lui enlaça les jambes.

« Toi et moi », lui dit-elle, et on aurait cru un serment, « jamais nous ne nous quitterons... »

Ron la souleva du plancher, la prit dans ses bras et la porta à l'intérieur du yacht.

Dix jours plus tard, les frères de Tapana et Willmore ramenaient Tapana, sur une civière de planches de palmiers, chez lui, dans sa case. La moitié du village suivait en cortège derrière la civière, chantant et frappant dans ses mains. Seule, devant la procession, marchait la mère de Tama'Olu. Elle portait un habit bariolé ainsi qu'un large paréo, acheté à Descartes ; elle avait orné sa chevelure de fleurs d'hibiscus, et, autour de son cou, pendaient trois longs colliers de perles noires.

Le cortège était surtout composé de femmes, car la moitié des hommes étaient partis pêcher dans le lagon ou au large. Quatre guerriers, pour leur part, étaient partis pour une chasse à la chèvre sauvage, dans l'intérieur de l'île. On venait d'égorger un cochon, et le foyer avait été préparé, allumé, puis recouvert de braises. C'est que le retour de Tapana guéri était un grand événement, qu'il convenait de célébrer comme il se devait.

Bien qu'il ne pût goûter à toutes ces choses succulentes et qu'il dût se contenter d'une bouillie de mil, de lait et de poulet haché, le chef participa aux festivités et à l'allégresse générale.

Et il avait même battu des mains en rythme au moment des chansons quand ses fils et Willmore l'avaient porté vers le village, le long du lagon.

Willmore, au demeurant, s'était accommodé de son sort avec une étonnante facilité, et il s'était rapidement fait à cette vie d'insulaire. Et ce qu'il avait prévu était arrivé : il dormait dans la case de Ron, qu'il revendiquait d'ailleurs pour lui tout seul, cependant que Ron et Tama'Olu habitaient sur le yacht.

Ce fut à bord que Ron apprit à sa bien-aimée comment on cuisinait sur un appareil électrique, comment on se servait du presse-fruits et comment on devait se servir du robot à malaxer, hacher et couper en morceaux.

Tama'Olu comprenait tout très rapidement, et, du moins en apparence, avait cessé de s'extasier de tout, en croyant à quelque sortilège. Un jour, à midi, elle fit une surprise à Ron en lui préparant, dans une poêle, une crêpe de maïs qu'elle avait fourrée de confiture de fraises. Elle lui servit la crêpe avec fierté, sur une grande assiette, et s'assit toute nue à table, en regardant Ron se délecter de son chef-d'œuvre.

Quand ils étaient seuls, à bord du yacht, Tama'Olu était toujours nue. C'était seulement quand Willmore s'annonçait à bord de son canot qu'elle enfilait son large peignoir imprimé de fleurs de pavot et qu'elle se mettait cet attirail bizarre consistant en une petite culotte et un bandeau étroit sur la poitrine. Ron appelait ça un bikini. La chose n'était guère confortable, mais puisque Ron le voulait, elle s'habillait de ce vêtement bizarre.

Ils n'avaient pas encore replongé. On devait tout d'abord apporter sur l'île tout ce que Ron avait acheté à Papeete, et, avant tout, le matériel électrique qui servirait à l'alimentation en énergie. Les rouleaux de câble, les barils de carburant, les commutateurs, les prises et le petit matériel ne posèrent pas de problème particulier : Ron les transporta à bord du canot automobile. Mais lorsqu'il fallut transborder les transfos et les générateurs qu'on avait chargés à Papeete à l'aide d'un palan, Ron se trouva aux prises avec un véritable casse-tête. Ils parvinrent à hisser ce gros appareillage sur le pont, mais comment l'embarquer à bord de la chaloupe ?

Ron, avec l'aide de Willmore, confectionna un treuil de bois très solide, y accrocha des poulies toutes neuves et des filins de nylon ; il fit descendre les appareils dans la chaloupe où se trouvaient les frères de Tama'Olu, prêts à la réception. Tous les habitants de l'île comprirent bien vite comment l'on devait se servir des outils modernes. Ils se montrèrent particulièrement bons élèves et se réjouirent comme des gamins lorsque Ron leur fit une démonstration avec la tronçonneuse à chaîne, mue par des accus ; il abattit des palmiers en deux temps trois mouvements, grâce à la tronçonneuse. Le difficile travail de l'abattage à la hache n'aurait plus cours.

Et plus tard, quand Fai'fa abattit son premier arbre avec cette tronçonneuse, en quelques minutes seulement, et en laissant une surface de coupe propre et nette, il leva les bras au ciel, un peu comme quand il venait de harponner, au large, devant le récif, l'un des requins qui rôdaient dans les parages.

« C'est incroyable, tout le fourbi que vous avez trimbalé ici ! » dit Willmore après une journée entière consacrée au déchargement. « Un réfrigérateur avec freezer, une machine à coudre, des scies sauteuses... vous avez vraiment une case de vide, Ron ! Vous cherchez le paradis, et, quand vous l'avez trouvé, hop ! vous le propulsez en plein vingtième siècle, de sorte que votre paradis, eh bien, c'est de la bouillie pour les chats !

— J'avais pensé la même chose que vous ; mais ensuite, je me suis dit : je vais leur faire une vie moins pénible ; et, effectivement, à partir de dorénavant ils vivront plus confortablement. Ils vont avoir de la lumière électrique, des instruments aratoires, et ce travail de forçat, qui vous brise les os, terminé. Avez-vous vu la joie de Fai'fa à propos de la tronçonneuse ? Il l'a même embrassée.

— Et à partir de maintenant, ces sauvages vont devenir fainéants, Ron. Je les connais. Ce seront les machines qui feront tout le boulot. Je me souviens avoir vu le même scénario à Pangaï. Plus le progrès s'installe quelque part, moins les hommes sont heureux. Et la délinquance monte en flèche. Et pour peu qu'ensuite, ces gens fassent connaissance avec le whisky ou le brandy, ce sera l'enfer. Je suis impatient d'assister au premier meurtre, ici.

— Avec notre alcool à nous, Jack, ils ne sombreront pas dans la folie.

— Allons donc ! Vous ne pourrez pas empêcher ça.

— Et pourquoi pas ? Tout l'alcool que j'ai ramené de Papeete, je l'ai enfermé sur mon yacht. Et la clé, il n'y a que moi qui l'ai. Les gens d'ici ne connaissent qu'une sorte de bière de maïs, de bananes et de lait de coco, une boisson fermentée qui vous fiche une gueule de bois monumentale, mais rien de plus. Et cela restera ainsi. »

Il regarda les caisses, les cartons, les sacs et les barils qui étaient entreposés autour de sa case, et tapota l'épaule de Willmore.

« Bien. Mon bon, nous allons retrousser nos manches et nous mettre sérieusement à civiliser Tonu'Ata.

— Et par quoi allons-nous commencer ?

— A votre avis, Jack, quelle est la base de départ fondamentale ?

— L'énergie. L'électricité.

— Vous êtes un petit futé ! Bon, construisons d'abord la " centrale électrique " de Tonu'Ata. Quand la première ampoule brûlera, nous aurons gagné.

— Et vous y connaissez quelque chose, dans ces trucs-là ?

— Rien du tout ! avoua Ron. Mais à quoi sert une notice de montage ?

— Dès qu'on tient compte des conseils d'une notice, il ne nous reste plus qu'à prendre notre tête dans nos mains et à douter de notre entendement ! Ron, il ne s'agit pas de planter un clou, mais de construire un générateur et un transformateur. Une chance pour vous que je m'y connaisse...

— Ce sont là paroles de sage, Jack. » Ron se moqua de Willmore. « J'ai vraiment eu la main heureuse en vous fiançant définitivement à mon île.

— Attendez, Ron. Vous ne m'avez pas demandé si j'étais marié.

— Si vous l'étiez, il y a belle lurette que vous auriez parlé de votre femme et de vos enfants.

— C'est d'une logique proprement confondante ! A propos, que voulez-vous donc faire avec les longues poutrelles métalliques ?

— Les assembler et monter un mât.

— Pour y hisser le pavillon de Tonga, c'est ça ?

— Rigolo ! Nous allons installer un émetteur à ondes courtes...

— ... et nous allons émettre de la musique disco de dix heures à midi et de vingt heures à vingt-deux heures. Radio NCFM : Noix de Coco FM... Ron, vous êtes vraiment marteau ! »

Ron reconnut bien volontiers que Willmore était un auxiliaire très précieux. Et pas simplement sur le plan technique. Ce qu'il fit pour Tapana, la plus moderne des cliniques n'aurait pu mieux faire. Il lui posa de nouveaux drains, le pansa, et fit tout son possible pour empêcher toute plaie infectieuse, ou une septicémie. Enfin, il finit par retirer les fils opératoires, et, avec l'aide de Tama'Olu, il nettoya le corps de Tapana convalescent. Il le frictionna avec de l'alcool aromatique, et, de la sorte, favorisa la reprise d'une circulation sanguine normale. Il surveillait l'alimentation du chef avec une vigilance de tous les instants. A cause des agglutinations intestinales, Tapana ne dut, pendant un certain temps, avaler que des bouillies, et réaccoutumer progressivement son organisme à une alimentation solide.

Au bout de trois semaines, Jack, manifestement content de lui, déclara :

« Vous pouvez me féliciter, Ron, le vieux a passé le cap

le plus difficile. L'opération du Dr Rudeck était, certes, remarquablement bien menée, mais dans pareil cas, ce sont les soins post-opératoires qui sont déterminants.

— Vous voyez comme les insulaires vous en sont reconnaissants ? Ils vous considèrent désormais comme l'un des leurs.

— Et je devrais exécuter une danse de joie ? Je préférerais que vous me laissiez ficher le camp.

— Encore ! C'est devenu tout à fait impossible. Qu'est-ce que vous voudriez raconter, sur votre longue absence ? Et, de toute façon, après votre récit, on en conclurait à l'existence de Tonu'Ata.

— N'importe comment, il faudra bien que vous vous fassiez à cette idée. Ce n'est qu'un problème de temps, mais l'île sera découverte un jour.

— Il semble que depuis un siècle, tout se soit passé sans anicroches. Un siècle de plus, ça me suffira. »

Dans l'île on commença donc à travailler main dans la main. La gratitude des indigènes envers Willmore se manifesta en ce qu'ils lui bâtirent une case. Une vaste demeure, de forme oblongue, faite de planches de palmiers et de parois de nattes tressées. On y pratiqua une seconde ouverture dans le mur du fond. Cette porte conduisait à un réduit qui devait être aménagé en dispensaire.

« Que voulez-vous de plus ? » dit un jour Ron en riant. « Voici une polyclinique, où, assurément, le travail ne manquera pas. Le sorcier n'a plus de pouvoir : il a été destitué de ses fonctions. Il n'y a plus guère que les très vieux qui se laissent encore soigner à grand renfort d'onguents, de blabla, de maracas et d'imprécations.

— Et je dois m'attendre à sa vengeance. Un sentiment pas franchement agréable. Pourriez-vous me procurer un revolver ou un fusil, Ron ? Je ne veux pas vous flinguer, je veux seulement pouvoir dormir sur mes deux oreilles.

— On fait attention à vous, Jack. Seulement vous ne

pouvez pas vous en apercevoir. Nomuka'ha n'aura pas le loisir de ramper vers votre case sans qu'on l'aperçoive, et quand vous allez en forêt, il y a toujours deux ou trois hommes dans les parages.

— Je l'ai remarqué. Néanmoins, je préférerais être à nouveau à Pangaï. »

Ils installèrent les générateurs et le transformateur au milieu de la palmeraie. Ils tendirent les câbles, bien haut dans les branchages : un câble principal en direction du village, et un autre vers les cases de Ron et de Willmore. Derrière la case de Tapana, ils fixèrent à un gros poteau de bois un coupe-circuit général et un dispatcheur, pour tout le village. Ils disposèrent un second disjoncteur, enfermé dans une grande armoire métallique, dans la case de Ron, avec un grand nombre de fusibles. Ron avait même pensé à des coupe-circuits automatiques.

Pourtant, un mois plus tard, Willmore dit : « Si jamais un électricien voyait ça, il s'arracherait les cheveux ! Quand comptez-vous mettre les générateurs en route ?

— Dès que le câblage sera achevé, Jack. Et alors, ce sera une fête comme Tonu'Ata n'en a encore jamais connue j'en fais le serment ! »

Tout — et en particulier la construction de la case de Willmore — était devenu plus facile. Avec la scie circulaire, on pouvait désormais tailler des planches à façon, et les ajuster avec de fortes pointes. On disposait de pinces, de vilebrequins, de scies égoïnes et de marteaux, de rabots et de ciseaux à bois. Et Ron fut heureux de constater avec quelle rapidité les habitants de l'île se familiarisaient avec ces outils, et avec quelle adresse ils s'en servaient. Ils avaient en eux une incroyable capacité pour apprendre. Quand on leur avait expliqué une bonne fois à quoi servait tel ou tel outil, ils avaient instantanément compris, et leurs visages rayonnaient de fierté. Ce fut un nouveau jour d'allégresse, quand Tapana sortit tout seul de sa case, sans l'aide de sa femme, et vint lentement à la rencontre de Ron et de Willmore. Ses trois fils et Tama'Olu l'accompagnaient. Derrière Tapana, ils marchaient, apportant un cochon de lait rôti à la broche.

Willmore saisit Ron par le bras.

« Ils nous apportent un cochon de lait ! dit-il. Et observez le vieux : il marche sacrément bien... Est-ce qu'un candidat au grand voyage aurait une mine pareille ? Il y a quatre semaines, je n'aurais pas parié un kopeck sur lui !

— C'est *votre* cochon de lait, Jack. Le suprême hommage de la part des villageois. Tapana va couper la bête, et vous offrir le premier morceau. Et, par cette offrande, vous ferez désormais partie de la communauté de Tonu'Ata. Monsieur Willmore, bienvenue au sein de la tribu de Tapana !

— Merci. Croyez-moi ou pas, mais je commence à m'habituer à votre paradis. »

Ron, feuilletant l'éphéméride du yacht, se rendit soudain compte de la vitesse à laquelle ces six mois étaient passés.

La case de Willmore était depuis longtemps terminée, le mât-antenne était monté, et la case de Ron avait doublé de surface. Grâce au motoculteur, ils avaient défriché et mis en culture de nouvelles parcelles, et leurs récoltes triplèrent de rendement. Quand Ron mit les générateurs en marche, ce fut réellement un petit miracle au village. Willmore joignit les mains ; son visage était crispé.

« Si tu appuies sur ce commutateur et que tu ne prends pas un coup de jus qui te projettera en l'air, nous aurons réussi », dit-il.

Un beau jour, ils avaient bu ensemble, à la fraternité, une bouteille de montrachet. Tous deux avaient trouvé passablement stupide de continuer à se vouvoyer.

« Tu as calculé pour combien de temps l'essence suffira ?

— L'électricité au village fonctionnera de onze à treize heures et de dix-huit à vingt heures. Chez nous, elle fonctionnera en permanence, et, si besoin est, sur les chantiers.

— Alors vas-y. Donne le départ vers le futur ! »

Ron abaissa le coupe-circuit général, et ne reçut pas la moindre décharge. Mais au-dessus de sa porte d'entrée, puis aussitôt après au-dessus de celle de Tapana, les ampoules se mirent à diffuser une lumière vacillante.

Quelle soirée ce fut !

Les femmes du village se mirent à chanter, et les hommes, et, parmi eux, tout spécialement les trois frères de Tama'Olu, parés de couronnes de paille tressée et de colliers de fleurs, se mirent à danser leurs danses rituelles venues du fond des âges. Ces danses étaient pleines à la fois de grâce et de puissance. La seule qui semblait rester parfaitement calme et flegmatique était Tama'Olu. Voilà six mois déjà qu'elle cuisinait à bord du yacht, sur les plaques électriques, et cuisait, braisait, rôtissait et mijotait. Pour elle cette lumière qui jaillissait, claire, du mur ou du plafond n'était déjà plus une nouveauté. Avec les merveilleuses étoffes de coton rapportées de Tahiti, elle s'était confectionné, grâce à la machine à coudre électrique, quatre robes.

Pendant les deux derniers mois, ils s'étaient remis à plonger. Ron pilotait le yacht jusqu'à la baie des Perles noires, jetait l'ancre à la verticale du banc d'huîtres, et, désormais ne plongeait plus que parfaitement équipé. Il avait rapporté de Tahiti des équipements de plongée ultramodernes : des combinaisons en néoprène, des bouteilles d'air comprimé, des ceintures lestées, des harpons, des burins électriques, branchés sur accus, des projecteurs étanches, des paniers en fil de fer et des palmes.

Tout d'abord, Tama'Olu s'était refusée à endosser tout cet attirail. Comme elle en avait l'habitude, elle plongeait nue dans les profondeurs, nageait avec l'élégance d'un grand poisson brun au corps élancé, et délogeait les bivalves de la pointe de son couteau.

C'est alors qu'elle vit Ron, agenouillé sur le banc d'huîtres, avec sur le dos une bouteille en acier, et qui, avec son burin électrique, délogeait les coquillages qu'il n'avait plus qu'à ramasser.

Par cinq fois, elle refit surface pour reprendre de l'air, puis piqua à nouveau en plongée vers lui. Il était toujours là, assis sur le rocher, et lui fit signe, follement joyeux. Elle voyait son visage radieux derrière le hublot ovale du masque de plongée, et ne parvenait pas à comprendre comment il pouvait tenir si longtemps sous l'eau. Il moissonnait les huîtres, comme s'il se fût agi de racines de manioc.

« Il faut que j'apprenne aussi, Ovaku ! » dit-elle quand Ron, remonté à bord, se mit à treuiller les trois grands bacs métalliques remplis de coquillages. « Pourquoi n'as-tu plus besoin d'air ?

— L'air, je l'emporte sur mon dos. Et avec mes ceintures plombées, je peux descendre à trente mètres, ou plus, là où tu ne peux aller, et où l'on trouve peut-être les plus belles perles.

— Moi aussi, je veux y arriver ! »

Et, douée comme elle l'était, elle sut, au bout de trois jours, plonger selon la nouvelle technique. Elle se laissait tomber, aux côtés de Ron, à la renverse dans la mer, depuis le bastingage du yacht. Avant de rentrer, et avant que Ron ne pilote prudemment le yacht à travers la passe étroite, ils s'asseyaient chaque soir sous le tendelet, et ouvraient les huîtres ; ils rejetaient celles qui étaient stériles à la mer, ou bien extrayaient les perles de la chair luisante ; devant leurs yeux, des perles gris clair, gris foncé et noires, d'un éclat mat et soyeux. Des perles devant lesquelles Bouchet applaudirait. On ne reverrait pas quelque chose d'aussi beau avant longtemps.

Durant ces deux mois, ils pêchèrent même trois perles aussi fascinantes que la « Reine Noire des Mers », ce fameux joyau que Myers avait acheté à Papeete chez Degrelle et qui avait tant fait enrager Pandelli.

Quand Ron eut récolté trois cent vingt-trois perles, qu'il rangea cette fois dans un élégant sac de velours, il estima le moment venu de faire avec Tama le voyage vers le grand et vaste monde.

Mais on devait au préalable en informer Willmore. Celui-ci avait meublé sa belle case avec le mobilier du yacht, que Ron avait l'intention de remplacer, une fois à Papeete.

Willmore avait pris en main la maintenance de la « centrale électrique », prenant ses repas chez Ron, en tant que membre de la famille. Chaque matin, tel un vrai praticien, il consultait à sa « polyclinique ». A cette fin, il portait une blouse blanche, qui imposait à tous les villageois un respect mêlé de crainte.

Il y avait pléthore de malades avec des petits bobos sans gravité, mais on le consultait aussi pour le simple plaisir de se faire ausculter et pour voir ce qu'il allait faire de vous.

C'étaient surtout les jeunes femmes et les filles qui se pressaient dans son « cabinet » — c'est le nom qu'il donnait à la pièce arrière de sa case. Il n'avait pas besoin de dire un seul mot, que déjà les jeunes filles entraient dans la pièce et ôtaient leurs paréos. Au début, Willmore en fut passablement troublé, mais Ron lui expliqua : « Les gens d'ici ont une autre relation que nous avec leur corps. Pour eux, la nudité est parfaitement naturelle. Personne n'en est excité sexuellement. » Et, de fait, avec le temps, Willmore s'habitua à l'irruption chez lui de ces admirables et si harmonieux corps féminins. Lanei'ta, la sœur cadette de Tama'Olu, était malade, elle aussi. Elle venait chaque jour en consultation, soit qu'elle eût mal au dos, soit qu'elle souffrît de crampes abdominales. Une fois c'était le cou, une autre fois un picotement dans le sein droit, qui, il faut bien le reconnaître, était ravissant. Willmore l'auscultait avec beaucoup de patience, tout en ne décelant rien qui fût le symptôme d'une affection quelconque ; il lui donnait une poudre, qu'il fabriquait et colorait lui-même, en jaune, en rouge ou en violet. C'était une mixture de farine et de sucre ou encore du riz passé au mixer.

« Je ne suis qu'un charlatan, comme Nomuka'ha », dit-il un jour à Ron. « J'ai seulement d'autres moyens que lui à ma disposition. Le sorcier devrait faire un stage chez moi.

— Tu peux le lui proposer. Depuis des mois, il ne sort plus de la clairière aux idoles, et personne au village ne va plus lui rendre visite. Il est en train de s'éteindre comme une bougie totalement consumée. Mais si tu vas lui parler, emmène Fai'fa avec toi, par précaution. »

Willmore suivit ce conseil au bout de trois mois, mais Nomuka'ha se contenta de le dévisager sans prononcer une parole, puis il remit ses mains devant son visage et baissa la tête. Plutôt mourir, voulait-il signifier par là.

Le soir où Ron alla voir Willmore pour lui dire qu'il se disposait à partir pour quelque temps, ce fut Willmore qui le premier prit la parole. Tama'Olu s'activait dans sa cuisine bien équipée et avait confectionné un cake. Jack Willmore, l'air solennel et important, marchait comme un ours, de droite à gauche devant Ron, cherchant ses mots.

« Bon, voilà », commença-t-il en hésitant, « enfin, à vrai dire, en tant que médecin, je suis lié par le secret professionnel...

— Imbécile ! l'interrompit Ron.

— Tu connais Lanei'ta ?

— Évidemment. Quelle question idiote !

— Elle est ma patiente attitrée. Elle a mal ici, mal là... A chaque fois, ces symptômes sont sans gravité, elle n'avait rien — rien du tout — du moins jusqu'à ce que je découvre, il y a deux semaines... »

Ron devint tout d'un coup sérieux et dévisagea Willmore, l'air très soucieux.

« Bon Dieu ! il faut dire ça à Tama'Olu !

— Plus tard, Ron ! Plus tard ! » Willmore leva les bras, comme pour se protéger de quelque chose. « Je dois encore y réfléchir.

— C'est si grave que ça ?

— Je crois que oui.

— Elle... elle n'en a plus pour longtemps à vivre ?

— Avec cette maladie, elle peut espérer vivre très longtemps. Néanmoins...

— Allez, enfin, quoi ! Jack, dis ce que tu as découvert chez elle.

— Pas seulement chez elle, mais chez moi aussi. » Willmore reprit son souffle.

« Ron, nous nous aimons ! » osa-t-il dire enfin.

Un instant, le silence se fit dans la pièce, puis Ron explosa d'un rire si énorme et si bruyant que Tama'Olu sortit précipitamment de la cuisine, et hocha la tête. Mais Ron ne semblait pas vouloir se calmer, il riait, riait et se tapait sur les cuisses.

« Qu'est-ce qu'il a ? demanda Tama'Olu.

— C'est un sale con ! » Willmore reprit sa déambulation nerveuse et semblait très mal à l'aise. « Parfois, il est franchement insupportable !

— Chérie, fais vite une bise à Jack ! haleta Ron. Oh ! nom de Dieu, qu'est-ce que j'ai mal au ventre ! Jack, on n'annonce pas des choses pareilles sans préparation préalable ! Mon trésor, le type, là, qui déambule, avec cette sale gueule, c'est Jack Willmore, ton futur beau-frère. Il aime Lanei'ta !

— Je sais », dit Tama'Olu calmement.

« Tu le sais ? » s'écrièrent les deux hommes à l'unisson, comme s'ils venaient de parler d'une seule et même voix.

« Chez nous, le mensonge n'existe pas. Chez nous, on se raconte tout. Lanei'ta est complètement malade d'amour. Fatahefi Tapana attend que Jack vienne le voir et parle avec lui.

— Et qu'en disent tes frères ?

— Ils sont d'accord.

— Ils sont d'accord ! Ils ne vont pas faire de difficultés ? » Willmore ébouriffa ses cheveux. Tout cela avait l'air très théâtral. « Mais ils n'ont pas besoin de s'armer de leurs lances ; jusqu'ici je n'ai même pas effleuré Lanei'ta.

— Je sais.

— Ah, parce que vous parlez de ça aussi ? » bafouilla Willmore qui ne comprenait plus rien.

« Nous nous disons tout. Pas de cachotteries.

— Le paradis, Jack, le voilà ! » dit Ron avec apaisement. « Le paradis à l'état pur. Toute la famille sait tout tout de suite.

— Ça a été la même chose pour toi ?

— Oui. J'avais pensé que Tama et moi, nous nous aimions secrètement. En fait, quasiment tout le village était au courant.

— C'est sérieux, Ron. Vraiment très sérieux. Je veux l'épouser. L'épouser vraiment, et pas seulement l'appeler " ma femme ", comme tu fais avec Tama'Olu.

— Je suppose que tu as encore envie de repartir pour Pangaï à la première occasion ?

— Oublie tout ce que je t'ai dit, il y a six mois. »

Willmore jeta un regard vers le placard encastré derrière la porte duquel un petit frigo bourdonnait faiblement.

« Je crois que j'ai mérité un whisky.

— Tu vas même en avoir besoin de deux, coup sur coup, Jack. »

Ron alla vers Tama'Olu, et passa le bras autour de son épaule. Elle le regarda étonnée.

« La semaine prochaine, départ pour Tahiti. »

Tama'Olu frissonna sous son étreinte. Anxieuse, elle leva les yeux vers lui.

« Dans... dans l'autre monde ?

— Oui, mon ange. Nous allons y acheter des meubles et de beaux habits pour toi, de l'essence et du gaz, des bouteilles d'air comprimé, des outils, des cartons de boîtes de sucre, de la farine, des épices, de la levure...

— ... des couches, des tétines, de la layette... », poursuivit Willmore en singeant Ron.

« Peut-être ; car à ça aussi, il convient de réfléchir. Nous serons partis deux mois, et, durant ce laps de temps, je te confie l'île qui t'appartient, en tant que " gouverneur " : tu devras veiller que tout fonctionne comme jusqu'à aujourd'hui. Nous pouvons partir sans crainte, tu resteras sur l'île. Lanei'ta y veillera. »

Tama'Olu ôta le bras de Ron de son épaule et retourna dans la cuisine. Ron la suivit des yeux, et se tourna vers Willmore, l'air interrogateur.

« Elle n'a pas l'air particulièrement enchantée », constata Willmore à mi-voix. « Pour reprendre tes propres paroles : il ne faut pas annoncer des choses comme celles-là sans préparation préalable. Tu devras encore pas mal parler à ton petit ange avant de pouvoir lever l'ancre.

— Quand vas-tu aller voir Tapana, voulut savoir Ron.

— Demain. Je vais prendre la main de Lanei'ta, et considérer le monde comme perdu pour moi.

— Sois heureux, Jack.

— Toi aussi. »

Ils partirent de Tonu'Ata par un dimanche matin ensoleillé. Le yacht *Paradis* — Ron l'avait rebaptisé ainsi — voguait, une fois la passe étroite du récif franchie, sur une mer tranquille, presque lisse.

Sur la plage, Willmore, Lanei'ta, Tapana, sa femme, les frères de Tama'Olu, son autre sœur, ainsi que tous les villageois, leur firent des signes d'adieu. Les trois frères pagayaient dans leurs pirogues à balancier devant le yacht, comme une escorte d'honneur. Quand il eut atteint le large, Ron actionna trois fois la corne de brume, et la plainte sourde et pénétrante de la sirène retentit dans l'île tout entière.

Tama'Olu, elle, n'était pas sur le pont, à faire des signes d'adieu. Elle était assise, recroquevillée dans le canapé rond du salon, et fixait des yeux le placage en acajou des murs de la pièce.

Ce monde immense et nouveau s'offrait donc à elle et elle en était terrifiée. Un sentiment d'effroi indescriptible dont elle ne pouvait cependant expliquer la cause. Pourtant le sentiment que jamais elle ne reverrait Tonu'Ata s'était emparé d'elle.

Ils voguèrent ainsi pendant des heures, et la mer n'en finissait pas. Où que l'on regarde, dans n'importe quelle direction, rien que la mer et le ciel chaud.

Cette fois-ci, Ron ne rencontra pas la moindre difficulté, la moindre incertitude, ni la moindre nécessité d'essayer d'abord les appareils. Il utilisait la balise Argos avec précision, désormais. Il porta sa position sur la carte marine, programma le pilotage automatique, cap sur Tahiti, et alors, il eut le temps de musarder sur le pont, de se reposer de ces six mois absolument éreintants, d'écouter de la musique, de lire — surtout du Konsalik : il n'y avait malheureusement rien de meilleur à bord — et d'aimer Tama'Olu. Pour cette première nuit passée en mer, elle s'était littéralement blottie le visage contre la poitrine de Ron et avait pleuré à chaudes larmes. Il avait caressé son corps lisse et chaud, et tenté, plein de tendresse, de l'aider à surmonter sa mélancolie et le désir qu'elle avait de retourner sur son île.

Quand la côte de Tahiti se dessina sur le moniteur couleurs du radar, Ron décrocha son radio-téléphone et composa le numéro de Charles Bouchet. L'appareil grésilla, crépita, mais bientôt on entendit le négociant en perles aussi clairement que s'il parlait de la pièce voisine.

« Devinez qui est au bout du fil, Charles ! dit-il.

— Je suis marchand de perles, pas devin », gronda Bouchet, « dites qui vous êtes, ou je raccroche !

— Boirons-nous encore votre immonde absinthe dans la suite numéro 3 ?

— Ron ! Ron Edwards ! » La voix de Bouchet s'étouffait presque. « Quelle surprise ! Où donc êtes-vous ? D'où appelez-vous ?

— Je suis en route. Je vois déjà la côte de Tahiti à l'horizon. Je file vers vous, à vingt-cinq nœuds !

— Bienvenue à Tahiti, Ron ! Les jolies filles nous attendent avec impatience !

— Vous avez encore perdu, Charles ! J'amène ma femme !

— Vous venez à Tahiti avec votre femme ! Ah, ça ! Ron, quelle mouche vous a donc piqué ?

— Vous le verrez bien ce soir, je vous le jure. Mais par précaution, je vous conseille de retirer cinq cent vingt-sept mille dollars à la banque. Cash, comme vous le savez.

— Ron ! » Bouchet sentit un besoin pressant de respirer. « Vous avez de nouvelles perles ? des noires ?

— Trois cent vingt-trois. Et de première qualité, comme d'habitude. Et trois “ Reines noires des Mers ”, par-dessus le marché !

— Ce n'est pas possible ! Ron, quand nous voyons-nous ?

— Ce soir, vingt heures au port ; à bord de mon yacht,

le *Paradis.* Et faites-moi plaisir, ne buvez pas avant de venir ; ma femme déteste les haleines qui empestent l'alcool. »

Ron raccrocha et sut instantanément que Bouchet allait courir chez lui, se doucher, enfiler un smoking blanc. Et les yeux allaient — littéralement — lui tomber de la tête quand il verrait Tama'Olu.

C'était ça, surtout, qui réjouissait Ron !

15

A vingt heures précises, Bouchet arriva sur le quai et stoppa devant la passerelle de l'élégant yacht. Il était venu avec son chauffeur dans l'espoir que, nonobstant la présence de Mme Edwards, on viderait pas mal de verres, car trinquer pour cinq cent mille dollars est un devoir ; une somme pareille mérite bien cela.

Ron regarda, depuis la baie vitrée du grand salon, le gros négociant en perles descendre de sa voiture et donner des consignes à son chauffeur. La voiture démarra et partit. Alors Bouchet, un instant, considéra le *Paradis*, fit une moue admirative et s'engagea sur la passerelle.

Aux côtés de Ron, Tama'Olu portait une robe du soir fabuleuse, qu'elle venait d'acheter dans une boutique de mode où l'on vendait les toutes dernières créations parisiennes. Une robe très ajustée, lui moulant le corps et lui laissant les épaules nues... et par là-dessus, ses cheveux flottaient librement au vent, comme un voile de soie.

« Tu es vraiment divine », avait dit Ron.

Il avait eu lui-même, un instant, le souffle coupé devant une telle apparition. Tama, tant de beauté pour un seul homme, c'est tout simplement inimaginable !

Pour la première fois, elle vit les larges boulevards, les hautes maisons de pierre, les escaliers et les jardins, les places et les rues dont Ron lui avait parlé. Elle vit aussi ces véhicules, qu'il nommait « autos », et d'autres véhicules également, bariolés et pleins de gens — Ron les appelait des camions. Elle vit aussi des gens à cheval sur un siège qui pétaradait entre deux roues. Des lumières clignotaient le long des façades et dans les boutiques, et ils déambulèrent au sein d'une foule compacte, avec des vêtements incroyables ; des femmes avec des chaussures à talons hauts, des hommes avec des chemises bizarres. Derrière de vastes fenêtres, étaient entreposées des choses qu'elle ne connaissait pas, et il régnait partout un vacarme qui faisait mal aux oreilles. C'était bel et bien un autre monde, fascinant, d'un certain côté, mais aussi repoussant, plein d'agitation et de bruit. Et tous ces gens qui avaient l'air de fuir sans cesse devant quelque chose ou qui au contraire semblaient perpétuellement participer à une chasse aux fauves ! Et, cependant, leurs yeux étaient étrangement vides, même les yeux des gens qui avaient la même couleur de peau qu'elle.

Résignée, presque anesthésiée, elle se laissa traîner dans une boutique de mode où on lui fit essayer des habits. Elle enfila une paire de ces chaussures à talons hauts, avec lesquelles elle ne pouvait pas marcher, mais seulement se balancer. Elle se laissa poser, dans un salon brillant de mille miroirs de cristal, un discret maquillage, parce que Ovaku le voulait ainsi, et puis, se regardant dans la glace, il lui sembla voir une femme qu'elle ne connaissait pas, quoique lui ressemblant un peu, néanmoins. On ne toucha pas à ses cheveux... et ça, elle en fut soulagée.

Et maintenant, elle était là, dans le salon du yacht, aux côtés de Ron, et elle vit le petit homme rondouillard, en veste de smoking blanc et pantalon de soie noire, tenant à la main un énorme bouquet de roses thé qui se balançait au bout de son bras, monter la passerelle.

Elle regarda Ron : comme le gros homme, il portait lui aussi un costume blanc avec un drôle de papillon sous le menton. Il lui fit un signe de la tête et lui dit : « Chérie, ta première soirée mondaine ! » puis il monta l'escalier jusqu'au pont.

Elle le suivit, ce qui, avec ses talons aiguilles lui fut fort malaisé, puis elle s'arrêta sous le vélum du pont et attendit. Bouchet donna l'accolade à Ron, comme s'il était le fils revenu au bercail, et l'embrassa sur les deux joues, ce que Tama'Olu trouva vraiment bizarre. Depuis quand des hommes s'embrassent-ils ? Ils se donnèrent une bonne claque dans le dos, au cours de ces embrassades, et s'interpellèrent l'un l'autre, comme s'ils eussent dû, de concert, effrayer un ennemi.

« Ron ! Bienvenue ! Quelle joie ! Comment allez-vous ? Vous avez une mine splendide ! Ça fait plus de six mois que nous ne nous sommes vus !

— Vous aussi, Charles, vous avez une mine fabuleuse. Mazette ! vous avez l'air de rajeunir. Pas la plus petite ride sur le visage.

— Consolation des gros : plus une place pour les rides, ha ! ha ! ha ! »

Bouchet enleva le papier qui enveloppait le bouquet de roses et fit un clin d'œil à Ron.

« Où est donc votre merveilleuse femme ?

— Ici. »

Ron se rangea de côté pour laisser passer Tama'Olu. Bouchet ouvrit tout grand la bouche, contempla Tama'Olu comme s'il avait devant les yeux une apparition et déglutit à plusieurs reprises. Il n'était pas séduit, il était comme anéanti.

« Elle est vraiment miraculeuse, murmura-t-il. Félicitations, Ron, elle est mille fois plus belle que vos perles. »

Il leva bien haut son bouquet de roses, muet d'admiration devant tant de beauté.

« Ma chérie, puis-je te présenter M. Charles Bouchet ? » dit Ron en prenant Tama'Olu par la main. « Il est le meilleur négociant en perles de Tahiti et le filou le plus accompli !

— Madame... » Bouchet s'inclina, comme le voulait la galanterie, prit la main de Tama'Olu et y déposa un baiser. « Vous me voyez subjugué, et, de grâce, n'écoutez pas ce que Ron vous dit : c'est un ignorant. Qu'il vous ait ainsi soustraite à notre admiration, jamais je ne le lui pardonnerai. »

Et Ron en cet instant sentit le sol se dérober sous ses pieds ; il lui sembla entendre quelque chose de totalement incompréhensible. Tama'Olu prit les roses en souriant, y plongea le bout de son petit nez et dit :

« Monsieur Bouchet, ce sont les plus belles roses qu'on m'ait offertes ! Comme elles sentent bon ! Ron, sachez-le bien, n'aime pas beaucoup les fleurs. Il cultive des cactus !

— Un barbare, madame. Incroyable ! Comment est-il possible que vous viviez avec un butor pareil ?

— Charles, smoking ou pas, je vais vous foutre mon pied où je pense ! Arrêtez de faire du gringue à ma femme !

— Les Huns, jadis, se comportaient de la sorte, madame. »

Bouchet respira son parfum, jeta un regard languissant sur le contour de son corsage, qui dessinait avantageusement ses seins, et se demanda où Ron avait bien pu dénicher cette déesse. Une Polynésienne, aucun doute là-dessus, mais où donc poussaient pareilles fleurs ?

« Je nous ai réservé une table tranquille au Trocadéro », dit Ron et il donna à Bouchet une gigantesque claque dans le dos. « Ça vous convient ? Normalement, ma femme fait la cuisine à bord, mais aujourd'hui...

— Bien sûr que ça me convient ! » l'interrompit Bouchet ; et il ajouta, galamment : « Encore que je sois convaincu que je ne pourrais nulle part mieux manger que chez vous, madame...

— Nous pourrons rattraper cela ! » Tama'Olu regarda Bouchet dans les yeux et le visage de celui-ci commença à trembler. « Dites-moi ce dont vous avez envie et je vous comblerai — du moins en ce qui concerne la cuisine !

— Allons », dit Ron prenant le bras de Tama'Olu.

Bouchet les précéda en courant pour héler un taxi.

« Petite friponne », fit Ron à voix basse à Tama'Olu, et il lui serra le bras. « Je ne te reconnais plus. Où as-tu appris à flirter d'une façon aussi dévergondée ?

— Je suis une femme intelligente, Ovaku. Tu le sais bien. » Elle rit discrètement et le regard qu'elle lui adressa pénétra la chair de Ron. « Je comprends vite. Ai-je été bonne ?

— Trop bonne ! Mais nous en reparlerons plus tard au lit. Tu es un ange satanique ! Tu es sublime ! »

La soirée au Trocadéro, un des restaurants les plus chics de Papeete, fut un réel succès. Pas seulement pour Tama'Olu, dont les regards manquaient à chaque instant de faire perdre la raison à Bouchet, mais aussi pour Ron.

« Pouvez-vous me procurer cinq cent vingt-sept mille dollars cash ? demanda-t-il.

— Il faut d'abord que je voie les perles, et nous en reparlerons.

— Ma femme les trouve sublimes. Voudriez-vous par hasard être d'un autre avis qu'elle ?

— Comment pouvez-vous imaginer une chose pareille, Ron ? Le jugement de madame équivaut, à mes yeux, au jugement de Pâris.

— Qui, au bout du compte, déclencha la guerre de Troie, ne l'oubliez pas.

— Allons donc ! Pas entre nous, Ron. » Bouchet héla le garçon. « Puis-je ?

— Quoi donc ?

— Boire une absinthe. J'en ai bien besoin.

— Alors juste une, Charles. »

Bouchet éclusa cet élixir infernal d'un seul coup, et, soudain, se sentit apaisé.

« D'où sortez-vous les perles, Ron ? Je sais, vous ne me

le direz jamais. Cependant, on dirait que madame les décroche directement du ciel. Quand pourrai-je les voir ?

— Demain matin, dix heures. D'accord ? Et apportez l'argent. Vous le savez, j'aime encaisser rapidement... mais en échange, vous acquérez une marchandise incomparable. Tel est mon principe.

— Vous avez, madame, un époux dont même le culot est charmant. » Bouchet s'inclina vers Tama'Olu et lui sourit par-dessus la table. « Mais je l'aime bien.

— Je peux comprendre cela. » Tama'Olu, souriante, eût pu faire fondre des rochers. « Je l'aime.

— Le bonheur, souvent, frappe à la mauvaise porte. » Bouchet prit la main de Tama'Olu et lui baisa la pointe des doigts. Ron se cala en arrière dans sa chaise et attendit que Bouchet ait lâché la main de Tama'Olu.

« Cinq cent cinquante mille dollars », dit-il ensuite.

« Comment ça ?

— Ce baisemain ainsi que la cour éhontée que vous faites à ma femme vous coûtent vingt-trois mille dollars. Je suis jaloux, Charles. Et, comparé à moi, Othello était un petit garçon innocent. Et ça se paie.

— Madame. » Bouchet regarda Tama'Olu, dégrisé. « Vous avez entendu ? Sauvez-vous ! Venez à moi ! »

On rit encore beaucoup, ce soir-là. Ce fut seulement après minuit que Bouchet appela son chauffeur et lui donna l'ordre de venir au Trocadéro.

Il reconduisit Ron et Tama'Olu à leur yacht et leur assura qu'il passerait une bien mauvaise nuit, certain qu'il était de rêver de madame.

Pour Tama'Olu tout ceci n'était pas encore bien réel. Ce Trocadéro somptueux, avec les garçons en queue-de-pie, ce repas avec caviar, homard, consommé de truffes blanches, et le vin qu'elle n'apprécia pas. Ce sancerre grand-chemarin 1983, trop âpre pour elle, ce buffet de desserts avec des parfaits glacés, des mousses au chocolat, des tartes, des salades de fruits aux différentes liqueurs, et puis aussi ces femmes élégantes et ces hommes, pas mal du tout, pour la plupart, qui l'observaient à la dérobée, cette vie turbulente dans les rues, les enseignes de néon avec leurs images clignotantes et les lettres lumineuses... tout cela lui avait tourné la tête, et peu s'en fallait qu'elle n'étouffât.

« Oh, Ovaku ! » dit-elle quand ils furent à nouveau seuls sur leur yacht, et qu'ils se déshabillaient dans leur chambre, « ça te plaît ?

— Quoi donc, ma chérie ?

— Cette autre vie. Tout est si bruyant ! Et tous ces gens qui courent, comme s'ils étaient persécutés.

— Ils sont persécutés, mon amour ; persécutés par la tyrannie de la réussite. Quiconque musarde en chemin est dépassé par quelqu'un d'autre et arrive immanquablement trop tard. La vie est une lutte perpétuelle pour la reconnaissance sociale.

— Pas à Tonu'Ata.

— Et c'est la raison pour laquelle c'est un paradis. » Il lui embrassa la bouche et les seins, et, comme toujours, quand il la touchait, elle s'offrit à lui. « Tu étais la plus belle femme de Tahiti. Les hommes te regardaient comme si tu étais venue d'une étoile lointaine. »

Elle s'assit sur le rebord du lit, rapprochant les jambes et posa son menton sur ses genoux. Sa nudité brune et veloutée scintillait à la lueur des lampes de cristal. Elle dormait toujours nue : elle aimait à sentir le corps de Ron contre sa peau.

« Est-ce que les perles sont vraiment si chères que ça, Ovaku ?

— Ici, oui. Du fait de leur rareté.

— Tu pourrais vendre mes colliers aussi ?

— Pas question. Tu les gardes.

— Si ça peut t'être utile, pourtant...

— Personne ne pourrait acheter tes colliers. Ils

devraient pour cela être exposés à New York, dans les vitrines de Bulgari, de Cartier ou de Tiffany...

— New York ? Qu'est-ce que c'est ?

— Une grande ville, mon ange. Une des plus grandes villes du monde.

— Aussi grande que Papeete ?

— Papeete ne serait même pas un quartier de New York. »

Ron s'étendit sur le lit et attira Tama à lui. Elle se pelotonna dans ses bras.

« Je te montrerai New York. L'année prochaine. Nous volerons de Tongatapu à New York, en passant par Hawaii et San Francisco.

— Avec l'hélicoptère de Jack ?

— Oh non !... avec un avion immense, où peuvent prendre place environ quatre cents personnes.

— Et cette chose-là vole ? Avec quatre cents personnes à bord ? » Elle sourit et, tendrement, lui boxa la poitrine. « Tu mens, Ovaku ! Ça n'existe pas ! »

Ils s'embrassèrent, et Tama, blottie dans ses bras, s'endormit bien vite. Mais Ron, lui, demeura encore longtemps éveillé, caressant le corps chaud et lisse de Tama. Il était indescriptiblement heureux. Aucun homme ne peut avoir plus que ce que j'ai, pensa-t-il. Exiger plus encore de ma destinée serait outrecuidant et peu glorieux.

Il y a encore bel et bien des paradis, sur notre terre...

Bouchet était, il faut le reconnaître, un homme d'affaires ponctuel et avisé. A dix heures pile, il gravit à nouveau la passerelle du yacht, sa mallette en pécari enchaînée à son poignet, comme s'il transportait un colis diplomatique secret.

Son premier regard fut pour la table qu'on avait dressée sous le vélum. Tout était prêt : du café, des gâteaux, des jus de fruits, et, au milieu de la table, dans un vase en verre dépoli, ses roses thé.

Le bar était ouvert, et la bouteille d'absinthe lui faisait signe. Ron, vous êtes un véritable ami, se dit-il.

Tama'Olu l'accueillit dans une tenue de bain à se damner, et sous laquelle on voyait fort bien se dessiner les contours d'un mini-bikini. A nouveau, elle laissait ses cheveux lui rouler sur les épaules et flotter au vent chaud du large.

Et à nouveau, également, Bouchet lui fit un baisemain.

« Pardonnez-moi, madame, si à votre vue, je reste sans voix. »

Puis il déverrouilla la chaînette qui reliait son attaché-case à son poignet et le posa sur l'un des sièges.

« Vous vous êtes donné tant de mal pour le petit déjeuner, madame...

— J'ai fait ces gâteaux moi-même.

— Avec ces tendres menottes ? Je baiserai donc chaque bouchée avant de l'avaler. »

Du corridor, Ron sortit en menaçant son hôte du petit doigt. Pour rire, bien évidemment.

« Charles, vous faites à ma femme une cour si mielleuse qu'elle pourrait ouvrir un magasin de confiseur ! Prenez place et buvez donc une tasse du fantastique café de Tama'Olu, et envoyez-vous un godet de votre sacré breuvage derrière la cravate !

— Chaque chose en son temps. Je veux d'abord savoir : où sont les perles ?

— En bas, au salon... Qu'est-ce que vous croyez ? Que je vais les monter ici, au vu et au su de tout le monde ? Vous avez l'argent ?

— Comment pouvez-vous demander une chose pareille, Ron ? » Bouchet fit mine d'être vexé. « Du fond de ma baignoire, j'ai déjà mené rondement mes affaires... la moitié de ces perles est déjà vendue ou réservée.

— Et du fond de votre baignoire, vous avez pêché pas

mal de millions de francs. Mais, loin de moi l'idée de vous reprocher cela, cher vieil ami. Je n'augmenterai pas mes prix non plus. A moins que les cours n'augmentent. »

Il alla chercher un petit verre à eau, le remplit à moitié d'absinthe et le tendit à Bouchet.

Tama'Olu versa dans les tasses un café noir à l'arôme sublime. Au-dessus d'eux à assez basse altitude, un Jumbo d'Air France en provenance de Paris arriva en grondant ; il allait se poser sur l'aéroport de Tahiti. C'était d'un avion comme ça que Ron voulait sans doute parler hier soir... et je volerais là-dedans ? Vers New York, cette ville géante, cent fois plus grande que Tahiti... du moins à ce que prétend Ron. Oh ! Ovaku, qui pourrait croire une chose pareille ?

Bouchet vida son verre d'absinthe, dévora deux morceaux de gâteau, dont il dit que seules des créatures célestes avaient pu le confectionner, but deux tasses de café qu'il appela « des orchidées », car elles étaient exactement aussi précieuses et rares, puis il descendit au salon avec Ron.

Tama'Olu resta sur le pont, s'étendit dans une chilienne et se remit à potasser son manuel d'anglais. Elle parlait cette langue encore moyennement, mais voulait tout apprendre, par amour pour Ovaku, qu'elle aimait plus qu'elle-même !

Sur la table du salon, à même une nappe de velours rouge clair, les trois cent vingt-trois perles noires scintillaient.

Bouchet s'arrêta, encore engagé dans l'escalier, se frotta les yeux et dit tout bas :

« C'est dingue ! Ron, c'est complètement dingue ! Vous instaurez une échelle de qualité complètement nouvelle pour les perles noires. Un beau jour tous les négociants vont se réveiller promus au rang de vendeurs de pacotille. Vous savez que ça pourrait bien être fort dangereux pour nous ?

— De quelle façon ?

— Vous bouleversez complètement les principes du négoce perlier !

— Avec mes ridicules trois cent vingt-trois perles !

— On a vite su, dans toute les places perlières, que Bouchet à Papeete avait découvert un filon inconnu de perles noires incomparables. Bien sûr, je ne révélerai rien, mais on va faire pression sur moi avec insistance.

— Charles, ne commencez pas à vouloir, par de tels arguments, pinailler sur le prix ! »

Ils s'assirent autour de la table, les perles étalées au milieu d'eux.

« Vous avez apporté votre appareil de contrôle ? » demanda Ron, taquin.

« Avec vous, pas la peine ! » Bouchet ouvrit la mallette... pleine à ras bord de liasses de dollars. « Comptez, Ron.

— Pas la peine non plus, Charles. Je compte revenir encore, et vous êtes amateur.

— Prétendriez-vous que vous avez encore d'autres perles ?

— A l'instar du bon laboureur, je n'ai qu'à récolter.

— Je me sens devenir fou ! Viendriez-vous d'une autre planète ? Sur notre terre, pareille chose n'existe pas. » Il saisit quelques perles de la pointe des doigts et les fit rouler sur la nappe, de gauche à droite. « Non, sincèrement, qu'est-ce que je vais bien pouvoir raconter si on me pose des questions ?

— Vous n'aurez qu'à dire qu'un Américain en proie au spleen est venu de San Francisco — non, mieux : d'Hawaii — et vous a apporté ces perles.

— Et on me croirait ? En Amérique, on lui achèterait ses perles plus cher qu'ici à Tahiti !

— Justement, Charles, il a un petit grain !

— Et la prochaine livraison, vous l'effectuerez en Amérique, hein ?

— Non. Confiance pour confiance. Vous êtes mon premier client, nous nous comprenons sur le plan humain, ce qui nous lie l'un à l'autre. En outre, je ne suis pas ce genre de types qui font un croc-en-jambe à leur partenaire, dès le départ, seulement pour ramasser quelques dollars en plus. La prochaine fois, je vous apporterai pour un million de dollars de marchandise. Faites d'ores et déjà des stocks de billets, Charles. »

Quand ils furent remontés sur le pont — Bouchet avait de nouveau verrouillé la mallette, cette fois remplie de perles, à son poignet — Tama'Olu était accoudée au bastingage, contemplant toute la fébrile activité du port et de la Promenade. Elle avait ôté son peignoir et ne portait plus que ce bikini microscopique. Son corps souple, brun clair, sublime, brillait au soleil. Autour de son cou gracieux, les trois colliers de grosses perles noires tombaient presque sur sa poitrine à demi dénudée.

D'abord Bouchet contempla cette silhouette merveilleuse, puis il vit les colliers. Après quoi, roulant des yeux, il lui fit un baisemain, et, sans un mot, se dirigea vers la passerelle. Ce ne fut qu'arrivé là qu'il dit d'une voix rude :

« Ron ! Vous êtes vraiment un débauché dangereusement pervers. Primo, vous me montrez votre femme, devant laquelle tout homme perdrait la raison, et secundo, ces trois colliers qui pendent sur sa poitrine. Ah, non ! Vraiment ! Ce n'est pas très gentil ! Combien coûte l'un de ses colliers ?

— Un prix inabordable !

— Tout est abordable ! N'ayez pas honte de dire son prix !

— Impossible, le collier et sa propriétaire ne forment qu'un seul et même lot — et je ne vais quand même pas vous vendre ma femme ! »

Bouchet hocha la tête, tapota les épaules de Ron et s'engagea sur la passerelle.

« Nous reverrons-nous ? Combien de temps encore restez-vous à Papeete ?

— Huit jours, au moins. Peut-être plus.

— Alors, puis-je vous inviter chez moi ? Quand je dis “ vous ”, je veux dire votre épouse également.

— Nous viendrons volontiers, Charles. »

Tama'Olu fit un signe d'adieu à Bouchet, au moment où celui-ci grimpait en voiture et démarrait.

« Comment ai-je été, Ovaku ? » demanda-t-elle encore, comme le soir précédent.

« On devrait t'enfermer, et ne plus te montrer à aucun homme ! »

Elle rit, se pencha en arrière et laissa flotter ses longs cheveux au vent.

« Et mes colliers ?

— Il voulait les acheter sur-le-champ. Et avec toi en prime s'il le fallait !

— Tu vois ! » Elle rit à nouveau. « Grâce à moi tu pourrais être riche !

— Plutôt mendiant avec toi que Crésus sans toi ! »

Cet après-midi-là, Ron conduisit son yacht aux chantiers navals où il l'avait acheté. Il désirait faire procéder à un examen technique général. Une inspection globale.

Le nouveau yacht de luxe de Myers était là, en cale sèche, à moitié terminé. Quant à lui, et Ron l'apprit de la bouche même du patron, il était en Floride avec une starlette. On avait même vu sa photo et celle de cette fille dans un magazine.

« Elle a cinquante ans de moins que lui », dit le directeur, méprisant.

« Ça va lui coûter un joli paquet de dollars et un malaise cardiaque ! » Ron se mit à rire. « Dépêchez-vous de construire son nouveau yacht, sinon il va vous rester sur les bras ! »

Deux jours plus tard, Piero De Luca, comme à son habitude, flânait dans les rues de Papeete. Il passait les vitrines des joailliers en revue. Arrivé devant la boutique de Degrelle, il lui sembla que la foudre venait de le frapper : il regarda fixement la devanture, où aucun prix n'était affiché, entra aussitôt dans le magasin et y trouva Degrelle seul. Le bijoutier blêmit et De Luca, sans un mot, lui donna une gifle énergique. Alors Degrelle dit, immédiatement :

« C'est Bouchet... hier soir ! »

Sans rien dire, aussi muet que quand il était entré, Piero De Luca sortit de la boutique. Mais ensuite, il se mit à courir vers les bureaux où il trouva Pandelli absorbé dans l'examen de brillants non montés.

« Ron Edwards est de retour ! » claironna De Luca.

Pandelli en lâcha sa loupe.

« Degrelle a sept perles noires en vitrine... sept poèmes. Achetées à Bouchet.

— Surveillance immédiate à reprendre ! » Pandelli bondit de sa chaise et se frappa les poings. « Piero, cette fois il ne nous échappera pas ! Affrète, jusqu'à nouvel ordre, le *Roi de Tahiti.* Il a même un hélico à bord !

— Je dois le louer avec l'hélicoptère ?

— Évidemment, imbécile ! » hurla son patron. « C'est justement l'hélicoptère qui est intéressant. »

Pierro De Luca fut assez malin pour quitter le bureau, opérant de la sorte un repli stratégique.

L' « Opération Edwards » venait de commencer.

Il ne s'écoula pas deux jours que, venant de tous les azimuts, les informations pleuvaient chez Pandelli : la première qu'on lui donna fut aussi la plus importante : Bouchet était venu chercher Edwards et une femme, puis il les avait conduits chez lui. Le yacht était en rade au chantier naval.

Un autre informateur lui rapporta : Edwards et la femme qui l'accompagne sont allés acheter des vêtements chez Dufort. Edwards et la femme ont été vus dans la boutique de godasses de Rocky Steel. Edwards et sa compagne ont acheté chez Electro-Control quatre réfrigérateurs, quatre cuisinières et toute une gamme d'appareils électroménagers. Chez Tahiti-Art, ils ont acheté du tissu, par rouleaux entiers.

« Au diable Edwards et sa moukère ! cria Pandelli. Qui est cette femme ? Une horizontale de la rue Montaigne ?

— Elle n'en a vraiment pas l'air, Alessandro. » Piero De Luca avait toujours les yeux brillants en évoquant Tama'Olu. « J'étais chez Tahiti-Art, tout près d'eux. Il lui disait " *Darling* " et à la vendeuse " ma femme par-ci, ma femme par-là " !

— Il est marié ?

— Ça m'en a tout l'air Et quelle femme, nom de Dieu ! C'est une indigène...

— Piero, nous sommes enfin sur la bonne piste ! Enfin ! Enfin ! Là où il a déniché la femme se trouvent aussi les perles ! Simple histoire de logique. Peut-être même n'a-t-il découvert ces perles que grâce à la femme. Et il l'a épousée pour le fric ! Pour le fric, on se met volontiers la corde autour du cou, une corde qui ressemble à une chatte brune !

— C'est un miracle de femme, chef.

— Et quand bien même serait-elle la Joconde...

— Plus belle !

— Qu'il fasse l'amour nuit et jour avec elle, s'il en a envie ! Nous le tenons, Piero, lui et sa source secrète d'où jaillissent les perles. Nous allons proposer une association à Edwards.

— Ce qui veut dire que tu vas le liquider.

— Tu t'es mal exprimé, mon garçon ! » Pandelli se tenait près de la fenêtre et regardait en bas, dans la rue, le fourmillement de la foule. « Je me souviens l'avoir déjà dit, jadis : nous allons épurer le marché. Et comme dans tout nettoyage, la crasse disparaît d'elle-même... »

Ron demeura dix jours à Papeete, et pendant ces dix jours, son yacht fut surveillé vingt-quatre heures sur vingt-quatre ; Pandelli lui-même fit le guet et épia tout ce qui se passait sur le pont, à l'aide de sa longue-vue.

« Une belle femme, vraiment, marmonna-t-il. Mais elle n'a pas le type d'ici : elle n'a rien d'une indigène de Polynésie française. Il est vrai qu'Edwards était parti fort loin de notre archipel. Sans doute en direction des Fidji, de Rarotonga ou des Samoa. Tiens ? Samoa... elle ressemble aux gens de là-bas. Oui, mais à Samoa et dans les parages, pas la moindre perle. C'est bien connu.

— On ne croyait pas non plus qu'il y avait des diamants en Sibérie, Alessandro », osa faire remarquer De Luca.

« Oui, tout comme ni ton père ni ta mère n'ont cru que tu étais un demeuré, Piero ! Les gisements de perles sont depuis longtemps recensés. Ceux qui sont probables, comme ceux dont l'existence est possible. Samoa n'est pas sur la liste, ni d'ailleurs tout ce qui se situe à l'est de cet archipel. Là-bas, on trouve de très beaux coraux, certes, mais pas de perles noires.

— Nous le saurons bientôt, chef. » Piero De Luca mit la longue-vue contre son œil et regarda Tama'Olu qui se prélassait dans sa chaise longue. « C'est le genre de femme qui arriverait à faire fondre un bloc de glace », constata-t-il, en prenant une mine d'expert. « Ce gars-là a une de ces veines !...

— Avait », corrigea Pandelli, brutalement, et il posa sa longue-vue. « Avait ! Son avenir sera tout autre. Accordons-lui encore ces quelques semaines de bonheur ! »

Il quitta son poste d'observation, prit sa voiture jusqu'au centre-ville où il tomba — le hasard est parfois facétieux — nez à nez avec Edwards. Il sortait d'une boutique de quincaillerie et d'outillage.

Pandelli le suivit un moment, et grâce à la foule très dense, la filature fut parfaitement insoupçonnable. Il resta sur les talons d'Edwards jusqu'à la Promenade de la côte. Là, il le dépassa, mine de rien, au moment précis où Ron s'assit à une terrasse de café et commanda une glace, sans chantilly.

Il faut agir vite, pensa Pandelli, en continuant son chemin. Ce gars-là est costaud et m'a l'air fichtrement bien entraîné. Il faudra éviter de l'affronter — c'est préférable. Nous ne devrons pas lui laisser le temps de se défendre.

Pandelli se souvint alors du temps de l'Italie, de Chicago, de New York et de San Francisco, de son fusil à silencieux, dont la crosse était striée par les encoches de tous les tirs « réussis ». Une excellente publicité pour de nouveaux « contrats » à venir. C'était de cette façon, et seulement de cette façon qu'on réglerait le problème Edwards, une fois qu'on aurait découvert ses perles.

Le dixième jour fut, à nouveau, entièrement consacré au chargement du yacht. C'était inimaginable tout le fourbi que Ron avait pu acheter, et ce que le yacht pouvait contenir, pour peu qu'on utilise chaque recoin, et qu'on entasse tout en serrant le plus possible ! La chambre à coucher seule resta accessible. Pas le moindre carton n'y traînait. Ron devait bien cette attention à Tama'Olu.

Peu avant le départ, Bouchet vint encore une fois à bord pour faire ses adieux.

« Quand vous reverrai-je ? demanda-t-il.

— Comme convenu, Charles, quand j'aurai pour un million de perles.

— Ce n'était donc pas une blague, Ron ?

— On ne blague pas, quand il s'agit d'un million de dollars. A propos, Charles, vous n'avez rien remarqué ?

Vous êtes venu ici trois fois, et trois fois une Peugeot bleu clair stationnait ici.

— Je n'ai rien remarqué, Ron.

— C'est peut-être une coïncidence. Vous avez des ennemis, Charles ?

— Pas que je sache. Mais des envieux... ça va de soi ! Celui qui rencontre le succès est toujours la cible des jaloux. La vie est un défi permanent et celui qui se fait distancer finit toujours par glapir : " Eh ! Arrêtez-le, il a triché ! " Il faut vivre avec cette idée. Vous, vous n'avez pas ces soucis. Vous êtes un homme heureux, sans problèmes, Ron. Restez-le. Et si je n'avais pas peur que, dans ma bouche, ça sonne de façon parfaitement grotesque, je vous dirais : " Dieu vous garde ! "

— Merci, Charles. »

Il était dix heures, quand, une fois les formalités douanières accomplies, le *Paradis* sortit du port industriel et regagna les mers du Sud.

Au large, un gros navire attendait. Ron passa à distance sans rien remarquer d'anormal, sinon que sur le pont de ce bateau, était embarqué un petit hélicoptère. Il doit y avoir des gens bigrement riches à Tahiti, se dit-il. Ou peut-être s'agit-il d'un cheikh arabe qui navigue dans les parages, exceptionnellement, au lieu d'être entre Marbella et Monte-Carlo ? Il enclencha les moteurs à mi-régime, entra le cap dans le pilotage automatique, puis rejoignit Tama'Olu sur le pont.

« Eh bien, voilà ! C'était ça, Papeete, mon ange, dit-il, tu as aimé ?

— Beaucoup », répondit-elle, pensant que cette réponse plairait à Ron.

« Tu mens ! » Ron leva le doigt. « Les anges n'ont pas le droit de mentir.

— Je suis heureuse que nous rentrions à Tonu'Ata, avoua Tama'Olu. Je suis heureuse de pouvoir à nouveau être seule avec toi, de revoir mes frères, mes sœurs, mon père et ma mère. Tout est si bruyant, dans l'autre monde ! »

Elle se regarda des pieds à la tête. Elle portait un pantalon blanc moulant et un corsage de soie imprimée de motifs floraux, très chers tous les deux.

« Est-ce que je dois rester comme ça, Ovaku ?

— Tu es merveilleuse, surtout dans ta robe du soir.

— Je devrai la mettre, à la maison ?

— Tu mettras ce que tu voudras, ma chérie, tout ce qui te plaira...

— Vrai ?

— Mais bien sûr... »

Elle bondit de joie, leva les bras et décrivit plusieurs tours sur elle-même. Puis elle ôta son corsage, enleva ses chaussures et exécuta quelques pas de danse, très excitée.

« Comme ça c'est bien, Ovaku ! s'écria-t-elle. Comme avant. Tout le reste était étroit, on s'y sentait ficelé, comme par une entrave. Doit-on absolument se balancer sur d'aussi hauts talons ?

— Non.

— Alors pourquoi dois-je le faire, Ovaku ? » voulut-elle savoir.

« Parce qu'ainsi, tu es encore plus belle, mon ange !

— Est-ce que la beauté est si importante que cela, dans ton monde ?

— Oui. C'est insensé, et pourtant, c'est vrai. La beauté est un sésame qui ouvre toutes les portes.

— Chez nous, toutes les portes sont ouvertes.

— Oui, mais c'est le paradis.

— Alors l'autre monde, c'est l'enfer, n'est-ce pas ?

— Peut-être. Mais peu de gens se sont posé cette question. Ils n'ont d'ailleurs pas la moindre envie de le savoir.

— Alors faisons comme ça, Ovaku », proposa Tama'Olu. Elle pressait son corsage de soie contre sa poitrine. « Au paradis, je porterai ça... » Elle ôta le corsage et retrouva sa divine nudité. « Et je me ferai belle quand nous retournerons en enfer. Où sommes-nous, maintenant, Ovaku ? Encore en enfer ?

— Non, en route vers le paradis. » Il lui prit les mains et les baisa comme avait fait Bouchet. « Notre prochaine étape est Telekitonga.

— Et qu'y ferons-nous ? Encore des achats ?

— Non. Nous allons nous y marier. »

Il la serra contre lui avec une telle force qu'ils en perdirent l'équilibre et tombèrent sur le plancher du pont. Étroitement enlacés, ils riaient, riaient comme des enfants surexcités.

Le *Roi de Tahiti* suivait le *Paradis* à la même vitesse, mais en conservant un écart suffisant pour qu'on ne le remarque pas à l'œil nu. On pouvait le repérer sur le radar et c'était amplement suffisant.

Ron aussi avait vu l'autre navire sur son radar, mais il n'y attacha aucune importance. Pandelli, qui se tenait près du capitaine sur la passerelle de la timonerie, fut inquiet lorsqu'il ne vit plus Edwards.

« Mais allez donc plus vite », exigea-t-il avec impatience. « Si jamais nous le perdons, votre vie ne sera plus qu'un long calvaire, je vous en donne ma parole.

— Nous l'avons sur l'écran et c'est amplement suffisant », expliqua le capitaine.

« Pour vous, peut-être, mais en ce qui me concerne, il me faut des certitudes.

— Le radar en est une », dit le capitaine, têtu.

C'était un métis, père français, mère tahitienne. Il n'était pas facile de lui faire perdre son calme.

Le *Roi de Tahiti* appartenait à une compagnie de charters qui louait ce bateau à des millionnaires désireux d'inviter, souvent pour toute une semaine, de gros clients à une croisière dans les mers du Sud. Après cette croisière les affaires étaient conclues, les contrats signés. De jolies jeunes filles, avec des couronnes de fleurs dans les cheveux, soigneusement sélectionnées, donnaient un petit coup de pouce pour la conclusion rapide de ces affaires. Les cabines étaient d'ailleurs conçues à cet effet, des nids d'amour insonorisés, ou les businessmen un peu gogos perdaient la raison.

Il était absolument indifférent au capitaine de savoir qui il promenait en mer, de toute façon il percevait son pécule, à savoir dix pour cent du prix de la prestation. Il gagnait bien sa vie, et ça valait bien le coup de ne rien voir, rien entendre, ni rien dire. Cette philosophie des « trois singes sacrés » porte toujours ses fruits.

C'est la raison pour laquelle il n'avait été que plus surpris de ce que quatre bonshommes aient loué le bateau, sans qu'ils amènent de poulettes. Ils étaient frénétiques et soucieux de ne pas perdre de vue ce yacht qui filait devant. Ce qui, plus encore, étonna notre capitaine, ce fut la réponse qu'il obtint à sa question :

« Où donc allons-nous ? »

Le type qui semblait être le chef s'était contenté de grommeler :

« Ne posez pas de questions. Suivez le yacht.

— Et où va-t-il ?

— Là où nous allons. »

Après une réponse aussi obtuse, le mieux est de ne rien dire. N'importe comment celui qui paye a toujours raison, le client est roi.

« Il a pris le même cap que la dernière fois », constata Pandelli, quand ils eurent passé Moorea et Bora Bora. « Mais cette fois, il ne nous sèmera pas...

— Est-ce que c'est votre femme qui est à bord de ce yacht en compagnie de son amant ? demanda le capitaine.

— Est-ce que j'ai l'air de quelqu'un qui court après une femme ?

— Personne n'a un air particulier dans ce genre

d'opérations, monsieur. Je connais des balèzes qui se dandinent devant de jolies petites poupées comme des ours de cirques. Et le quidam dont on pense qu'il est un petit prof paisible, eh bien, un beau jour, il poignarde sa femme, par jalousie. Donc pas de femmes ?

— Non ! » hurla Pandelli, de fort mauvaise humeur. Il avait de nouveau perdu Ron de vue ; l'horizon l'avait littéralement avalé. « Plus près ! ordonna-t-il.

— Si vous y tenez absolument, je vais m'en approcher tellement près que nous voguerons côte à côte. Le gars, devant, il ne va pas à plus de douze nœuds. Il semble avoir tout son temps. »

Deux jours plus tard, ils étaient tous les deux à quai à Rarotonga, pour faire le plein de carburant et d'eau potable. On ne pouvait pas éviter la rencontre, car c'était le seul point de ravitaillement à cent milles à la ronde. Ron ne jeta qu'un regard distrait à ce bateau et à l'hélicoptère et lut son nom sur la coque : *Roi de Tahiti.* Puis il n'y fit plus attention. Quand le plein fut fait, il repartit, cap à l'est.

Le ravitaillement durait trop longtemps au goût de Pandelli.

« Combien de temps encore ? » demanda-t-il au capitaine.

« Une heure. Pas d'affolement, monsieur, nous les rattraperons les doigts dans le nez. » Puis, presque sur le ton d'une question : « Ça va être un voyage plutôt long…

— Et quand bien même devrions-nous naviguer tout autour du monde, vous serez payé, non ?

— C'est bien la moindre des choses, monsieur. Moi, je ne suis pas comme vous, je ne voyage pas pour mon plaisir. »

Après Niué, qu'ils laissèrent à tribord et où ils n'accostèrent pas, Pandelli et le capitaine se penchèrent au-dessus de la carte marine, perplexes et ils se regardèrent sans comprendre.

« Mais où va-t-il, à la fin ? » se demanda à nouveau le capitaine. « S'il continue ainsi vers l'est, il arrivera au Japon. Ou plutôt, il n'arrivera pas au Japon. Pas assez de fuel. Et nous non plus.

— Nous avons assez de barils de réserve à bord.

— Tout de même. Il est obligé de faire route bâbord toute et de mettre le cap sur Tonga. C'est la seule route possible qui lui reste. Tonga. Vous y avez pensé, monsieur ?

— Non », dit Pandelli un peu plus tard à Piero et à ses hommes, des gaillards triés sur le volet, qui pratiquaient le kung-fu, savaient se servir d'une mitraillette et avaient toujours un couteau à portée de main. Tuer, anéantir, c'était leur lot. « Tonga ! Personne n'y a pensé. Pourquoi, d'ailleurs, aurions-nous dû y penser ? A Tonga, aucun espoir de trouver des perles ! Vraiment. »

Il regarda Piero qui ricanait discrètement.

« Toi, je vais te faire bouffer tes dents, et tu n'auras plus guère envie de ricaner, crois-moi ! cria-t-il.

— Ça ne changera rien, chef », osa rétorquer De Luca, téméraire. « Nous sommes sans doute sur le point de troubler une lune de miel. D'ailleurs, Tonga, c'est le lieu idéal pour ça !

— Et comment que je vais les troubler ! » grinça Pandelli, en frappant la carte de son poing. « Maintenant, je n'en ai plus rien à faire, que ce soit Tonga ou Pétaouchnock, je m'en vais lui parler à Edwards, et à ma façon. Et il va tout me dire. Tout. On commencera par ce joli brin de femme. Elle sera notre première invitée ; et alors, tu verras comme Edwards sera bavard... »

Deux jours après le yacht avait de nouveau disparu derrière l'horizon — le capitaine brida les moteurs du *Roi de Tahiti*.

Pandelli se rua sur la passerelle de la timonerie, mais le capitaine leva les bras au ciel.

« Avant que vous ne nous fassiez une crise d'hystérie, monsieur, une petite remarque préalable : là où nous allons, il n'y a plus rien que l'océan. Tonga se situe à bâbord arrière et nous sommes présentement à la longitude des Ha'apaï, également à bâbord... et à tribord, commence la solitude absolue. Et lui, il vogue à plein régime comme s'il avait oublié le lait sur le feu. Or, dans cette direction, il n'y a plus rien.

— Peut-être que si, malgré tout ?

— Tenez, voici une carte. Si vous trouvez là-dessus un petit bout de terre, fût-ce une chiure de mouche, vous serez plus fortiche que Colomb et Cook réunis !

— Suivez-le ! » ordonna Pandelli, la voix éraillée par la colère. « Suivez-le. Ce que peut Edwards, nous le pouvons aussi.

— Nous pourrions peut-être partir en reconnaissance avec l'hélicoptère, monsieur ?

— Trop tôt. Nous le ferons uniquement lorsque nous aurons atteint la tanière d'Edwards.

— Bien, monsieur. » Le capitaine remit les moteurs à plein régime. « Mais je dois dans ce cas en référer à mon chef.

— Vous ne ferez rien du tout, capitaine. » Pandelli se planta devant l'homme qui n'en croyait pas ses yeux. « Vous, le pilote, et deux marins à bord, ça fait quatre. Mes hommes et moi sommes cinq, avec l'avantage d'être armés.

— C'est une mutinerie ?

— En quelque sorte, oui.

— Même celle du *Bounty* s'est mal terminée, monsieur !

— Avec moi, pas de danger. Décidez-vous, ou vous faites ce que je vous dis, ou je vous balance tout simplement par-dessus bord. Je ne sais pas s'il y a des requins dans les parages, mais mille milles à la nage, ça me paraît au-dessus de vos forces !

— Ai-je le choix ? Mais nous rentrerons à Papeete et alors...

— ... alors vous serez riche, capitaine et, vous n'aurez plus besoin de trimbaler des P-DG en mer et leurs poulettes.

— Comment ça, riche ?

— Devant nous, il y a des millions de dollars qui sont en train de s'échapper. Je vous associe à ce business à hauteur de dix pour cent et chacun de vos hommes recevra cinquante mille dollars. Conclu ?

— Et de quoi s'agit-il ?

— De perles noires. »

Le capitaine fit une grimace, comme s'il venait de mordre un citron.

« Dans ce cas, monsieur, vous auriez pu le dire tout de suite, on se serait épargné bien des crises de nerfs ! Ici, pas de perles.

— Je l'avais cru, moi aussi. Mais attendez donc, pour voir. Et maintenant allez voir vos hommes et dites-leur qu'ils auront cinquante mille dollars s'ils ferment leur bec et obéissent à mes ordres. »

Le *Roi de Tahiti* vogua bientôt à travers les mers du Sud et, bientôt également, le radar repéra à nouveau le *Paradis.*

Mais, une heure après, environ, le capitaine fit irruption au salon où se trouvait Pandelli. Son visage avait cette expression de quelqu'un qui vient de découvrir quelque chose de monstrueux.

« Monsieur ! s'exclama-t-il, il se passe quelque chose ; c'est à n'y rien comprendre. J'ai une terre sur mon écran-radar ! Juste droit devant... le contour d'une terre, clairement marqué ! Et cependant la carte n'indique pas la moindre terre. Seulement l'océan... »

Pandelli porta la main à sa poitrine.

« Une terre... », répéta-t-il d'une voix sourde.

Piero De Luca blêmit à cette annonce.

« Une terre qui n'existe pas...

— Oui, monsieur !

— C'est là ! Mes amis, voici la clé de l'énigme ! Nous sommes arrivés là où sont les perles noires. Je le sens ! Je le sais ! capitaine, voilà la récompense pour notre persévérence ! »

La nuit tombait lorsqu'ils s'approchèrent de l'île, tous feux éteints. Ils jetèrent l'ancre à une distance respectueuse ; et comme à cet endroit la mer avait une profondeur de plus de quatre mille mètres, ils ne purent mettre à l'eau que leurs deux ancres flottantes. Toute la nuit, une vigie fut de quart sur le pont, pour surveiller les allées et venues.

Cette même nuit, Pandelli, le capitaine, son équipage et les « spécialistes » recrutés par Pandelli étaient assis en assemblée générale au mess et écoutaient le patron leur exposer son plan de bataille.

« Demain, à l'aube, nous irons survoler l'île avec l'hélicoptère et nous ferons une reconnaissance des lieux. Nous vérifierons si elle est peuplée ou non, et si oui, combien d'indigènes y habitent ; nous chercherons les surfaces planes propices à l'atterrissage, et nous verrons bien si les bancs d'huîtres sont repérables depuis les airs. Quand nous aurons procédé à cette reconnaissance des lieux nous nous approcherons de l'île et rentrerons en contact avec Edwards. Attention, le gars est malin ; il va instantanément comprendre dans quelle situation il se trouve, et il va agir en conséquence. Pour le reste, nous verrons comment les choses tourneront. Bonne nuit, messieurs. Dormez profondément, nous aurons besoin de toutes nos forces, demain matin. »

Sur l'île, nul ne soupçonnait la présence de ce second navire.

Ron et Tama'Olu furent accueillis par une grande fête, avec des chants et des couronnes ainsi que des danses, et Tapana embrassa Ron sur les deux joues. C'était Willmore qui le lui avait appris. Willmore : lui et la tendre Lanei'ta portaient au front un bandeau de même couleur, avec les mêmes motifs, signe qu'ils étaient l'un à l'autre, pour l'éternité. Jack avait profité de l'absence de Ron pour épouser Lanei'ta selon les rites de Tonu'Ata.

« Tout est en ordre, Ron », dit-il lorsque tous furent réunis dans la case de Ron autour d'une bouteille de champagne, en guise de bienvenue. « La " centrale électrique " fonctionne impeccablement, l'émetteur également, j'appartiens au village et Lanei'ta est une femme merveilleuse. Je suis fou d'amour.

— Et si je te disais maintenant : prends ton coucou et retourne à Pangaï ?

— Ce serait le pire des châtiments. Plutôt une balle bien ajustée. » Willmore ricana et hocha la tête à plusieurs reprises. « C'est quand même un drôle de sentiment de savoir que nous n'existons plus. Aujourd'hui, je pourrais te sauter au cou de gratitude, pour l'idée que tu as eue de me garder ici. Prisonnier à vie, je n'ai jamais été aussi libre. »

Cette nuit-là, Ron et Tama'Olu dormirent à terre, dans leur case, et pas à bord du yacht. Ils ne virent donc pas le *Roi de Tahiti,* qui, au petit matin blême, s'approcha de l'île et jeta l'ancre à bonne distance du récif où se fracassaient les vagues.

Un des hommes de Pandelli prépara l'hélicoptère.

Le capitaine et Pandelli se tenaient sur la passerelle et regardaient le récif, le lagon, la plage et le village. Tout dormait profondément. La fête au village avait duré jusque tard dans la nuit ; on avait dansé et chanté. A

Tonu'Ata, pas de montres qui découpent le temps en tranches et font des humains des esclaves.

« Notre type est amarré dans le lagon, dit Pandelli, le pouvez-vous aussi ?

— En aucun cas. Nous avons un tirant d'eau beaucoup plus fort que le sien. Et même pour lui, c'est chaque fois un quitte ou double. Monsieur, je n'arrive pas encore à croire que nous avons découvert une île inconnue, l'île Pandelli...

— Elle s'appellera comme ça, en effet et elle restera inconnue ! Non découverte. Nous ne voulons pas provoquer une ruée sur les perles noires !

— Absolument pas, monsieur. » Le capitaine, passablement excité, se passa la langue sur les lèvres. « Dix pour cent pour moi, ça monte à combien, à peu près ?

— Au minimum, à trois cent mille dollars.

— C'est une blague, monsieur ?

— Non. Et encore, cette somme pourrait être dépassée...

— Dans ces conditions, monsieur... », le capitaine tendit la main, « mes hommes et moi sommes prêts à traverser les flammes de l'enfer pour vous, je vous en fais le serment.

— Et de fait, nous y serons peut-être contraints. »

Pandelli prit la main du capitaine et la secoua avec énergie, en souriant aimablement, tout en sachant pertinemment que la seule collaboration qu'il exigeait du capitaine et de son équipage était d'être sagement enterrés côte à côte ou bien de disparaître dans la mer.

Ron fut tiré de son sommeil alors qu'il dormait contre la poitrine de Tama'Olu par la pétarade d'un moteur dans le ciel. Il se leva d'un bond. Ce saligaud de Jack, il nous a tous possédés et, le voilà qui fout le camp, se dit-il sans réfléchir. Mais pourquoi justement maintenant et pas durant mon absence ? Il se rua hors de sa case et Tama'Olu courut derrière lui qui roulait exactement les mêmes pensées, désireuse de consoler Lanei'ta, sa sœur.

Mais Jack était déjà sur le pas de sa porte, là-bas, à la lisière de la forêt. Il avait passé son bras autour de la taille de sa femme et regardait le ciel encore pâle de ce matin.

Un petit hélicoptère inconnu, une sorte de moustique léger et vitré, volait en cercle autour d'eux, puis se dirigea vers le cœur de l'île. Et là-bas, en face du récif, un bateau large et lourd était au mouillage, un bateau fort beau, certes, mais menaçant.

Willmore courut à la rencontre de Ron et dans ses yeux brillait l'épouvante. Tout en courant, il pointait son index vers le ciel.

« Ils nous ont trouvés, Ron ! cria-t-il. Cette fois, ils nous tiennent. » Hors d'haleine, il s'arrêta devant Ron et la sueur lui coulait à grosses gouttes du front. « Ça devait arriver un jour, tôt ou tard. Il n'y a plus de terres inconnues sur cette planète. Et maintenant ? Dis, qu'allons-nous faire ?

— C'est ma faute, Jack. Et uniquement la mienne. » Ron observa le bateau. Dans son dos, il percevait le vrombissement du moustique qui survolait la palmeraie et explorait l'île. « C'est le *Roi de Tahiti* qui est au mouillage, là-bas.

— Tu connais ce bateau ?

— Il m'a suivi depuis Papeete. Nous avons même stationné l'un près de l'autre à Rarotonga, où nous avons fait le plein. Et je n'avais alors absolument rien soupçonné. Pauvre singe naïf que j'étais !...

— Les singes ne sont pas naïfs, mais au contraire très perspicaces !

— Pas moi, Jack ! J'étais trop sûr de moi. Qui me connaîtrait, aussi ? avais-je pensé. Et pourquoi me suivrait-on ? Il arrive souvent que deux navires suivent le même cours. Et quand peu après, le *Roi* a changé de cap, pour moi tout était clair : il faisait route vers Tonga.

— Merde ! Et maintenant ?

— Il ne pourra pas entrer dans le lagon. Son tirant d'eau est plus fort que le mien.

— Mais c'est à peu près le seul point positif. Ils arrivent en hélicoptère. Mais qui sont ces gens ?

— Nous n'allons pas tarder à le savoir. Leur moustique peut prendre trois hommes à son bord, pas plus. Et encore, l'un d'eux doit-il se glisser entre les deux sièges ; ils vont atterrir et nous verrons bien.

— Je pourrais faire en sorte qu'ils n'atterrissent pas, Ron.

— Et comment ?

— Avec mon hélico, je suis deux fois plus gros que leur pupuce ! Je n'ai qu'à tout bonnement me placer au-dessus d'eux, puis je descends. Quand leur rotor va heurter mes patins d'atterrissage, ils tomberont comme une pierre !

— Et toi, Jack ?

— Mes patins seront tordus, voilà tout.

— Mais le choc te fera tomber toi aussi. »

Tout le village était maintenant sur pied. Les hommes se tenaient devant leurs cases, lances en main ; les femmes et les enfants se cachaient dans l'obscurité de leurs maisons. Les trois frères de Tama'Olu coururent sur le rivage, vers la case de Ron.

« Voyons d'abord ce qu'ils veulent », marmonna-t-il.

Le petit hélicoptère revint, tournoya au-dessus du village et de la plage, puis on ouvrit la porte du cockpit et un papier lesté d'une pierre tomba sur le sable. Fai'fa, qui se tenait à proximité, ramassa la pierre et la tendit à Ron. L'hélicoptère fit demi-tour et retourna se poser sur le bateau.

Les doigts tremblants, Ron ôta l'élastique et déplia le bout de papier. Le texte était rédigé en anglais, d'une écriture claire et lisible, malgré les soubresauts de l'appareil :

> « Je m'appelle Alessandro Pandelli. C'est pour moi une joie profonde d'avoir découvert votre île qui d'ailleurs n'existe pas. D'en haut, j'ai vu que vous aviez monté une station émettrice correcte et je présume que vous êtes équipé d'un radiotéléphone ; voici mon numéro. S'il vous plaît, appelez-moi à mon bord. Nous avons à parler de pas mal de choses. Alessandro. »

A nouveau, ils regardèrent en direction du *Roi de Tahiti.* L'hélicoptère se posait à un endroit du pont réservé à cet usage.

« Ce gars-là pilote comme un chef ! grommela Ron.

— Oh, je l'aurai ! » grinça Jack Willmore, blême d'exaspération « Je l'acculerai à la mer et je le métamorphoserai en puce d'eau.

— Voyons d'abord quelles sont leurs intentions. »

Ron retourna à sa case, s'assit devant son radiotéléphone et composa le numéro inscrit sur le billet. Aussitôt, une voix aimable, quoique passablement sirupeuse, se manifesta.

« J'étais sûr que vous appelleriez immédiatement, Ron.

— Alessandro ?

— Évidemment !

— Qui êtes-vous ?

— Faisons, si vous le voulez bien, un court résumé de ma vie, tout à fait passionnante, je dois l'avouer. Je suis négociant perlier et joaillier en gros à Papeete. Je suis donc un collègue un peu plus puissant que votre ami Bouchet.

— Je connais votre nom. Il est dans l'annuaire. Jadis j'avais presque eu envie de vous appeler, plutôt que Bouchet.

— Ç'aurait été préférable pour tout le monde, Ron. Mais le destin ne l'a pas voulu ainsi. J'ai vu les perles que vous avez livrées à Bouchet. " Les Reines noires des Mers " et " Les Princesses des mers du Sud ". Des noms bien sentis, il faut le reconnaître. Ce sont les plus belles perles que j'aie jamais vues. Malheureusement chez Bouchet, pas chez moi. Et, comprenez-vous, voilà ce qui me chiffonne. Et comme Bouchet ne sait pas d'où vous avez tiré ces perles miraculeuses, je me suis dit : tu n'as qu'à jouer au trappeur et pister l'ours jusqu'à son repaire. Et me voilà, Ron !

— Alessandro, vous devriez rire de la boulette que vous venez de faire ! » Nerveusement, Ron dessinait des petits bonshommes sur le sous-main de son bureau. « Je vis ici dans la solitude, ce qui me convient parfaitement. Mais les perles viennent d'ailleurs. Ici, aucun banc d'huîtres perlières.

— C'est moi aussi ce que j'avais pensé. Mais dans ce cas pouvez-vous m'expliquer ce que j'ai vu, de là-haut ? Dans une baie profondément échancrée, devant des falaises de lave, il y a une ligne de flotteurs, faite de noix de coco attachées entre elles. C'est bien un repère, non ?

— C'en est un, effectivement. Il y a là-bas, en permanence, des bancs de poissons dont vivent les indigènes.

— Très intéressant, Ron. Nous allons donc nous permettre une petite partie de pêche et ce, aujourd'hui même. J'adore le poisson frais, grillé avec une pointe d'huile d'olive à la provençale. Ah ! cet arôme d'herbes mêlé à la saveur du poisson...

— Vous n'irez pas pêcher là-bas, Alessandro, lui rétorqua Ron.

— Et pourquoi pas ? Qui d'ailleurs m'en empêcherait ?

— Ce sont les réserves de poisson des indigènes. Ils vont les défendre, armes à la main.

— Avec lances, flèches et arcs, d'après ce que j'ai pu voir. Nous sommes, ici à bord, fortement armés, et n'aurons aucun complexe à nous servir de ces armes. Et si des pirogues indigènes se mettent en travers de notre route, eh bien nous les éperonnerons.

— Vous m'oubliez, Alessandro !

— Au contraire. Je serais ravi de vous accueillir à mon bord. Nous avons quatre Kalachnikov.

— Comme c'est amusant, ces hasards qui s'entrecroisent ! J'en ai, moi aussi. Donc, c'est la guerre, monsieur Pandelli ?

— Seulement dans le cas où vous seriez déraisonnable, Ron. Nous pourrions fort bien nous associer.

— C'est que je n'ai absolument pas besoin de vous.

— Mais moi, si. C'est là une différence essentielle. Si nous ne parvenons pas à nous associer, c'est que l'un de nous est de trop.

— Voilà qui est limpide.

— Je suis toujours pour que les choses soient limpides, en l'absence de témoins.

— Alessandro, j'enregistre notre entretien.

— Je l'aurais parié. Mais cela vous servira-t-il à quelque chose ? De toute façon, vous n'aurez jamais l'occasion d'utiliser l'enregistrement.

— En êtes-vous si sûr ?

— Aussi sûr que la terre tourne autour du soleil.

— Vous aurez, dans ce cas, quelques surprises, mon bon !

— Allons, Ron, pas de bluff. Je connais ma force. Vous ne pouvez pas appeler à l'aide ; ni moi non plus d'ailleurs — ce qui compte pour chacun de nous, c'est que l'île reste inconnue, voilà ce qui importe.

— Alors dans ce cas que le meilleur gagne ! » dit Ron, parfaitement calme. « Commençons donc la guerre de Tonu'Ata. Mais sachez-le bien : pas de quartier !

— Absolument d'accord. Tout survivant est une menace. Ron, êtes-vous bien conscient que de la sorte, vous sacrifiez votre merveilleuse femme ? »

Ron raccrocha sans répondre, le visage pétrifié. Willmore, Tama'Olu et Lanei'ta sa sœur considérèrent Ron en silence. Mais dans leurs yeux, on voyait qu'ils savaient bien ce qu'il pensait.

« Dois-je préparer l'hélicoptère ? » demanda Willmore, la voix sourde.

« Oui. Vas-y. Ils ne soupçonnent pas son existence. De même qu'ils ignorent que j'ai fait installer, aux chantiers navals, une carène métallique sur la coque du yacht. Pour la protéger contre les coraux. Le yacht est désormais équipé comme un brise-glace. Et avec ça, leur rafiot, je m'en vais le couper en deux, comme du beurre. »

Il vit Fai'fa qui se tenait silencieux, dans un coin de la case.

« Fai'fa, distribue les fusils. Vous êtes-vous entraînés ?

— Chaque jour, frère. Frère Jack être bon professeur. »

A partir de là, tout alla très vite.

Pandelli avait magistralement conçu son plan d'assaut : il s'agissait d'une guerre sur deux fronts.

16

Le petit hélicoptère décolla à nouveau du *Roi de Tahiti.*

Willmore, lui, se hâtait à présent vers son appareil, qu'il avait entretenu avec soin, huilé et bichonné des mois durant. Ils avaient frayé un étroit sentier à travers la jungle, invisible du ciel, de sorte que le trajet ne durait plus trois pénibles heures, mais environ vingt minutes.

Le petit hélicoptère du *Roi* survola le lagon, s'immobilisa un certain temps au-dessus de la plage, entre le village et la case de Ron, et, lentement, amorça sa descente.

Ron portait sa Kalachnikov en bandoulière sur sa poitrine, un chargeur de rechange à la ceinture, et, adossé à sa porte, attendait que l'appareil se pose. Soudain, il sentit la pression de la main droite de Tama'Olu sur son épaule.

« Donne-moi aussi un fusil, dit-elle

— Non.

— Donne-moi un fusil ! » cria-t-elle.

Il sentait la respiration de Tama dans son cou et se retourna. Elle avait passé un jean et une chemise bleue, et ramené ses cheveux en arrière.

« Tu es folle, Tama ! c'est beaucoup trop dangereux ! Nous allons nous battre et il va y avoir des morts. Tu vas rester à la maison.

— Là où tu es, je suis ! Donne-moi un fusil. Tu es mon mari, je ne te laisserai pas seul !

— Mais c'est une situation complètement différente des autres !

— Situation, mon œil... moi je ne vois que toi. »

Elle ne lâchait pas facilement prise et Ron comprit qu'il était tout à fait vain de la contredire plus longtemps.

« Dans le living, dans l'armoire de gauche, il y a encore deux fusils.

— Merci, Ovaku ! »

Tama s'en alla.

L'hélicoptère avait maintenant atteint la plage, le sable s'éleva en volutes, et se produisit alors ce que Ron n'aurait jamais cru possible : trois hommes bondirent du cockpit, comme une escouade d'assaut surentraînée ; ils se mirent à tirer autour d'eux, au petit bonheur, en se jetant sur le sable. Tir de couverture, en jargon militaire — ici, meurtre froid. A l'orée du village quatre hommes tombèrent, et quand une femme se précipita en hurlant, avec son enfant, vers l'un de ces hommes abattus, elle fut fauchée et l'enfant également par une rafale de mitraillette. Les deux victimes furent projetées contre le mur d'une case.

Ron ouvrit la porte et se plaqua aussitôt au sol. Une rafale de balles alla le frôler et s'écrasa contre la paroi de sa case.

« Tama ! A couvert ! hurla-t-il. Ne te montre pas ! »

Puis il enclencha sa Kalachnikov et tira, en position de rafales automatiques.

Les trois assaillants, également à plat ventre, se mirent à ramper vers la lisière de la forêt. Chacun à tour de rôle, ils assuraient la couverture, mais se trouvaient encore, néanmoins, à une dizaine de mètres des palmiers ; et dix mètres, c'est bigrement long pour qui est exposé au feu d'un tireur.

Ron tirait maintenant en visant : chaque fois que l'un

des hommes levait la tête, il l'ajustait, mais les balles, soulevant un nuage de terre, s'écrasaient juste devant les attaquants.

Ce ne fut qu'après six coups qu'il put, en ajustant, faire mouche. Celui des assaillants qui, manifestement, commandait le détachement, leva les bras au ciel, poussa un cri perçant, se cabra et retomba lourdement sur le sol. Aussitôt, les mitraillettes crépitèrent et déchiquetèrent le mur de la case de Ron. Le second homme bondit, dans l'intention de gagner la lisière, en courant en zigzag. Il était impossible à Ron de bouger la tête et de viser, quand soudain, le fuyard reçut une décharge dans le dos. On vit fort bien comment un poing invisible le frappa ; il trébucha, perdit l'équilibre, son fusil-mitrailleur lui tomba des mains, et il s'affala dans le sable, de tout son long, la tête la première. Mais la porte de la case s'ouvrit brusquement et Ron vit Tama'Olu qui se jetait à terre à ses côtés.

« Ovaku ! je l'ai eu ! cria-t-elle. J'ai tué un homme. Je... je... »

Elle mit sa tête dans ses mains et se mit à pleurer.

Et, de nouveau, un autre tireur isolé atteignit le troisième homme. Seulement blessé... il rampait à l'aide de ses pieds et de ses mains, essayant d'atteindre l'hélicoptère. Tranquillement, comme si elle allait rendre visite à sa sœur, Lanei'ta sortit de la case de Willmore, barra la route au blessé, et posa le canon de son fusil, qu'elle tenait, jusqu'alors, sous le bras, contre la tempe du blessé et fit feu. Avec des hurlements qui déchiraient les oreilles, les hommes du village montèrent à l'assaut de l'hélicoptère.

Le rotor tournait toujours, et le pilote tira plusieurs fois, au jugé, dans la foule, puis, enfin, son appareil s'éleva verticalement, et il prit la fuite au-dessus du lagon. Les javelots et les flèches pleuvaient autour de lui, sans l'atteindre, bien évidemment.

Les trois frères de Tama'Olu s'agenouillèrent dans le sable et tirèrent dans sa direction, mais leur apprentissage avait été trop court, et ils ne savaient pas vraiment viser. L'un des frères fut même atteint par le recul de son arme, il tomba à la renverse dans le sable en gesticulant.

Tama'Olu et Lanei'ta s'embrassèrent ; elles étaient fort troublées et agitées. Lanei'ta, pourtant, se reprit très vite et dit :

« Jack sera fier de moi : j'ai défendu notre maison toute seule. »

Ron, lentement, alla vers les trois cadavres. Le cercle des villageois s'était formé autour d'eux, et quand il les eut rejoints, il frissonna. Les lances étaient fichées dans leur chair et, à l'aide de gros pilons de pierre, deux hommes étaient en train d'écraser le visage des trois morts.

Le *Roi de Tahiti* avait ramené son ancre, et, une fois que l'hélicoptère se fut reposé sur le pont, il mit le cap sur la baie des Perles noires.

Pandelli était fort satisfait. Il avait seulement perdu un homme et les deux autres morts faisaient partie de l'équipage du navire. De la sorte, il économisait cent cinquante mille dollars, et d'ailleurs, c'était là le but de cette attaque parfaitement insensée. Maintenant, sus aux dix pour cent du capitaine !

« Ils se dirigent droit vers les perles », bafouilla Ron, la voix éraillée. « Il faut que j'aille au bateau !

— Nous devons aller au bateau. »

Tama'Olu, tel un soldat, mit l'arme à l'épaule, s'éloigna et s'apprêtait à grimper dans la chaloupe et à rejoindre le yacht. Mais Ron la retint par la bandoulière de son arme.

« Ça recommence ? Tu restes ici !

— Je serai où tu seras !

— Est-ce que Lanei'ta est assise aux côtés de Jack, dans l'hélicoptère ? Non. Bon alors, elle reste sagement chez elle !

— Je ne suis pas Lanei'ta — et je n'attends pas d'enfant !

— Par tous les dieux ! Et Jack le sait déjà ?

— Non. » Le visage de Lanei'ta devint radieux. « Je le sais seulement depuis hier ; Nomuka'ha dit que...

— Et comment le sorcier pourrait-il en être sûr, après si peu de temps ?

— Nomuka'ha sait. Il peut lire l'urine... »

Ron se contenta de hocher la tête. Et, de fait, que faire d'autre ? Le vieux est un crack, pensa-t-il. Sans laboratoire, il te dit : tu attends un enfant. Et c'est vrai. Dommage que nous ne nous comprenions pas et qu'il y ait cette haine entre nous. Quant à Jack Willmore, c'est vraiment son ennemi juré. Pauvre vieux bonhomme détrôné !

« Bon, viens », dit Ron à Tama'Olu. « C'est ce que tu veux. Mais je vais te ficeler solidement dans l'entrepont. »

Ils partirent dans leur chaloupe au moteur crachotant, et rejoignirent le *Paradis* — un nom qui avait désormais quelque chose d'ironique et de pervers. L'ultime paradis était en train de sombrer dans le sang. L'homme, ce destructeur-né, ne connaît pas les scrupules. Où il sent l'argent, il part à l'assaut. Tonu'Ata, elle-même, n'avait pu demeurer l'écart de cette soif d'argent.

Ils remarquèrent avec étonnement, amarrée au yacht par une solide corde en fibres de coprah, une vieille pirogue à balancier, ravagée par les ans, et qui se balançait le long de la passerelle. Ils regardèrent sur le pont à travers le bastingage mais ne virent personne.

« Nous avons de la visite », dit Ron en aidant Tama'Olu à quitter la chaloupe. « Qui peut bien être monté à notre bord ?

— Fatahefi Tapana, peut-être ?

— Non. Ton père n'est pas un poltron. Il combat à la tête de ses hommes. »

Ils montèrent sur le pont, mais là non plus, personne.

Et, cependant, tous les deux sentaient fort bien une troisième présence à bord.

« Qui est là ? » appela Ron. Il descendit ensuite dans les coursives, l'arme à la main. « Si tu es là-dessous, monte. Je n'ai ni le temps ni l'envie de jouer à cache-cache avec un dingue. Grouille ! Montre-toi ! »

D'en bas, on perçut un léger bruissement qui ressemblait au sautillement d'un gros rat. Ron arma sa Kalachnikov : « Monte ! » cria-t-il. Dans la coursive, une silhouette bossue, hâve et osseuse se montra, et, tel un hanneton géant, grimpa l'escalier. Ce fut seulement quand sa tête eut dépassé la première marche qu'ils le reconnurent.

« Nomuka'ha ! » s'écria Tama'Olu.

Elle se pencha vers lui et le hissa. Ron mena le sorcier sur le pont et le poussa dans l'un des fauteuils. « Que veux-tu ? »

Nomuka'ha s'effondra littéralement en lui-même. Pour lui, tout ce qu'il voyait était incompréhensible et inquiétant.

« Moi... fusil... », dit-il.

Sa voix n'était qu'une sorte de coassement que Tama'Olu, seule, comprit. Elle hocha la tête.

« Pourquoi veux-tu un fusil ?

— Combattre.

— Mais tu n'en es plus capable !

— Les dieux disent combattre, sinon île morte, tous morts.

— Nous combattrons, mais tu es bien trop faible pour tenir un fusil en main. Et de plus, tu ne sais pas tirer.

— Les dieux me l'apprendront.

— J'en doute. » Ron avait compris cette dernière phrase de Nomuka'ha. « Tes dieux ont, sans doute, beaucoup de pouvoir, mais ils n'ont pas la moindre idée de ce qu'est un fusil ! rétorqua-t-il.

— Les dieux peuvent tout. » Les yeux, jusqu'ici

troublés, de Nomuka'ha reprirent leur éclat énigmatique. Il eut l'air soudain plus jeune, et s'assit même bien droit dans le fauteuil. « Donne-moi un fusil.

— Pour que tu nous descendes, moi et Willmore ?

— Moi sauver Tonu'Ata.

— Donne-lui une pétoire et fais-le déguerpir, Tama, dit Ron. Je n'ai pas le temps de discuter plus longtemps avec ce vieux type. Il faut empêcher Pandelli de faire plonger ses hommes là où se trouvent les huîtres perlières. Il faut absolument éviter ça. Bon Dieu ! Trop tard pour ramener le sorcier à terre ! Il faut suivre Pandelli ! Chaque minute qui passe est du temps perdu ! »

Il redescendit dans la coursive, traversa le salon, s'installa au poste de timonerie et mit les moteurs en marche. Ils s'acquittèrent en gémissant de la consigne. « En avant, toute. » Le yacht fit un bond en avant ; tout grinçait. En bas, des cartons et des caisses se renversèrent, puis le *Paradis* prit le bateau de Pandelli en chasse.

Ce dernier se tenait sur le bout de vergue bâbord, agrippant la rambarde et regardant en arrière. Le yacht de Ron se rapprochait dans un nuage d'écume et d'embruns. L'écart s'amenuisait dangereusement vite. Pandelli se rua dans la cabine de pilotage.

« Je croyais que le *Roi* pouvait marcher à vingt-cinq nœuds ! hurla-t-il. Pourquoi, dans ce cas, vous traînez-vous comme une limace ? Edwards approche.

— Lui il connaît les parages, moi pas. Je n'ai aucune envie de me jeter à vingt-cinq nœuds à l'heure sur les récifs... car dès que je les aurai sur mon écran-radar, fini, je ne pourrai plus freiner et nous allons nous y emplâtrer. Un bateau ne se manœuvre pas comme une automobile — de plus, que compte faire cet Edwards ! Il ne pourra pas nous barrer la route. Et il y a autre chose, monsieur, que vous ignorez encore : j'ai des mines à bord, de jolies petites mines. Celui qui passe dessus...

— Quoi ! Qu'est-ce que vous dites ? » Pandelli

regarda fixement le capitaine. « Et où, grands dieux, les avez-vous dénichées ?

— Il y a environ six mois, on m'a confié une mission totalement insensée : deux Américains qui invitaient et neuf autres types, invités, de différentes nationalités ; il était question, d'après ce que j'avais compris, de nouvelles armes. A peine avions-nous quitté l'archipel, voilà ces deux clowns qui radinent avec leurs super-mines. Ils en avaient apporté dix ; ils en mirent huit à l'eau et lancèrent de petits bateaux — des maquettes, vous voyez — et ils s'amusaient à les piloter de loin, comme de grands gosses. Et puis bon, les mines étaient tellement sensibles qu'au simple contact de ces minuscules bateaux, elles explosèrent et les pulvérisèrent. »

Le capitaine souriait béatement :

« Quand tout ce petit monde fut revenu à Papeete, les deux Américains oublièrent les deux mines restantes.

— Et elles sont présentement à bord du *Roi* », s'écria Pandelli, horrifié. « Nous vivons sur deux bombes. Vous êtes dingue ! Et si elles explosent ?

— Il faut d'abord les amorcer.

— Et vous le pouvez ?

— Pour y parvenir, il faut de l'entraînement, mais je l'ai. »

Le capitaine indiqua l'arrière du pouce.

« Qu'est-ce que vous croyez qu'il restera de ce rafiot-là quand ils vont passer sur ces machins ? Aucun champion du monde de puzzle n'arrivera à recoller les morceaux !

— L'idée est bonne. » Pandelli acquiesça, plein de reconnaissance pour le capitaine. « D'accord pour les mines. » Il montra, à l'avant du bateau, un endroit où d'étranges rochers plongeaient jusque dans la mer. « Ça doit être là-bas devant. De là-haut, tout est très différent, mais je reconnais parfaitement les rochers. Et c'est à cet endroit que se trouve la baie.

— Oui, et sous l'eau, il y a des récifs, monsieur,

croyez-en mon expérience — et même ma sinistre expérience —, c'est pourquoi : allure d'escargot.

— Quand nous en aurons terminé avec Edwards, alors vous pourrez, comme vous voudrez, jouer au touriste pépère ; nous resterons à l'ancre.

— Vous voulez donc mener l'ensemble de l'opération depuis le navire ?

— Évidemment que non ! Je vais investir toute l'île. Mais c'est la seconde phase de l'opération, qui n'aura lieu que si la première phase est un succès. Je ferai, comme Edwards, en sorte que cette île reste inconnue. »

Pandelli ressortit sur le bout de vergue, et regarda en arrière. Ron s'était approché à portée de haut-parleur du *Roi,* virant par tribord arrière et tentant de couper la route au gros yacht. Pandelli, à nouveau, se rua dans le poste de pilotage.

« Plus vite ! hurla-t-il. Plus vite !

— Compte là-dessus et bois de l'eau !

— Mais il va nous dépasser !

— Qu'il le fasse donc, s'il en a envie ! Ainsi, il nous indiquera la bonne route. Et nous ne saurions avoir meilleur pilote !

— Espèce de crétin ! Et comment jetterez-vous vos mines ?

— On verra plus tard.

— Plus tard ! Ça pourrait bien être trop tard !

— Si je balance ma vaisselle maintenant par-dessus bord, nous sauterons aussi. Vous ne sauriez imaginer la puissance de ces machins. L'explosif qu'ils contiennent doit être d'une qualité tout à fait spéciale. Et de plus, nous avons notre hélico. Je sais que vous avez apporté des bâtons de dynamite. Monsieur, je suis moins cave que j'en ai l'air. Plus d'un s'est souvent trompé sur mon compte. Qu'adviendrait-il du *Paradis* si on l'aspergeait d'une pluie de dynamite ? Votre adversaire n'a pas la moindre chance, monsieur, donc, ne vous énervez pas comme ça ! »

Pandelli se calma un peu, en effet. Jadis, quand je faisais tout par moi-même, il n'y avait pas la moindre anicroche, pensa-t-il. Mais ayez confiance en quelqu'un d'autre que vous, et c'est la merde !

Et, comme par hasard, Pandelli eut bientôt d'autres motifs d'énervement. Dans l'air, on entendit soudain un vrombissement... De l'île, un gros hélicoptère montait à l'assaut. Pandelli rouvrit la porte de la cabine et pointa son index vers le ciel.

« Ils ont un hélicoptère ! » cria-t-il, hors de lui, en proie à l'exaspération. « Vous le voyez ? D'où vient-il donc ?

— De l'île ! » se contenta de faire observer sèchement le capitaine.

« Et qu'est-ce qu'ils manigancent ?

— Ils veulent nous attaquer. Quoi d'autre ? Monsieur, je crois que vous avez sous-estimé votre adversaire ! Il est remarquablement équipé, et, d'ailleurs, mieux que nous. Et puis c'est un hélicoptère de la Protection civile. Vous avez vu la croix rouge, sur l'aileron ? Je vous en ficherai, moi, une île déserte ! Les cartes marines sont de la saloperie, voilà tout !

— Notre hélicoptère doit décoller immédiatement, ordonna Pandelli.

— Vous voulez mener un combat aérien ? » Le capitaine était le calme personnifié. « Quand l'autre descendra, on n'aura qu'à remplir son cockpit de plomb ! Vous avez de si bons tireurs !

— Oui, mais j'en ai besoin pour plonger ! et j'ai déjà perdu un homme.

— Et moi deux. Et j'ai besoin de mes matelots pour mon navire.

— Dites donc, vous ! vous êtes de quel côté, à la fin ? cria Pandelli. Mais allez-y donc ! Nous avons maintenant

Edwards juste devant nous ! Plein pot... vous arriverez bien à l'éperonner !

— Ce n'est pas un très bon angle d'attaque, monsieur !

— Allez vous faire...

— Merci, sans façon ! Mais, nom de Dieu, qu'est-ce que c'est que cette salade ? Notre hélicoptère décolle ! C'est vous qui avez donné cet ordre ?

— C'est De Luca. Lui au moins, il domine la situation, au contraire de vous !

— Ouais ! C'est surtout un kamikaze ! Un moustique contre un vautour !... devinez qui va gagner ?

— Aucun ! Quand ils vont se heurter, ils vont dégringoler, tous les deux ! Jamais je n'aurais cru ça de Piero. Il a du cran, ce gaillard ! Faut avouer !

— Il n'a surtout pas de cervelle ! » se mit à crier le capitaine, perdant son calme pour la première fois. « Et même en supposant qu'il parvienne à sauter à temps, en bas, il y a les requins. Monsieur, faites votre signe de croix ! »

Le moustique, avec De Luca à son bord, avait décollé au bon moment ; il survola le navire, obliqua et fonça droit sur Willmore. Piero De Luca avait laissé la porte du cockpit ouverte. Le vent s'acharnait sur lui, et l'aurait certainement projeté dans le vide, s'il ne s'était solidement sanglé. Il remarqua que son adversaire ne faisait pas le moindre effort pour l'éviter.

Willmore serra les lèvres, ses yeux n'étaient plus que deux fentes. Le petit hélicoptère volait à sa rencontre, et à une vitesse pareille, il le savait, une collision frontale aurait été une catastrophe pour les deux hommes.

Au dernier moment, De Luca fit dévier son appareil vers le haut, mais, simultanément, tira avec sa Kalachnikov. Les balles crépitaient contre l'appareil de Willmore. Une seule pourtant atteignit le cockpit, transperça le pare-brise et, frôlant Jack, alla s'écraser contre la paroi arrière.

J'ai compris quelles sont ses intentions, pensa Willmore, convaincu ; il veut atteindre les moteurs du rotor ou le réservoir d'essence et me transformer en un joli feu d'artifice. Son zinc est beaucoup plus maniable que le mien, et pour ce qui est de piloter, ce gars-là s'y entend à merveille.

Il vola sur le flanc et, de ce fait, put rapidement prendre de l'altitude. Il vit enfin au-dessous de lui le moustique volant de De Luca. Ça y est, mon vieux, je t'ai eu, se dit froidement Willmore. Et tu ne m'échapperas plus. Tiens, on va jouer à à-tous-les-coups-l'on-gagne !

Willmore laissa littéralement tomber son hélicoptère, exactement à l'aplomb de celui de De Luca. Il ne s'arrêta qu'environ cinq mètres au-dessus de celui-ci, et aussi témérairement que De Luca essayât de lui échapper, Willmore restait sans cesse au-dessus de lui, comme une ombre immense.

Pandelli, sans mot dire, regardait cette lutte désespérée. Ron et Tama'Olu, eux aussi, du poste de pilotage, regardaient la scène et ils poussèrent un cri, quand, à nouveau, Willmore se laissa tomber. Ron avait fait pivoter le *Paradis* après avoir dépassé Pandelli, et se tenait désormais face au *Roi de Tahiti*, son rostre métallique prêt à l'éperonnage.

« Jack est devenu fou ! » cria Ron, et il fit de grands gestes avec ses bras. « Jack, fous le camp ! Tu vas avoir un enfant ! Et à quoi ça lui servira donc d'avoir, plus tard un père qui fut un héros ? Jack, arrière, arrière ! »

Pourtant, tout était parfaitement vain. Le vrombissement des moteurs couvrait les autres bruits. Mais Jack ne voyait pas non plus les gestes de Ron. Il n'avait d'yeux que pour son adversaire, qui enfin avait réalisé ce qu'on allait lui faire et tentait de fuir.

Pandelli prit le bras du capitaine et le secoua :

« Où sont vos gars ? » Sa voix s'étranglait. « Pourquoi

ne tirent-ils pas ? Ce salaud est en train de rabattre De Luca vers la mer, vous ne voyez pas ?

— Quand on est aussi con que votre soi-disant meilleur associé... monsieur, je suis le premier responsable de ce navire et n'ai pas à me préoccuper du sort des candidats au suicide. »

Pandelli, à nouveau, ressortit sur la passerelle de la timonerie et il les vit tous : ses deux plongeurs, le timonier et les deux matelots survivants. Ils regardaient le spectacle effrayant qui s'offrait à eux, comme s'il s'agissait d'un film défilant sur écran géant. Ils tenaient leurs mitraillettes contre leurs poitrines, mais aucun d'eux ne tirait. Ce combat aérien les fascinait. Ron, la main sur la manette des gaz, repéra quelque chose à quoi personne n'avait encore prêté attention : du récif arrivaient vers eux trois pirogues à balancier, toutes voiles dehors, et dont les occupants souquaient ferme. Les frères de Tama'Olu attaquaient...

Derrière chaque embarcation, une corde traînait dans l'eau, et chacune des cordes était pourvue d'un gros crochet, auquel on avait accroché des quartiers de viande saignante. Autour de la traînée sanguinolente, l'eau paraissait bouillonner. On voyait de grands poissons bondir hors de l'eau, et des nageoires dorsales fendaient parfois la surface des flots. De temps en temps une gueule pleine de dents acérées et grande ouverte émergeait, happant un quartier de viande.

« Tama », dit Ron d'une voix chancelante, « tes frères arrivent, regarde, là-bas, derrière le *Roi*... ils attirent avec eux un escadron de requins. Ils vont verrouiller la baie avec ces requins comme sentinelles. Ils seront les gardiens des perles noires... plus personne ne pourra plonger là-bas, même pas nous. »

« Nom de Dieu ! Jack, stop ! reviens ! tu vas être papa ! Fai'fa défend l'île à sa façon. » Il pointa le menton, et, saisissant à pleines mains, la manette des gaz, il accéléra à fond, en dirigeant le rostre d'acier exactement vers l'autre navire. « Ma chérie, descends vite dans l'entrepont ! » ordonna-t-il à Tama'Olu.

« Non.

— Bon, alors, cramponne-toi ! »

Il poussa les moteurs à fond et s'agrippa à la barre. Le yacht se cabra et l'éperon d'acier sortit de l'eau, se précipitant droit sur le *Roi de Tahiti.*

Le capitaine perdit contenance :

« Il est dingue ! balbutia-t-il, complètement fou ! Monsieur, il nous attaque avec sa coque de noix ! Ce n'est pas possible ! C'est de la démence ! »

Le moteur latéral se mit à écumer, mais, tout en mettant en marche, le capitaine sut que c'était d'ores et déjà trop tard, et qu'il n'arriverait pas à soustraire son navire à l'éperonnage que préparait son adversaire. Ils se percuteraient près de la proue, par le travers, et le *Paradis* se disloquerait contre la coque de fer du *Roi* comme une vulgaire châtaigne.

Le capitaine se cramponna à sa barre et ne s'occupa plus de Pandelli qui regardait atterré Willmore, sans pitié, tenter de noyer De Luca ; Piero pilotait sur le flanc et jurait. Il essayait de fuir vers le récif et le lagon, espérant trouver son salut dans l'eau peu profonde.

« Ce n'est pas du jeu, mon gars ! » dit Willmore, grinçant. Il avait instantanément compris les intentions de son adversaire. « Et même si tu arrives là-bas, ils te tueront — tu ne m'échapperas pas, de toute façon. C'est désormais une question que nous allons régler en combat singulier ! »

Poursuivre le petit moustique ou se placer au-dessus de lui était facile. Et quand De Luca, penché au-dehors, tira vers le haut, les balles n'atteignirent pas le réservoir d'essence mais se fichèrent dans les patins d'acier de l'appareil de Willmore, pas impressionné le moins du monde. Sans s'occuper de sa sécurité il se précipita vers le sol. De Luca, désespéré, se laissa tomber. Exactement ce que voulait Willmore.

L'éperon du *Paradis* heurta le *Roi* à toute allure. Ce doit être un dingue, pensa le capitaine. Et pourtant sa gorge se serra. Il va me faire une bosse dans la coque, mais son yacht, par contre, sera totalement détruit.

Il vit soudain à côté de son navire les trois pirogues, les voiles gonflées, et Fai'fa un fusil en main, grimpé au mât de bois rugueux. Des débiles, où que l'on regarde, rien que des débiles ! se dit le capitaine. Et ce sauvage, là, avec sa pétoire, qu'est-ce qu'il veut ? il veut tirer ? Mais sur qui ? sur quoi ?

A cet instant précis retentit un grincement apocalyptique de métal que l'on tordait. Les planches du pont jaillirent comme des projectiles, et, sous la violence du choc, le *Roi* se cabra. Le *Paradis* s'encastra pratiquement par le milieu de la coque et déchira le navire jusqu'à son milieu.

Le capitaine fut projeté le long de la paroi de la cabine de pilotage et perdit connaissance. Le *Roi* prit instantanément de la gîte, l'eau se précipita par la fente de la coque.

Le choc fut tel qu'il souleva les hommes qui étaient sur le pont, comme si une main invisible les avait saisis, et les projeta dans la mer. Pandelli, lui aussi fut projeté hors de sa nacelle. On le vit, dans le vide, faire des moulinets avec ses bras, comme s'il avait pu voler, tel un pélican. Puis il retomba dans l'eau. Mais dans les deux ou trois secondes qui précédèrent sa chute dans la mer, un coup terrible lui brisa la poitrine...

Fai'fa avait visé et fait mouche.

Ce fut d'ailleurs un coup de grâce, car Pandelli était déjà mort quand il tomba au beau milieu du banc de requins, qui, brusquement avait changé de direction. Les autres hommes hurlèrent lorsque les requins se jetèrent sur eux dans un bain de sang et que des dents acérées comme des couteaux les taillèrent en pièces.

Le capitaine, revenu à lui, se releva, et, titubant, se dirigea, depuis la passerelle de timonerie, vers l'escalier ; mais il glissa et roula sur le pont. Il dut se tenir à la barre d'appui, avançant en tâtonnant.

Son navire gisait déjà en oblique dans la mer et au moment où il atteignit le château de proue, Ron embraya la marche arrière du *Paradis,* se désencastrant ainsi de la coque du *Roi.* Sa carène métallique, bien qu'ayant souffert, avait tenu.

Le capitaine, éberlué, dut se rendre à l'évidence : dans la partie droite de son navire une silhouette hâve, courbée et brune, se tenait agenouillée au bastingage et pointait un fusil. Cette silhouette avait, telle une puce, bondi depuis le yacht, au moment de la collision. Ron et Tama'Olu, dans le branle-bas de combat général, ne l'avaient pas remarquée ; ils s'étaient baissés et se tenaient fermement à des barres d'appui. Mais maintenant, Nomuka'ha était là, comme les dieux le lui avaient ordonné, et il allait sauver son île.

Il mit en joue, visa, et tira. La balle atteignit le capitaine au cou et une fontaine de sang jaillit de ses carotides transpercées. Un coup de fusil qui n'avait été que pur hasard. Le capitaine porta les mains à sa gorge, s'effondra sur le pont, restant accroché au bastingage. Nomuka'ha, quant à lui, avait disparu. Le recul du fusil l'avait atteint au menton et projeté dans la mer, au beau milieu des requins devenus fous furieux.

Quelques secondes plus tard, il n'y avait plus de Nomuka'ha. Le fusil coula, dans les eaux profondes, en direction des bancs d'huîtres. Les dieux firent de Nomuka'ha un héros. Il ne mourut pas, vieil homme dont on se gaussait et que le temps qui passe avait humilié. Il était désormais quelqu'un que l'on n'oublierait plus.

Lentement, le *Roi de Tahiti* disparut dans les profondeurs de l'océan : il se coucha sur le flanc, chavira, puis sombra, la proue la première, dans l'abîme. Mais comme si le malheur distillé par ce maudit navire ne voulait pas finir, le naufrage provoqua un tourbillon, qui happa, pour une ronde infernale, la pirogue de Fai'fa. Le mât cassa, les balanciers furent arrachés et le bateau fut englouti, comme si une main l'avait tiré vers elle ; il n'y eut bientôt plus que la mer bouillonnante. Les deux autres frères, impuissants, virent Fai'fa couler et les requins se précipiter.

« Fai'fa ! » hurla Tama'Olu et elle se cramponna au bras de Ron, déchira sa chemise et se débattit comme une tigresse quand il tenta de la prendre dans ses bras. Puis elle pleura à chaudes larmes son frère chéri, cependant que les deux autres frères harponnaient sauvagement les requins qui les entouraient, et l'eau, autour d'eux, devint rouge sang.

Ron attira Tama'Olu à lui, pressa son visage contre sa poitrine, lui passa les bras autour des hanches, et la porta, poupée inanimée, dans l'entrepont. Là, elle se jeta sur le lit, et, les poings martelant le matelas, elle hurla « Fai'fa ! » la tête enfouie dans l'oreiller, jusqu'à ce qu'elle finisse par s'évanouir. Peu de personnes assistèrent au dénouement du combat aérien entre De Luca et Willmore. A terre, les villageois, ayant formé une chaîne humaine très serrée sur la berge du lagon, suivaient des yeux les tournoiements meurtriers, les ascensions, puis les descentes des deux appareils.

Piero De Luca était parvenu à fuir au-dessus du lagon : il avait échappé aux requins. L'eau peu profonde, sous ses pieds, ne lui faisait pas peur ; il ne pouvait plus se noyer. Il était sauf et disposé à se rendre.

Ils n'ont rien à me reprocher, je n'ai tué personne, se dit-il. J'ai seulement piloté les autres sur l'île, puis je suis reparti vers le navire. Ce sont les autres qui ont tiré, trois lascars dont je ne connais pas même le nom. Ils devront bien l'admettre ! Tout ce que j'ai fait, c'est Pandelli qui m'y a contraint. A bien y regarder, il avait fait de nous des pantins sans volonté. Nous sommes de pauvres gars, reconnaissez-le.

Puis il rouvrit la porte du cockpit vitré et jeta sa mitraillette dans le lagon.

Cela voulait dire : vous voyez, je n'ai plus d'armes. Je me rends ! Vous ne pouvez pas descendre quelqu'un qui est désarmé !

Il laissa son appareil se poser, parvint à atterrir sur la plage, juste derrière la case de Ron.

Et là, précisément, se trouvait Laneï'ta.

Willmore décrivit une courbe serrée et, reconnaissant sa femme, relâcha son attention, pendant seulement deux secondes, en voyant, pris d'une peur panique, De Luca qui courait vers Laneï'ta.

Avec violence, sans réduire sa vitesse, Willmore atterrit, mais le choc le fit rebondir comme une balle de caoutchouc. Il ne pouvait plus rien faire, et, quand il tenta de reprendre le contrôle de l'appareil, les manettes ne répondirent plus... Une seconde fois, il rebondit et fut projeté contre les palmiers, expulsé du cockpit défoncé et il s'abîma contre une souche. Les femmes poussèrent de hauts cris, et les hommes bondirent pour le secourir... seule Laneï'ta demeura sur la plage et regarda De Luca qui courait à sa rencontre. Cinq mètres encore les séparaient et elle épaula son fusil.

« Non ! hurla De Luca. Non ! Je n'ai rien fait de mal ! »

Il trébucha, tomba à genoux, et leva ses deux mains, implorant. Laneï'ta ne le comprit pas, et, d'ailleurs, ne voulait pas le comprendre. Elle vit seulement ses yeux écarquillés de peur, sa bouche qu'un rictus avait déformée, elle pensa aux morts, là-bas, derrière elle, qu'on avait ramenés au village, aux trois hommes et à cette femme, son enfant dans les bras.

Le visage serein, elle pressa la détente. Piero De Luca s'abattit sur le dos, foudroyé, tressaillit et voulut se relever ; ce fut alors qu'une seconde balle l'atteignit au front.

Lanei'ta jeta son fusil, se retourna et courut en hurlant vers la lisière de la forêt, où gisait l'hélicoptère disloqué.

« Jack ! cria-t-elle, Jack... c'est moi ! »

Et quand le groupe des villageois lui fit place, quand tous baissèrent les yeux, le silence, soudain revenu, fut déchiré par ses cris. Elle se jeta sur le corps de Jack recroquevillé qui gisait sous un palmier. Elle se souda si fortement à lui que Tapana ne parvint pas à l'en arracher.

A travers la passe du récif corallien, le yacht de Ron avança prudemment, suivi des deux pirogues des frères de Tama : ils rapportaient au village la voile en lambeaux de Fai'fa.

Il y a encore des perles noires à Tahiti, et il y en aura toujours. Mais plus jamais de « Reines noires des Mers » ou de « Princesses des mers du Sud ». Bouchet attendit, mois après mois, un signe d'Edwards ; jamais il ne retourna à Tahiti. Les hauts-fonds où se trouvaient les bancs d'huîtres perlières ainsi que la baie des Perles noires elle-même étaient surveillés par des bancs de requins. Il était tout à fait vain de les harponner, ou de chercher à les détruire à grand renfort de bâtons de dynamite jetés dans l'eau. De nouveaux poissons arrivaient alors, qui remplaçaient les requins morts et étaient ainsi les gardiens vigilants, les sentinelles de ces bancs d'huîtres où dormaient des millions de dollars.

Plusieurs fois Ron et Tama'Olu allèrent à la baie et regardèrent les requins qui, absolument pas farouches, nageaient autour d'eux.

« Voilà le dernier sortilège de Nomuka'ha ! » dit Tama'Olu en se pressant contre Ron. « Ainsi en ont décidé les dieux. Ovaku, ils existent bel et bien, nos dieux. Tu t'en rends compte, à présent. Tu ne seras jamais millionnaire !

— Je t'ai, mon ange ; et autour de nous, il y a le paradis... que désirer de plus ? nous sommes les plus heureux des êtres. »

Jusqu'à maintenant, Tonu'Ata n'est portée sur aucune carte.

DU MÊME AUTEUR

aux Éditions Albin Michel

DOCTEUR ERIKA WERNER
JE GUÉRIRAI LES INCURABLES
BEAUCOUP DE MÈRES S'APPELLENT ANITA
LE DESTIN PRÊTE AUX PAUVRES
LA PASSION DU DOCTEUR BERGH
MANŒUVRES D'AUTOMNE
NOCES DE SANG À PRAGUE
AMOURS SUR LE DON
BRÛLANT COMME LE VENT DES STEPPES
MOURIR SOUS LES PALMES
AIMER SOUS LES PALMES
DEUX HEURES POUR S'AIMER
L'OR DU « ZEPHYRUS »
LES DAMNÉS DE LA TAÏGA
L'HOMME QUI OUBLIA SON PASSÉ
L'AMOUR EST LE PLUS FORT
LA CARAVANE DES SABLES
UNE NUIT DE MAGIE NOIRE
LE MÉDECIN DE LA TSARINE
AMOUR COSAQUE
DOUBLE JEU
NATALIA
LE MYSTÈRE DES SEPT PALMIERS
L'HÉRITIÈRE
LA MALÉDICTION DES ÉMERAUDES
AMOUR EN CAMARGUE
IL NE RESTA QU'UNE VOILE ROUGE
BATAILLONS DE FEMMES
LE GENTLEMAN
UN MARIAGE EN SILÉSIE
CLINIQUE PRIVÉE
LA GUÉRISSEUSE
COUP DE THÉÂTRE
UN ÉTÉ AVEC DANICA
LE SACRIFICE DES INNOCENTS
LA BAIE DES PERLES NOIRES

La composition de ce livre
a été effectuée par Bussière à Saint-Amand,
l'impression et le brochage ont été effectués
sur presse CAMERON
dans les ateliers de la S.E.P.C. à Saint-Amand-Montrond (Cher)
pour les Éditions Albin Michel

Achevé d'imprimer en juin 1991
N° d'édition : 11848. N° d'impression : 1412
Dépôt légal : juin 1991